OEUVRES

COMPLETES

DE

VOLTAIRE.

OEUVRES

COMPLETES

DE

VOLTAIRE.

TOME CINQUANTE-SIXIEME.

DE L'IMPRIMERIE DE LA SOCIÉTÉ LITTÉRAIRE-
TYPOGRAPHIQUE.

1 7 8 5.

RECUEIL

DES LETTRES

DE M. DE VOLTAIRE.

1758–1760.

RECUEIL

DES LETTRES

DE M. DE VOLTAIRE.

LETTRE PREMIERE.

A M. LE COMTE D'ARGENTAL.

A Laufane, 5 de janvier.

Le roi de Pruffe, en parlant à M. *Mitchel*, miniftre d'Angleterre, de la belle entreprife de la flotte anglaife fur nos côtes, lui dit : Eh bien, que faites-vous à préfent ? Nous laiffons faire DIEU, répondit *Mitchel*. Je ne vous connaiffais pas cet allié, dit le roi. C'eft le feul à qui nous ne payons pas de fubfides, répliqua *Mitchel* : auffi, dit le roi, c'eft le feul qui ne vous affifte pas.

Voilà, mon cher ange, les dernières nouvelles après la prife de Breflau. Le roi de Pruffe a quarante mille prifonniers à préfent, en nous comptant. Je fais des vœux et je crains pour M. de *Richelieu* : quoiqu'il ait refufé un malheureux quart de part à *le Kain*, je l'aime toujours. Mais *que diable allait-il faire dans cette galère*? et vous, pourquoi avez-vous une maifon dans une maudite île? c'eft l'affaire de M. de *Boulogne*,

1758.

A 2

—— de vous la payer. Son père l'aurait peinte ; il a peint le plafond de la comédie.

Mais daignez donc me dire ce qu'on fait en faveur des pauvres auteurs qui viennent se faire siffler sous ce plafond. De mon temps, on ne cherchait pas à les consoler. Nous allons, nous autres suisses, donner nos comédies gratis ; nous ne payons ni auteurs, ni acteurs ; mais aussi nous ne sommes point sifflés. Nous n'avons point de premier gentilhomme, et nous ne jouons point à la cour. *Le Kain* m'a fait faire des habits pour *Zamti* et pour *Narbas*. Nous jouerons la *Femme qui a raison* ; et, si cette femme et *Fanime* font plaisir, nous vous les enverrons.

Pour comble de bénédiction, il nous vient un peintre assez bon. Il ne peint qu'en pastel : il travaillera sur ma maigre effigie, pour vous et pour les quarante. Il faudra une copie à l'huile pour mes confrères qui ne veulent pas de crayons. Vous aurez l'original, mon cher et respectable ami ; cela est bien juste. Il y a une comédie du roi de Prusse, intitulée le Singe de la mode : nous pourrions bien la jouer, tandis qu'il fait de si terribles tragédies en Allemagne. La catastrophe était peu attendue : vous n'auriez pas dit, au premier octobre, qu'il écraserait tout, quand vous autres le teniez pour écrasé, et qu'il m'écrivait qu'il était perdu et qu'il voulait mourir, et que j'essuyais de loin ses larmes que je ne veux plus essuyer de près. Il n'y a qu'à vivre pour voir des prodiges.

Adieu, mon divin ange. Ah ! si vous pouviez voir ma maison qui forme un cintre sur mon jardin, et qui voit d'un côté quinze lieues de lac, et sept de l'autre, et qui a le lac en miroir au bout du jardin,

et la Savoie par-delà ce lac, et les Alpes au-delà de
cette Savoie. Vous me diriez : tenez-vous là. Mais je
fuis trop loin de vous.

L É T T R E I I.

A M. D'ARGET.

A Laufane, 8 de janvier.

Vous me demandez, mon cher et ancien compa-
gnon de Potfdam, comment *Cinéas* s'eft raccommodé
avec *Pyrrhus*. C'eft, premièrement, que *Pyrrhus* fit
un opéra de ma tragédie de Mérope, et me l'envoya ;
c'eft qu'enfuite il eut la bonté de m'offrir fa clef qui
n'eft pas celle du paradis, et toutes fes faveurs qui
ne conviennent plus à mon âge ; c'eft qu'une de fes
fœurs, qui m'a toujours confervé fes bontés, a été le
lien de ce petit commerce qui fe renouvelle quelquefois entre le héros-poëte-philofophe-guerrier-
malin-fingulier-brillant-fier-modefte, &c. et le
fuiffe *Cinéas* retiré du monde. Vous devriez bien venir
faire quelque tour dans nos retraites, foit de Laufane,
foit des Délices : nos converfations pourraient être
amufantes. Il n'y a point de plus bel afpect dans le
monde que celui de ma maifon de Laufane. Figurez-vous quinze croifées de face en cintre, un canal
de douze grandes lieues, une terraffe qui domine fur
cent jardins, ce même lac qui préfente un vafte miroir
au bout de ces jardins, les campagnes de la Savoie
au-delà du lac, couronnées des Alpes qui s'élèvent.

—— jufqu'au ciel en amphithéâtre ; enfin, une maifon où je ne fuis incommodé que des mouches au milieu des plus rigoureux hivers. Madame *Denis* l'a ornée avec le goût d'une parifienne. Nous y fefons beaucoup meilleure chère que *Pyrrhus ;* mais il faudrait un eftomac : c'eft un point fans lequel il eft difficile aux *Pyrrhus* et aux *Cinéas* d'être heureux. Nous répétâmes hier une tragédie ; fi vous voulez un rôle, vous n'avez qu'à venir. C'eft ainfi que nous oublions les querelles des rois et celles des gens de lettres, les unes affreufes, les autres ridicules.

On nous a donné la nouvelle prématurée d'une bataille entre M. le maréchal de *Richelieu* et M. le prince de *Brunfwick.* Il eft vrai que j'ai gagné aux échecs une cinquantaine de piftoles à ce prince ; mais on peut perdre aux échecs, et gagner à un jeu où l'on a pour feconds trente mille baïonnettes. Je conviens avec vous que le roi de Pruffe a la vue baffe et la tête vive ; mais il a le premier des talens au jeu qu'il joue, la célérité. Le fonds de fon armée a été difcipliné pendant plus de quarante ans. Songez comment doivent combattre des machines régulières, vigoureufes, aguerries, qui voient leur roi tous les jours, qui font connues de lui, et qu'il exhorte, chapeau bas, à faire leur devoir. Souvenez-vous comme ces drôles-là font le pas de côté et le pas redoublé, comme ils efcamotent les cartouches en chargeant, comme ils tirent fix à fept coups par minute. Enfin, leur maître croyait tout perdu, il y a trois mois ; il voulait mourir ; il me fefait fes adieux en vers et en profe, et le voilà qui, par fa célérité et par la difcipline de fes foldats, gagne deux grandes batailles en un mois ,

court aux Français, vole aux Autrichiens, reprend
Breflau, a plus de quarante mille prifonniers, et 1758.
fait des épigrammes. Nous verrons comment finira
cette fanglante tragédie, fi vive et fi compliquée.
Heureux qui regarde d'un œil tranquille tous ces
grands événemens du meilleur des mondes poffibles.

Je n'ai point encore tiré au clair l'aventure de
l'abbé de *Prades*. On l'a dit pendu, mais la renommée ne fait fouvent ce qu'elle dit. Je ferais fâché que
le roi de Pruffe fît pendre fes lecteurs. Vous ne me
dites rien de M. *Duverney ;* vous ne me dites rien
de vous. Je vous embraffe bien tendrement, et j'ai une
terrible envie de vous voir.

Le fuiffe V.

LETTRE III.

A M. LE COMTE D'ARGENTAL.

A Laufane, 22 de janvier.

J'AI reçu votre lettre du 13, mon cher et refpectable
ami, mais rien de M. de *Choifeul*. J'ai préfumé,
par ce que vous me dites, qu'il s'agiffait d'obtenir
un congé pour monfieur fon fils bleffé et prifonnier. Je
doute fort que le roi de Pruffe voulût, à ma chétive
recommandation, s'écarter des idées qu'il s'eft pref-
crites, et je fuis d'autant moins à portée de lui
demander une pareille grâce pour M. de *Choifeul*,
que je lui écrivis, il y a huit jours, en faveur d'un
génevois qui eft dans le même cas, et qui, probablement, reftera eftropié à Mersbourg.

A 4

Mais le roi de Pruſſe a une ſœur qui doit avoir quelque crédit auprès de lui, et à qui je puis tout demander. Je lui ai écrit de la manière la plus preſſante, et je lui ai recommandé M. le marquis de *Choiſeul* comme je le dois. Ne doutez pas qu'elle n'en écrive au roi ſon frère : il ne doit lui rien refuſer. Je crois que le roi de Pruſſe peut s'amuſer actuellement à faire des grâces ; il n'y a pas moyen de ſe battre avec ſix pieds de neige : auſſi Schwednitz n'eſt pas pris, mais j'ai toujours grand'peur que M. de *Richelieu* ne ſe trouve entre les Hanovriens et les Pruſſiens. On ſe moque de tout cela dans votre Paris, et, pourvu que les rentes de l'hôtel de ville ſoient payées, et qu'on ait quelques ſpectacles, on ſe ſoucie fort peu que les armées périſſent. La choſe peut pourtant devenir ſérieuſe, et vos ſibarites peuvent un jour gémir.

Pour moi, mon cher ange, qui ne m'occupe que des ſiècles paſſés, je ne crois pas devoir cette année m'expoſer au refus de la médaille. Qui diable a imaginé cette médaille ? on ne l'aurait pas donnée à l'auteur de Britannicus qui n'eut que cinq repréſentations, et on l'aurait donnée à l'auteur de Régulus ! Fi donc ! il n'y a de médailles que celles que la poſtérité donne. Il faut un ami comme vous pour le temps préſent, et de beaux vers pour l'avenir ; mais je ſuis plus ſenſible à votre amitié qu'aux vains applaudiſſemens de quelques connaiſſeurs obſcurs qui pourront dire dans cent ans : Vraiment ce drôle-là avait quelques talens.

Mille reſpects à madame d'*Argental* et à tout ange.

LETTRE IV.

A MADAME DE FONTAINE, *à Paris.*

Laufane, 26 de janvier.

JE reçois votre lettre du 19, ma chère nièce, et je me flatte que vous aurez la bonté de m'accufer la réception de celles que je vous ai envoyées par M. d'*Alembert.* Il faut d'abord que je juftifie M. *Conftant* que vous appelez *gros fuiffe.* Il n'eft ni fuiffe ni gros. Nous autres laufanais, qui jouons la comédie, nous fommes du pays roman, et point fuiffes. Il envoya, avant de partir, chercher la boîte chez madame de *Fontaine.* On alla chez la fermière générale qui envoya promener le courier, et qui dit qu'elle n'envoyait jamais rien à Laufane.

On peint, il eft vrai, la charpente de mon vifage; mais c'eft à condition que vous le copierez. Votre fœur attend l'habit d'*Idamé* avec plus d'impatience que je n'attends ceux de *Narbas* et de *Zamti.* Si elle avait bien fait, elle fe ferait habillée à fa fantaifie, fans fuivre la fantaifie des autres, et fans vous donner tant de peines. Pour moi, avec fept ou huit aunes d'étoffe de Lyon, j'aurais très-bien arrangé mes güenilles de vieux bon homme: je n'aime à imiter ni le jeu, ni le ftyle, ni la manière de fe mettre; chacun a fon goût, bon ou mauvais. Madame *Denis* a cru qu'on ne pouvait avoir une jarretière bien faite, fans la faire venir de Paris, à grands frais: elle voulait

que je fiffe faire mon jardin des Délices à Paris ;
mais, comme ce jardin eft pour moi, j'ai été mon
jardinier, et je m'en trouve très-bien. Vous en jugerez,
s'il vous plaît. J'aurais tout auffi-bien été mon tail-
leur, et je voudrais que vous puffiez en juger. Toutes
ces dépenfes réitérées ruinent quand on a acheté,
réparé, raccommodé, meublé une maifon fpacieufe,
et qu'on l'embellit ; mais il ne faut pas y prendre
garde : il ne faut fonger qu'à la bonté que vous avez
d'entrer dans ces misères.

Je ne crois pas que l'abbé de *Prades* foit à Breflau,
et je crois encore moins qu'on le fouette avec un
écriteau au dos : car, s'il avait au dos cette belle
devife, ce ferait fur l'écriteau qu'on frapperait. Peut-
être le fouette-t-on fur le cu, mais cela eft fujet à
des inconvéniens : les théologiens difent que cette
façon peut occafionner ce qu'ils appellent des pollu-
tions. Je crois encore moins qu'on ait exigé à Paris
des cartons pour l'article *Genève* : la cour fe foucie
peu de nos hérétiques, et d'ailleurs il n'eft pas poffible
d'aller propofer un carton à tous les foufcripteurs qui
ont reçu le livre. Il n'y a pas quatre lecteurs qui
l'achètent fans avoir foufcrit.

Je ne crois pas non plus que M. le maréchal de
Richelieu foit difgrâcié ; il n'a point perdu la bataille
de Rosbac ; il a paffé l'Aller, il a fait reculer les
Hanovriens, il a fait de fon mieux : on ne doit
punir que la mauvaife volonté, et le roi eft toujours
jufte.

Je ne crois point encore qu'il faille vingt ans pour
détromper le public fur une très-mauvaife pièce ;
mais je crois fermement que le public d'aujourd'hui

ne vaut pas la peine qu'on travaille pour lui, en quelque genre que ce puïſſe être.

Voilà, ma chère nièce, tout ce que je crois, et tout ce que je ne crois pas. Je vous ai ouvert le fond de mon cœur. Si vous avez quelque choſe à croire dans ce monde, croyez que ce cœur eſt à vous. Vous ne me dites point ſi vous continuez à vous frotter circulairement avec de l'artanit, ſi vous mangez, ſi vous digérez, ſi vous êtes agréablement logée. Il faut, s'il vous plaît, que vous m'inſtruiſiez de votre manière d'exiſter, car mon être s'intéreſſe tendrement au vôtre.

Savez-vous ſi c'eſt à Paris qu'on élève le prince de Parme, ou ſi l'abbé de *Condillac* va à Parme lui apprendre à raiſonner? ſavez-vous quand il part? feriez-vous femme à lui perſuader de prendre ſa route par Genève et par Turin? S'il fait ce voyage cet hiver, nous le recevrions à Lauſane, nous le mènerions aux Délices, et de là nous le guinderions par le mont Cénis à Turin, de Turin dans le Milanais, et du Milanais dans le Parmeſan.

Portez-vous bien, et aimez-nous.

LETTRE V.

A M. LE COMTE DE TRESSAN.

A Laufane, le 3 de février.

Mon adorable gouverneur, béni foit le fieur *Légier* et fes conforts, et fes mauvais vers, et fa fottife, puifque tout cela m'attire tant de bontés de votre part. Soyez bien fûr que je ne fuis fenfible qu'aux marques généreufes de votre amitié, et point du tout à ces platitudes moitié franc-comtoifes et moitié lotharin-giennes. La nation des petits collets et des petits beaux efprits de province, a été oubliée par M. de *Réaumur* dans l'hiftoire des infectes, ainfi ne prenons pas garde à leur exiftence.

J'étais fort malade quand on me régala de ces beaux vers, dignes d'une académie de ... Madame *Denis* les renvoya à Toul, bien cachetés; elle eft auffi fenfible que moi à la mention que vous voulez bien faire d'elle : vous l'aimeriez davantage fi vous l'aviez vue jouer avant-hier dans une tragédie nouvelle, fur un très-joli théâtre, avec de très-bons acteurs dont j'étais le plus médiocre. Je ne me tirai pourtant pas mal du rôle de vieillard, attendu que malheu-reufement je le joue d'après nature. J'aurais bien voulu que monfieur le gouverneur de Toul nous eût honorés de fa préfence réelle.

Les infamies et les perfécutions dont on a affublé nos philofophes *Diderot* et *d'Alembert*, me tiennent plus au cœur que les beaux vers de M. l'abbé *Légier*.

1758.

Je perfifte toujours dans mon idée qu'il faut déclarer qu'on renonce unanimement à l'Encyclopédie jufqu'à ce qu'on foit affuré d'une honnête liberté, et d'un peu de protection. Trois mille foufcripteurs fe joindront à eux ; ils crieront comme des aveugles, et le cri public eft la plus infaillible des intrigues et la meilleure des protections.

Vous avez vu fans doute que notre ami d'*Alembert*, appelé *O*, a, dans l'article *Genève*, loué beaucoup cette églife calvinifte de n'être pas chrétienne ; vous favez que ces prêtres en ont été très-ébaubis, et qu'ils ont fait une belle profeffion de foi dans laquelle ils réfument, pour folde totale, qu'ils ont de la vénération pour *Jéfu*, et qu'ils croient en DIEU. Leurs voifins leur reprochent à préfent d'avoir autrefois brûlé *Servet*, et d'aller aujourd'hui plus loin que *Servet* : c'eft un bon article pour l'hiftoire des contradictions de ce monde.

Voici le champ de l'hiftoire des meurtres qui va fe rouvrir. M. le comte de *Clermont* aura une armée terriblement délabrée ; fon bifaïeul y eût été bien empêché. Qu'aurait dit *Louis XIV*, s'il avait vu un marquis de Brandebourg réfifter mieux que lui aux trois quarts de l'Europe ? Heureux qui voit du port tous ces orages !

Je vais planter aux Délices ; de là, je reviens à Laufane pour nos fpectacles ; cela eft plus fenfé que d'aller en Allemagne. Je ne regrette aucun roi, aucun prince, mais je regrette fort le gouverneur de Toul, pour qui je fuis pénétré de la plus tendre et de la plus refpectueufe reconnaiffance, et à qui je ferai attaché toute ma vie.

LETTRE VI.

A M. LE COMTE D'ARGENTAL.

A Laufane , 5 de février.

JE me flatte, mon divin ange, que M. le comte de *Choifeul* a reçu ma lettre; je lui fais mon compliment, et furtout au prince *Henri* qui a prévenu fa fœur: c'était à qui des deux ferait une action honnête. Ce *Henri* eft très-aimable ; ce n'eft pas *Henri IV*, mais il a des grâces, des talens, de la douceur ; et c'eft lui qui était à la tête de cinq bataillons devant qui toute votre armée prit la poudre d'efcampette, le 5 novembre, journée qui a changé la deftinée de l'Allemagne. Je reconnais bien mes chers compatriotes à l'enthoufiafme où ils font à préfent pour le roi de Pruffe, qu'ils regardaient comme *Mandrin*, il y a cinq ou fix mois. Les Parifiens paffent leur temps à élever des ftatues et à les brifer ; ils fe divertiffent à fiffler et à battre des mains, et, avec bien moins d'efprit que les Athéniens, ils en ont tous les défauts, et font encore plus exceffifs.

Je m'affermis tous les jours dans l'opinion qu'il ne faut pas perdre un demi-quart d'heure de fommeil pour leur plaire. La perfécution excitée contre l'Encyclopédie achève de me rendre mon lac délicieux ; je goûte le plaifir d'être mieux logé que les trois quarts de vos importans, et d'être entièrement libre: fi j'avais été à la tête de l'Encyclopédie, je ferais venu où je fuis ; jugez fi j'y dois refter. La littérature eft un brigandage ; le théâtre eft une arène où on eft livré aux bêtes ; et une médaille pour deux fuccès qui d'ordinaire font deux exemples de mauvais goût, n'eft qu'une fottife de plus. Lés fous de la cour portaient autrefois des médailles, c'eft apparemment celles - là qu'on donnera.

Nos médailles font ici d'excellens foupers ; nous n'avons point de cabales : on regarde comme une très-grande faveur d'être admis à nos fpectacles. Les habits font magnifiques, nos acteurs ne font pas mauvais. Madame *Denis* eft devenue fupérieure dans les rôles de mère ; je ne fuis pas mauvais pour les vieux fous : nous ne pouvons commencer que dans quinze jours, parce que nous avons eu des malades : voilà l'état des chofes. Je fuis très-touché de l'état de madame d'*Argental ;* il faut qu'elle vienne à Epidaure confulter *Efculape.* Madame d'*Epinai* a obtenu des nerfs, madame de *Muy* a été guérie, ma nièce *Fontaine* a été tirée de la mort. Il faut aller à Lyon voir fon oncle ; de là, dans une terre qui eft à M. de *Mondorge* ou à fon frère ; et, de cette terre, aux Délices.

Je vous prie de dire à M. le chevalier de *Chauvelin* que je lui fouhaite quelque étifie, quelque marafme, quelque atrophie, afin qu'il prenne fon chemin par Genève, quand il retournera à Turin.

Mais qu'eft devenue la maifon de votre île ? Que ne demandez-vous un rembourfement fur Hanovre ou fur Clèves ?

Comment vont vos affaires de Cadix ? ne recevezvous pas quelques débris de temps en temps ? Vivez heureux, mon cher ange ; ce font les vœux du plus maigre fuiffe des Treize-Cantons.

LETTRE VII.

AU MEME.

A Laufane, ce 9 de février.

Avez-vous, lifez-vous l'Encyclopédie, mon cher ange ? favez-vous les tracafferies, les tribulations qu'elle effuie ? J'ai retiré mes enjeux, et j'ai mandé à M. *Diderot* de me renvoyer les articles et les papiers concernant cet ouvrage, et j'ai pris la liberté de ftipuler qu'il renverrait chez vous les papiers cachetés ; vous me le permettrez, fans doute : ce n'eft plus la peine de travailler pour une entreprife qui va ceffer d'être utile, et qui eft traverfée de tous côtés. Si *Diderot*, qui eft entouré de facs comme *Perrin Dandin*, et qui eft accablé du fardeau, oubliait mes paperaffes, j'ofe vous fupplier de vouloir bien envoyer chez lui, rue Taranne, quand vous ferez à la comédie.

Nous allons, nous autres Suiffes, jouer Fanime et la Femme qui a raifon. Je penfe qu'il faut différer long-temps pour le tripot de Paris, et laiffer dégorger Iphigénie en Crimée. Par ma foi, vous autres Parifiens, vous n'avez pas le fens commun ; *Luc* n'en a pas davantage d'avoir commencé cette horrible guerre qui lui a donné, à la vérité, de la gloire, mais qui le rend très-malheureux, lui et onze ou douze cents mille hommes fes femblables, s'il y a quelque chofe de femblable à *Luc*. Je ne vois que folie et bêtife. *Interim, vale.* Heureux qui digère tranquillement. Comment va la fanté de madame d'*Argental* ?

LETTRE

LETTRE VIII.

A M. LE COMTE DE TRESSAN.

A Laufane, 13 de février.

JE reçois, Monfieur, une réponfe à la lettre que j'eus l'honneur de vous écrire hier. Votre bonté m'avait prévenu. Je ne favais pas que vous euffiez déjà reçu le fatras énorme dont vous voulez bien charger les tablettes de votre bibliothéque. Il y a là bien des inutilités ; mais, fi on fe réduifait à l'utile, l'Encyclopédie même n'aurait pas tant de volumes. Il y a d'excellens articles ; et celui de *Génie* n'eft pas le moindre. Si vous étiez encore dans les gardes, n'eft-il pas vrai que vous auriez arrêté ce père *Chapelain* qui prêche comme l'autre *Chapelain* fefait des vers, et qui a l'infolence de condamner, devant le roi, un livre muni du fceau du roi ? Ces marauds - là ont peut-être raifon de crier contre la vérité, et de fonner l'alarme quand leur ennemi eft aux portes ; mais on n'a pas raifon de fouffrir leurs impertinentes et punif- fables clameurs.

Voilà le temps où tous les philofophes devraient fe réunir. Les fanatiques et les fripons forment de gros bataillons, et les philofophes difperfés fe laiffent battre en détail : on les égorge un à un ; et, pendant qu'ils font fous le couteau, ils fe brouillent enfemble, et prêtent des armes à l'ennemi commun. D'*Alembert* fait bien de quitter, et les autres font lâchement de continuer. Si vous avez du crédit fur *Diderot* et

—— conforts, vous ferez une action de grand général de
les engager à fe joindre tous, à marcher ferré, à
demander juftice, et à ne reprendre l'ouvrage que
quand ils auront obtenu ce qu'on leur doit, juftice
et liberté honnête. Il eft infame de travailler à un
tel ouvrage comme on rame aux galères. Il me
femble que les exhortations d'un homme comme
vous doivent avoir du poids : c'eft à vous de donner
du cœur aux lâches.

Vous penfez comme il faut d'Iphigénie en Crimée ;
mais ce n'eft pas la première fois que les badauds de
Paris fe font trompés, et ce ne fera pas la dernière.

Vous perfiftez donc dans le goût de la phyfique ;
c'eft un amufement pour toute la vie. Vous êtes-vous
fait un cabinet d'hiftoire naturelle ? Si vous avez
commencé, vous ne finirez jamais. Pour moi, j'y
ai renoncé, et en voici la raifon : un jour en foufflant
mon feu, je me mis à fonger pourquoi du bois fefait
de la flamme ; perfonne ne me l'a pu dire, et j'ai
trouvé qu'il n'y a point d'expérience de phyfique
qui approche de celle-là. J'ai planté des arbres, et
je veux mourir fi je fais comment ils croiffent. Vous
avez eu la bonté de faire des enfans, et vous ne
favez pas comment. Je me le tiens pour dit, je renonce
à être fcrutateur : d'ailleurs, je ne vois guère que
charlatanifme ; et, excepté les découvertes de *Newton*
et de deux ou trois autres, tout eft fyftême abfurde ;
l'hiftoire de *Gargantua* vaut mieux.

Ma phyfique eft réduite à planter des pêchers à
l'abri du vent du nord. C'eft encore une belle invention que les poëles dans les antichambres ; j'ai eu
des mouches dans mon cabinet tout l'hiver. Un bon

cuisinier est encore un brave physicien ; cela est rare
à Lausane. Plût à Dieu que le mien pût vous servir **1758.**
de nos grosses truites , et que je susse assez heureux
pour philosopher avec vous le long de mon beau lac
de Lausane à Genève.

Recevez les tendres respects du vieux suisse *V*.

LETTRE IX.

A M. LE COMTE D'ARGENTAL.

A Lausane , 25 de février.

Il ne s'agit point , mon cher et respectable ami ,
des articles qu'on m'avait demandés pour le huitième
tome de l'Encyclopédie , ils sont à présent entre les
mains de d'*Alembert :* il s'agit de papiers que *Diderot*
a entre ses mains , au sujet de l'article *Genève* , et
des Kakouacs.

Il faut que mon ame soit bien à son aise pour
retravailler à Fanime , dans la multiplicité de mes
occupations et de mes maladies. Nous la jouâmes
hier , et avec un nouveau succès. Je jouais *Mohadar ;*
nous étions tous habillés comme les maîtres de
l'univers. Je vous avertis que je jouai le bon homme
de père mieux que *Sarrazin :* ce n'est point vanité ,
c'est vérité. Quand je dis mieux , j'entends si bien ,
que je ne voudrais pas de *Sarrazin* pour mon sacris-
tain. J'avais de la colère et des larmes , et une voix
tantôt forte , tantôt tremblante ; et des attitudes ! et
un bonnet ! non , jamais il n'y eut de si beau bonnet.

B 2

—— Mais je veux encore donner quelques coups de rabot
1758. à mon loisir, si DIEU me prête vie.

Oui, vous êtes des sibarites, fort au-dessous des
Athéniens, dans le siècle présent. La décadence est
arrivée chez vous beaucoup plutôt que chez eux;
mais vous leur ressemblez dans votre inconstance:
vous traitiez le roi de Prusse de *Mandrin*, il y a six
mois; aujourd'hui c'est *Alexandre*. Dieu vous bénisse;
Alexandre n'a point fui dix lieues à Molvitz, et n'a
point crocheté les armoires de *Darius*, pour avoir
un prétexte de prendre l'argent du pays. Peut-être
Alexandre aurait récompensé l'Iphigénie en Crimée,
comme il récompensa *Chérile*.

Je vous remercie, mon divin ange, de ce que
vous faites pour ces *Douglas*. C'est vous qui ne démen-
tez jamais votre caractère, et qui êtes toujours bien-
fesant. Voulez-vous bien faire mes complimens à
M. de *Chauvelin* ? Je suis toujours fâché qu'il s'en
retourne par Lyon; M. l'abbé de *Bernis* trouverait
fort bon qu'il passât par les Délices. J'ai reçu trois
lettres de lui, dans lesquelles il me marque *toujours*
la même amitié. Madame de *Pompadour* a *toujours*
la même bonté pour moi. Il est vrai qu'il y a *toujours*
quelques bigots qui me voient de travers, et que le
roi a *toujours* sur le cœur ma chambellanie; mais je
n'en suis pas moins content dans la retraite que j'ai
choisie. Je n'aime point votre pays dans lequel on
n'a de considération qu'autant qu'on a acheté un
office, et où il faut être janséniste ou moliniste pour
avoir des appuis. J'aime un pays où les souverains
viennent souper chez moi. Si vous aviez vu hier
Fanime, vous auriez cabalé pour me faire avoir la

médaille. Mais qui donc jouera *Enide*? Si c'eft la
Gauffin, elle a les feffes trop avalées, et elle eft trop
monotone. Madame d'*Hermenches* l'a très-bien jouée.
Et que dirons-nous de la belle-fille du marquis de
Langalerie, belle comme le jour? et elle devient
actrice, fon mari fe forme, tout le monde joue avec
chaleur. Vos acteurs de Paris font à la glace. Nous
eûmes après Fanime des rafraîchiffemens pour toute
la falle; enfuite le très-joli opéra des Troqueurs,
et puis un grand fouper. C'eft ainfi que l'hiver fe
paffe: cela vaut bien l'empire de madame *Geoffrin*, &c.

Il faut ajouter à ma lettre que la déclaration des
prêtres de Genève juftifie entièrement d'*Alembert*.
Ils ne difent point que l'enfer foit éternel, mais qu'il
y a dans l'Ecriture des menaces de peines éternelles:
ils ne difent point *Jéfus* égal à DIEU le père; ils
ne l'adorent point; ils difent qu'ils ont pour lui plus
que du refpect; ils veulent apparemment dire du
goût. Ils fe déclarent, en un mot, chrétiens déiftes.

LETTRE X.

A M. DE CIDEVILLE.

A Laufane, le 3 de mars.

JE reçois de vous, mon cher et ancien ami, deux lettres charmantes ; vers et profe, tout me rappelle la bonté de votre cœur et les grâces de votre efprit. J'aime mieux vous dire bien vîte, et tout fimplement, combien j'en fuis touché, que d'attendre l'infpiration et le moment heureux de faire des vers, pour vous remercier dignement. D'ailleurs je fuis plongé dans les détails de l'hiftoire, attendu qu'on va réimprimer cette Hiftoire générale, ce portrait des fottifes et des horreurs du genre-humain pendant huit à neuf fiècles.

Un peu d'hiftrionage partage encore mon temps. Nous avons joué une pièce nouvelle fur un très-joli théâtre ; madame *Denis* a été applaudie comme mademoifelle *Clairon*, et elle l'aurait été de même à Paris. Je vous avertis, fans vanité, que je fuis le meilleur vieux fou qu'il y ait dans aucune troupe. Croyez que vous auriez été bien furpris, fi vous aviez vu fur le bord de notre lac, une tragédie nouvelle très-bien jouée, très-bien fentie, très-bien jugée, fuivie de danfes exécutées à merveille, et d'un opéra-buffa, encore mieux exécuté ; le tout par de belles femmes, par des jeunes gens bien faits, qui ont de l'efprit, et devant une affemblée qui a du goût. Les acteurs fe font formés en un an ; ce font des fruits que les Alpes et le mont Jura n'avaient point encore portés. *Céfar* ne prévoyait pas, quand il vint ravager ce petit coin de terre, qu'il y aurait un jour plus d'efprit qu'à Rome.

Comptez que les Iphigénie, les Aftarbé, ne nous épouvantent pas, et que notre pays roman n'eft pas à dédaigner. Je fuis malheureufement obligé de quitter tout cela, pour aller faire quelques jours le métier de jardinier aux Délices. Chacun a fon Launay. Je cours du théâtre à mes plans, à mes vignes, à mes tulipes ; et de là je reviens au théâtre, du théâtre à l'hiftoire ; et de tout cela à votre amitié, qui eft la première des confolations.

Les vers du roi de Pruffe, dont vous me parlez, étaient fourrés dans une lettre qu'il m'écrivit trois jours avant la journée de Rosbac. La date rend les vers très-beaux. Je lui avais gardé le fecret ; mais il a donné lui-même des copies : et vous favez que les rois, qui font les maîtres du bien d'autrui, font auffi les maîtres du leur. Ce diable d'homme eft, fans contredit, celui de tous les rois qui fait le plus de vers, et qui donne le plus de batailles. Nous verrons comment le tout finira.

La canaille de vos convulfionnaires eft, fans doute, digne des petites-maifons ; mais il y a eu des corps, des ordres qui mériteraient d'y être admis. Il faut toujours qu'il y ait en France quelque maladie épidémique, et très-fouvent elle tombe fur les cervelles ; fi la guerre continue, elle tombera fur les bourfes, j'entends *fupra loculos*.

Vous ne me dites rien du grand abbé ; on parlait

d'un voyage qu'il devait faire au pays roman ; mais il n'ofera, ni vous non plus. Je vous embraffe avec bien de la tendreffe et des regrets.

LETTRE XI.

A M. LE COMTE D'ARGENTAL.

À Laufane, 7 de mars.

MON cher ange, êtes-vous couché fur le teftament de M. le cardinal de *Tençin* ? a-t-il laiffé quelque chofe à fon *Gouffaut* ? viendrez-vous à Lyon difcuter la fucceffion ? Ce ferait-là une belle occafion pour madame d'*Argental* de venir confulter *Tronchin* ; nous ferions un feu de joie aux Délices, non pas pour la mort de l'oncle, mais pour le joyeux avénement du neveu. J'ai perdu, dans cet oncle, un homme qui, depuis trois mois, s'était lié avec moi de la manière la plus intime et la plus extraordinaire ; mais il n'y a pas moyen de vous dire comment.

Il fuffit que tout le monde nous redemande Fanime, et que nous la rejouons encore demain.

Je perfifte, mon cher ange, à confeiller aux encyclopédiftes de s'unir comme des frères, et d'être opiniâtres comme des prêtres ; de déclarer qu'ils abandonnent tout, et de forcer le public à fe mettre à leurs pieds.

Avez-vous vu le vainqueur de Mahon, qui ne devait pas aller fur le Véfer ? eft-il encore fâché contre moi, de ce que madame *Denis* étant très-malade des fuites de cette ancienne cuiffe, je ne l'ai

pas abandonnée pour aller à Strasbourg dans l'anti-
chambre de monfieur le maréchal qui, en paffant le nez
haut au milieu de deux haies d'officiers , m'aurait
demandé s'il y avait une bonne troupe dans la ville?
Ce ferait pour vous , mon cher ange, que je ferais
cent lieues.

LETTRE XII.

AU MEME.

A Laufane, 12 de mars.

MON cher ange, je viens de lire un volume de
lettres de mademoiselle *Aïffé*, écrites à une madame
Calendrin de Genève. Cette circaffienne était plus
naïve qu'une champenoife ; ce qui me plaît de fes
lettres, c'eft qu'elle vous aimait comme vous méritez
d'être aimé. Elle parle fouvent de vous, comme j'en
parle et comme j'en penfe.

Vous dites donc que *Diderot* eft un bon homme.
Je le crois, car il eft naïf. Plus il eft bon homme,
et plus je le plains d'être dépendant des libraires qui
ne font point du tout bonnes gens, et d'être en proie
à la rage des ennemis de la philofophie. C'eft une
chofe pitoyable que des affociés de mérite ne foient
ni maîtres de leur ouvrage, ni maîtres de leurs penfées ; auffi l'édifice eft-il bâti moitié de marbre,
moitié de boue. J'ai prié *d'Alembert* de vous donner
les articles que j'avais ébauchés pour le huitième
volume ; je vous fupplie de vouloir bien me les

renvoyer contre-fignés, ou de les donner à *Jean-Robert*
Tronchin qui me les apportera à fon retour.

J'avais toujours cru que *Diderot* et d'*Alembert* me
demandaient de concert les articles dont on m'envoyait la lifte ; je fuis très-fâché que ces deux hommes
néceffaires l'un à l'autre, foient défunis, et qu'ils
ne s'entendent pas pour mettre le public à leurs pieds.

Pour moi, je me fuis amufé à jouer Fanime et
Alzire. Mademoifelle *Clairon*, je vous demande
pardon, mais vous n'avez jamais bien joué la tirade
du troifième acte :

> *De l'hymen, de l'amour venge ici tous les droits ;*
> *Punis une coupable, et fois jufte une fois.*

Pourquoi cela, Mademoifelle ? c'eft que vous n'avez
jamais lié les quatre vers de la fin, et appuyé fur le
dernier : c'eft le fecret. Vous n'avez jamais bien joué
l'endroit où l'Alzire demande grâce à fon mari pour
fon amant, et cela par la même raifon. Vous êtes
une actrice admirable, j'en conviens ; mais madame
Denis a joué ces deux endroits mieux que vous. Et
vous, vieux débagouleur de *Sarrazin*, vous n'avez
jamais joué Alvarès comme moi, entendez-vous.

Mon divin ange, depuis cette maudite affaire de
Rosbac, tout a été en décadence dans nos armées,
comme dans les beaux arts à Paris. Je ne vois de tous
côtés que fujets d'affliction et de honte. On dit pourtant que M. *Colardeau* eft remonté fur fon Aftarbé ; je
ne fais pas fur quoi nos généraux remonteront. Dieu
nous foit en aide !

Comment fe porte madame d'*Argental* ? quelles

nouvelles fottifes a-t-on faites ? quel nouveau mauvais livre avez-vous ? quelle nouvelle misère ? Si
vous voyez ce bon *Diderot*, dites à ce pauvre efclave
que je lui pardonne d'auffi bon cœur que je le plains.

LETTRE XIII.

A M. LINANT. (*)

A Laufane, le 12 de mars.

Quand je lis vos vers féduifans,
Je reffemble aux vieilles coquettes,
Qui n'ofant plus avoir d'amans,
Baiffent leurs yeux et leurs cornettes ;
Mais fi quelque jeune galant
Parle d'amour en leur préfence,
Adieu fageffe, adieu prudence,
La rage d'aimer leur reprend.

La rage des vers ne me reprend pas tout-à-fait,
Monfieur ; je me contente de fentir le mérite des
vôtres. Il eft plus aifé que vous ne le dites, de faire
entendre raifon à mes fuiffes de Laufane : il y a
fuiffes et fuiffes ; ceux de Laufane différent plus des
petits Cantons, que Paris des Bas-Bretons.

Je reviendrai aux Délices le plutôt que je pourrai,
pour faire ma cour à madame d'*Epinai*. Ne m'oubliez pas auprès du grand philofophe, votre
pupille, &c.

(*) Ce M. *Linant* n'eft point de la famille d'un autre *Linant*, élève
de M. de *Voltaire*.

LETTRE XIV.

A M. LE BARON DE ZURLAUBEN,

BRIGADIER D'INFANTERIE, ET CAPITAINE AU RÉGIMENT DES GARDES-SUISSES.

A Laufane, le 14 de mars.

MONSIEUR,

IL y a long-temps que je refpectais votre nom ; et votre hiftoire militaire des Suiffes en France m'a infpiré pour votre perfonne l'eftime qu'on ne peut lui refufer. Je conviens avec vous que *Benjamin de Rohan* était un grand et digne chef de parti. Il prenait de l'argent des Efpagnols, fuperftitieux catholiques, pour faire révolter les calviniftes fougueux de France ; il en prenait enfuite du roi de France, pour faire la paix. Il fefait toujours étaler une grande Bible fur une table dans tous les cabarets où il couchait ; d'ailleurs, entendant mieux que perfonne la manière dont on fefait la guerre dans ce temps-là. J'ai fait mention de lui dans une Hiftoire générale, au chapitre du miniftère du cardinal de *Richelieu ;* mais je n'en ai parlé dans ce tableau des malheurs de l'univers, qu'autant qu'on le peut d'un ambitieux fubalterne qui n'a troublé qu'une petite province dans un coin du monde, et qui n'a pas réuffi. Il aurait fait de plus grandes chofes fur un plus grand théâtre, furtout s'il eût employé contre les ennemis de l'Etat le génie qu'il employa contre fa patrie. Les hommes, qui n'ont pas changé le deftin des Etats , n'ont aujourd'hui qu'une place bien médiocre dans les niches du temple de la gloire , où l'on trouve une foule prodigieufe de guerriers. On a tant célébré de grands-hommes, qu'il n'y a prefque plus de grands-hommès. Cependant, Monfieur, fi un homme de votre mérite gratifie le public d'une partie des mémoires du duc de *Rohan* fur la guerre de la Valteline , je me ferai un plaifir et un honneur d'obéir à vos ordres, fuppofé que je trouve par hafard quelque idée qui ne foit pas tout-à-fait indigne de vos peines et du fervice que vous rendez aux amateurs de l'hiftoire.

J'ai l'honneur d'être, &c.

1758.

A U M E M E.

Aux Délices , près de Genève.

Vous me donnez , Monfieur, une extrême envie de vous obéir, mais vous ne pouvez me donner le talent de faire quelque chofé d'heureux qui rempliffe votre idée , et qui plaife au public et à vous. La langue françaife n'eft guère propre aux infcriptions et aux épigraphes ; cependant , fi vous en voulez fouffrir une médiocre à la tête d'un bon livre , et au bas du portrait du duc de *Rohan* , en voici une que je hafarde , uniquement pour obéir à vos ordres. Puifqu'il s'agit du petit pays et de la petite guerre de la Valteline , ne trouvez pas mauvais que je trouve

—— le théâtre petit ; c'eſt aſſez que votre héros ne le ſoit pas.

Sur un plus grand théâtre il aurait dû paraître :
Il agit en héros, en ſage il écrivit.
Il fut même un grand-homme en combattant ſon maître,
Et plus grand lorſqu'il le ſervit.

Vous voudriez, ſans doute, de meilleurs vers, Monſieur, et moi auſſi ; mais il y a long-temps que j'ai renoncé à rimer. Une choſe à laquelle je ſens que je ne renoncerai jamais, c'eſt aux ſentimens d'eſtime que je vous dois, et à l'envie de vous plaire. Pardonnez cette courte proſe et ces plats vers à un pauvre malade. J'ai l'honneur d'être, &c.

LETTRE XV.

A M. L'ABBÉ AUBERT, *à Paris.*

Aux Délices, 22 de mars.

JE n'ai reçu, Monſieur, que depuis très-peu de jours, dans ma campagne où je ſuis de retour, la lettre pleine d'eſprit et de grâces dont vous m'avez honoré, accompagnée de votre livre qui me rend encore votre lettre plus précieuſe. Je ne ſais quel contre-temps a pu retarder un préſent ſi flatteur pour moi. J'ai lû vos fables avec tout le plaiſir qu'on doit ſentir, quand on voit la raiſon ornée des charmes de l'eſprit. Il y en a quelques-unes qui reſpirent la philoſophie la plus digne de l'homme. Celle du Merle, du Patriarche, des

Fourmis , font de ce nombre. De telles fables font
du fublime écrit avec naïveté. Vous avez le mérite **1758.**
du ftyle , celui de l'invention , dans un genre où
tout paraiffait avoir été dit. Je vous remercie et je
vous félicite. Je donnerais ici plus d'étendue à tous
les fentimens que vous m'infpirez , fi le mauvais
état de ma fanté me permettait les longues lettres ;
je peux à peine dicter , mais je ne fuis pas moins
fenfible à votre mérite et à votre préfent.

J'ai l'honneur d'être, avec toute l'eftime que je
vous dois, &c.

LETTRE XVI.

A MADAME DE GRAFFIGNI.

Aux Délices , le 22 de mars.

DIEU conferve votre fanté, Madame! Je vous
tiens ce propos parce que je fuis revenu malade à
ma retraite des Délices , et je fens que , fans la fanté ,
on n'a ni plaifir , ni philofophie , ni idées.

Si j'étais capable de regretter Paris , je regretterais
furtout de ne me pas trouver à la naiffance de *la
Fille d'Ariflide* (*) , et de ne pas faire ma cour à
madame fa mère. *Melpomène* et *Thalie* font donc
logées dans la même maifon ? Vous dites que M. de
la Touche connaît les livres , et très-peu le monde ;
mais c'eft le connaître très-bien que de vivre avec
vous. Vous lui apprendrez comme le monde eft fait ,
et il verra en vous ce que le monde a de meilleur.

(*) Comédie de madame de *Graffigni* , repréfentée le 29 avril 1758.

——— Vous le peindrez tous deux ; vous, Madame, avec le pinceau de *Ménandre*, et lui, avec ceux d'*Euripide* ; car vous voilà tous deux grecs.

Vous avez voulu mettre un homme juste fur le théâtre, il a fallu chercher dans l'ancienne Gréce : nous n'avons eu que *Louis XIII* qui ait eu ce beau furnom ; DIEU fait comme il le méritait. Ce titre de *jufte* fut la définition d'*Ariftide*, et le fobriquet de *Louis XIII*.

Quant au très-aimable et très-brillant petit-neveu du miniftre plus grand que jufte de *Louis le jufte*, je vous félicite tous deux de ce qu'il vient oublier avec vous les tracafferies de la cour et de l'armée. Je ne puis pas me vanter à vous de recevoir de fes lettres, comme vous vous vantez de jouir des charmes de fa converfation ; il m'a abandonné : c'eft depuis qu'il eft allé guerroyer chez les Cimbres. Il m'avait donné rendez-vous à Strasbourg ; mais, précifément dans ce temps-là, une des cuiffes de ma nièce s'avifa de devenir auffi groffe que fon corps. Elle avait déjà été à la mort de cette maladie : c'était une fuite de la belle peur que le roi de Pruffe lui avait faite à Francfort. Si tous ceux à qui il a fait peur, avaient la cuiffe enflée, il faudrait élargir bien des chauffes. Je ne fais fi M. le maréchal de *Richelieu* m'a trouvé un oncle trop tendre de ne lui pas facrifier une cuiffe pour le voyage de Strasbourg ; mais, depuis ce temps-là, il a eu la barbarie de ne me plus écrire.

Je me fuis dépiqué avec le roi de Pruffe qui eft beaucoup plus régulier que lui ; mais je fens cependant que je ferais plus volontiers un voyage pour revoir mon héros français, que mon héros pruffien.

Je

Je voudrais bien, Madame, me trouver entre vous deux ; ma deſtinée ne le veut pas ; elle m'a fait ſuiſſe et jardinier. Je m'accommode très-bien de ces deux qualités. Heureux qui ſait vivre dans la retraite ; cela n'eſt pas aiſé aux grands de ce monde, mais cela eſt très-facile pour les petits.

Je me trouve fort bien, et je ſuis toujours, Madame, votre très-fidelle ſuiſſe, *Voltaire*.

1758.

LETTRE XVII.

A M. L'ABBÉ DE VOISENON,

Qui avait envoyé à l'auteur ſon motet français :
Les Iſraélites ſur la montagne d'Oreb.

Mars.

MON cher évêque (*), j'ai été enchanté de votre ſouvenir, et de votre beau mandement iſraelite : on ne peut pas mieux demander à boire : c'eſt dommage que *Moïſe* n'ait donné à boire que de l'eau à ces pauvres gens ; mais je me flatte que vous ferez, pour Pâques prochain, au moins une noce de Cana. Ce miracle eſt au-deſſus de l'autre ; et rien ne vous manquera plus, quand vous aurez apaiſé la ſoif des buveurs de l'ancien et du nouveau Teſtament. Franchement, votre petit ouvrage eſt très-bien fait et très-lyrique. *Mondonville* doit vous avoir beaucoup d'obligation ; et j'ai plus de ſoif de vous revoir que vous

---

(*) On l'appelait l'évêque de Montrouge, parce qu'il était ſouvent au château de M. le duc de la *Valliere*, à Montrouge.

—— n'en avez de venir à mes petites Délices; mais ce n'eſt pas aux Délices qu'il fallait venir, c'eſt à Lauſane. Madame *Denis* y a la même réputation que mademoiſelle *Clairon* a dans votre pays. Vous ſeriez aſſez étonné de voir des pièces nouvelles en Suiſſe, et mieux jouées, en général, qu'elles ne le ſeraient à Paris : c'eſt à quoi nous avons paſſé notre hiver, pour nous dépiquer du malheur de nos armées. Nous vous aurions très-bien logé; nous vous aurions fait manger force gélinotes et de groſſes truites; nous vous aurions crevé, et M. *Tronchin* vous aurait guéri; mais vous n'êtes pas un prêtre à faire une miſſion chez nous autres hérétiques ; jamais votre zèle ne ſera aſſez grand pour venir ſur notre beau lac de Genève. Je vous avertis pourtant qu'il y a de très-jolies femmes à convertir dans Lauſane. Madame *Denis* ſe ſouvient toujours de vous avec bien de l'amitié, et n'en compte pas ſur vous davantage. Vous nous écrivez une fois en cinq ans ; nous reconnaiſſons là les mœurs de Paris : encore eſt-ce beaucoup que, dans vos diſſipations, vous vous ſoyez reſſouvenu de vos amis, qui ne vous oublient jamais, et qui ſavent, autant que vos pariſiennes, combien vous êtes aimable. Nous ne regrettons pas beaucoup de choſes, mais nous regrettons toujours le très-aimable et très-volage évêque de Montrouge.

LETTRE XVIII.

A M. LE COMTE D'ARGENTAL , *à Paris.*

Aux Délices, 4 d'avril.

MON cher et respectable ami , je ne devrais être étonné de rien à mon âge. Je le suis pourtant de ce testament. Je sais , à n'en pouvoir douter, que le testateur (*) était l'homme du sacré collége qui avait le plus d'argent comptant. Il y a sept ou huit ans que l'homme de confiance, dont vous me parlez, lui sauva cinq cents mille livres qui étaient en dépôt chez un homme d'affaires dont le nom ne me revient pas ; c'est celui qui se coupa la gorge pour faire banque-route, ou qui fit croire qu'il se l'était coupée. On eut le temps de retirer les cinq cents mille livres avant cette belle aventure.

Certainement, si madame de *Groslée* ne se retire pas à Grenoble , si elle reste à Lyon, l'homme de confiance sera l'homme le plus propre à vous servir ; et vous croyez bien , mon cher ange , que je ne manquerai pas à l'encourager, quoiqu'un homme qui vous a vu et qui vous connaît , n'ait assurément nul besoin d'aiguillon pour s'intéresser à vous.

Je suis charmé que M. le maréchal de *Richelieu* ait exigé du cardinal, votre oncle, l'action honnête qu'il fit quand il vous assura une partie de sa pension ;

(*) Le cardinal de *Tencin.*

1758.
—— mais s'il faut toujours envoyer de nouvelles armées se fondre en Allemagne, il est à craindre qu'à la fin les pensions ne soient mal payées. Heureux ceux dont la fortune est indépendante. Je ne reviens point de votre singulière aventure de cette maison dans une île que les Anglais ont brûlée. Il faut au moins que, par un dédommagement très-légitime, la pension vous soit payée exactement.

Je ne sais si M. le maréchal de *Richelieu* a beaucoup de crédit à la cour; je crois que vous le voyez souvent. Je ne suis pas trop content de lui. Je vous ai déjà dit qu'il s'était figuré que je devais courir à Strasbourg pour le voir à son passage, lorsqu'il alla commander cette malheureuse armée. Madame *Denis* était alors très-malade; elle avait la fièvre. Vous vous souvenez que le roi de Prusse lui avait fait enfler une cuisse, il y a cinq ans; cette cuisse renflait encore. Les maux que les rois causent n'ont point de fin. M. de *Richelieu* a trouvé mauvais apparemment que je ne lui aye pas sacrifié une cuisse de nièce. Il ne m'a point écrit, et le bon de l'affaire est que le roi de Prusse m'écrit souvent. Cependant je veux toujours plus compter sur M. de *Richelieu* que sur un roi. Il est vrai que, dans mon agréable retraite, ni les monarques ni les généraux d'armées ne troublent guère mon repos.

Je suis toujours affligé que *Diderot*, d'*Alembert* et autres ne soient pas réunis, n'aient pas donné des lois, n'aient pas été libres, et je suis toujours indigné que l'Encyclopédie soit avilie et défigurée par mille articles ridicules, par mille déclamations d'écolier qui ne mériteraient pas de trouver place dans le

Mercure. Voilà mes fentimens , et parbleu j'ai —————
raifon.

Mille tendres refpects à tous les anges. Je vous
embraffe tant que je peux.

LETTRE XIX.

A M. LE COMTE DE SCHOUVALOF.

Aux Délices, près de Genève, le 20 d'avril.

MONSIEUR,

JE me confole du retardement des inftructions que
votre excellence veut bien m'envoyer, dans l'efpérance qu'elles n'en feront que plus amples et plus
détaillées. La création de *Pierre le grand* devient
chaque jour plus digne de l'attention de la poftérité.
Tout ce qu'il a créé fe perfectionne fous l'empire
de fon augufte fille l'impératrice, à qui je fouhaite
une vie plus longue que celle du grand-homme dont
elle eft née. Je me flatte, Monfieur, que ceux qui
font chargés par votre excellence du foin de rédiger
ces Mémoires, n'oublieront ni les belles campagnes
contre les Turcs, ni celles contre les Suédois, ni ce
que votre illuftre nation fait aujourd'hui. Plus votre
empire fera bien connu, plus il fera refpecté. Il n'y a
point d'exemple fur la terre d'une nation qui foit
devenue fi confidérable en tout genre , en fi peu
de temps. Il ne vous a fallu qu'un demi-fiècle pour
embraffer tous les arts utiles et agréables. C'eft furtout ce prodige unique que je voudrais développer.

Je ne ferai, Monfieur, que votre fécrétaire dans cette grande et noble entreprife. Je ne doute pas que votre attachement pour l'impératrice et pour votre patrie ne vous ait porté à raffembler tout ce qui pourra contribuer à la gloire de l'une et de l'autre. La culture des terres, les manufactures, la marine, les découvertes, la police publique, la difcipline militaire, les lois, les mœurs, les arts, tout entre dans votre plan. Il ne doit manquer aucun fleuron à cette couronne. Je confacrerai avec zèle les derniers jours de ma vie à mettre en œuvre ces monumens précieux, bien perfuadé que la collection que je recevrai de vos bontés fera digne de celui qui me l'envoie, et répondra à la grandeur et à l'univerfalité de fes vues patriotiques. J'ai, &c.

LETTRE XX.

A M. LE COMTE D'ARGENTAL.

Aux Délices, 8 de mai.

Mon cher ange, il doit y avoir une petite caiffe plate, qui contient quelque chofe d'affez plat, à votre adreffe, au bureau des coches de Dijon. Cette platitude eft mon portrait. Un gros et gras fuiffe, barbouilleur en paftel, qu'on m'avait vanté comme un *Raphaël*, me vint peindre à Laufane, il y a fix femaines, en bonnet de nuit et en robe de chambre. Je fis partir ma maigre effigie par le coche de Dijon ou par les voituriers. Une madame *Rameau*, commiffionnaire de Dijon, s'eft chargée de vous faire tenir ce barbouillage. Je vous demande pardon pour ma face de carême ; mais non-feulement vous l'avez permis, vous l'avez ordonné ; et j'obéis toujours tôt ou tard à mon cher ange. Eſt-il vrai que *la Fille d'Ariſtide* le juſte, ait été auſſi maltraitée par le parterre pariſien, que ſon père le fut par les Athéniens ? Cela n'eſt pas poli ; heureuſement vous aurez bientôt madame *du Bocage* qui revient, dit-on, avec une tragédie. Madame *Geoffrin* ne nous donnera-t-elle rien ?

J'ignore ce qu'on fait ſur mer et ſur terre ; il paraît que les chiens de la guerre, comme dit *Shakeſpeare*, ceſſent de mordre et même d'aboyer : les Anglais admirent cette expreſſion. Je ſuis toujours émerveillé de ce qui ſe paſſe : celui que vous appeliez tous *Mandrin*, il y a deux ans, il y a un an, devient un homme ſupérieur à *Guſtave-Adolphe* et à *Charles XII*, par les événemens. On ſera réduit à faire la paix. Dieu nous doint cette douce humiliation ! Cependant nous avons une aſſez bonne troupe aux portes de Genève. La nièce et l'oncle vous baiſent les ailes.

LETTRE XXI.

AU MEME.

Aux Délices, 15 de mai.

JE suis chargé, mon cher ange, de vous supplier encore de vouloir bien donner un petit coup d'aiguillon au rapporteur de MM. de *Douglas* : je plains plus que jamais les plaideurs que les rapporteurs négligent. Il y a huit ans que, madame *Denis* et moi, nous sommes très-négligés dans une affaire plus grave que celle de MM. de *Douglas*. Mon émerveillement dure toujours que le fils de *Samuel* nous ait fait banqueroute six mois après avoir pris notre argent, et qu'il ait trouvé le secret de fricasser huit millions obscurément et sans plaisir. Votre premier président, son beau-frère, ne serait-il pas, entre nous, un peu engagé par son honneur et par celui de sa place à faire finir une affaire si odieuse ? Le fils d'un banqueroutier, dans notre Suisse, ne peut jamais parvenir à aucun emploi, à moins d'avoir payé les dettes de son père ; mais c'est que nous sommes des barbares, et vous autres, gens polis, vous donnez vîte une belle charge d'avocat général au fils d'un banqueroutier frauduleux. Cependant une partie de la succession entre dans les coffres du receveur des consignations, qui prend d'abord cinq pour cent par an pour garder l'argent, et qui gagne six pour cent à le faire valoir ; le tout pendant vingt années.

Eſt-ce-là faire droit , eſt-ce-là comme on juge ? ———
Pardon; je ſuis un peu en colère , parce que j'ai 1758.
perdu environ le quart de mon bien en opérations
de cette eſpèce ; mais je ne dois pas me plaindre
devant celui dont les Anglais ont brûlé la maiſon.

Mon divin ange, je ſonge à une choſe. Si *Babet*
vous procurait une ambaſſade ! Vous me direz que
vous êtes trop honnête homme pour négocier ; mais il
y a des honnêtes gens par-tout. Je voudrais que vous
relevaſſiez M. de *Chavigny*. Comptez que tous nos
Suiſſes feraient enchantés. Que ſait-on ? Ce que je
vous dis là n'eſt point ſi ſot; penſez-y.

Ma nièce *Fontaine* eſt à Lyon : j'eſpère qu'elle
m'apportera mes paperaſſes encyclopédiques. Savez-
vous des nouvelles de cette Encyclopédie? Je les
aime mieux que les nouvelles publiques qui ſont
prèſque toujours affligeantes. Mille reſpects à tous
les anges. Je baiſe toujours le bout de vos ailes; le
ſuiſſe *V.*

LETTRE XXII.

A MADAME DE GRAFFIGNI.

Aux Délices, le 16 de mai.

JE fuis bien fenfible, Madame, à la marque de
confiance que vous me donnez. Nous pouvons nous
dire l'un à l'autre ce que nous penfons du public,
de cette mer orageufe que tous les vents agitent, et
qui tantôt vous conduit au port, tantôt vous brife
contre un écueil; dé cette multitude qui juge de
tout au hafard, qui élève une ftatue pour lui caffer
le nez, qui fait tout à tort et à travers; de ces voix
difcordantes qui crient *hofanna* le matin et *crucifige*
le foir; de ces gens qui font du bien et du mal fans
favoir ce qu'ils font. Les hommes ne méritent certainement pas qu'on fe livre à leur jugement, et qu'on
faffe dépendre fon bonheur de leur manière de
penfer. J'ai tâté de cet abominable efclavage, et j'ai
heureufement fini par fuir tous les efclavages poffibles.

Quand j'ai quelques rogatons tragiques ou comiques dans mon porte-feuille, je me garde de les
envoyer à votre parterre. C'eft mon vin du cru; je
le bois avec mes amis. J'hiftrionne pour mon plaifir,
fans avoir ni cabale à craindre, ni caprice à effuyer.
Il faut vivre un peu pour foi, pour fa fociété; alors
on eft en paix. Qui fe donne au monde eft en guerre;
et, pour faire la guerre, il faut qu'il y ait prodigieufement à gagner, fans quoi on la fait en dupe: ce

qui est arrivé quelquefois à quelques puissances de
ce monde.

Au reste, les cabales n'empêcheront jamais que
vous ne soyez du monde qui a l'esprit le plus aimable
et le meilleur goût. Je n'ose vous prier de m'envoyer
votre grecque ; mais je vous avoue pourtant que les
lettres de la mère me donnent une grande envie de
voir *la Fille*. Comptez, Madame, sur la tendre et
respectueuse amitié du suisse *V*.

LETTRE XXIII.

A M. LE COMTE D'ARGENTAL.

Aux Délices, 24 de mai.

Mon divin ange, je vous envoie de la prose.
Vous aimeriez mieux une tragédie, je le sais bien ;
et j'aimerais mieux travailler pour vous que pour
l'Encyclopédie ; mais, entre nous, il est plus aisé de
faire le métier de *Diderot* que celui de *Racine*. Je
vous demande en grâce de lire cet article *Histoire ;*
il me semble qu'il y a quelque chose d'assez neuf et
d'assez utile ; mais si vous n'en jugez pas ainsi, j'en
jugerai comme vous. J'ai plus de foi à votre goût que
je n'ai d'amour propre.

Je n'en ai point sur mon portrait, c'est d'amour
propre dont je parle. Vous dites que le portrait ne
me ressemble pas : vous êtes la belle *Javote*, et moi
le beau *Cléon*. Vous croyez donc qu'après huit ans

—— la charpente de mon vifage n'a point changé. Je vous jure, en toute humilité, que le portrait reſſemble. Je le trouve encore bien honnête à mon âge de foixante et quatre ans, et fi vous vouliez vous entendre avec mon patron d'*Olivet*, pour en faire tirer une copie et la nicher dans l'académie, au-deſſous de la groſſe et rubiconde face de M. l'abbé de *Bernis*, vous empêcheriez nos amis les dévots de dire qu'on n'a pas ofé mettre la mine d'un profane comme moi au-deſſous de celle du plus gras des abbés. J'aurais plus de raiſons, mon cher et reſpectable ami, de vous demander votre effigie que vous de demander la mienne; mais j'eſpère vous voir en perfonne. Je ne peux pas concevoir que madame de *Groslée* ne vous prie pas à mains jointes de venir la voir, et alors je ferai un homme heureux. J'aurais bien des chofes à vous dire à préfent *fecretò*; et furtout fur le ridicule dont je fuis affublé de ne pouvoir venir qu'après la paix. Cette aventure eſt d'un très-bon comique.

Il eſt vrai, mon cher ange, que, dans les horreurs et les viciſſitudes de cette guerre, il y a eu des ſcènes bouffonnes comme dans les tragédies de *Shakeſpeare*. Premièrement, le roi de Pruſſe, qui a un petit grain dans la tête, fait un opéra en vers français, de ma tragédie de Mérope, en fefant fon traité avec l'Angleterre, et m'envoie ce beau chef-d'œuvre; enfuite, quand il eſt battu, et que les Hanovriens font chaſſés d'Hanovre, il veut fe tuer, il fait fon paquet, il prend congé en vers et en profe; moi qui fuis bon dans le fond, je lui mande qu'il faut vivre. Je le confeille comme *Cinéas* confeillait *Pyrrhus*. J'aurais voulu même qu'il fe fût adreſſé à M. le maréchal de

Richelieu , pour finir tout en cédant quelque chofe. ——
Arrive alors l'inconcevable affaire de Rosbac ; et 1758.
voilà que mon homme , qui voulait fe tuer, tue en
un mois , Français, Autrichiens , et eft le maître des
affaires. Cette fituation peut changer demain, mais
elle eft très-affermie aujourd'hui.

Or , maintenant je fuppofe que les Autrichiens
ont intercepté mes lettres ; y a-t-il là de quoi leur
donner la moindre inquiétude ? n'eft-ce pas le lion
qui craint une fouris ? qu'ai-je affaire à tout cela,
s'il vous plaît ? Tout le monde , je crois, fouhaite la
paix. Si on empêche de venir dans votre ville tous
ceux qui défirent la fin de tant de maux, il ne viendra
chez vous perfonne. J'avoue que je voudrais que
M. de *Staremberg* fût bien perfuadé que perfonne n'a
plus applaudi que moi au traité de Verfailles, en
qualité de fpectateur de la pièce; j'ai battu des mains
dans un coin du parterre.

C'eft une chofe rare que le roi de Pruffe m'ayant
tant fait de mal, les Autrichiens m'en faffent encore.
Patience : DIEU eft jufte. Mais, en attendant que je
fois récompenfé dans l'autre monde , votre ami, le
chevalier de *Chauvelin* , l'ambaffadeur , ne pourrait-il
pas, à votre inftigation , dire un petit mot de moi
à cet ambaffadeur impérial et royal ? ne pourrait-il
pas lui gliffer qu'il y a un barbouilleur de papier qui
a trouvé fon traité admirable , et qui défire d'en
écrire un jour les fuites heureufes. Ce ferait-là une
belle négociation : M. de *Chauvelin* verrait ce que
M. de *Staremberg* penfe. Pour moi , je penfe que ce
monde eft fou, et que vous êtes le plus aimable des
hommes.

LETTRE XXIV.

A M. LE COMTE DE TRESSAN.

7 de juin.

M. de *Florian* ne fera pas affurément le feul , mon très-cher gouverneur, qui vous écrira du petit hermitage des Délices ; c'eft un plaifir dont j'aurai auffi ma part. Il y a bien long-temps que je n'ai joui de cette confolation. Ma déplorable fanté rend ma main auffi pareffeufe que mon cœur eft actif : et puis on a tant de chofes à dire qu'on ne dit rien. Il s'eft paffé des aventures fi fingulières dans ce monde , qu'on eft tout ébahi, et qu'on fe tait ; et , comme cette lettre-ci paffera par la France , c'eft encore une nouvelle raifon pour ne rien dire. Quand je lis les Lettres de *Cicéron*, et que je vois avec quelle liberté il s'explique au milieu des guerres civiles, et fous la domination de *Céfar* , je conclus qu'on difait plus librement fa penfée du temps des Romains que du temps des poftes ; cette belle facilité d'écrire d'un bout de l'Europe à l'autre traîne après elle un inconvénient affez trifte, c'eft qu'on ne reçoit pas un mot de vérité pour fon argent. Ce n'eft que quand les lettres paffent par le territoire de nos bons Suiffes qu'on peut ouvrir fon cœur. Par quelque pofte que ce petit billet paffe, je peux au moins vous affurer que vous n'avez ni de plus vieux ferviteur, ni de plus tendrement attaché que moi. Peut-être , quand vous

aurez la bonté de m'écrire par la Suiffe, me direz-vous
ce que vous penfez fur bien des chofes. Par exemple ,
fur l'Encyclopédie, fur *la Fille d'Ariflide*, fur l'académie françaife. N'aurai-je jamais le bonheur de
m'entretenir avec vous? n'irai-je jamais à Plombières?
pourquoi *Tronchin* ne m'ordonne-t-il point les eaux?
pourquoi ma retraite eft-elle fi loin de votre gouvernement, quand mon cœur en eft fi près?

Mille tendres refpects, le fuiffe *V.*

LETTRE XXV.

A M. LE COMTE D'ARGENTAL.

15 de juin.

Mon divin ange, ce paquet contient de plats
articles pour ce Dictionnaire encyclopédique. L'article *Heureux* a pourtant quelque chofe d'intéreffant,
ne fût-ce que par le fujet. Il n'appartient guère à un
homme éloigné de vous de traiter cette matière.

Si vous avez la bonté de donner ces paperaffes
avec *Hiftoire*, on commence à préfent le huitième
volume, et votre préfent fera bien reçu. *Diderot* ne
m'a point écrit; c'eft un homme dont il eft plus aifé
d'avoir un livre qu'une lettre. Il eft vrai qu'il n'a
pas trop de temps, et qu'on peut lui pardonner. Ce
n'eft qu'à la campagne qu'on a du temps, encore
n'en ai-je guère.

Il eft toujours bon, mon cher ange, de dire aux
auteurs que leur pièce eft bonne. Il n'y a que moi à

qui on puiffe dire franchement la vérité ; d'ailleurs,
la pièce en queftion eft fi intriguée , fi chargée , que
je n'y comprends plus rien. On dit que les places du
parterre ont été mifes au double, et que cela indif-
pofe le public contre l'auteur : il n'y a que le temps
qui décide du mérite des ouvrages. Il faut donc
attendre.

Je rends mille grâces à votre aimable ami , au
plus aimable des ambaffadeurs. Je fuis pénétré de
reconnaiffance pour vous et pour lui. Sa médiation
fera d'autant mieux placée qu'elle fera feulement
l'effet de la bonté de fon cœur, qu'elle ne paraîtra
point mendiée ; qu'elle ne pourra embarraffer en rien
la perfonne à qui cette médiation s'adreffera, et que
probablement elle fera très-bien reçue. Rien ne preffe ;
et on peut attendre très-patiemment le *mollia fandi
tempora.* Ce qui me tient beaucoup plus au cœur ,
c'eft que vous veniez à Lyon, mon cher ange. Il faut
abfolument que *Tronchin* , qui va partir, faffe cette
négociation, et qu'il la faffe de lui-même, et qu'il y
réuffiffe. Comptez qu'il entend ces affaires-là comme
celles du change. Mon Dieu , le joli coup que ce
ferait ! On eft riche comme un puits. On radote.
J'aurais le bonheur de vous voir. J'ai toujours peur
de radoter moi-même en me livrant trop à mes idées ;
mais pardonnez - moi la plus douce illufion du
monde.

Madame de *Fontaine* vous rapportera Fanime et
la Femme qui a raifon. Si ces mifères vous amufent,
elles en amuferont bien d'autres.

Je me flatte que madame d'*Argental* eft en bonne
fanté. Je baife les ailes de tous les anges.

Je

Je fais mille tendres complimens à M. de ———
Sainte-Palaye ; je fuis auffi honoré qu'enchanté de 1758.
l'avoir pour confrère.

LETTRE XXVI.

AU MÊME.

Aux Délices, 16 de juin.

MON cher ange, je cours grand rifque de vous
déplaire en ne vous envoyant que de la profe pour
l'Encyclopédie, au lieu de vous dépêcher des cargai-
fons de vers pour *Clairon* et pour *le Kain.* Je fais
partir fous l'enveloppe de M. de *Chauvelin*, *Imagina-*
tion et *Idolâtrie ;* ce font deux morceaux qui m'ont
coûté bien de la peine. C'eft une entreprife hardie de
prouver qu'il n'y a point eu d'idolâtres. Je crois la
chofe prouvée, et je crains de l'avoir trop démontrée.
C'eft à vous à protéger les vérités délicates que j'ai
dites dans les articles *Idolâtrie* et *Imagination.* Elles
pourront paffer au tribunal des examinateurs, fi
elles ne font pas annoncées fous mon nom. Ce nom
eft dangereux, et met tout bon théologien en garde.

Enfin, *fermonum noftrorum candide judex,* voyez fi
vous pouvez avoir la bonté de donner ces articles à
Diderot. Je vous ai déjà envoyé celui d'*Hiftoire* par
M. de *Chauvelin;* tout cela compoferait un livre. J'ai
facrifié mon temps à l'Encyclopédie ; je ne plaindrai
pas mes peines, fi le livre devient meilleur de jour
en jour, et je fouhaite que mes articles foient les
moins bons.

1758.

Peut-être eft-ce prendre bien mal fon temps de vous parler de ce qui ne peut occuper que des philofophes, tandis qu'il fe paffe tant de chofes qui doivent intéreffer tout le monde.

Je me flatte au moins que vous n'avez de maifon ni à Saint-Malo, ni fur les bords du Rhin.

Puiffe M. le comte de *Clermont* battre les Hano-.vriens! puiffent les Anglais, qui font defcendus près de Saint-Malo, ne pas retourner chèz eux! et puiffiez-vous approuver et faire approuver *Hiftoire*, *Idolâtrie*, *Imagination!* Je n'en ai plus de cette imagination; mais les fentimens qui m'attachent à vous font plus vifs que jamais.

J'ajoute encore un petit mot fur ma trifte figure. Je vous jure que je fuis auffi laid que mon portrait; croyez-moi. Le peintre n'eft pas bon, je l'avoue; mais il n'eft pas flatteur. Faites-en faire, mon cher ange, une copie pour l'académie. Qu'importe, après tout, que l'image d'un pauvre diable qui fera bientôt pouffière, foit reffemblante ou non. Les portraits font une chimère comme tout le refte. L'original vous aimera bien tendrement tant qu'il vivra.

LETTRE XXVII.

AU MEME.

Aux Délices, 21 de juin.

Premièrement, mon divin ange, le confident *Tronchin* fera fa principale occupation de ménager mon bonheur, c'eft-à-dire, de vous attirer à Lyon, et je veux abfolument croire qu'il en viendra à bout.

Quant à la négociation d'un très-aimable ambaffadeur, je n'en connais pas de plus facile, et je vous aurai la plus grande obligation, à vous et à lui, du petit mot en général qu'il veut bien avoir la bonté de dire de lui-même. Il peut très-aifément, et fans fe compromettre, encourager les fentimens favorables qu'on me conferve; il peut faire regarder comme une chofe honnête, et même honorable, de revoir un ancien camarade en poëfie, en académie, et non pas en vifage. Il y a du mérite, il y a de la gloire à faire certaines actions, et tout cela peut être repréfenté fans être mendié, et fans autre deffein que de vouloir échauffer, dans le cœur d'un homme qui fe pique de fentimens, les bontés dont votre aimable ambaffadeur lui donne l'exemple. C'eft d'ailleurs un plaifir de dire à un auteur, que je fuis un des plus ardens partifans de fa pièce, et que je la prône partout. Je ne veux point qu'on me donne un éloge. Je ne veux rien, mais je défire ardemment que votre ancien ami parle à votre ancien ami comme vous

D 2

—— parleriez vous-même, et je vous prie de remercier
1758. d'avance votre ambaſſadeur.

Il faut que je vous confie, mon cher ange, que je
vais paſſer quelques jours à la campagne, chez monſeigneur l'électeur palatin. Je laiſſerai mes nièces ſe
réjouir et apprendre des rôles de comédie pendant
ma petite abſence. Je ne peux remettre ce voyage :
il faut que, pour mon excuſe, vous ſachiez que ce
prince m'a donné les marques les plus eſſentielles
de ſa bonté ; qu'il a daigné faire un arrangement
pour ma petite fortune et pour celle de ma nièce ;
que je dois au moins l'aller voir et le remercier.
M. l'abbé de *Bernis* a bien voulu m'envoyer, de la
part du roi, un paſſe-port dans lequel ſa Majeſté
me conſerve le titre de ſon gentilhomme ordinaire,
de façon que mon petit voyage ſe fera avec tous
les agrémens poſſibles. J'aimerais mieux, je vous
en réponds, en faire un pour venir remercier
madame la princeſſe de *Robecq* de la bonté qu'elle a
de m'accorder ſon ſuffrage. Elle a bien ſenti que
rien ne devait être plus glorieux et plus conſolant
pour moi. C'eſt à vous que je dois l'honneur de
ſon ſouvenir, et c'eſt par vous que mes remercîmens
doivent paſſer. Adieu, mon cher et reſpectable
ami, je pars dans quelques jours, et à mon retour
je ne manquerai pas de vous écrire.

LETTRE XXVIII.

A M. DIDEROT.

Aux Délices, 26 de juin.

Vous ne doutez pas, Monsieur, de l'honneur et du plaisir que je me fais de mettre quelquefois une ou deux briques à votre grande pyramide. C'est bien dommage que, dans tout ce qui regarde la métaphysique et même l'histoire, on ne puisse pas dire la vérité. Les articles qui devraient le plus éclairer les hommes, sont précisément ceux dans lesquels on redouble l'erreur et l'ignorance du public. On est obligé de mentir, et encore est-on persécuté pour n'avoir pas menti assez. Pour moi, j'ai dit si insolemment la vérité dans les articles *Histoire*, *Idolâtrie* et *Imagination*, que je vous prie de ne les pas donner sous mon nom à l'examen. Ils pourront passer, si on ne nomme pas l'auteur ; et s'ils passent, tant mieux pour le petit nombre de lecteurs qui aiment le vrai.

Je vais faire un petit voyage à la cour palatine. Cette diversion m'empêche d'ajouter de nouveaux articles à ceux que M. d'*Argental* veut bien se charger de vous rendre. J'enverrai seulement *Humeur* (*moral*) et je l'adresserai à *Briasson*.

Je vous avais trouvé deux aides maçons, dont l'un est un savant dans les langues orientales, et l'autre un amateur de l'histoire naturelle, qui connaît toutes les curiosités des Alpes, et qui peut donner de bons mémoires sur les fossiles et sur les changemens arrivés à ce globe ou globule qu'on nomme la terre. Ces deux messieurs ne demandaient qu'un exemplaire, afin de se régler par ce qui a déjà été imprimé. L'un d'eux a fourni quelques articles, mais il ne paraît pas que les libraires veuillent leur faire ce petit préfent. Il y a grande apparence qu'on peut se paffer de leur secours.

Je souhaite que vos peines vous procurent autant d'avantages que de gloire. Comptez qu'il n'y a perfonne au monde qui faffe plus de vœux pour votre bonheur, et qui soit plus pénétré d'estime et d'attachement pour vous que le petit suisse.

LETTRE XXIX.

A M. LE COMTE D'ARGENTAL.

Aux Délices, 30 de juin.

Mon cher ange, quand j'allais partir pour Manheim, madame *du Bocage* est venue juger entre Genève et Rome, et j'ai retardé mon voyage. On a donné pour elle une repréfentation de la Femme qui a raison ; elle en a été si contente qu'elle a voulu abfolument vous l'apporter. J'ai obéi dès qu'elle m'a prononcé votre nom. Il est vrai que nous n'espérons, ni elle ni moi, que cette pièce soit auffi-bien jouée à Paris qu'elle l'a été à Genève, à moins que ce ne soit *Préville* qui faffe le principal rôle. Vous avez un *la Thorillière* et un *Bonneval* qui font l'antipode du comique. Je fuis toujours émerveillé de

la difette où vous êtes de gens à talent. Je ne fais fi
la Femme qui a raifon vaut quelque chofe, et fi
l'on n'eft pas plus difficile à Paris qu'à Genève.
J'ignore furtout fi on peut être plaifant à mon âge;
c'eft à vous à en décider, à donner la pièce, fi vous
la jugez paffable, et à la jeter au feu, fi vous la
croyez mauvaife. Pour Fanime, nous la jouerons
encore à Laufane, s'il vous plaît; après quoi vous en
ferez le maître abfolu, comme vous l'êtes de l'auteur.
Je vais faire un voyage dont je n'ai pu me difpenfer;
et le feul voyage que je voudrais faire m'eft interdit.
Il eft trifte de courir chez des princes, et de ne pas
voir fon ami.

J'ai vu enfin les Sept Péchés mortels de M. de
Chauvelin; c'eft le plus aimable damné du monde.
Je le remercie du huitième péché mortel qu'il veut
faire en difant à qui vous favez combien je lui fuis
attaché, &c.

Je me flatte que madame d'*Argental* eft en bonne
fanté. Mes refpects à tous les anges. Adieu, mon cher
et refpectable ami. Je me confole toujours de mon
voyage, en efpérant une lettre de vous à mon
retour.

LETTRE XXX.

A M. LE COMTE DE SCHOUVALOF.

A Schwetzingen, maifon de plaifance de monfeigneur l'électeur palatin, 17 de juillet.

MONSIEUR,

J'AI reçu, en paffant à Strasbourg, le paquet dont vous m'avez honoré, par le courier de Vienne. J'ai lu toutes vos remarques et toutes vos inftructions. Je fuis confirmé dans l'opinion que vous étiez plus capable que perfonne au monde d'écrire l'Hiftoire de *Pierre le grand*. Je ne ferai que votre fecrétaire, et c'eft ce que je voulais être.

La plus grande difficulté de ce travail confiftera à le rendre intéreffant pour toutes les nations; c'eft-là le grand point. Pourquoi tout le monde lit-il l'hif-toire d'*Alexandre*, et pourquoi celle de *Gengis-kan*, qui fut un plus grand conquérant, trouve-t-elle fi peu de lecteurs?

J'ai toujours penfé que l'hiftoire demande le même art que la tragédie, une expofition, un nœud, un dénouement, et qu'il eft néceffaire de préfenter tel-lement toutes les figures du tableau, qu'elles faffent valoir le principal perfonnage, fans affecter jamais l'envie de le faire valoir. C'eft dans ce principe que j'écrirai et que vous dicterez.

Si ma mauvaife fanté et les circonftances pré-fentes le permettaient, j'entreprendrais le voyage de

Pétersbourg, je travaillerais fous vos yeux, et j'avancerais plus en trois mois, que je ne ferai en une année loin de vous; mais les peines que vous voulez bien prendre fuppléeront à ce voyage.

Ce que j'ai eu l'honneur d'envoyer à votre excellence n'eft qu'une première et légère efquiffe du grand tableau dont vous me fourniffez l'ordonnance.

Je vois par vos mémoires que le baron de *Stralenheim*, qui nous a donné de meilleures notions de la Ruffie qu'aucun étranger, s'eft pourtant trompé dans plufieurs endroits. Je vois que vous relevez auffi quelques méprifes dans lefquelles eft tombé M. le général *le Fort* lui-même, dont la famille m'a communiqué les mémoires manufcrits. Vous contredites furtout un manufcrit très-précieux, que j'ai depuis plufieurs années, de la main d'un miniftre public qui réfida long-temps à la cour de *Pierre le grand;* il dit bien des chofes que je dois omettre, parce qu'elles ne font pas à la gloire de ce monarque, et qu'heureufement elles font inutiles pour le grand objet que nous nous propofons.

Cet objet eft de peindre la création des arts, des mœurs, des lois, de la difcipline militaire, du commerce, de la marine, de la police, &c., et non de divulguer, ou des faibleffes ou des duretés qui ne font que trop vraies; il ne faut pas avoir la lâcheté de les défavouer, mais la prudence de n'en point parler, parce que je dois, ce me femble, imiter *Tite-Live* qui traite les grands objets, et non *Suétone* qui ne raconte que la vie privée.

J'ajouterai qu'il y a des opinions publiques qu'il eft bien difficile de combattre. Par exemple, *Charles XII* avait en effet une valeur perſonnelle dont aucun prince n'approche. Cette valeur, qui aurait été admirable dans un grenadier, était peut-être un défaut dans un roi.

M. le maréchal de *Schwerin*, et d'autres généraux qui ſervirent ſous lui, m'ont dit que, quand il avait arrangé le plan général d'un combat, il leur laiſſait tous les détails; qu'il leur diſait: *faites donc vîte, toutes ces minuties dureront-elles encore long-temps;* et il partait le premier à la tête de ſes drabans, ſe feſait un plaiſir de frapper et de tuer, et paraiſſait enſuite, après la bataille, d'un auſſi grand ſang froid que s'il fût ſorti de table.

Voilà, Monſieur, ce que les hommes de tous les temps et de tous les pays appellent un héros; mais c'eſt le vulgaire de tous les temps et de tous les pays qui donne ce nom à la ſoif du carnage. Un roi ſoldat eſt appelé un héros; un monarque dont la valeur eſt plus réglée et moins éblouiſſante; un monarque légiſlateur, fondateur et guerrier, eſt le véritable grand-homme, et le grand-homme eſt au-deſſus du héros. Je crois donc que vous ſerez content quand je ferai cette diſtinction. Permettez-moi de ſoumettre à vos lumières une obſervation plus importante. *Oléarius*, et depuis le comte de *Carliſle*, ambaſſadeur à Moſcou, regardent la Ruſſie comme un pays où preſque tout était encore à faire. Leurs témoignages ſont reſpectables, et ſi on les contrediſait, en aſſurant que la Ruſſie connaiſſait dès-lors les commodités de la vie, on diminuerait la gloire de *Pierre I* à qui on doit preſque tous les arts; il n'y aurait plus alors de création.

1758.

Il fe peut que quelques feigneurs aient vécu avec fplendeur du temps du comte de *Carlifle;* mais il s'agit d'une nation entière, et non de quelques boyards. Il faut que l'opulence foit générale, il faut que les commodités de la vie fe trouvent dans tous les ordres de l'Etat, fans quoi une nation n'eft point encore formée, et la fociété n'a point reçu fon dernier degré de perfection.

Il eft peu important que l'on ait porté un manteau par-deffus une foutane; cependant, par pure curiofité, je défire favoir pourquoi, dans toutes les eftampes de la relation d'*Oléarius*, les habits de cérémonie font toujours un manteau par-deffus la foutane, retrouffé avec une agrafe. Je ne peux m'empêcher de regarder cet habillement ancien comme très-noble.

Quant au mot tfar, je défirerais favoir dans quelle année fut écrite la Bible flavone, où il eft queftion du tfar *David* et du tfar *Salomon*. J'ai plus de penchant à croire que tfar ou tshar vient de *sha* que de céfar; mais tout cela n'eft d'aucune conféquence.

Le grand objet eft de donner une idée précife et impofante de tous les établiffemens faits par *Pierre I*, et des obftacles qu'il a furmontés; car il n'y a jamais eu de grandes chofes fans de grandes difficultés.

J'avoue que je ne vois, dans fa guerre contre *Charles XII*, d'autre caufe que celle de fa convenance, et que je ne conçois pas pourquoi il voulait attaquer la Suède vers la mer Baltique, dans le temps que fon premier deffein était de s'établir fur la mer Noire. Il y a fouvent dans l'hiftoire des problèmes bien difficiles à réfoudre.

J'attendrai, Monfieur, les nouvelles inftructions dont vous voudrez bien m'honorer fur les campagnes de *Pierre le grand*, fur la paix avec la Suède, fur le procès de fon fils, fur fa mort, fur la manière dónt on a foutenu les grands établiffemens qu'il a commencés, et fur tout ce qui peut contribuer à la gloire de votre empire. Le gouvernement de l'impératrice régnante eft ce qui me paraît de plus glorieux, puifque c'eft, de tous les gouvernemens, le plus humain.

Un grand avantage dans l'Hiftoire de Ruffie, eft qu'il n'y a point de querelles avec les papes. Ces miférables difputes qui ont avili l'Occident ont été inconnues chez les Ruffes.

J'ai l'honneur d'être, &c.

LETTRE XXXI.

AU MEME.

A Schwetzingen, 1 d'augufte.

MONSIEUR,

Les agrémens de la cour palatine ne m'empêchent pas de fonger à la gloire de *Pierre le grand*, et au foin que vous prenez de l'immortalifer. Les mémoires que votre excellence a bien voulu m'envoyer feront mes guides. Je ne vous avais envoyé la première efquiffe, que pour favoir de vous fi l'ordre dans lequel j'ai travaillé eft en général conforme à vos

vues. Les faits, les dates s'arrangeront aifément, et
pour peu que j'aye de fanté, le bâtiment dont vous
aurez fourni les matériaux fera bientôt achevé.

Permettez-moi, Monfieur, de joindre ici un petit
mémoire des nouvelles inftructions que je demande
au fujet des remarques fur la première efquiffe.

Au refte, je regarde les médailles de l'impératrice comme la marque la plus flatteufe de votre
bienveillance, et comme un témoignage de la perfection où les arts font parvenus dans votre empire.

J'ai eu l'honneur de voir à la cour de l'électeur
palatin le jeune M. de *Vorontzof*. Il eft une preuve
que l'efprit eft formé de bonne heure dans votre
pays; mais vous, Monfieur, vous en êtes une preuve
plus frappante. J'apprends que vous n'avez que
vingt-cinq ans, et je fuis étonné de la profondeur
et de la multiplicité de vos connaiffances. De tels
exemples redoublent la reconnaiffance qu'on doit à
Pierre le grand, d'avoir amené tous les arts dans un
pays où les hommes naiffent avec tant de génie.
Mon attachement redouble pour vous, Monfieur,
auffi-bien que la reconnaiffance avec laquelle j'ai
l'honneur d'être, &c.

Mémoire d'inftructions joint à la lettre.

LE baron de *Stralemberg* n'eft-il pas en général un homme
bien inftruit? Il dit en effet qu'il y avait feize gouvernemens,
mais que, de fon temps, ils furent réduits à quatorze; apparemment depuis lui on a fait un nouveau partage.

La Livonie n'eft-elle pas la province la plus fertile du Nord?
fi vous remontez en droite ligne quelle province produit autant
de froment qu'elle?

Brême étant plus éloignée de la Livonie que Lubeck, et étant bien moins puissante, est-il vraisemblable qu'elle ait commercé avec la Livonie avant Lubeck?

En 1714, l'ordre teutonique n'était-il pas fuzerain de la Livonie? *Albert de Brandebourg* ne céda-t-il pas ses droits à *Gautier de Plettemberg*, en 1514? et le grand prieur de Livonie ne fut-il pas déclaré prince de l'empire germanique en 1530? Ces faits sont constatés dans la plupart des annalistes allemands.

Il est dit, dans le petit essai envoyé ci-devant, que le capitaine *Chancelor* remonta la rivière de la Dwina, mais il n'est point dit qu'il arriva à Moscou par eau, ce qui eût été absurde.

On lit dans l'Histoire du commerce de Venise, que les Vénitiens avaient bâti le petit bourg qu'ils appelaient Rana, vers la mer Noire, et de là vient le proverbe vénitien *ire a la Rana*. Les Génois s'en emparèrent depuis, cependant les remarques envoyées par M. de *Stralemberg* m'apprennent que les Génois bâtirent Rana.

Pour ce qui regarde les Lapons, il y a grande apparence que, s'étant mêlés avec quelques natifs du nord de la Finlande, leur sang a pu être altéré; mais j'ai vu, il y a vingt ans, chez le roi *Stanislas*, deux lapons dont le roi *Charles XII* lui avait fait présent. Ils étaient probablement d'une race pure; leur beauté naturelle s'était parfaitement conservée, leur taille était de trois pieds et demi, leur visage plus large que long, des yeux très-petits, des oreilles immenses. Ils ressemblaient à des hommes à peu-près comme les singes. Il est vraisemblable que les Samoïèdes ont conservé toutes leurs grâces, parce qu'ils n'ont pas eu l'occasion de se mêler aux autres nations comme les Lapons ont fait; l'un et l'autre peuple paraît une production de la nature faite pour leur climat, comme leurs rangifères ou rennes. Un vrai lapon, un vrai samoïède, un rangifère ont bien l'air de ne point venir d'ailleurs.

Si du temps de ce cosaque qui, selon le baron de *Stralemberg*, découvrit et conquit la Sibérie avec six cents hommes, les chefs des Sibériens s'appelaient *tsars*, comment ce titre peut-il venir de césar? est-il probable qu'on se fût modelé en Sibérie sur l'empire romain?

Knès signifie-t-il originairement duc? Ce mot *duc*, aux dixième et onzième siècles, était absolument ignoré dans tout le Nord.

1758.

Knès ne fignifie-t-il pas feigneur ? ne répond-il pas originairement au mot *baron ?* n'appelait-on pas knès un poffeffeur d'une terre confidérable ? ne fignifie-t-il pas chef, comme mirza ou kan le fignifie ? Les noms des dignités ne fe rapportent exactement les uns aux autres en aucune langue.

Je fuis bien aife que l'agriculture n'ait jamais été négligée en Ruffie ; elle l'a beaucoup été en Angleterre, et encore plus en France ; et ce n'eft que depuis environ quatre-vingts ans que les Anglais ont fu tirer de la terre tout ce qu'ils en pouvaient tirer. Leur terre eft très-fertile en froment, et cependant ce n'eft que depuis peu de temps qu'ils font parvenus à s'enrichir par l'agriculture ; il a fallu que le gouvernement donnât des encouragemens à cet art, qui paraît très-aifé et qui eft très-difficile.

Je fuis fort furpris d'apprendre qu'il était permis de fortir de Ruffie, et que c'était uniquement par préjugé qu'on ne voyageait pas. Mais un vaffal pouvait-il fortir fans la permiffion de fon boyard ? un boyard pouvait-il s'abfenter fans la permiffion du czar ?

Je voudrais favoir quel nom on donnait à l'affemblée des boyards qui élut *Michel Fédérowitz.* J'ai nommé cette affemblée *fénat*, en attendant que je fache quelle était fa vraie dénomination. Pourrait-on l'appeler diète, convocation ? enfin était-elle conforme ou contraire aux lois ?

Quand une fois la coutume s'introduifit de tenir la bride du cheval du patriarche, cette coutume ne devint-elle pas une obligation, ainfi que l'ufage de baifer la pantoufle du pape ? et tout ufage dans l'Eglife ne fe tourne-t-il pas en devoir ?

La queftion la plus importante eft de favoir s'il ne faudra pas glisser légérement fur les événemens qui précèdent le règne de *Pierre le grand*, afin de ne pas épuifer l'attention du lecteur qui eft impatient de voir tout ce que ce grand-homme a fait.

On fuivra exactement les mémoires envoyés. A l'égard de l'orthographe, on demande la permiffion de fe conformer à l'ufage de la langue dans laquelle on écrit ; de ne point écrire *Moskwa*, mais *Mofca*, d'écrire Vefonife, Mofcou, Alexiovis, &c. On mettra au bas des pages les noms propres tels qu'on les prononce dans la langue ruffe.

N. B. Il ferait néceffaire que je fuffe inftruit du temps où les diverfes manufactures ont été établies, de la manière dont on s'y eft pris, et des encouragemens qu'on leur a donnés.

LETTRE XXXII.

A M. LE COMTE D'ALBARET, *à Turin.*

Aux Délices, 16 d'augufte.

L'ONCLE et la nièce, Monfieur, devraient avoir répondu plutôt à la lettre dont vous les avez honorés ; mais l'oncle était malade, et la nièce apprenait fon rôle. Vous êtes parti dans le temps où nous avions le plus befoin de vous. Nous avons un petit théâtre à Tourney ; et, hors moi, tous les acteurs fe portent bien. Tous vous regrettent, tous difent que fans vous on n'aura qu'une troupe médiocre ; mais on vous regrette encore davantage dans la fociété : vous en fefiez l'agrément. La bonne compagnie de Turin, qui vous poffède, ne vous permettra pas de la quitter pour venir nous voir. Nous le fentons avec douleur ; mais fi jamais vous revenez fur les bords de notre lac, n'oubliez pas ceux qui font pénétrés pour vous de tous les fentimens que vous méritez. Comptez-nous parmi ceux qui vous font le plus dévoués, et foyez perfuadé furtout de l'attachement tendre et refpectueux du folitaire et du malade *V.*

LETTRE

LETTRE XXXIII.

A M. L'ABBÉ COMTE DE BERNIS,

Au sujet de sa promotion au cardinalat.

A Soleure, du 19 d'auguste.

L E vieux suisse, Monseigneur, apprend dans ses tournées que cette tête qualifiée carrée par M. de *Chavigny*, est ornée d'un bonnet qui lui sied très-bien. Votre éminence doit être excédée des complimens qu'on lui a faits sur la couleur de son habit, que j'ai vue autrefois sur ses joues rebondies, et qui, je crois, y doit être encore.

Mes trente-huit confrères ont pu vous ennuyer, et c'est un devoir à quoi, moi trente-neuvième, je ne dois pas manquer. Je dois prendre plus de part qu'un autre à cette nouvelle agréable, puisque vous avez daigné honorer mon métier avant d'être de celui du cardinal de *Richelieu*. Je me souviendrai toujours et je m'enorgueillirai que notre *Mécène* ait été *Tibulle*. Gentil *Bernard* doit en être bien fier aussi.

J'imagine que votre éminence n'a eu ni le temps ni la volonté peut-être de répondre à la proposition qu'on lui a faite sur l'Angleterre : si vous ne vous en souciez pas, je vous jure que je ne m'en soucie guère, et que tous mes vœux se bornent à vos succès. Je n'imagine pas comment quelques personnes ont pu soupçonner que mon cœur avait la faiblesse de pencher un peu pour qui vous savez, pour mon ancien ingrat; on ne laiffe pas d'avoir de la politeffe, mais on a de la mémoire, et on eft attaché auffi vivement qu'inutilement à la bonne caufe, qu'il n'appartient qu'à vous de défendre. Je ne fuis pas, en vérité, comme les trois quarts des Allemands : j'ai vu par-tout des éventails où l'on a peint l'aigle de Pruffe mangeant une fleur de lis; le cheval de Hanovre donnant un coup de pied au cu à M. de *Richelieu;* un courier portant une bouteille d'eau de la reine de Hongrie, de la pàrt de l'impératrice, à madame de *Pompadour.* Mes nièces n'auront pas affurément de tels éventails à mes petites Délices où je retourne. On eft pruffien à Genève comme ailleurs, et plus qu'ailleurs; mais quand vous aurez gagné quelque bonne bataille ou l'équivalent, tout le monde fera français ou françois.

Je ne fais pas fi je me trompe, mais je fuis convaincu qu'à la longue votre miniftère fera heureux et grand, car vous avez deux chofes qui avaient auparavant paffé de mode, génie et conftance. Pardonnez au vieux fuiffe fes bavarderies. Que votre éminence lui conferve les bontés dont la belle *Babet* l'honorait. *Mifce confiliis jocos.* Agréez le profond et tendre refpect d'un fuiffe qui aime la France, et qui attend la gloire de la France de vous.

LETTRE XXXIV.

A M. P. ROUSSEAU, *à Liége*.

A Laufane, le 24 d'augufte.

EN revenant de Schwetzingen, château de monfieur l'électeur palatin, j'ai reçu à mon paffage les deux lettres que vous avez bien voulu m'écrire. Il eft vrai que les chofes écrites à M. d'*Arget*, avec la liberté de l'amitié, ne devaient pas être publiques, et que ma lettre n'a pas été imprimée bien fidellement; mais c'eft-là un des plus légers chagrins qu'on puiffe avoir dans ce monde. Ces bagatelles font confondues dans la foule des malheurs publics.

Je défire fort que la néceffité où l'on eft de chercher des diverfions à tant de défaftres, ramène un peu les hommes aux belles-lettres qui font confolantes. Votre journal fera continuellement une des plus agréables lectures qui puiffe amufer les gens de goût: Je n'aurais guère que des fleurs très-fanées à vous offrir pour votre parterre; et d'ailleurs, on dit qu'il y a des épines qui blefferaient certains lecteurs délicats. Si jamais je fais des pfaumes, je vous prierai d'en inonder votre livre; mais je le ferais tomber. En attendant, je le lis avec un très-grand plaifir.

J'ai l'honneur d'être, &c.

LETTRE XXXV.

A M. LE COMTE D'ARGENTAL.

Aux Délices, 28 d'auguſte.

ME voilà rendu à mon hermitage des Délices, mon divin ange, après un voyage à la cour palatine, auſſi agréable qu'il était néceſſaire. Votre lettre qui m'attendait redouble le ſeul chagrin que je puiſſe avoir, en m'ôtant l'eſpérance de vous embraſſer. Les tantes et les débarbouillées font donc d'étranges perſonnes. Il ne faut pas ſonger à réformer des têtes auſſi mal faites. D'ailleurs, mes établiſſemens et les dépenſes conſidérables que j'y ai faites, ne me permettent pas de me tranſplanter. J'avais voulu acheter une terre, uniquement dans la vue d'avoir un bien ſolide que je puſſe laiſſer à mes héritiers, comptant fort peu ſur la nature des autres biens qui peuvent périr en un jour; mais cela eſt encore auſſi difficile que de faire entendre raiſon à des dévotes.

Je me flatte que votre ami a parlé de lui-même; je ſerais fâché qu'on crût que je l'ai prié de faire cette démarche; mais je n'en aurais pas moins d'obligation à vos bontés et aux ſiennes. Vous avez donc auſſi des coliques, mon reſpectable ami ? Ce ſerait bien le cas de venir conſulter *Tronchin*, en dépit des tantes; mais ces mêmes coliques vous empêchent de venir dans le temple d'Epidaure, et c'eſt ce qui me déſeſpère. Je vous conjure de me mander des

nouvelles de votre fanté; ne me laiffez pas fans con- ——
folation. Madame *du Bocage* vous a donc montré 1758.
notre Femme qui a raifon : elle nous a amufés en
Savoie; mais il fe pourrait, à toute force, que le
goût des Parifiens fût un peu différent de celui des
Savoyards. Madame *Denis* ne m'a point encore fait
voir vos commentaires critiques. Je ne crois pas en
général que Fanime et madame Duru foient des
perfonnes bien merveilleufes; elles peuvent avoir
quelque fuccès par le mérite des actrices; mais, entre
le fuccès et la gloire, la différence eft grande. Je
connais des armées et des généraux, qui n'ont eu ni
l'un ni l'autre. Toutes les pièces des Français font
aujourd'hui fifflées de l'Europe. On dit que nous
n'avons ni auteurs, ni acteurs, ni argent pour payer
les places : nous voilà *in fece Romuli.* Où eft le temps
où l'on donnait Iphigénie au retour de la campagne
de 1672?

Il ne faut fonger qu'à vivre dans la retraite; et,
fi les chofes continuent à aller du même train, on
n'aura plus même de quoi y vivre. Comment fe
porte madame d'*Argental?* Mille tendres refpects à
tous les anges. Madame *Denis* et madame de *Fontaine*
vous font mille complimens; et moi, je fuis pénétré
de reconnaiffance.

LETTRE XXXVI.

A M. LE COMTE ALGAROTTI.

Aux Délices, 2 de septembre.

Ritorno dalle sponde del Reno alle mie Delizzie; quì vedo la signora errante ed amabile quì leggo, mio caro cigno di Padova, la vostra vezzosa lettera. Siete dunque adesso à Bologna *la grasse*, ed avete lasciato Venezia la ricca. E per tutti i santi, perchè non venire al nostro paeze libero? voi che dilettate nel viaggiare, voi che godete d'amici, d'applausi, di novi amori, dovunque andate. Vi è più facile di venire trà i papafighi, che non è à me di andare frà i papimani. Ov'è la raccoltà delle vostre leggiadre opere? dove la potrò io trovare? dove l'avete mandata? per qual via? non lo sò. Aspetto li figliuoli per consolarmi dell' assenza del padre. Voi passate i vostri belli anni trà l'amore, e la virtù. *Orazio* vi direbbe :

> *Quod tu inter scabiem tantam et contagia lucri*
> *Nil parvi sapias, et adhuc sublimia cures.*

Ed il *Petrarca* soggiungerebbe,

> *Non lasciar la magnanima impresa.*

La signora di *Bentinck* e, come il re di Prussia, condannata dal configlio aulico, e questa povera *Marfisa* non è seguita dà un esercito per defenderfi.

Cette pauvre miladi *Blakaker*, ou comteſſe de ———
Pimbêche, va encore plaider à Vienne. C'eſt bien 1758.
dommage qu'une femme ſi aimable ſoit ſi malheureuſe ; mais je ne vois par-tout que des gens à
plaindre, à commencer par le roi de France, l'impératrice, le roi de Pruſſe, ceux qui meurent à leur
ſervice, ceux qui s'y ruinent, et à finir par d'*Argens*.

Felix qui potuit rerum cognoſcere cauſas ,
Fortunatus et ille deos qui novit agreſtes.

Le premier vers eſt pour vous, le ſecond pour
moi. Pour miladi *Montaigu*, je doute que ſon ame
ſoit à ſon aiſe ; ſi vous la voyez, je vous ſupplie de
lui préſenter mes reſpects.

Farewell flos Italiæ , farewell wiſe man
Whoſe ſagacity has found the ſecret
To part from Argaleon withom being
Moleſted by luin.

Si jamais vous repaſſez les Alpes, ſouvenez-vous
de votre ancien ami, de votre ancien partiſan le
ſuiſſe *V.*

LETTRE XXXVII.

A MADAME DU BOCAGE.

Aux Delices, 3 de septembre.

En revoyant, Madame, mon petit hermitage, mon premier devoir eft de vous remercier, vous et M. *du Bocage*, de l'honneur que vous avez bien voulu faire aux hermites. Je pourrais en concevoir bien de la vanité, je pourrais vous redire ici tout ce que vous avez entendu de Paris jufqu'à Rome; mais vous devez être laffe de complimens. Permettez-moi feulement de vous dire que, malgré tous vos talens et tout votre mérite, je vous ai trouvée la femme du monde la plus fimple, la plus aifée à vivre, la plus digne d'avoir des amis, quoique vous foyez très-faite pour avoir mieux. Si l'intérêt que j'ai toujours pris, Madame, à vos fuccès et à votre gloire, pouvait me donner quelques droits à votre amitié, j'oferais vous la demander inftamment. Il y a grande apparence que je finirai, dans la retraite, une vieilleffe infirme; mais ce fera pour moi une grande confolation de pouvoir compter fur la bienveillance d'une perfonne qui fait tant d'honneur à fon fiècle et à fon fexe. Quel trifte fiècle, Madame! et que la difette des talens, en tout genre, eft effrayante! Je ne vois que des livres fur la guerre, et nous fommes battus par-tout; que des brochures fur la marine et fur le commerce, et notre commerce et

notre marine s'anéantiffent ; que de fades raifonneurs qui ont un peu d'efprit, et il n'y a pas un
homme de génie. Notre fiècle vit fur le crédit du
fiècle de *Louis XIV*. On parle, il eft vrai, dans
les pays étrangers, la langue que les *Pafcal*, les
Defpréaux, les *Boffuet*, les *Racine*, les *Molière* ont
rendue univerfelle, et c'eft dans notre propre langue
qu'on dit aujourd'hui dans l'Europe que les Français dégénèrent. S'il y a quelque homme de mérite
en France, il eft perfécuté : *Diderot*, d'*Alembert* n'y
trouvent que des ennemis. *Helvétius* a fait, dit-on,
un excellent ouvrage, et on s'efforce de le rendre criminel. Il faut, Madame, que le petit nombre des
fages, ne s'expofe pas à la méchanceté des fous :
il faut qu'ils vivent enfemble, et qu'ils fuient le
public.

J'ai eu la faibleffe, Madame, de laiffer fortir, de
notre petit coin des Alpes, cette Femme qui a raifon.
Si elle avait raifon, elle n'aurait pas fait le voyage de
Paris : c'eft un amufement de fociété ; mais vous avez
voulu la porter à M. d'*Argental*. J'ai été trop flatté
de vos bontés, pour réfifter à vos ordres ; mais il
faudra que cette bagatelle, qui a fervi à nous amufer, refte dans les mains de nos amis. Je fuis las
du trifte métier de paraître en public : cela eft pardonnable dans le temps des illufions, et ce temps eft
paffé pour moi. J'aime les Mufes pour elles-mêmes,
comme *Fénélon* voulait qu'on aimât DIEU ; mais je
redoute le public. Que revient-il de fe commettre
avec lui ? de l'embarras, des tracafferies de comédiens, des jaloufies d'auteurs, des critiques, des
calomnies. On n'entend point à cent lieues le petit

bruit des louanges ; celui des fifflets eft perçant, et porte au bout du monde. Pourquoi troubler mon repos, que j'ai cherché, et que j'ai trouvé après tant d'orages ?

Vos bontés pour moi font plus précieufes, fans doute, que toute la petite fumée de la vaine gloire dont il n'arrive pas un atome dans mon hermitage ; j'y ai vu la vraie gloire, quand je vous y ai poffédée ; je n'en veux pas d'autre.

Tous les habitans de notre retraite fe joignent à moi, Madame, pour vous dire combien vous êtes aimable. Confervez quelque bonté, je vous en conjure, pour le vieux fuiffe *Voltaire*, à qui vous faites encore aimer la France, et qui eft plein pour vous de refpect, d'eftime et de tous les fentimens que vous méritez.

LETTRE XXXVIII.

A M. THIRIOT.

Aux Délices, 17 de feptembre.

Il faut reprendre où nous en étions, mon ancien ami. J'ai été un peu de temps par monts et par vaux ; me voilà rendu à ma famille et à mes amis, dans mes chères Délices. Que faites-vous ? où êtes-vous ? avez-vous reçu un manufcrit concernant la Ruffie, que M. l'abbé *Menet* doit vous avoir remis ? Il y a un domeftique de madame de *Fontaine* qui repartira bientôt pour notre lac ; je vous ferai très-obligé d'envoyer le manufcrit chez elle. Je fuppofe que vous êtes toujours chez madame de *Montmorenci*, et que votre vie eſt douce et tranquille ; j'en connais qui ne le ſont pas. Je n'ai pas été préciſément aux champs de *Mars*, mais j'étais aſſez près de ces vilains champs, quand les Hanovriens battaient une aile de notre armée, prenaient Duſſeldorff, et repaſſaient le Rhin à leur aiſe. Mes chers Ruſſes ſont venus depuis d'Archangel et d'Aſtracan, pour ſe faire égorger à Cuſtrin. Nous ſommes malheureux ſur terre et ſur mer ; et on dit que l'artillerie pruſſienne porte juſ-qu'à Paris, où elle eſtropie la main droite de nos payeurs des rentes. Je ſuis honteux d'être chez moi paix et aiſe, et d'avoir quelquefois vingt perſonnes à dîner, quand les trois quarts de l'Europe ſouffrent.

J'avais lu, dans un journal, que M. *Helvétius* a fait un livre ſur l'eſprit, comme un ſeigneur qui chaſſe ſur ſes terres ; un livre très-bon, plein de littérature et de philoſophie, approuvé par un premier commis des affaires étrangères ; et j'apprends aujourd'hui qu'on a condamné ce livre, et qu'il le déſavoue, comme un ouvrage dicté par le diable. Je voudrais bien lire ce livre, pour le condamner auſſi : tâchez de me le procurer. Vous voyez, ſans doute, quel-quefois cet infernal *Helvétius ;* demandez-lui ſon livre pour moi. Mais vous êtes un pareſſeux, un *perdigiorno ;* vous n'en ferez rien. Je vous connais, allons, courage ; remuez-vous un peu. Je ſuis auſſi pareſſeux que vous, et je viens de faire trois cents lieues. On dit que cela eſt fort ſain, cependant je ne m'en porte pas mieux : une de vos lettres me fera probablement beaucoup de bien. Je ſuis tou-jours tout ébaubi d'être venu à mon âge avec une fanté fi maudite. Vous qui êtes, à peu de chofe près, mon contemporain, et qui êtes gras comme un moine, n'oubliez pas le plus maigre des fuiffes, qui vous aime de tout fon cœur.

P. S. Qu'eft-ce qu'un livre de *Jean-Jacques*, contre la comédie? *Jean-Jacques* eft-il devenu père de l'Eglife?

LETTRE XXXIX.

A M. VERNES.

23 de feptembre.

All that is, is right,

VOILA deux rois affaffinés en deux ans, la moitié de l'Allemagne dévaftée, quatre cents mille hommes maffacrés, &c. &c. &c.

Quelques curieux difent que les révérends pères de la compagnie de *Jéfus-Chrift* ont empoifonné le roi d'Efpagne, et prétendent en avoir des preuves ; *ipfi viderint.* Tout le monde crie dans les rues à Paris : *mangeons du jéfuite, mangeons du jéfuite.* C'eft dommage que ces paroles foient tirées d'un livre déteftable qui femble fuppofer le péché originel et la chute de l'homme, que vous niez vous autres damnés de fociniens, qui niez auffi la chute d'*Adam*, la divinité du verbe, la proceffion du Saint-Efprit, et l'enfer.

Nous fommes un peu brouillés pour les odes,

cependant ma rapfodie fera à vos ordres ; mais il
faudra venir dîner quelque jour avec nous ; car , tout **1758.**
foi-difant prêtre que vous êtes, et tout orthodoxe que
je fuis, je vous aime de tout mon cœur.

Gratias ago du journalifte anglais ; c'eft un bon
vivant.

LETTRE XL.

A M. PILAVOINE, *à Surate.*

Aux Délices, près de Genève, le 25 de feptembre.

JE fuis très-flatté , Monfieur , que vous ayez bien
voulu , au fond de l'Afie , vous fouvenir d'un ancien
camarade. Vous me faites trop d'honneur de me
qualifier de *bourgeois de Genève.* Tout amoureux que
je fuis de ma liberté , cette maîtreffe ne m'a pas affez
tourné la tête pour me faire renoncer à ma patrie.
D'ailleurs , il faut être huguenot pour être citoyen
de Genève ; et ce n'eft pas un fi beau titre , pour
qu'on doive y facrifier fa religion ; cela eft bon pour
Henri IV , quand il s'agit du royaume de France , et
peut-être pour un électeur de Saxe , quand il veut
être roi de Pologne ; mais il n'eft pas permis aux
particuliers d'imiter les rois.

Il eft vrai qu'étant fort malade, je me fuis mis entre
les mains du plus grand médecin de l'Europe , monfieur *Tronchin* , qui réfide à Genève ; je lui dois la
vie. J'ai acheté dans fon voifinage , moitié fur le
territoire de France , moitié fur celui de Genève , un

domaine affez agréable, dans le plus bel afpect de la nature. J'y loge ma famille, j'y reçois mes amis, j'y vis dans l'abondance et dans la liberté. J'imagine que vous en faites à peu-près autant à Surate, du moins je le fouhaite.

Vous auriez bien dû, en m'écrivant de fi loin, m'apprendre fi vous êtes content de votre fort, fi vous avez une nombreufe famille, fi votre fanté eft toujours ferme. Nous fommes à peu-près du même âge, et nous ne devons plus fonger l'un et l'autre qu'à paffer doucement le refte de nos jours. Le climat où je fuis n'eft pas fi beau que celui de Surate; les bords de l'Inde doivent être plus fertiles que ceux du lac Leman. Vous devez avoir des ananas, et je n'ai que des pêches; mais il faut que chacun faffe fon propre bonheur dans le climat où le ciel l'a placé.

Adieu, mon ancien camarade; je vous fouhaite des jours longs et heureux, et fuis de tout mon cœur, votre, &c.

LETTRE XLI.

A M. THIRIOT.

Aux Délices, le 3 d'octobre.

Urbis amator, credule galle,

Vous êtes donc tous fous avec votre bataille du 26. Le fait eft que les Ruffes ont perdu environ quinze mille hommes le 25, et n'avaient nulle envie de fe battre le 26; que *Frédéric*, après les avoir vaincus, et les avoir mis hors d'état de pénétrer plus avant, à couru dégager fon frère; qu'il a fait repaffer les montagnes au comte de *Daun*, et qu'on eft à peu-près au même état où l'on était avant cette funefte guerre.

Maupertuis crèverait s'il favait que le roi fon maître m'a écrit deux lettres depuis fa bataille de Cuftrin; mais je n'en fuis ni énorgueilli, ni féduit.

Les deux couplets fur le livre d'*Helvétius* font affez jolis; mais il me paraît qu'en général il y a beaucoup d'injuftice et bien peu de philofophie à taxer de matérialifme l'opinion que les fens font les feules portes des idées. L'apôtre de la raifon, le fage *Locke*, n'a pas dit autre chofe; et *Ariftote* l'avait dit avant lui. Le gros de votre nation ne fera jamais philofophe, quelque peine qu'on prenne à l'inftruire.

J'ai reçu les manufcrits concernant la Ruffie; ce font des anecdotes de médifance, et, par conféquent, cela n'entre pas dans mon plan.

Pour *Jean-Jacques*, il a beau écrire contre la comédie, tout Genève y court en foule. La ville de *Calvin* devient la ville des plaisirs et de la tolérance. Il est vrai que je ne vais presque jamais à Genève; mais on vient chez moi, ou plutôt chez mes nièces: mon hermitage est charmant dans la belle saison.

Je vous suis très-obligé, mon cher et ancien ami, du livre (*) que vous me destinez. Le bruit qu'a fait ce livre m'a engagé à relire *Locke*. J'avoue qu'il est un peu diffus; mais il parlait à des esprits prévenus et ignorans, auxquels il fallait présenter la raison sous tous les aspects et sous toutes les formes. Je trouve que ce grand-homme n'a pas encore la réputation qu'il mérite. C'est le seul métaphysicien raisonnable que je connaisse; et, après lui, je mets *Hume*.

Bonsoir; il est vrai que je me suis amusé avec la Femme qui a raison; mais c'est pour notre troupe, et non pour la vôtre : *Scurror mihi*, *non populo*.

Madras pris ! quel conte ! Il n'y a que des *la Bourdonnais* qui le prennent. Ils en ont été bien payés !

(*) De l'Esprit, par M. *Helvétius*.

LETTRE

LETTRE XLII.

A M. DE FORMONT.

MON cher philofophe, votre fouvenir m'enchante ; vous êtes un gros et gras épicurien de Paris , et moi un maigre épicurien du lac de Genève ; il eft bon que les frères fe donnent quelquefois figne de vie. Madame *du Deffant* eft plus philofophe que nous deux, puifqu'elle fupporte fi conftamment la privation de la vue, et qu'elle prend la vie en patience. Je m'intéreffe tendrement, non pas à fon bonheur, car ce fantôme n'exifte pas, mais à toutes les confolations dont elle jouit, à tous les agrémens de fon efprit, aux charmes de fa fociété délicieufe. Je voudrais bien en jouir, fans doute, de cette fociété délicieufe, j'entends de la vôtre et de la fienne ; mais allez vous faire... avec votre Paris ; je ne l'aime point, je ne l'ai jamais aimé. Je fuis cacochyme ; il me faut des jardins, il me faut une maifon agréable dont je ne forte guère, et où l'on vienne ; j'ai trouvé tout cela, j'ai trouvé les plaifirs de la ville et de la campagne réunis, et furtout la plus grande indépendance. Je ne connais pas d'état préférable au mien ; il y aurait de la folie à vouloir en changer. Je ne fais fi j'aurai cette folie ; mais, au moins, c'eft un mal dont je ne fuis pas attaqué à préfent, malgré toutes vos grâces. Je ne regrette ni Iphigénie en Crimée, ni Hypermneftre ; je crains feulement plus encore pour la perte des fonds publics, que pour celle des talens ; la compagnie des Indes, le commerce, la marine, me

1758.

paraiffent encore plus en décadence que le bon goût; jamais on n'a tant fait de livres fur la guerre, et jamais nos armes n'ont été plus malheureufes. J'ai trente volumes fur le commerce, et il dépérit. Ni les livres fur l'efprit et fur la matière, ni les arrêts du confeil fur ces livres, ne remédieront à tant de maux.

Que dites-vous de la défaite de mes Ruffes ? C'eft bien pis qu'à Narva; tout eft mort, ou bleffé, ou pris. Il y a eu trois batailles confécutives. Les Pruffiens n'ont eu que trois mille hommes de tués; mais ils ont dix mille bleffés au moins. Si le comte de *Daun* tombait fur eux dans ces circonftances, peut-être ferait-il aux Pruffiens ce que ceux-ci ont fait aux Ruffes. Il y a une tragédie anglaife dans laquelle le fouffleur vient annoncer à la fin que tous les acteurs de la pièce ont été tués; cette cruelle guerre pourra bien finir de même.

Nota qu'il n'eft pas vrai qu'on ait battu trois fois les Ruffes, comme on le dit; c'eft bien affez d'une.

Préfentez, je vous en prie, mes très-tendres refpects à madame *du Deffant*; et fouvenez-vous quelquefois du vieux fuiffe *Voltaire* qui vous aimera toujours.

LETTRE XLIII.

A M. DE CIDEVILLE.

Aux Délices, le 4 d'octobre.

QUE les Ruffes foient battus, mon cher et ancien ami, que Louisbourg foit pris, qu'*Helvétius* ait demandé pardon de fon livre, qu'on débite à Paris de fauffes nouvelles et de mauvais vers, que le parlement de Paris ait fait pendre un huiffier pour avoir dit des fottifes, ce n'eft pas ce dont je m'inquiéte ; mais M. *A* . . . . *de L* . . . . ., et quatre années qu'il me doit, font le grave fujet de ma lettre. Peut-être M. *A* . . . . me croit-il mort ; peut-être l'eft-il lui-même. S'il eft en vie, où eft-il ? s'il eft mort, où font fes héritiers ? Dans l'un et l'autre cas, à qui dois-je m'adreffer pour vivre ?

Pardonnez, mon ancien ami, à tant de queftions. Je me trouve un peu embarraffé ; j'ai effuyé coup fur coup plus d'une banqueroute. Notre ami *Horace* dit tranquillement :

Det vitam, det opes, animum æquum mî ipfe parabo.

Vraiment, je le crois bien. Voilà un grand effort ! Il n'avait pas affaire à la famille de *Samuel Bernard* et à M. *A* . . . . *de L* . . . . . Ce petit babouin crut faire un bon marché avec moi, parce que j'étais fluet et maigre ; *vivimus tamen*, et peut-être *A* . . . . *occidit* dans fon marquifat.

Qu'il foit mort ou vivant, il me femble que j'ai befoin d'un honnête procureur normand. En connaîtriez-vous quelqu'un dont je puffe employer la profe ?

Mais vous, que faites-vous dans votre jolie terre de Launay ? bâtiffez-vous ? plantez-vous ? avez-vous la faibleffe de regretter Paris ? ne méprifez-vous pas la frivolité qui eft l'ame de cette grande ville ? Vous n'êtes pas de ceux qui ont befoin qu'on leur dife :

Omitte mirari beatæ
Fumum et opes ftrepitumque Romæ.

Cependant, on dit que vous êtes encore à Paris ; j'adreffe ma lettre rue Saint-Pierre, pour vous être renvoyée à Launay, fi vous avez le bonheur d'y être. Adieu, je vous embraffe.

Nifi quod non fimul effem, cætera lætus.

LETTRE XLIV.

A M. THIRIOT.

18 d'octobre.

M. *Helvétius* m'a envoyé fon Efprit, mon ancien ami ; ainfi vous voilà délivré du foin de me le faire parvenir : je ne veux pas avoir double efprit comme *Elifée.* Je fuis peu au fait des cabales de votre Paris et de votre Verfailles ; j'ignore ce qui a excité un fi grand foulèvement contre un philofophe eftimable qui (à l'exemple de St *Matthieu*) a quitté la finance pour fuivre la vérité. Il ne s'agit, dans fon livre, que de ces pauvres et inutiles vérités philofophiques, qui ne font tort à perfonne, qui font lues par très-peu de gens., et jugées par un plus petit nombre encore en connaiffance de caufe. Il y a tel homme dont la fimple fignature, mife au bas d'une pancarte mal écrite, fait plus de mal à une province que tous les livres des philofophes n'en pourront jamais caufer; cependant ce font ces philofophes, incapables de nuire, qu'on perfécute.

Je ne fuis pas de fon avis en bien des chofes, il s'en faut beaucoup; et, s'il m'avait confulté, je lui aurais confeillé de faire fon livre autrement; mais, tel qu'il eft, il y a beaucoup de bon, et je n'y vois rien de dangereux : on dira peut-être que j'ai les yeux gâtés.

Il faut qu'*Helvétius* ait quelques ennemis fecrets qui aient dénoncé fon livre aux fots, et qui aient animé les fanatiques. Dites-moi donc ce qui lui a attiré un tel orage; il y a cent chofes beaucoup plus fortes dans l'Efprit des lois, et furtout dans les Lettres perfanes. Le proverbe eft donc bien vrai, qu'il n'y a qu'heur et malheur en ce monde.

Au lieu de me faire avoir cet Efprit, pourriez-vous avoir la charité de m'indiquer quelque bon Atlas nouveau, bien fait, bien net, où mes vieux yeux viffent commodément le théâtre de la guerre et des mifères humaines. Je n'ai que d'anciennes cartes de géographie; c'eft peut-être le feul art dans lequel les derniers ouvrages font toujours les meilleurs. Il n'en eft pas de même, à ce que je vois, des pièces de théâtre, des romans, des vers, des ouvrages de morale, &c.

F 3

1758.

Je dicte ce rogaton, mon cher ami, parce que je fuis un peu malade aujourd'hui ; mais j'ai toujours affez de force pour vous affurer de ma main que je vous aime de tout mon cœur.

LETTRE XLV.

A M. DE CIDEVILLE.

Aux Délices, le 10 de novembre.

MON affaire avec le marquis *A* .... eft fort férieufe, mon cher et ancien ami ; mais vous l'avez rendue fi plaifante par votre aimable lettre, que je ne peux plus m'affliger. Le *conflat de cadavere* me fait encore pouffer de rire. Je crois ce puant marquis bien en colère que je vive encore, et que j'aye douté de fon exiftence. Ce petit gnome ne vous a donc pas répondu ; je le ferai *efter à droit*, de pardieu, fût-ce dans Argentan en Baffe-Normandie. Je vous fuis doublement obligé de vos bons confeils et de vos bonnes plaifanteries.

Je vois qu'il n'eft pas aifé de trouver un procureur honnête homme, encore moins un marquis qui paye fes dettes. Cet *A* .... doit être furieufement grand feigneur ; car, non-feulement il ne paye point fes créanciers, mais il ne daigne pas leur faire civilité. Cet *A* .... n'eft point du tout poli.

Vous allez donc à Paris, mon cher ami, chercher le plaifir, et ne le point trouver ; jouir de la ville, et ne l'aimer ni ne l'eftimer, et y attendre le moment

de retourner à votre charmante terre. Pour moi, —————
j'ai renoncé aux villes ; j'ai acheté une affez bonne terre 1758.
à deux lieues de mes Délices , je ne voyage que de
l'une à l'autre ; et , fi j'entreprenais de plus grandes
courfes , ce ne ferait que pour vous.

Le roi de Pruffe m'écrit fouvent qu'il voudrait être
à ma place : je le crois bien ; la vie des philofophes
eft bien au-deffus de celle des rois. Le maréchal de
Daun et le greffier de l'empire inftrumentent toujours
contre *Frédéric*. Les uns le vantent, les autres l'abhor-
rent ; il n'a qu'un plaifir , c'eft de faire parler de lui.
J'ai cru autrefois que ce plaifir était quelque chofe ,
mais je m'aperçois que c'eft une fottife ; il n'y a de
bon que de vivre tranquille dans le fein de l'amitié.
Je vous embraffe de tout mon cœur ; madame *Denis*
en fait autant.

LETTRE XLVI.

A M. DIDEROT, *à Paris.*

Aux Délices , 16 de novembre.

JE vous remercie du fond de mon cœur, Monfieur,
de votre attention et de votre nouvel ouvrage (*). Il
y a des chofes tendres , vertueufes , et d'un goût nouveau , comme dans tout ce que vous faites ; mais
permettez-moi de vous dire que je fuis affligé de vous
voir faire des pièces de théâtre qu'on ne met point

(*) Le Père de famille, imprimé en 1758, et repréfenté en 1761.

au théâtre, autant que je suis fâché que *Rousseau* écrive contre la comédie, après avoir fait des comédies.

J'attends avec impatience votre nouveau tome de l'Encyclopédie : je m'intéresse bien vivement à ce grand ouvrage et à son auteur; vous méritiez d'avoir été mieux secondé. J'aurai la hardiesse de vouloir que l'article *Idolâtrie* soit de moi, s'il a passé ; et j'aurais désiré que d'autres articles importans eussent été écrits avec la même passion pour la vérité. Nous étions indignés, l'autre jour, au mot *Enfer*, de lire que *Moïse* en a parlé : une fausseté si évidente révolte.

Vingt articles de métaphysique, et en particulier celui d'*Ame*, sont traités d'une manière qui doit bien déplaire à votre cœur naïf et à votre esprit juste. Je me flatte que vous ne souffrirez plus des articles tels que celui de *Femme*, de *Fat*, &c., ni tant de vaines déclamations, ni tant de puérilités et de lieux communs sans principes, sans définitions, sans instructions. Jugez, à ma franchise, de l'intérêt que votre grande entreprise m'a inspiré.

Je n'ai pu, malgré cet intérêt, travailler beaucoup à votre nouveau tome. J'ai acheté, à deux lieues de mes Délices, une terre encore plus retirée, où je compte finir mes jours dans la tranquillité, mais où je me vois obligé de me donner beaucoup de soins les premières années. Ces soins sont amusans, et les travaux de la campagne me paraissent tenir à la philosophie : les bonnes expériences de physique sont celles de la culture de la terre. Dans cet heureux oubli d'un monde pervers et frivole, j'interromprai mes travaux avec joie, quand vous me demanderez

des articles intéreffans dont d'autres perfonnes ne fe
feront point chargées.

Adieu, Monfieur; honorez de quelque amitié un
homme qui vous eft attaché comme il voudrait que
tous les philofophes le fuffent, et qui eft extrêmement
fenfible à tous vos talens.

LETTRE XLVII.

A M. DE CIDEVILLE.

A Ferney, le 25 de novembre, mais écrivez toujours aux Délices.

VOTRE amitié pour moi a donc la malice, mon
cher ami, de tarabufter le marquis *A*.... et de lui
faire fentir que quelquefois les plus grands feigneurs
ne laiffent pas d'être obligés de payer leurs dettes,
malgré les grands fervices qu'ils rendent à l'Etat. Il
ne veut pas m'écrire; vous verrez qu'il s'eft rouillé
en province. Cependant un bas-normand peut hardiment écrire à un fuiffe. Le petit bon homme de
marquis veut donc me donner une affignation fur
fon tréfor royal, et, de quatre années, m'en payer
une à caufe des dépenfes qu'il fait à la guerre! Je
ferai fignifier à monfeigneur que je ne l'entends pas
ainfi, et que, lui ayant joué le tour de vivre jufqu'à la
fin de cette préfente année, je veux être payé de mon
dû ou *deu*. On écrivait autrefois *deu* ou *dub*; parce
que dû eft toujours *dubium*; mais dû, ou *deu*, ou *dub*,
il faut qu'il paye; et, point d'argent, point de fuiffe.
Et M. le-furintendant *le Doux* aura beau faire, je

ferai brèche à son trésor : car je bâtis une terre, non pas un marquisat comme Lamotte, non un palais comme le palais d'*A*...., mais une maison commode et rustique, où j'entre, il est vrai, par deux tours entre lesquelles il ne tient qu'à moi d'avoir un pont-levis, car j'ai des mâchicoulis et des meurtrières ; et mes vassaux feront la guerre à *la Motte-A*.... *Licet miscere seria jocis*, mais il ne faut pas abandonner le demeurant ; *rem suam deserere turpissimum est*, dit *Cicéron*.

Le fait est que j'ai acheté, à une lieue des Délices, une terre qui donne beaucoup de foin, de blé, de paille et d'avoine ; et je suis à présent

Rusticus ab normis sapiens crassâque Minervâ.

J'ai des chênes droits comme des pins, qui touchent le ciel, et qui rendraient grand service à notre marine, si nous en avions une. Ma seigneurie a d'aussi beaux droits que Lamotte ; et nous verrons, quand nous nous battrons, qui l'emportera.

Nunc itaque et versus et cætera ludicra pono.

Je sème avec le semoir ; je fais des expériences de physique sur notre mère commune ; mais j'ai bien de la peine à réduire madame *Denis* au rôle de *Cérès*, de *Pomone* et de *Flore* ; elle aimerait mieux, je crois, être *Thalie* à Paris ; et moi, non : je suis idolâtre de la campagne, même en hiver. Allez à Paris, allez, vous qui ne pouvez encore vous défaire de vos passions.

Urbis amatorem fuscum salvere jubemus.
Ruris amatores.

L'ami des hommes, ce M. de *Mirabeau*, qui parle, qui parle, qui parle, qui décide, qui tranche, qui aime tant le gouvernement féodal, qui fait tant d'écarts, qui fe beloufe fi fouvent; ce prétendu ami du genre-humain, n'eft mon fait que quand il dit: Aimez l'agriculture. Je rends grâce à DIEU, et non à ce *Mirabeau*, qui m'a donné cette dernière paffion. Eh bien, quittez donc votre aimable Launay pour Paris; mais retournez à Launay, et regrettez, comme moi, que Launay foit fi loin de Ferney. Ecrivez-nous quand vous ferez à Paris; parlez-nous des fottifes que vous y aurez vues, et aimez toujours vos deux amis du lac de Genève, qui vous aiment de tout leur cœur.

LETTRE XLVIII.

A M. LE MARQUIS ALBERGATI CAPACELLI.

Aux Délices, 4 de décembre.

MONSIEUR,

BENEDETTO fia il cielo che v'a ifpirato il gufto del più divino traftullo, che e i valenti uomini e le virtuofe donne poffano godere, quando fono più di due infieme.

Vous vous adreffez tout jufte à un homme qui ne rougit point à fon âge de jouer encore la comédie avec fes amis. Nous avons à Laufane un très-joli théâtre; j'en fais bâtir un à une terre que j'ai en France, à quelques lieues de la campagne où je fuis à préfent.

Les femmes se mettent comme elles veulent, sans beaucoup de dépense, surtout point de cornettes ; un petit diadème de perles fausses, quelques rubans, des boucles ou un petit bonnet. Une femme, quand elle est jolie, est mieux coiffée pour un écu, qu'une laide pour mille pistoles.

Questo sia detto per i viventi ; vengo adesso ai morti. Quand j'ai fait jouer Sémiramis, j'ai fait placer l'ombre dans un coin, au fond du théâtre ; elle montait par une estrade sans qu'on la vît monter ; elle était entourée d'une gaze noire : tout dépend de la manière dont sont placées les lumières. Cela fait un effet terrible, quand tout est bien disposé ; car

> *Segnius irritant animos demissa per aurem,*
> *Quam quæ sunt oculis subjecta fidelibus....*

Vous me demandez, Monsieur, si on doit entendre, au premier acte, les gémissemens de l'ombre de *Ninus ;* je vous répondrai que, sans doute, on les entendrait sur un théâtre grec ou romain ; mais je n'ai pas osé le risquer sur la scène de Paris, qui est plus remplie de petits-maîtres français à talons rouges, que de héros antiques : je ne conseillerais pas non plus qu'on hasardât cette nouveauté sur un petit théâtre resserré, qui ne laisse pas de place à l'illusion.

Le grand-prêtre *Oroès* ne donne point l'épée de *Ninus* à *Arsace* dans le premier acte ; il la lui donne dans le quatrième : je sauvai à l'acteur l'embarras de ceindre une épée et d'ôter la sienne, en le fesant venir sans épée sur le théâtre.

Le tonnerre est aisément imité par le bruit d'une

ou deux roues dentelées qu'on fait mouvoir derrière la scène sur des planches ; les éclairs se forment avec un peu d'orcanson.

Voilà , Monsieur , tout ce que je peux répondre aux questions que vous avez bien voulu me faire ; mais je ne pourrai jamais répondre dignement à l'honneur que je reçois de vous , ni vous exprimer assez les sentimens que je vous dois.

J'ai l'honneur d'être , &c.

LETTRE XLIX.

A M. THIRIOT.

A Ferney , 6 de décembre.

CE Ferney dont je vous écris, mon ancien ami , est une terre au bord de ce lac que je ne puis abandonner ; c'est le supplément des Délices. *Ex nitido fit rusticus.* Mais , au milieu de vingt maçons qui me rebâtissent un château , et parmi les laboureurs à qui je donne de nouvelles charrues à semoir, je n'oublie point mon Atlas. Je veux avoir la terre entière présente à mes yeux dans ma petite retraite ; et , tandis que je me promène des Délices à Ferney et à Lausane, je veux que mes yeux se promènent sur la Lusace et sur la Bohème , sur Louisbourg et sur Pondichéri. *Di grazia*, amusez-vous à me faire un bel Atlas, bien complet , bien relié ; ayez la bonté de me l'envoyer, par le carrosse de Lyon, à mon ami *Tronchin* , non pas *Tronchin* l'inoculateur , mais *Tronchin* le banquier, qui m'est aussi utile que l'autre. Madame de

Fontaine vous payera les débourſés que vous aurez eu la bonté de faire. Vous aimez les livres et vos amis; ainſi je compte vous ſervir à votre goût, en vous fefant exercer votre double métier d'obliger et de bouquiner. Je ſuis un peu mécontent des bouquins nouveaux; mais je me conſole *cum veterum libris*. Dites de moi : *Felix nimium, ſua nam bona novit.* Quelle nouvelle ſottife avez-vous dans votre pays? *Interim, vale.*

LETTRE L.

A M. L'EVEQUE D'ANNECY.

15 de décembre.

MONSEIGNEUR,

L E curé d'un petit village nommé Moëns, voiſin de ma terre, a ſuſcité un procès à mes vaſſaux de Ferney, et ayant ſouvent quitté ſa cure pour aller ſolliciter à Dijon, il a accablé aiſément des cultivateurs uniquement occupés du travail qui ſoutient leur vie. Il leur a fait pour quinze cents livres de frais, pendant qu'ils labouraient leurs champs, et a eu la cruauté de compter, parmi ſes frais de juſtice, les voyages qu'il a faits pour les ruiner. Vous ſavez mieux que moi, Monſeigneur, combien, dès les premiers temps de l'Egliſe, les ſaints pères ſe ſont élevés contre les miniſtres ſacrés qui emploient aux affaires temporelles le temps deſtiné aux autels. Mais

fi on leur avait dit : Un prêtre eft venu avec des
fergens rançonner de pauvres familles , les forcer de
vendre le feul pré qui nourrit tous leurs beftiaux,
et ôter le lait à leurs enfans , qu'auraient dit les
Jérôme , les *Irénée* , les *Auguftin*? Voilà , Monfeigneur, ce que le curé de Moëns eft venu faire à la
porte de mon château , fans daigner même me venir
parler : je lui ai envoyé dire que j'offrais de payer
la plus grande partie de ce qu'il exige de mes communes, et il a répondu que cela ne le fatisfefait pas.
Vous gémiffez, fans doute, que des exemples fi odieux
foient donnés par des pafteurs catholiques , tandis
qu'il n'y a pas un feul exemple qu'un pafteur proteftant ait été en procès avec fes paroiffiens. Il eft
humiliant pour nous, il le faut avouer, de voir dans
les villages du territoire de Genève des pafteurs
hérétiques qui font au rang des plus favans hommes
de l'Europe, qui pofsèdent les langues orientales,
qui prêchent dans la leur avec éloquence , et qui,
loin de pourfuivre leurs paroiffiens pour un arpent
de feigle ou de vigne, font leurs confolateurs et leurs
pères : c'eft une des raifons qui ont dépeuplé le canton
que j'habite. Deux de mes jardiniers ont quitté,
l'année précédente, notre religion , pour embraffer la
proteftante; le village de Rofières avait trente-deux
maifons, et n'en a plus qu'une ; les villages de Magni
et de Boifi , ne font plus que des déferts; Ferney eft
réduit à cinq familles, ayant droit de commune; et
ce font ces cinq pauvres familles qu'un curé veut
forcer d'abandonner leurs demeures pour aller chercher, fur le territoire de la floriffante Genève , le pain
qu'on leur difpute dans les chaumières de leurs pères.

1758.

Je conjure votre zèle paternel, votre humanité, votre religion, non pas d'engager le curé de Moëns à se relâcher des droits que la chicane lui a donnés, cela est impossible ; mais à ne pas user d'un droit si peu chrétien dans toute sa rigueur, à donner les délais que donnerait le procureur le plus insatiable, à se contenter de ma promesse que j'exécuterai aussitôt que mes malheureux vassaux auront rempli une formalité de justice préalable et nécessaire. J'attends de vous cette grâce, ou plutôt cette justice.

Je suis, &c.

LETTRE LI.

A M. HELVETIUS.

17 de décembre.

Vos vers semblent écrits par la main d'Apollon,
Vous n'en aurez pour fruit que ma reconnaissance.
Votre livre est dicté par la saine raison :
Partez vîte, et quittez la France.

J'aurais pourtant, Monsieur, quelques petits reproches à vous faire ; mais le plus sensible, et qu'on vous a déjà fait sans doute, c'est d'avoir mis l'amitié parmi les vilaines passions : elle n'était pas faite pour si mauvaise compagnie. Je suis plus affligé qu'un autre de votre tort. L'amitié, qui m'a accompagné au pied des Alpes, fait tout mon bonheur ; et je désire passionnément la vôtre. Je vous avoue que le fort de votre livre dégoûte d'en faire. Je m'en tiens actuellement à être seigneur de paroisse, laboureur,

maçon

maçon et jardinier ; cela ne fait point d'ennemis.
Les poëmes épiques, les tragédies et les livres philo-1758.
fophiques rendent trop malheureux. Je vous embraffe ;
je vous aime de même, et je préfente mes refpects à
la digne époufe d'un philofophe aimable.

LETTRE LII.

A M. LE COMTE D'ARGENTAL.

Aux Délices, 19 de décembre.

MON cher ange, vous étendez les deux bouts de
vos ailes fur tous mes intérêts. Vous voulez que je
vous voye et qu'Orefte réuffiffe ; ce feraient-là deux
réfurrections dont la première me ferait bien plus
chère que l'autre. Je fuis un peu *Lazare* dans mon
tombeau des Alpes. Je vous ai envoyé mon vifage
de *Lazare*, il y a un an ; et fi vous tardez à le faire
placer à l'académie, fous la face graffe de *Babet*,
bientôt je n'en aurai plus du tout à vous offrir. Je
deviens plus que jamais pomme tapée. Ne comptez
jamais de ma part fur un vifage, mais fur le cœur
le plus tendre, toujours vif, toujours neuf, toujours
plein de vous.

Oui, fans doute, la fcène de l'urne eft très-changée
et très-grecque ; et, croyez-moi, les Français, tout
français qu'ils font, y reviendront comme les Italiens
et les Anglais. Ce n'eft qu'à la longue que les fuffrages
fe réuniffent fur certains ouvrages et fur certaines
gens.

Il n'y avait, à mon fens, autre chofe à reprendre

1758.

que l'inſtinct trop violent de la nature, dans la ſcène de la reconnaiſſance, et pour rendre cet inſtinct plus vraiſemblable et plus attendriſſant, il n'y a qu'un vers à changer. *Electre* dit :

D'où vient qu'il s'attendrit ? je l'entends qui ſoupire.

Voici ce qu'il faut mettre à la place :

ORESTE.

O malheureuſe Electre !

ELECTRE.

Il me nomme, il ſoupire !
Les remords en ces lieux ont-ils donc quelque empire ? &c.

A l'égard de la fin, plus j'y penſe, plus je crois qu'il faut la laiſſer comme elle eſt ; et je ſuis très-perſuadé, étant hors de l'ivreſſe de la compoſition, de l'amour propre et de la guerre du parterre, que cette pièce bien jouée ſerait reçue comme Sémiramis, qui manqua d'abord ſon coup, et qui fait aujour-d'hui ſon effet. Ce ſerait une conſolation pour moi, et de la gloire pour vous, ſi vous forciez le public à être juſte.

Pour Fanime, il y a long-temps que j'y ai donné les coups de pinceau que vous vouliez, et je vous l'enverrais ſur le champ, ſi vous me promettiez que les comédiens n'auraient pas l'inſolence d'y rien changer. Ils furent ſur le point de faire tomber l'Orphelin de la Chine, en retranchant une ſcène néceſſaire qu'ils ont été obligés de remettre. Ils allèrent juſqu'à donner à un confident un nom qui

eſt hébreu ; vous ſentez combien cela irrite et décou-
rage. La Femme qui a raiſon eſt dans le même cas ; 1758.
mais je vous avoue que j'aime mieux cent fois
labourer mes terres, comme je fais, que de me voir
expoſé à l'humiliation d'être corrigé et gâté par des
comédiens.

Quand je parle de labourer la terre, je parle très
à la lettre. Je me ſers du nouveau ſemoir avec ſuccès,
et je force notre mère commune à donner moitiè
plus qu'elle ne donnait. Vous ſouvenez-vous que,
quand je me fis ſuiſſe, le préſident de *Broſſes* vous
parla de me loger dans un château qu'il a entre la
France et Genève. Son château était une maſure faite
pour des hiboux ; un comté, mais à faire rire ; un
jardin, mais où il n'y avait que des colimaçons et
des taupes ; des vignes ſans raiſin, des campagnes
ſans blé, et des étables ſans vaches. Il y a de tout
actuellement, parce que j'ai acheté ſon pauvre comté
par bail emphytéotique, ce qui, joint à Ferney,
compoſe une grande étendue de pays qu'on peut
rendre aiſément fertile et agréable. Ces deux terres
touchent preſque à mes Délices. Je me ſuis fait un
aſſez joli royaume dans une république. Je quitterai
mon royaume pour venir vous embraſſer, mon cher
et reſpectable ami ; mais je ne le quitterais pas aſſurément pour aucun autre avantage, quel qu'il pût être.

Ne penſez-vous pas que, vu le temps qui court,
il vaut mieux avoir de beaux blés, des vignes, des
bois, des tauréaux et des vaches, et lire les Géorgiques, que d'avoir des billets de la quatrième loterie,
des annuités premières et ſecondes, des billets ſur
les fermes, et même des comptes à faire à Cadix?

G 2

qu'en dites-vous? *Et de Babeta , quid ? et quid de rege hispano ?* et des nouvelles deſtructions qu'on nous promet pour l'année prochaine ?

Prenez du lait, Madame ; engraiſſez , dormez , et que tous les anges ſe portent bien.

Je fais tout ce que M. le comte de *la Marche* exige, j'écrirai à *Monin*. J'écris en droiture à 545, qui a daigné m'écrire. Je vous remercie tendrement.

LETTRE LIII.

A M. LE COMTE DE SCHOUVALOF , *à Moſcou.*

24 de décembre.

MONSIEUR,

JEUS l'honneur de vous écrire, il y a quatre ou cinq jours ; j'ai reçu le 21 de décembre la lettre dont vous m'honorez du 23 d'octobre , et je ne ſais à quoi attribuer un ſi long retardement. Je vous réitère mes prières , et je vous fais mes très-humbles remercî-mens ſur vos nouveaux mémoires ; vous les intitulez : Réponſes à mes objections ; permettez-moi d'abord de dire à votre excellence que je n'ai jamais d'ob-jections à faire aux inſtructions qu'elle veut bien me donner ; que je fais ſimplement des queſtions , et que je demande des éclairciſſemens à l'homme du monde qui me paraît le plus ſavant dans l'hiſtoire.

1758

Nous ne sommes encore qu'à l'avenue du grand palais que vous voulez bâtir par mes mains, et dont vous me tracez l'ordonnance. Il y a, dans cette avenue, quelques terres incultes, quelques déserts qu'il faut passer vîte. Il est moins question de savoir d'où vient le mot de *tsar*, que de faire voir que *Pierre I* a été le plus grand des tsars. Je me garderai bien de mettre en question si le blé de la Livonie vaut mieux que celui de la Carélie; j'observerai seulement ici, Monsieur, que l'agriculture a été très-négligée dans toute l'Europe jusqu'à nos jours.

L'Angleterre, dont vous me parlez, est un des pays les plus fertiles en blé; cependant ce n'est que depuis quelques années que les Anglais ont su en faire un objet de commerce immense. La nouvelle charrue et le semoir sont d'une utilité qui semble devoir désormais prévenir toutes les disettes. J'en ai vu beaucoup d'expériences, et je m'en sers avec succès dans deux de mes terres en France, dans le voisinage de Genève. Vous voyez par là que les arts ne se perfectionnent qu'à la longue; et je vois aussi quelles obligations votre empire doit avoir à *Pierre le grand*, qui lui a donné plusieurs arts, et qui en a perfectionné quelques-uns.

Je me servirai du mot de *russien*, si vous le voulez, mais je vous supplie de considérer qu'il ressemble trop à *prussien*, et qu'il en paraît un diminutif : ce qui ne s'accorde pas avec la dignité de votre empire. Les Prussiens s'appelaient autrefois *Borusses*, comme vous le savez, et, par cette dénomination, ils paraissaient subordonnés aux *Russes*. Le mot de russes a d'ailleurs quelque chose de plus ferme, de plus noble.

—— de plus original que celui de ruffien ; ajoutez que
ruffien reffemble trop à un terme très-défagréable
dans notre langue, qui eft celui de ruffien, et la
plupart de nos dames prononçant les ſſ comme les
ff, il en réfulte une équivoque indécente qu'il faut
éviter.

Après toutes ces repréfentations, j'en paſſerai par ce
que vous voudrez ; mais le grand point, Monſieur,
l'objet important et indifpenfable devant lequel
prefque tous les autres difparaiſſent, eft le détail de
tout ce qu'a fait *Pierre le grand* d'utile et d'héroïque.
Vous ne pouvez me donner trop d'inſtructions ſur le
bien qu'il a fait au genre-humain. La plupart des gens
de lettres de l'Europe me reprochent déjà que je
vais faire un panégyrique, et jouer le rôle d'un flatteur ; il faut leur fermer la bouche en leur fefant voir
que je n'écris que des vérités utiles aux hommes.

J'efpère auffi, Monſieur, que vous voudrez bien
me faire parvenir des mémoires fidelles ſur les guerres
entreprifes par *Pierre I*, ſur ſes belles actions, ſur
celles de vos compatriotes ; en un mot, ſur tout
ce qui peut contribuer à la gloire de l'empire et à la
vôtre.

J'ai l'honneur, &c.

LETTRE LIV.

A M. THIRIOT.

Aux Délices, 24 de décembre.

VOUS vous trompez, mon ancien ami, j'ai quatre pattes au lieu de deux, un pied à Laufane, dans une très-belle maifon pour l'hiver, un pied aux Délices près de Genève, où la bonne compagnie vient me voir ; voilà pour les pieds de devant : ceux de derrière font à Ferney et dans le comté de Tourney que j'ai acheté par bail emphytéotique, du préfident de *Broffes*.

M. *Crommelin* fe trompe beaucoup davantage fur tous les points. La terre de Ferney eft auffi bonne qu'elle a été négligée ; j'y bâtis un affez beau château ; j'ai chez moi la pierre et le bois ; le marbre me vient par le lac de Genève. Je me fuis fait, dans le plus joli pays de la terre, trois domaines qui fe touchent. J'ai arrondi tout d'un coup la terre de Ferney par des acquifitions utiles. Le tout monte à la valeur de plus de dix mille livres de rente, et m'en épargne plus de vingt, puifque ces trois terres défrayent prefque une maifon où j'ai plus de trente perfonnes, et plus de douze chevaux à nourrir.

Nave ferar parvâ an magnâ ferar unus et idem.

Je vivrais très-bien comme vous, mon ancien ami, avec cent écus par mois ; mais madame *Denis*, l'héroïne de l'amitié, et la victime de Francfort, mérite des palais, des cuiſiniers, des équipages, grande chère et beau feu. Vous faites très-ſagement d'appuyer votre philoſophie de deux cents écus de rente de plus.

Imbecilla volet tractari mollior ætas.

Et il vous faut :

Mundus victus non deficiente crumenâ.

Nous ferons plus heureux, vous et moi, dans notre ſphère, que des miniſtres exilés, peut-être même que des miniſtres en place. Jouiſſez de votre doux loiſir, moi je jouirai de mes très-douces occupations, de mes charrues à ſemoir, de mes taureaux, de mes vaches.

Hanc vitam in terris Saturnus agebat.

Quel fracas pour le livre de M. *Helvétius !* voilà bien du bruit pour une omelette ! quelle pitié ! quel mal peut faire un livre lu par quelques philoſophes ? J'aurais pu me plaindre de ce livre, et je ſais à qui je dois certaine affectation de me mettre à côté de certaines gens ; mais je ne me plains que de la manière dont l'auteur traite l'amitié, la plus conſolante de toutes les vertus.

Envoyez-moi, je vous prie, cette abominable juſtification de la Saint-Barthelemi ; j'ai acheté un ours, je mettrai ce livre dans ſa cage. Quoi, on perſécute M. *Helvétius*, et on ſouffre des monſtres !

Je ne connais point *Jeanne*, je ne sais ce que c'est; mais je me prépare à mettre en ordre les matériaux qu'on m'envoie de Russie, pour bâtir le monument de *Pierre* le créateur, et j'aime encore mieux bâtir mon château. Je vous remercie tendrement des cartes de ce malheureux univers.

Tuus V.

LETTRE LV.

A M. SAURIN,

DE L'ACADEMIE FRANÇAISE.

Aux Délices, 27 de décembre.

AH! ah! vous êtes donc de notre tripot, et vous faites de beaux vers, monsieur le philosophe? je vous en félicite, et vous en remercie. Les prêtres d'*Isis* n'ont pas beau jeu avec vous; l'archevêque de Memphis vous lâchera un mandement, et les jésuites de Tanis vous demanderont une rétractation. Quelle est donc cette *Adelle* dont vous parlez? est-ce qu'il y a eu une *Adelle*?

Dites-moi, je vous prie, ce que devient monsieur *Helvétius*. J'aurais un peu à me plaindre de son livre, si j'avais plus d'amour propre que d'amitié. Je suis indigné de la persécution qu'il éprouve.

Non-seulement l'article en question est imprimé dans la seconde édition des *Cramer*, mais il a excité la bile des vieux pasteurs de Lausane. Un prêtre, plus prêtre que ceux de Memphis, a écrit un libelle

—— à cette occasion : les miniſtres ſe ſont aſſemblés; ils
1758. ont cenſuré les trois bons et honnêtes paſteurs que
j'avais fait ſigner en votre faveur. Je les ai tous fait
taire. Les avoyers de Berne ont fait ſentir leur indignation à l'auteur du libelle contre la mémoire de
votre illuſtre père, et nous ſommes demeurés, votre
honneur et moi, maîtres du champ de bataille.
Au reſte, je ſuis devenu laboureur, vigneron et
berger; cela vaut cent fois mieux que d'être à Paris
homme de lettres.

Je vous embraſſe du fond de mon tombeau et
de mon bonheur.

LETTRE LVI.

A MADAME

LA MARQUISE DU DEFFANT.

Aux Délices, 27 de décembre.

J'APPRENDS, Madame, que votre ami et votre
philoſophe *Formont* a quitté ce vilain monde. Je ne
le plains pas; je vous plains d'être privée d'une
conſolation qui vous était néceſſaire. Vous ne man-
querez jamais d'amis, à moins que vous ne deveniez
muette; mais les anciens amis ſont les ſeuls qui
tiennent au fond de notre être, les autres ne les
remplacent qu'à moitié.

Je ne vous écris preſque jamais, Madame, parce
que je ſuis mort et enterré entre les Alpes et le

1758.

mont Jura; mais, du fond de mon tombeau, je m'intéreffe à vous, comme fi je vous voyais tous les jours. Je m'aperçois bien qu'il n'y a que les morts d'heureux.

J'entends parler quelquefois des révolutions de la cour, et de tant de miniftres qui paffent en revue rapidement, comme dans une lanterne magique. Mille murmures viennent jufqu'à moi, et me confirment dans l'idée que le repos eft le vrai bien, et que la campagne eft le vrai féjour de l'homme.

Le roi de Pruffe me mande quelquefois que je fuis plus heureux que lui; il a vraiment grande raifon; c'eft même la feule manière dont j'ai voulu me venger de fon procédé avec ma nièce et avec moi. La douceur de ma retraite, Madame, fera augmentée, en recevant une lettre que vous aurez dictée; vous m'apprendrez fi vous daignez toujours vous fouvenir d'un des plus anciens ferviteurs qui vous reftent.

Vous voyez, fans doute, fouvent M. le préfident *Hénault;* l'eftime véritable et tendre que j'ai toujours eue pour lui, me fait fouhaiter paffionnément qu'il ne m'oublie pas.

Je ne vous reverrai jamais, Madame; j'ai acheté des terres confidérables autour de ma retraite; j'ai agrandi mon fépulcre. Vivez auffi heureufement qu'il eft poffible; ayez la bonté de m'en dire des nouvelles. Vous êtes-vous fait lire le Père de famille? cela n'eft-il pas bien comique? Par ma foi, notre fiècle eft un pauvre fiècle auprès de celui de *Louis XIV;* mille raifonneurs, et pas un feul homme de génie; plus de grâces, plus de gaieté; la difette d'hommes en tout genre fait pitié; la France subsistera, mais sa gloire, mais son bonheur, son ancienne supériorité...... qu'est-ce que tout cela deviendra?

Digérez, Madame, conversez; prenez patience, et recevez, avec votre ancienne amitié, les assurances tendres et respectueuses de l'attachement du suisse *V.*

LETTRE LVII.

A M. VERNES.

Le . . . . . .

J'AI lu enfin Candide: il faut avoir perdu le sens pour m'attribuer cette coïonnerie; j'ai, Dieu merci, de meilleures occupations. Si je pouvais excuser jamais l'inquisition, je pardonnerais aux inquisiteurs du Portugal d'avoir pendu le raisonneur *Panglofs* pour avoir soutenu l'optimisme. En effet, cet optimisme détruit visiblement les fondemens de notre sainte religion; il mène à la fatalité; il fait regarder la chute de l'homme comme une fable, et la malédiction prononcée par DIEU même contre la terre, comme vaine. C'est le sentiment de toutes les personnes religieuses et instruites; elles regardent l'optimisme comme une impiété affreuse.

Pour moi, qui suis plus modéré, je ferais grâce à cet optimisme, pourvu que ceux qui soutiennent ce système ajoutassent qu'ils croient que DIEU, dans une autre vie, nous donnera, selon sa miséricorde, le bien dont il nous prive en ce monde, selon sa

1758.

juſtice. C'eſt l'éternité à venir qui fait l'optimiſme, et non le moment préſent. Vous êtes bien jeune pour penſer à cette éternité, et j'en approche.

Je vous ſouhaite le bien-être dans cette vie et dans l'autre.

P. S. Tâchez, mon prêtre aimable, de ſavoir et de me dire s'il n'y a pas, au moins, cinq cents familles françaiſes dans Genève. Pourquoi ce monſtre de *Caveyrac* dit-il qu'il n'y en a pas cinquante? Il faut confondre cet envoyé du diable, qui veut juſtifier la Saint-Barthelemi, et les cruautés exercées dans la révocation de l'édit de Nantes.

LETTRE LVIII.

A M. DE BASTIDE,

Auteur de l'ouvrage intitulé : Le nouveau ſpectateur ou le Monde.

JE n'imagine pas, monſieur le ſpectateur du monde, que vous projettiez de remplir vos feuilles du monde phyſique. *Socrate*, *Epictète* et *Marc-Aurèle* laiſſaient graviter toutes les ſphères les unes ſur les autres, pour ne s'occuper qu'à régler les mœurs. Eſt-ce donc le monde moral que vous prenez pour objet de vos ſpéculations? Mais que lui voulez-vous à ce monde moral, que les précepteurs des nations ont déjà tant ſermonné avec tant d'utilité?

Il est un peu fâcheux pour la nature humaine, j'en conviens avec vous, que l'or fasse tout, et le mérite presque rien; que les vrais travailleurs, derrière la scène, aient à peine une subsistance honnête, tandis que des personnages en titre fleurissent sur le théâtre; que les sots soient aux nues, et les génies dans la fange; qu'un père déshérite six enfans vertueux, pour combler de bien un premier-né qui souvent le déshonore; qu'un malheureux, qui fait naufrage ou qui périt de quelque autre façon, dans une terre étrangère, laisse au fisc de cet Etat la fortune de ses héritiers.

On a quelque peine à voir, je l'avoue encore, ceux qui labourent dans la disette, ceux qui ne produisent rien dans le luxe; de grands propriétaires qui s'approprient jusqu'à l'oiseau qui vole, et au poisson qui nage; des vassaux tremblans qui n'osent délivrer leurs maisons du sanglier qui les dévore; des fanatiques qui voudraient brûler tous ceux qui ne prient pas DIEU comme eux; des violences dans le, pouvoir, qui enfantent d'autres violences dans le peuple; le droit du plus fort fesant la loi, non-seulement de peuple à peuple, mais encore de citoyen à citoyen.

Cette scène du monde, presque de tous les temps et de tous les lieux, vous voudriez la changer! voilà votre folie, à vous autres moralistes. Montez en chaire avec *Bourdaloue*, ou prenez la plume avec *la Bruyère*, temps perdu : le monde ira toujours comme il va. Un gouvernement, qui pourrait pourvoir à tout, en ferait plus en un an que tout l'ordre des frères prêcheurs n'en a fait depuis son institution.

Lycurgue, en fort peu de temps, éleva les Spartiates au-deſſus de l'humanité. Les reſſorts de ſageſſe que *Confucius* imagina, il y a plus de deux mille ans, ont encore leur effet à la Chine. 1758.

Mais, comme ni vous ni moi ne ſommes faits pour gouverner, ſi vous avez de ſi grandes démangeaiſons de réforme, réformez nos vertus, dont les excès pourraient à la fin préjudicier à la proſpérité de l'Etat. Cette réforme eſt plus facile que celle des vices. La liſte des vertus outrées ſerait longue ; j'en indiquerai quelques-unes ; vous devinerez aiſément les autres.

On s'aperçoit, en parcourant nos campagnes, que les enfans de la terre ne mangent que fort au-deſſous du beſoin : on a peine à concevoir cette paſſion immodérée pour l'abſtinence. On croit même qu'ils ſe ſont mis dans la tête qu'ils ſeront plus ſains en feſant jeûner les beſtiaux.

Qu'arrive-t-il? les hommes et les animaux languiſſent, leurs générations ſont faibles, les travaux ſont ſuſpendus, et la culture en ſouffre.

La patience eſt encore une vertu que les campagnes outrent peut-être. Si les exacteurs des tributs s'en tenaient à la volonté du prince, patienter ſerait un devoir ; mais queſtionnez ces bonnes gens qui nous donnent du pain, ils vous diront que la façon de lever les impôts eſt cent fois plus onéreuſe que le tribut même. La patience les ruine, et les propriétaires avec eux.

La chaire évangélique a cent fois reproché aux grands et aux rois leur dureté envers les indigens. Cette capitale s'eſt corrigée à toute outrance : les

antichambres regorgent de ferviteurs mieux nour-
ris, mieux vêtus que les feigneurs des paroiffes d'où
ils fortent. Cet excès de charité ôte des foldats à la
patrie, et des cultivateurs aux terres.

Il ne faut pas, monfieur le fpectateur du monde,
que le projet de réformer nos vertus vous fcandalife:
les fondateurs des ordres religieux fe font réformés
les uns les autres.

Une autre raifon qui doit vous encourager, c'eft
qu'il eft peut-être plus facile de difcerner les excès
du bien, que de prononcer fur la nature du mal.
Croyez-moi, monfieur le fpectateur, je ne faurais
trop vous le dire, attachez-vous à réformer nos
vertus; les hommes tiennent trop à leurs vices.

LETTRE LIX.

A M. DE SOLTIKOF.

Le . . . . . .

J'ABUSE des bontés de M. de *Soltikof*. Je le
fupplie de me mander comment on écrit le nom des
fectaires appelés, dans mes Mémoires, *Kalkoniftky*,
ou *Raizoniski*, ou *Ralkoniky*, ou *Roskolchiqui*.

Qui font donc ces gens-là dont le nom me fait
donner au diable?

Et les worsko-jéfuites, ou vlorsko-jéfuites, qui
font-ils? je n'y entends rien. Tous ces drôles-là ne
valent pas la peine qu'on en parle, à moins qu'ils
ne foient bien ridicules, comme font, chez nous,
tous nos fanatiques.

LETTRE

LETTRE LX.

A M. ***.

Aux Délices, 5 de janvier.

Il n'eft pas moins néceffaire, mon très-cher ami, de prêcher la tolérance chez vous que parmi nous. Vous ne fauriez juftifier, ne vous en déplaife, les lois exclufives ou pénales des Anglais, des Danois, de la Suède, contre nous, fans autorifer nos lois contre vous. Elles font toutes, je vous l'avoue, également abfurdes, inhumaines, contraires à la bonne politique ; mais nous n'avons fait que vous imiter. Je n'ai pu, par vos lois, acheter un tombeau en Sichem. Si un des vôtres croit devoir préférer, pour le falut de fon ame, la meffe au prêche, il ceffe auffitôt d'être citoyen, il perd tout, jufqu'à fa patrie. Vous ne fouffririez pas qu'aucun prêtre dît fa meffe à voix baffe, dans une chambre clofe, dans aucune de vos villes. N'avez-vous pas chaffé des miniftres qui ne croyaient pas pouvoir figner je ne fais quel formulaire de doctrine ? n'avez-vous pas exilé, pour un oui et un non, de pauvres memno-niftes pacifiques, malgré les fages repréfentations des Etats-généraux qui les ont accueillis? n'y a-t-il pas encore un nombre de ces exilés, tranquilles dans les montagnes de l'évêché de Bâle, que vous ne rappelez point ? n'a-t-on pas dépofé un pafteur, parce qu'il ne voulait pas que fes ouailles fuffent damnées éternellement ? Vous n'êtes pas plus fages que nous, convenez-en, mon cher philofophe, et avouez en même temps que les opinions ont plus caufé de maux fur ce petit globe, que la pefte ou les tremblemens de terre. Et vous ne voulez pas qu'on attaque, à forces réunies, ces opinions! N'eft-ce pas faire un bien au monde que de renverfer le trône de la fuperftition, qui arma dans tous les temps des hommes furieux les uns contre les autres? Adorer DIEU; laiffer à chacun la liberté de le fervir felon fes idées; aimer fes femblables, les éclairer fi l'on peut, les plaindre s'ils font dans l'erreur; ne prêter aucune importance à des queftions qui n'au- raient jamais caufé de troubles fi l'on n'y avait attaché aucune gravité : voilà ma religion, qui vaut mieux que tous vos fyftêmes et tous vos fymboles.

Je n'ai lu aucun des livres dont vous me parlez, mon cher philofophe; je m'en tiens aux anciens ouvrages qui m'inftruifent, les modernes m'appren- nent peu de chofe. J'avoue que *Montefquieu* manque fouvent d'ordre, malgré fes divifions en livres et en chapitres; que quelquefois il donne une épi- gramme pour une définition, et une antithèfe pour une penfée nouvelle; qu'il n'eft pas toujours exact dans fes citations; mais ce fera à jamais un génie heureux et profond, qui penfe et fait penfer. Son livre devrait être le bréviaire de ceux qui font appelés à gouverner les autres. Il reftera, et les folliculaires feront oubliés.

Quant à tous vos écrits fur l'agriculture, je crois qu'un payfan de bon fens en fait plus que vos écrivains qui, du fond de leur cabinet, veulent apprendre à labourer les terres. Je laboure, et n'écris

pas fur le labourage. Chaque fiècle a eu fa marotte. ──────
Au renouvellement des lettres, on a commencé par 1759.
fe difputer pour des dogmes et pour des règles de
fyntaxe ; au goût pour la rouille des vieilles mon-
naies ont fuccédé les recherches fur la métaphyfique,
que perfonne ne comprend. On a abandonné ces
queftions inintelligibles pour la machine pneumati-
que et pour les machines électriques, qui apprennent
quelque chofe : puis tout le monde a voulu amaffer
des coquilles et des pétrifications. Après cela on a
effayé modeftement d'arranger l'univers, tandis que
d'autres, auffi modeftes, voulaient réformer les
empires par de nouvelles lois. Enfin, defcendant
du fceptre à la charrue, de nouveaux *Triptolèmes*
veulent enfeigner aux hommes çe que tout le
monde fait et pratique mieux qu'ils ne difent. Telle
eft la fucceffion des modes qui changent ; mais mon
amitié pour vous ne changera jamais.

LETTRE LXI.

A M. DE CIDEVILLE.

Aux Délices, 12 de janvier.

Mon cher ami, je fuis malade de bonne chère,
de deux terres que je bâtis, de cent ouvriers que je
dirige, du cultivateur et du femoir, et de nombre
de mauvais livres qui pleuvent. Pardonnez-moi fi
je ne vous écris pas de ma main : *Spiritus enim
promptus eft, manus autem infirma.*

Je foupçonne que vous êtes actuellement dans cette grande villace de Paris, où tout le monde craint le matin pour fes rentes, pour fes billets de loterie, pour fes billets fur la compagnie, et où l'on va, le foir, battre des mains à de mauvaifes pièces, et fouper avec gens qu'on fait femblant d'aimer.

J'ai appris avec douleur la perte de notre ami *Formont;* c'était le plus indifférent des fages : vous avez le cœur plus chaud, avec autant de fageffe, pour le moins. Je le regrette beaucoup plus qu'il ne m'aurait regretté, et je fuis étonné de lui furvivre. Vivez long-temps, mon ancien ami, et confervez-moi des fentimens qui me confolent de l'abfence.

Notre odoriférant marquis a fait un effort qui a dû lui coûter des convulfions; il m'a payé mille écus, par les mains de fon receveur des finances. Il faudra que je préfente quelquefois des requêtes à fon confeil. Le bon droit a befoin d'aide auprès des grands feigneurs, et je vous remercie de la vôtre. Si le marquis favait que j'ai acheté un beau comté, il redouterait ma puiffance, et traiterait avec moi de couronne à couronne.

Bonfoir, mon ancien ami. On dit que le cardinal de *Bernis* a la jauniffe : vous êtes plus heureux que tous ces meffieurs-là.

LETTRE LXII.

A M. LE COMTE DE TRESSAN.

Aux Délices, 12 de janvier.

Oui, il y a bien quarante ans, mon charmant gouverneur, que je vis cet enfant pour la première fois, je l'avoue ; mais avouez auffi que je prédis dès-lors que cet enfant ferait un des plus aimables hommes de France. Si on peut être quelque chofe de plus, vous l'êtes encore. Vous cultivez les lettres et les fciences, vous les encouragez. Vous voilà parvenu au comble des honneurs, vous êtes à la tête de l'académie de Nancy.

Franchement, vous pourriez vous paffer d'académies, mais elles ne peuvent fe paffer de vous. Je regrette *Formont*, tout indifférent qu'était ce fage ; il était très-bon homme, mais il n'aimait pas affez. Madame de *Graffigny* avait, je crois, le cœur plus fenfible ; du moins les apparences étaient en fa faveur. Les voilà tous deux arrachés à la fociété dont ils fefaient les agrémens. Madame *du Deffant*, devenue aveugle, n'eft plus qu'une ombre. Le préfident *Hénault* n'eft plus qu'à la reine ; et vous, qui foutenez encore ce pauvre fiècle, vous avez renoncé à Paris. S'il eft ainfi, que ferais-je dans ce pays-là ? J'aurais voulu m'enterrer en Lorraine, puifque vous y êtes, et y arriver comme *Triptolème* avec le femoir de M. de *Châteauvieux*. Il m'a paru que je ferais mieux de refter où je fuis. J'ai combattu les fentimens de mon cœur ; mais, quand on jouit de la liberté, il ne faut pas hafarder de la perdre. J'ai augmenté cette liberté avec mes petits domaines ; j'ai acheté le comté de Tourney, pays charmant qui eft entre Genève et la France, qui ne paye rien au roi, et qui ne doit rien à Genève. J'ai trouvé le fecret que j'ai toujours cherché, d'être indépendant. Il n'y a au-deffus que le plaifir de vivre avec vous.

Mettez-moi, je vous en prie, aux pieds du roi de Pologne : il fait du bien aux hommes tant qu'il peut. Le roi de Pruffe fait plus de vers, et plus de mal au genre-humain. Il me mandait l'autre jour que j'étais plus heureux que lui ; vraiment, je le crois bien ; mais vous manquez à mon bonheur.

Mille tendres refpects.

LETTRE LXIII.

A M. THIRIOT, *à Paris.*

Au château de Tourney, 7 de février.

M ON ancien ami, on peut, dans une féance académique, reprocher à l'auteur du livre intitulé *l'Efprit*, que l'ouvrage ne répond point au titre, que des chapitres fur le defpotifme font étrangers au fujet, qu'on prouve avec emphafe quelquefois des vérités rebattues, et que ce qui eft neuf n'eft pas toujours vrai ; que c'eft outrager l'humanité de mettre fur la même ligne l'orgueil, l'ambition, l'avarice et l'amitié ; qu'il y a beaucoup de citations fauffes, trop de contes puérils, un mélange du ftyle poëtique et bourfouflé avec le langage de la philofophie ; peu d'ordre, beaucoup de confufion, une affectation révoltante de louer de mauvais ouvrages, un air de décifion plus révoltant encore, &c. &c. On devrait auffi, dans la même féance, avouer que le livre eft plein de morceaux excellens.

Mais on ne peut voir, fans indignation, qu'on perfécute, avec cet acharnement continu, un livre que cette perfécution feule peut rendre dangereux, en fefant rechercher au lecteur le venin caché qu'on y fuppofe. On dit que cette vexation odieufe eft le fruit de l'intrigue des jéfuites qui ont voulu aller par *Helvétius* à *Diderot*. J'eftime beaucoup ces deux hommes, et les indignités qu'ils éprouvent me les rendent infiniment chers.

Je vous prie de me dire quel eft le confeiller ou préfident géomètre, métaphyficien, mécanicien, théologien, poëte, grammairien, médecin, apothicaire, muficien, comédien, qui eft à la tête des juges de l'Encyclopédie. Il me femble que je vois l'inquifition condamner *Galilée*. L'efprit de vertige eft bien répandu dans votre pauvre ville de Paris.

Quelle pitié de fourrer dans leurs caquets un poëme fur la *religion* naturelle ! Les gens un peu inftruits favent qu'il y a un poëme fur la *loi* naturelle, dans un recueil d'ouvrages affez connus ; et que le poëme tronqué de la *religion* naturelle eft une mauvaife brochure dans laquelle l'auteur eft eftropié : mais l'auteur ne s'en foucie guère, et fait ce qu'il doit penfer des fots et des fous. Il y a long-temps que

H 4

j'ai mis entre eux et moi un fil long de plus d'une braffe.

Quand vous ferez *démontmorencié*, vous feriez bien de venir philofopher, avant ma mort, dans mes retraites. Il vaut mieux vivre avec fes amis que d'aller, jufqu'au tombeau, de gîte en gîte et de protection en protection.

Je vous embraffe de tout mon cœur.

LETTRE LXIV.

A M. THIRIOT.

Aux Délices, le 10 de mars.

J'AI reçu par le favoyard voyageur, mon ancien ami, votre lettre, vos brochures très-crottées, et la lettre de madame *Bellot*. Je vais lire fes œuvres, et je vous prie de me mander fon adreffe; car, felon l'ufage des perfonnes de génie, elle n'a daté en aucune façon; et je ne fais ni quelle année elle m'a écrit, ni où elle demeure. Pour vous, je foupçonne que vous êtes encore dans la rue Saint-Honoré. Vous changez d'hofpice auffi fouvent que les miniftres de place. Madame de *Fontaine* vous reviendra inceffamment; elle eft chargée de vous rembourfer les petites avances que vous avez bien voulu faire pour m'orner l'efprit.

J'ai lu Candide: cela m'amufe plus que l'Hiftoire des Huns et que toutes vos pefantes differtations fur le commerce et fur les finances. Deux jeunes gens de

Paris m'ont mandé qu'ils reſſemblent à *Candide*, comme deux gouttes d'eau. Moi, j'ai aſſez l'air de reſ- ſembler ici au ſignor *Pococurante ;* mais Dieu me garde d'avoir la moindre part à cet ouvrage. Je ne doute pas que M. *Joli de Fleuri* ne prouve éloquemment à toutes les chambres aſſemblées que c'eſt un livre contre les mœurs, les lois et la religion. Franche- ment, il vaut mieux être dans le pays des Oreillons que dans votre bonne ville de Paris. Vous étiez autre- fois des ſinges qui gambadiez ; vous voulez être à préſent des bœufs qui ruminent : cela ne vous va pas.

Croyez-moi, mon ancien ami, venez me voir ; je n'ai de bœufs qu'à mes charrues.

Si quid novi, ſcribe ; et cum otioſus eris, veni, et vale.

LETTRE LXV.

A M. LE COMTE D'ALBARET, *à Turin.*

Aux Délices, 10 d'avril.

Vous direz, Monſieur, que je ſuis un pareſſeux, et vous aurez raiſon ; mais vous connaiſſez ma détes- table ſanté. Ne jugez point de mes ſentimens par ma négligence ; croyez que, de tous les pareſſeux et de tous les malades, je ſuis celui qui vous eſt le plus dévoué. Madame *Denis* va rejouer ; mais pour moi je renonce au tripot. Je ſuis trop vieux, et je m'af- faiblis tous les jours. Vraiment, je ſerais charmé de voir la traduction de cette Alzire. Je ſuis comme les vieilles qui aiment les portraits dans lefquels elles fe trouvent embellies.

Tout ce que vous me dites de madame l'ambaffadrice de France fe rapporte fort à ce qu'elle nous a laiffé entrevoir. Elle paraît pétrie de grâces et de talens. Si j'avais la hardieffe de paffer les Alpes, ce ferait pour elle, pour M. de *Chauvelin*, pour vous, Monfieur, et non pour entendre des opéra; mais il faut achever ma carrière dans ma retraite. Je fuis affez femblable aux girouettes qui ne fe fixent que quand elles font rouillées. Comptez que, malgré mes mifères, je fens bien vivement votre mérite et vos bontés; autant en fait madame *Denis. Umillimo. Voltaire.*

LETTRE LXVI.

A M. THIRIOT.

Le 5 de mai.

MORT-DIEU, mon ancien ami, envoyez-moi au plus vîte *Abraham Chaumeix crucifié;* on dit que c'eft-là le titre, c'eft au moins quelque chofe de femblable. Il pleut des brochures, il en pleuvra toujours, et il faut laiffer pleuvoir; mais pour la prophétie d'*Abraham Chaumeix*, ce n'eft pas chofe à négliger par gens comme nous. Employez le crédit de M. *Bourêt* pour me faire tenir *Abraham Chaumeix.*

Vous avez vu fans doute madame de *Fontaine* que nous vous avons renvoyée en affez bonne fanté: elle eft chargée de payer tous les bijoux que vous m'avez fait tenir de Paris. Etes-vous encore dans la rue Saint-Honoré ou à l'arſenal ? Je ne ſais pas trop où vous prendre ; vous me paraiſſez un beaucoup plus grand voyageur que moi ; vous faites plus de chemin dans Paris que je n'en ai fait dans l'Europe. Si vous avez la curioſité de voir à Lyon les cours de France et de Naples , je vous conſeille de pouſſer juſqu'à Genève. Pour moi, je vous avertis que, ſi vous vous contentez de courir d'un bout de Paris à l'autre, et que vous ne veniez point chez moi, je prendrai le parti de venir vous voir.

Avez-vous pris quelque action dans les fermes générales ? On ſe plaignait autrefois qu'il y eût quarante de ces meſſieurs , et aujourd'hui tout le monde l'eſt ; c'eſt le royaume qui eſt fermier général du royaume. Cette opération eſt tout-à-fait anglaiſe. Remarquez que, depuis trente ans , nous avons tout pris des Anglais : philoſophie, petite vérole, nouvelle charrue et finances. Il ne nous manque que de prendre d'eux l'empire de la marine. Il me ſemble qu'on veut vous ôter, à vous autres Pariſiens, la liberté de penſer que vous devez auſſi aux Anglais ; mais il eſt beaucoup plus aiſé de tenir une nation dans la ſtupidité pendant mille ans, comme nous avons eu l'honneur d'y être , que de nous y replonger quand une fois nous en ſommes ſortis. Frère *Berthier*, frère *Abraham Chaumeix* et leurs ſemblables auront beau crier que tout eſt perdu ſi on ſe met à avoir le ſens commun , les cabales les plus infames auront beau exciter le parlement de Paris à faire des remontrances au roi, et à faire brûler l'Encyclopédie , le roi et les philoſophes ſe moqueront du parlement. Bonſoir.

LETTRE LXVII.

A MADAME DE FONTAINE, *à Paris.*

Aux Délices, 5 de mai.

QUE j'écrive de la main de notre ami *Jean-Louis* ou de la mienne, cela est égal, ma chère nièce, pourvu que j'écrive. Votre sœur n'a pas une santé bien brillante, et n'est pas, à beaucoup près, si ingambe que moi. Je suis devenu plus grand cultivateur et plus grand architecte que jamais : j'élève des colonnades, et j'ai des charrues vernies ; il ne me manque que de tremper mon blé dans de l'eau de lavande. Vous irez, sans doute, bientôt à Ornoi : vous m'y préparerez, s'il vous plaît, les logis ; car soyez très-sûre que j'y viendrai radoter avant qu'il soit deux ans.

Vous me conseillez, en attendant, de faire une tragédie, parce que le théâtre est purgé de petits-maîtres. Moi, faire une tragédie, après ce que le grand *Jean-Jacques* a écrit contre les spectacles ! Gardez-vous, sur les yeux de votre tête, de dire que je suis jamais homme à faire une tragédie : non, je ne fais point de tragédie. Vous voudriez, n'est-il pas vrai, une tragédie d'un goût nouveau, pleine de fracas, d'action, de spectacle, bien neuve, bien intéressante, bien singulière, féconde en sentimens, en situations, des mœurs vraies, et cependant nouvelles sur la scène ? vous n'aurez rien de tout cela. Gardez-vous de croire que je fasse une tragédie.

1759.

Affez d'autres en feront, et fuppléeront par l'action théâtrale que je leur ai tant recommandée, au génie que je leur recommande encore plus.

Monfieur le confeiller du grand confeil, je vous fuis très-obligé d'avoir rompu avec moi votre filence pythagorique. Vous n'êtes pas l'écrivain le plus fécond de nos jours, mais, quand vous vous y mettez, vous écrivez très-joliment, et vous avez, par-deffus madame de *Fontaine*, le mérite de l'orthographe. J'efpère que dans l'année 1760, nous recevrons encore de vous un petit mot qui nous fera grand plaifir.

Monfieur le *Vitruve* d'Ornoi, je ne vous confeille pas de faire à votre château un auffi maudit efcalier que vous en avez fait à celui de Tourney. Nous verrons comment vous aurez ajufté les appartemens de votre aile. Je n'oublierai point les offres que vous me faites d'être quelquefois, à Paris, mon ambaffadeur auprès des puiffances nommées banquiers, notaires, ou procureurs du parlement. Il faut que votre moufquetaire d'*Aumart* ait été bleffé dans quelque bataille; c'eft le plus déterminé boiteux que nous ayons dans la province : cependant il ne laiffe pas de tuer, en clopinant, tous les renards et tous les cormorans qu'il rencontre.

Monfieur le capitaine de cavalerie (*), vous avez fait un cornette qui eft le plus malheureux cornette du pays : non-feulement il n'a point de route, mais je ne fais pas trop par quelle route il pourra fe tirer des coquins qu'il a engagés pour fervir l'Etat. Ce font des gens très-belliqueux, car ils jettent des

(*) M. de *Florian*.

pierres à tous les paſſans, comme feſait mon ſinge. On a beau les mettre en priſon, ils finiront par aſſaſſiner leur cher cornette ſur le grand chemin.

Luc m'écrit, du 11 avril, que cette campagne-ci ſera plus meurtrière que les autres. Dieu veuille qu'il ſe trompe ! Je crois que nous ne nous trompons pas en nous flattant que M. de *Silhouette* fera, dans ſon miniſtère, des choſes plus utiles aux hommes que *Luc* n'en fera de dangereuſes.

Adieu, ma chère nièce ; les deux hermites vous embraſſent de tout leur cœur.

Je me ſuis arrangé avec la république de Genève pour avoir une belle terraſſe de trente toiſes de long. Cela n'eſt pas bien intéreſſant, mais c'eſt un grand embelliſſement à nos Délices, où je voudrais bien vous revoir.

LETTRE LXVIII.

A M. LE COMTE D'ARGENTAL, *à Paris.*

19 de mai.

C'EST aujourd'hui, mon cher ange, le 19 mai ; et c'eſt le 22 avril qu'un vieux fou commença une tragédie (*) finie hier. Vous ſentez bien, mon divin ange, qu'elle eſt finie et qu'elle n'eſt pas faite ; et que nos maçons, mes bœufs, mes moutons et les loups nommés fermiers généraux, contre leſquels

(*) Tancrède.

je combats, et deux ou trois procès qui m'amusent, et des correspondances nécessaires, ne me permettront pas de vous envoyer mon griffonnage l'ordinaire prochain. Mon cher ange, je vous avais bien dit que la liberté et l'honneur rendus à la scène française, échauffaient ma vieille cervelle. Ce que vous verrez ne ressemble à rien, et peut-être ne vaut rien. Madame *Denis* et moi nous avons pleuré; mais nous sommes trop proches parens de la pièce, et il ne faut pas croire à nos larmes. Il faut faire pleurer mes anges, et leur faire battre des ailes. Vous aurez sur le théâtre des drapeaux portés en triomphe, des armes suspendues à des colonnes, des processions de guerriers, une pauvre fille excessivement tendre et résolue, et encore plus malheureuse, le plus grand des hommes et le plus infortuné, un père au désespoir. Le cinquième acte commence par un *Te Deum*, et finit par un *De profundis*. Il n'y a eu jamais sur aucun théâtre aucun personnage dans le goût de ceux que j'introduis, et cependant ils existent dans l'histoire, et leurs mœurs sont peintes avec vérité. Voilà mon énigme; n'en devinez pas le mot; et, si vous le devinez, gardez-moi le secret le plus inviolable: conspirons, mais ne nous décelons pas; donnons la pièce *incognito*. Jouissons une fois de ce plaisir; il est très-amusant, et d'ailleurs je crois le secret nécessaire. La mesure des vers est aussi neuve au théâtre que le sujet. Madame *Denis* n'en a point été choquée; au quatrième vers, elle s'y est accoutumée. Elle a trouvé ce genre plus naturel que l'ancien, et quelquefois plus convenable au pathétique. Il met le comédien plus à son aise, j'entends le bon comédien.

Avec tout cela, nous pouvons être fifflés, et il faut tâcher de ne l'être pas fous mon nom.

Gardez-vous bien d'être auffi empreffé de faire voir mon monftre, que je l'ai été à le former. Silence, anges; ou point de pièce.

Et ce n'eft pas affez du filence, il faut jurer, comme St *Pierre*, que vous ne me connaiffez pas.

Nota bene que, dans notre petite drôlerie, nous n'avons ni rois, ni reines, ni princes, ni princeffes, ni même de *gouverneur de toute la province*, comme dit *P. Corneille*; et c'eft encore un agrément.

Voyez, ô anges, quel pouvoir vous avez fur un fuiffe.

Je viens de lire Titus. C'eft un tour que vous m'avez joué pour me punir d'avance de l'ennui que je vous cauferai; et pour vous punir, je vous adreffe ma réponfe au petit *Métaftafe*. Il ne m'a pas donné fon adreffe; prenez-vous-en à vous, fi j'en ufe fi librement.

Je baife toujours le bout des ailes.

LETTRE

LETTRE LXIX.

AU MEME, *à Paris.*

28 de mai.

JE vous envoie, mon cher ange, mon dernier printemps, mon ouvrage du mois de mai. Il eſt adreſſé à M. de *Courteille.* Ce n'eſt point à moi d'en juger, c'eſt à vous; mais comment prévoir le ſuccès ou la chute d'une pièce qui n'eſt ni tragédie, ni comédie, ni en rimes ordinaires, et qui n'a aucun objet de comparaiſon? Ne ſera-t-il pas amuſant de la faire donner par *le Kain* ou par M. de *Lauraguais* comme l'ouvrage d'un jeune inconnu? J'ai changé la meſure, afin que ce maudit public ne me reconnût pas à ce qu'on appelle mon ſtyle. N'allez pas vous attendre à de belles tirades, à de ces grands vers ron-flans, à des ſentences, à des attrapes-parterre, à de l'eſprit, à rien enfin de ce qui eſt en poſſeſſion de plaire. Style médiocre, marche ſimple; voilà ce que vous trouverez; mais s'il y a de l'intérêt, tout eſt ſauvé. Divin ange, je n'ai pas un moment; j'ai quitté la Ruſſie pour vous, je retourne à Pétersbourg, et je baiſe en partant les ailes des anges.

LETTRE LXX.

A M LE COMTE DE SCHOUVALOF.

Le 29 de mai.

JE suis toujours surpris, Monsieur, de voir que sur les bords de la Néva et de la Mosca on écrive et on parle français comme à Versailles. La lettre que M. de *Soltikof* vient de me rendre de la part de votre excellence, et sa conversation, redoublent ma surprise et mon plaisir. Je dois ajouter à ces sentimens ceux de la reconnaissance pour vos belles fourrures, et pour le thé que boit sa majesté chinoise. Il n'y a point, grâce à vos bontés, de potentat en Europe qui prenne de meilleur thé que moi, et qui ait de plus belles doublures d'habits.

Votre dernier envoi d'instructions met le comble à vos magnifiques présens; elles vont jusqu'à l'année 1721, et je me flatte, Monsieur, que vous m'honorerez bientôt de la suite de vos mémoires instructifs. Je ne négligerai rien pour tâcher de répondre à vos idées et à vos soins. J'espère avoir l'honneur de vous envoyer l'hiver prochain tout l'ouvrage. Je vous prie de trouver bon que je me livre à mon goût et à ma manière de penser; chaque peintre doit suivre son genre, et employer les couleurs qui lui réussissent le mieux. J'écris dans ma langue; la plupart des noms doivent être à la française. Nous ne disons point *Alexandros*, mais *Alexandre*; nous prononçons *Auguste*, et non pas *Augustus*, *Cicéron* au lieu de *Cicéro*, *Athènes*

au lieu d'*Athenoi*, &c. Les noms propres, chargés de
doubles *w* et de confonnes, feront au bas des pages.

Je fuis bien fûr de me rencontrer avec un homme
plein de goût, tel que vous êtes, en évitant toute
affectation, et furtout l'affectation de faire un panégyrique. Il faut laiffer aux gazetiers et aux fots le
foin de dire : *notre augufte monarque, fa gracieufe*
majefté, le roi de Pruffe eft en haute perfonne à fon
armée, fa facrée majefté impériale a pris médecine, et fon
augufte confeil eft venu le complimenter fur le rétabliffe-
ment de fa précieufe fanté. A parler férieufement, tout
ce qui tend à nous faire trop valoir, nous met toujours au deffous de ce que nous fommes.

Vous ne voulez pas non plus qu'on démente des
faits avérés de toute l'Europe ; en déguifant une
vérité publique, on affaiblit toutes les autres, et la
plus mauvaife de toutes les politiques eft de mentir.
Celui qui, en écrivant l'hiftoire d'*Alexandre*, nierait
ou excuferait le meurtre de *Clitus*, s'attirerait le
mépris et l'indignation. Si l'expérience m'a pu donner
quelque connaiffance dans l'art d'écrire, je l'em-
ploîrai à augmenter, fi je le puis, le refpect qu'on
doit à *Pierre le Grand* et à votre empire, fans flatter
perfonne.

Je penfe qu'en m'attachant à ces principes, je ne
fuivrai que les vôtres. Il ne me reftera d'autre regret
que celui de n'avoir pu voir l'empire dont j'écris
l'hiftoire, et la perfonne qui me procure cet honneur
et dont je ne ferai que le copifte.

J'ai l'honneur d'être avec tous les fentimens que je
vous dois, &c.

LETTRE LXXI.

A M. LE DUC DE LA VALLIERE.

Aux Délices, mai.

N'AI-JE pas tout l'air d'un ingrat, monfieur le Duc? Il me femble que je devrais paffer une partie de ma vie à vous remercier de vos bontés, et l'autre à tâcher de vous plaire; cependant je ne fais rien de tout cela. Je cultive la terre, je fais quelquefois de mauvais vers; mais je me garde de les envoyer aux ducs et pairs qui ont de l'efprit et du goût. Vous n'allez plus à la comédie, et par conféquent je ne veux plus en faire; mais comment peut-on avoir une bibliothéque complète de théâtre, et ne point entendre mademoifelle *Clairon*? comment peut-on acheter fort cher des pièces de *Hardy*, et ne pas aller à celles de *Corneille*? Avez-vous la tragédie de Mirame, dont les trois quarts font du cardinal de *Richelieu*? La pièce eft bien rare: c'était un déteftable rimailleur que ce grand-homme. Le cardinal de *Bernis* fefait mieux des vers que lui; et cependant il n'a pas réuffi dans fon miniftère; cela eft inconcevable: c'eft apparemment parce qu'il avait renoncé à la poëfie. Le roi de Pruffe n'en ufe pas ainfi; il fait plus de vers que l'abbé *Pellegrin*; auffi a-t-il gagné des batailles. Je ne veux point mourir fans vous avoir envoyé une ode pour madame de *Pompadour*. Je veux la chanter fièrement, hardiment, fans fadeur; car

1759.

je lui ai obligation. Elle est belle, elle est bienfaisante, sujet d'ode excellent. Elle a eu la bonté de recommander à M. le duc de *Choiseul* un mémoire pour mes terres, terres libres comme moi, terres dont je veux conserver l'indépendance comme celle de ma façon de penser.

Je me suis fait un drôle de petit royaume dans mon vallon des Alpes; je suis le vieux de la montagne, à cela près que je n'assassine personne. Madame de *Pompadour* a favorisé ma petite souveraineté écornée. Savez-vous bien, monsieur le Duc, que j'ai deux lieues de pays qui ne rapportent pas grand'chose, mais qui ne doivent rien à personne?

> Que les Dieux ne m'ôtent rien,
> C'est tout ce que je leur demande.

On m'a écrit que M. de *Silhouette* fesait de très-bonne besogne. Il est vrai que celui-là n'a point fait de vers, mais il a traduit Pope, et voilà pourquoi il est bon ministre. Monsieur le Duc, vous avez fait de très-jolis vers, de ma connaissance; fourrez-vous dans le ministère, vous réussirez infailliblement. Je me jette du mont Jura aux pieds de Montrouge. Je m'occupe à ensemencer mes terres, à les rendre fécondes, et les filles aussi, non pas en les semant, mais en les mariant; je suis bon citoyen. Oh! le roi le saura, monsieur le Duc; et je vois d'ici qui lui en fera ma cour. Jouissez de votre vie charmante, et continuez vos bontés au suisse *Voltaire.*

LETTRE LXXII.

A M. LE COMTE D'ARGENTAL.

3 de juin.

LES ailes des anges m'ont obombré, mon cher et respectable ami; j'ai le brevet pour Ferney plus favorable que je n'avais osé le demander et l'espérer : il est pour moi comme pour madame *Denis*. Je n'aurais jamais osé prétendre que mon nom fût couché en parchemin dans une patente signée *Louis*.

Monsieur l'ambassadeur, recevez mes très-humbles actions de grâce.

Mon cher ange, vous avez voulu un pot de vin pour vos négociations : vous devez l'avoir reçu; vous devez avoir lu mon petit drame. Si j'avais pu deviner que M. le duc de *Choiseul* pousserait ses bontés, que je vous dois, *jusqu'à parler de moi dans la chambre du roi*, j'aurais, moi, poussé l'insolence jusqu'à demander dans le brevet l'insertion des droits de Tourney; cela n'aurait rien coûté; et cette grâce si naturelle était tout aussi facile que l'autre. Ma modestie m'a perdu, je n'ai pas eu la témérité de parler de moi; je n'ai demandé les droits de Ferney que pour ma nièce; mais Tourney ne regardait que moi, et je me suis tu.

Maintenant que mon brevet pour Ferney est obtenu, je n'ai pas l'insolence d'en demander un second pour Tourney. Figurez-vous quel plaisir ce serait d'avoir deux terres entièrement libres, et comme cela irait à l'air de mon visage. M. *de Brosses* m'a garanti tous

les droits de fa terre ; mais c'eft le beau billet qu'a
la Châtre. Ils difent qu'il n'a pu me garantir des
droits qui lui font perfonnels , tant pis pour lui ; il
ne m'a vendu qu'à cette condition, mais tant pis pour
moi qui ferai vexé.

M. le parmefan qui êtes envoyé chez vous, je vous
ai fait mon compliment (*). Vous avez été obligé
d'écrire à Parme, vous n'avez pas le temps d'écrire aux
Délices ; cependant je vous ai envoyé une tragédie.
Pour Dieu, donnez-moi un petit figne de vie. Que
dites-vous de l'avis à frère *Bertier* et à *monfieur* des
nouvelles eccléfiaftiques ?

Mille tendres refpects à tout ange.

LETTRE LXXIII.

AU MÊME.

Délices, 15 de juin.

MON divin ange parmefan , je reçois enfin un
mot de votre écriture célefte , et un volume de critiques de *Scaliger* , de la main de madame l'envoyée
de Parme. Sa négociation ne fera pas difficile. Vous
ne fongez pas qu'il s'eft paffé trois femaines entre
l'envoi de la Chevalerie et votre réponfe; et que ,
pendant trois femaines , il faut bien qu'une tragédie
ait le temps de changer de vifage : auffi en a-t-elle
changé tous les jours. Je viens d'entrevoir quelques
critiques auxquelles j'ai répondu , il y a plus de quinze
jours , par des vers bons ou mauvais.

(*) M. d'*Argental* , confeiller d'honneur au parlement de Paris , venait
d'être nommé miniftre plénipotentiaire de Parme à Paris.

I 4

1759.

Quelque respect que j'aye pour ce barbare de grand-homme, *Pierre I*, je l'abandonne à tout moment pour mes chevaliers. Les terres me désolent, M. d'*Espagnac* m'opprime, les fermiers généraux me tourmentent, j'ai peu de foin ; et cependant il faut faire des tragédies et des histoires avec une santé déplorable. Mademoiselle *Fel* a beau adoucir mes maux par son joli gosier, la tête va me tourner.

Mon cher ange, quelle différence de M. le duc de *Choiseul* à monsieur l'abbé ! Cependant vous n'aviez point hébergé, alimenté, rasé, désaltéré, porté M. le duc de *Choiseul*. J'augure bien de nos affaires, entre les mains d'un homme qui pense si noblement, qui fait du bien à ses amis ; c'est une belle ame. Dites-moi donc un peu : n'est-il pas très-bien avec la personne envers qui on prétend que *Babet* fut ingrate ?

Ah çà, combien de fromages de Parmesan vous donne-t-on par année ? n'est-ce pas douze mille ?

Je veux que mon ange soit à son aise. Vraiment, M. le duc de *Choiseul* a eu très-grande raison de créer ce poste ; le beau-père *Stanislas* a un ministre, et le gendre n'en aurait pas !

La poste part, je n'ai pas eu le temps de lire le volume de madame d'*Argental*; je vais le dévorer. Je baise le bout de vos ailes à tous tant que vous êtes, le suisse *V*.

LETTRE LXXIV.

A M. THIRIOT.

Aux Délices, le 15 de juin.

Je reçois, mon ancien ami, votre feconde lettre et votre mémoire; vous avez la bonté de m'envoyer encore quelques rogatons. Je fuis très-fâché que les idées philofophiques et les églogues de ceux qui ont pris le nom de *Salomon*, courent le monde : paffe encore fi c'étaient les ouvrages de mon *Salomon* du Nord; il eft fait pour être condamné par la forbonne; il n'a jamais commencé aucune de fes pièces par dire à une femme : *donnez-moi un baifer fur la bouche*.

J'ai grand'peur que mes paraphrafes du fage de Jérufalem ne courent d'une manière très-fautive; les copiftes et les commentateurs ont altéré le texte dans tous les temps.

Je n'ai point de foi au débarquement du *Pretender* en Ecoffe fur une flotte ruffe et fuédoife; cela me paraît tiré des Mille et une nuits. A l'égard de notre defcente, je fais des vœux pour elle; mais je crains furieufement les philofophes anglais poffeffeurs d'environ deux cents quatre-vingts vaiffeaux de guerre. Ce font deux cents quatre-vingts problèmes neuwtoniens, difficiles à réfoudre par nous autres cartéfiens.

Pour moi, je ne m'occupe que de mon czar *Pierre*; j'aime les créateurs; tout le refte me paraît peu de chofe. Je fuis bien aife de faire voir que les héros n'ont

—————— pas la première place dans ce monde : un légiflateur eft, à mon fens, bien au-deffus d'un grenadier ; et celui qui a formé un grand empire, vaùt bien mieux que celui qui a ruiné fon royaume.

Si M. de *Silhouette* continue comme il a commencé, il faudra lui trouver une niche dans le temple de la gloire, tout à côté de *Jean-Baptifle Colbert*. Je vous en donnerai une dans le temple de l'amitié, fi vous m'écrivez quelquefois. Vos lettres contiennent tou‑ jours des chofes intéreffantes et font toujours grand plaifir à l'oncle et à la nièce.

Mandez-moi fi vous êtes affez heureux pour avoir quelques actions dans les fermes générales. Je crois que ce fera le meilleur bien du royaume ; mais, pour moi, je donne la préférence à mes bœufs, à mes chevaux, à mes moutons et à mes dindons ; et je préfère la vie patriarcale à tout. Quand vous viendrez me voir, je ferai tuer un chevreau, je répandrai de l'huile fur une pierre, et nous adorerons enfemble l'Eternel.

Le patriarche fuiffe.

LETTRE LXXV.

A MADAME

LA COMTESSE D'ARGENTAL.

Aux Délices, 18 de juin.

CETTE dépêche ficilienne doit être adreffée à madame l'envoyée de Parme, qui s'eft donnée la peine de faire un fi beau mémoire, et de l'écrire tout entier de fa main. Il paraît bien qu'elle doit partager toutes les négociations de monfieur l'envoyé ; elle connaît à fond toutes les affaires de la Sicile ; toutes fes réflexions font juftes, profondes et fines ; fes raifonnemens forts et preffans, bien déduits, clairement expofés, prouvés, appuyés. C'eft un petit chef-d'œuvre que ce mémoire ; et, ce qui n'eft jamais arrivé et n'arrivera plus, c'eft que l'auteur adopte fans reftriction toutes les critiques qu'elle a eu la bonté d'envoyer : il en fait auffi honneur à tous les anges, et baife le bout de leurs ailes avec une profonde humilité et les remercîmens les plus tendres et les plus fincères.

O anges ! ne foyez en peine de rien ; notre nièce et moi nous penfions comme vous, prefque fur tous les points ; mais nous n'avons pu réfifter à la rage de vous envoyer au plus vîte notre Chevalerie, et de vous faire voir qu'à foixante et fix ans on a encore du fang dans les veines. Tancrède a été fait, commè Zaïre, en trois femaines : nous en avons des témoins ; et, à l'heure où nous fefons cette dépêche, nous atteſtons le ciel que tout eſt corrigé à peu-près ſuivant vos divines intentions que nous avons à moitié devinées et à moitié ſuivies.

Nous ſentons avec douleur que notre intrigue eſt fondée ſur un billet équivoque, comme celle de Zaïre; nous avouons en cela notre inſuffiſance et la ſtérilité de notre imagination; mais nous réparerons cela par un gros bon ſens qui règnera dans toute la pièce. Notre bon ſens eſt très-aidé par les lumières des anges. Le meſſage porté chez les Maures, pour arriver à Meſſine, n'était pas ſans difficulté; le balourd qui porte ce billet a auſſi ſon embarras. Ce ſont les cordes et les poulies qui font mouvoir la machine; il faut qu'elles aillent juſte, j'en conviens; mais il faut que cette machine ſoit brillante, pompeuſe; que tout intéreſſe, que le cœur ſoit déchiré, que les larmes coulent, qu'un grand et tendre intérêt ne laiſſe pas aux ſpectateurs le temps de la réflexion, et qu'ils ne ſongent aux poulies qu'après avoir eſſuyé leurs larmes.

Mon Dieu! que je fus aiſe quand j'appris que le théâtre était purgé de blancs poudrés, coiffés au rhinocéros et à l'oiſeau royal! Je riais aux anges en tapiſſant la ſcène de boucliers et de gonfanons. Je ne ſais quoi de naïf et de vrai dans cette Chevalerie me plaiſait beaucoup, et ſoyez vivement perſuadée que, ſi mes ſoins étaient faits, la pièce en vaudrait beaucoup mieux.

M. le conſeiller de grand'chambre, d'*Eſpagnac*, me glace encore l'imagination, meſſieurs les fermiers généraux la tourmentent, mes maçons l'excèdent; il faut que j'arrange une colonnade le matin, et que

je rapetaffe une fcène le foir. Je vois encore que
je ferai obligé de préfenter une incivile requête par 1759.
la main des anges à M. le duc de *Choifeul*, et que
j'abuferai à l'excès de leur bonté.

Au milieu de tout cela, il faut faire imprimer
l'hiftoire d'une création de deux mille lieues, par
l'augufte barbare *Pierre le grand*, et faire connaître
cent peuples inconnus. Mais retournons à Syracufe.

Je fuppofe que mes juges trouveront bon que
les biens de *Tancrède* foient une dot que l'Etat donne
à *Orbaffan* pour fon mariage; ils verront, fans doute,
que cette circonftance le rend plus odieux à *Tancrède*
et à fa maîtreffe; ils feront convaincus qu'il ferait
inutile de parler de cette donation dans le confeil
d'Etat, fi ce n'était pas un des articles du mariage.
Il ne faut pas, à la vérité, qu'*Orbaffan* reproche au
beau-père de s'y oppofer; mais il n'eft peut-être
pas mal qu'un autre chevalier faffe ce reproche au
beau-père. J'aime affez ces conteftations parmi des
gens du temps paffé, dont la politeffe n'était pas
la nôtre, et qui avaient plus de cafques que de
chemifes.

Mes juges voient bien qu'à l'égard du billet porté
par le balourd, quatre vers, au plus, fuffiront pour
graiffer cette poulie.

Mes juges fentent que c'eft une chofe fort délicate
de faire demander *Aménaïde* en mariage par un cir-
concis; c'eft bien affez que quelque brutal de chevalier
dife qu'en effet il y a eu un beau farrafin qui a fait
du bruit dans la ville, qu'il nomme même ce jeune
mahométan, et qu'il faffe tomber fur lui tous les
foupçons les plus vraifemblables.

Mes juges verront combien il eſt aiſé à ce ſoldat, intime ami de *Tancréde*, de dire, au commencement du troiſième acte, qu'il fit un tour à la ville, il y a deux jours, et qu'il y entendit murmurer du mariage d'*Orbaſſan*.

Mes juges ſavent qu'il ſuffit de quatre vers dans un endroit, et d'une douzaine dans un autre, pour expliquer ce qui n'eſt pas aſſez clair, et pour rendre l'intérêt plus touchant. Le commencement du cinquième acte, par exemple, avait beſoin d'être retouché, et je crois actuellement la ſcène du père et de la fille beaucoup plus intéreſſante ; enfin, il me paraît qu'on ne m'a preſcrit que des choſes aiſées à faire.

J'avertis humblement que ces mots, *ce billet adul-tère*, ne révolteront point quand il n'y aura pas de petits-maîtres ſur le théâtre ; ce n'eſt pas que je ſois beaucoup attaché à ce mot, et qu'il ne ſoit très-facile d'en ſubſtituer un autre ; mais je le crois bon, et je le dis pour la décharge de ma conſcience.

Vous avez grande raiſon, Madame, de vous écrier et de m'accuſer de barbarie allobroge, ſur *ces beaux nœuds dont nos cœurs étaient joints, dont on peut accuſer ou vanter ſon courage*. Vous avez le nez fin, et moi auſſi ; cela ne vaut pas le diable, et cela fut corrigé un quart d'heure après avoir eu l'impertinence de vous l'envoyer.

Je vais ſortir du Kamſhatka où je ſuis à préſent, et j'aurai l'honneur de vous envoyer la pièce avant qu'il ſoit un mois ; mais, avant ce temps-là, il ſe pourrait bien faire que je couchaſſe par écrit un beau mémoire dans lequel je m'accuſerais de l'énorme

bêtife de m'être fié à des billets de garantie pour les
priviléges de ma terre de Tourney.

1759.

M. d'*Argental* s'étant bien voulu charger des finances
du fieur *Peffellier*, il les enverra quand il pourra ; je
ne fuis pas preffé d'argent. De quoi s'avife *Peffellier*
de gouverner les finances ? a-t-il trouvé quelque
chofe de mieux que les actions fur les fermes ?
Cependant fi M. d'*Argental* a la condefcendance de
m'envoyer cet écrit, ne peut-il pas le faire contre-
figner ? je le mettrai dans les rayons de ma petite
bibliothéque, deftinés aux fefeurs de projets ; j'en
ai déjà bon nombre.

Dites-moi donc, mes anges, n'avez-vous pas
douze mille parmefans au moins par an ? mais auffi
n'êtes-vous pas obligés d'avoir une plus groffe maifon ?
Je me flatte que vous avez renoncé entièrement à la
grand'chambre ; c'eft un cu de fac bien ennuyeux.
Et puis, quel bavard que cet avocat général !

Mes anges, je fuis plus que jamais votre fuiffe *V*.

LETTRE LXXVI.

A M. LE COMTE D'ARGENTAL.

Aux Délices, 23 de juin.

MON divin ange parmesan, si je n'obéis pas bien, j'obéis vîte. Il y a quelques coups de lime à donner, nous l'avouons ; mais prenez toujours, et, avec le temps, toutes les lois de madame d'*Argental* seront exécutées. On sait bien qu'en parlant du courier qui va porter le billet doux, la confidente peut dire :

> Il vous fut attaché dès vos plus jeunes ans,
> Vos intérêts lui sont aussi chers que sa vie.

et en faire ainsi un excellent domestique qui fait pendre sa maîtresse en ne disant pas son secret. Il y a encore quelque chose à fortifier au cinquième acte; mais il s'agit à présent d'une importante négociation. Votre suisse vous donnera bientôt autant d'affaire que votre Parme.

Madame la marquise a su que je fesais un drame, et moi je lui ai écrit galamment que je le lui enverrais, que je le soumettrais à ses lumières, que je me souvenais toujours des belles décorations qu'elle eut la bonté de faire donner à Sémiramis, &c. Elle m'a répondu qu'elle attendait la pièce. Que faut-il donc faire, mon cher ange? la donner à M. le duc de *Choiseul*, et que M. le duc de *Choiseul* la donne à madame la marquise, comme un secret d'Etat. Elle fera ses observations,

elle

elle protégera notre Sicile. Je fuis fuiffe, il eft vrai; mais je fais mon monde, et je veux que les prêtres fachent que je fuis bien en cour.

Vous voyez, mon divin ange, que je donne toujours la préférence au fpirituel fur le temporel; vous ferez bientôt outrecuidé d'un mémoire fur Tourney.

Mais M. le comte de *Choifeul* part-il bientôt? je voudrais lui envoyer quelque chofe pour l'amufer fur la route. Qu'il n'oublie point la comteffe de *Bentinck* à Vienne, s'il veut être amufé.

LETTRE LXXVII.

AU MEME.

29 de juin.

Mon divin ange, moi fâché contre vous! qui vous a dit cette anecdote? où l'avez-vous prife? Vous êtes bien mal inftruit pour un plénipotentiaire. Ne fais-je pas que vous avez eu plus d'une affaire? et ne fais-je pas encore que vous avez daigné vous intéreffer aux miennes? Je ne fuis pas fi fuiffe que je n'entende raifon. Ne l'ai-je pas entendue fur les chevaliers? n'ai-je pas fourbi de nouveau leurs armes? n'ai-je pas à peu-près fait ce que madame *Scaliger* ordonnait?

Mon ange, que les fondemens foient bien ou mal faits, il n'importe: il faut donner la maifon à madame la marquife; il faut la confier à M. le duc de *Choifeul;* et que, de fes mains bienfefantes, elle paffe dans les belles mains de fon amie. Il voulait, difiez-vous,

Correfp. générale.   Tome V.   K

—— une tragédie pour pot de vin du brevet ; la voilà.

1759. Trêve à vos critiques ; laiffez place à M. de *Choiſeul* et à madame de *Pompadour*, pour faire les leurs ; ils s'en intéreſſeront davantage au bâtiment, quand ils y auront mis quelques pierres. Ceci n'eſt point affaire de théâtre, c'eſt affaire d'Etat.

Vous m'avez laiſſé ignorer la bonne plaiſanterie de la grand'chambre qui voulait députer à l'infant, et empêcher qu'aucun conſeiller du parlement connût jamais les intérêts d'aucun Etat. Enfin, vous voilà compatible. Eſt-il vrai que vos confrères ont rendu un arrêt contre ceux qui ne ſaignent pas dans la pleuréfie ? Cet arrêt doit être imprimé avec celui qui condamne l'Encyclopédie. On pourrait faire un beau volume de ces arrêts-là.

Qu'importe, mon cher ange, qu'on donne mon Ruſſe tome à tome ou tout en bloc ? c'eſt l'affaire des libraires, et je ne m'en mêle pas. Je me mêle de plaire à l'autocratrice de toutes les Ruſſies ; il me faut une impératrice au moins dans mes intérêts, car je ne peux en conſcience aimer *Luc* : ce roi n'a pas une aſſez belle ame pour moi. Il me ſemble que M. le duc de *Choiſeul* le connaît bien. Je vous demande en grâce, mon cher ange, de ſouhaiter au moins qu'il ſoit puni. Et ce poliſſon de *Greſſet*, qu'en dirons-nous ? quel fat orgueilleux ! quel plat fanatique ! et que les vers de *Piron* ſont jolis ! Mais que M. d'*Eſpagnac* eſt raboteux, qu'il eſt difficile ! Il demande des choſes impoſſibles, des choſes que je n'ai point : c'eſt le Dieu des janſéniſtes ; il commande pour qu'on n'obéiſſe pas. Je lui ai donné dix fois plus d'éclair-ciſſemens que jamais aucun poſſeſſeur de Ferney n'en a donné depuis le douzième siècle. Je suis aussi honteux que reconnaissant de vos bontés, de vos peines, de celles de M. l'ambassadeur de *Chauvelin* ; je baise toutes les ailes.

Je ne peux encore penser à un sous-brevet pour Tourney ; je ne peux que songer à vous, mes anges, à *Pierre le grand*, à mes chevaliers et à mes foins, vous embrasser tendrement avec la plus vive reconnaissance, et vous aimer à jamais. Je suis très-malingre ; comment vous portez-vous ?

LETTRE LXXVIII.

A M. DE CIDEVILLE.

Aux Délices, le 29 de juin.

Eh bien, mon cher ami, vous êtes donc revenu à vos moutons ; mais vous les quittez tous les ans, et je n'abandonne jamais les miens, quoiqu'ils ne soient pas si gras que les vôtres.

Vous êtes enthousiasmé avec raison de notre ministre des finances et de mademoiselle *Dubois* ; on dit grand bien de l'un et de l'autre. Je suis bien aise de voir un homme de lettres contrôleur général. Il a traduit un Varburton qui vous démontre net que jamais les lois de *Moïse* n'ont laissé seulement soupçonner l'immortalité de l'ame. Il a traduit le Tout est bien ; mais quand dirons-nous : *Tout n'est pas mal?* Le génie de M. de *Silhouette* est anglais, calculateur et courageux ; mais si on nous prend des Guadeloupe, si ces maudits Anglais ont plus de vaisseaux que nous, et meilleurs, fi les frais de la vifite qu'on veut leur rendre font perdus, fi les dépenfes immenfes d'une guerre jufte, mais ruineufe, abforbent les revenus de l'Etat, ni M. de *Silhouette* ni *Pope* n'y pourront fuffire.

J'ai pris le parti de mettre une partie de ma fortune en terres : le roi de Pruffe ne les faccagera pas, et elles porteront toujours quelques grains. Les biens en papier dépendent de la fortune, ceux de la terre ne dépendent que de DIEU. Si vous gouvernez votre Launay, vous favez que cette occupation emporte un peu de temps ; mais avouez qu'on en perd à Paris bien davantage. Je conduis tout le détail de trois terres prefque contiguës à mon hermitage des Délices ; j'ai l'infolence de bâtir un château dans le goût italien, *nel gran guflo ;* cela n'empêchera pas, mon ancien ami, que vous n'ayez votre *Pierre le grand* et une tragédie d'un goût un peu nouveau.

Puifque *Greffet* a renoncé à embellir la fcène, il faut bien que je la gâte. Je me damne, il eft vrai ; cela eft honteux à mon âge ; mais j'aime paffionnément à me damner. Vous connaiffez, fans doute, l'épigramme de *Piron* fur ce fanatique orgueilleux de *Greffet.* Qu'elle eft jolie ! qu'elle eft bien faite ! que l'infolent ex-jéfuite eft bien puni ! Et que dites-vous du révérend père *Poignardini Malagrida* qu'on prétend avoir été loyalement brûlé à Lisbonne ? Malheureufement, ces nouvelles viennent des janféniftes. Qu'on les brûle ou qu'on les canonife, peu m'importe à moi, patriarche, qui ne connais plus que mes troupeaux, et qui ne fuis point de leurs ouailles.

Savez-vous que le roi m'a donné de belles lettres,

patentes, par lesquelles mes terres font confervées
dans leurs anciens priviléges ? et ces priviléges font 1759.
de ne rien payer du tout, d'être parfaitement libre.
Y a-t-il un état plus heureux ? Je me trouve entre
la France et la Suiffe, fans dépendre ni de l'une ni
de l'autre. La grâce du roi eft pour madame *Denis*
et pour moi. Tout cela ferait bon, fi on digérait.
Vous digérez, mon cher ami ; mon eftomac eft déplorable ; *fpiritus promptus eft, caro autem infirma.* Mon
cœur eft toujours à vous.

LETTRE LXXIX.

A MONSIEUR

LE COMTE DE SCHOUVALOF, *à Pétersbourg.*

Au château de Tourney, le 10 de juillet.

MONSIEUR,

UNE grande fluxion fur les yeux me prive de
l'honneur de vous écrire de ma main, et du plaifir
de continuer, auffi rapidement que je le voudrais,
l'Hiftoire de *Pierre le grand.* Je l'ai pouffée jufqu'à
la bataille de Pultava. Le journal que votre excellence a eu la bonté de m'envoyer, me fert à conftater
les dates, et à rapporter les événemens avec exactitude.

J'efpère toujours, Monfieur, que non-feulement
vous aurez la bonté de me faire parvenir la fuite de
ce journal, mais que je recevrai de vous des lumières

—— fur tout ce qui peut rendre ces événemens plus intéreffans pour le public, et plus glorieux pour le
monarque.

Je vois bien, dans les mémoires qu'on m'a confiés,
quel jour on a pris une ville; je vois le nombre des
morts, des prifonniers, dans une bataille; mais je
ne vois rien qui caractérife *Pierre le grand*. Le lecteur
défirera, fans doute, de favoir comment il traita les
principaux officiers fuédois prifonniers, après la
bataille de Pultava; comment la plupart des capitaines
et des foldats furent tranfportés en Sibérie; comment
ils y vécurent; avec quelle générofité l'empereur
renvoya le prince de *Virtemberg*; pourquoi le comte
Piper fut détenu dans une prifon rigoureufe; comment
on traita les généraux *Renfchild* et *Levenhaupt*, et les
autres; quel fut réellement l'appareil du triomphe à
Mofcou. Un billet de lui, une réponfe, un mot,
deviennent, dans de telles circonftances, des chofes
importantes pour la poftérité; fes négociations, furtout,
doivent être un des plus grands objets de fon hiftoire.

Mais, Monfieur, tous les princes ont négocié,
tous ont affiégé des villes et donné des batailles, nul
autre que *Pierre le grand* n'a été le réformateur des
mœurs, le créateur des arts, de la marine et du commerce. C'eft par là, furtout, que la poftérité l'envi-
fagera avec admiration : elle voudra être inftruite en
détail de tout ce qu'il a créé; elle demandera compte
du moindre chemin public, des canaux pour la
jonction des rivières, des règlemens de police et de
commerce, de la réforme mife dans le clergé; en un
mot, de tous les objets fur lefquels il a étendu fes
foins.

Il eſt même néceſſaire que toutes ſes grandes entrepriſes, depuis la Finlande juſqu'au fond de la Sibérie, ſoient préſentées au public dans un jour ſi lumineux, et d'une manière ſi impoſante, que les lecteurs ne puiſſent pas regretter ces anecdotes déſagréables dont tant de livres ſont remplis, et que la gloire du héros empêche de s'informer des faibleſſes de l'homme.

J'ignore, Monſieur, ſi c'eſt votre intention que l'Hiſtoire de *Pierre le grand* ſoit ſuivie d'un chapitre dans lequel je ferais voir, en raccourci, comment on a ſuivi en tout les vues de ce légiſlateur, avec quelle ſplendeur on a achevé ce qu'il avait commencé, et tout ce que votre nation a fait de grand juſqu'au temps heureux de l'impératrice régnante. Je fais mille vœux pour la durée et le bonheur de ſon empire; j'en fais d'auſſi ardens pour votre perſonne. Le protecteur des arts doit m'être bien cher; l'ouvrage dont vous m'avez chargé m'inſpire de la reconnaiſſance; toutes vos bontés me ſont précieuſes.

J'ai l'honneur d'être, &c.

LETTRE LXXX.

A MADAME

LA COMTESSE D'ARGENTAL.

A Tourney, par Genève, 20 de juillet.

MADAME la parmefane, il faut commencer par
vous rendre mille actions de grâce. Quelle bonté
vous avez d'entrer dans tous ces détails de vieux
chevaliers ! et, ce qui m'en plaît encore autant, c'eſt
que vous avez une fanté brillante ; car rien ne pèſerait
tant à une malade que d'écrire tant de choſes ſi réflé-
chies. Je l'éprouve bien triftement ; il m'a pris un
éblouiffement, un je ne fais quoi, qui accommode
fort peu les idées. *Tronchin* eft venu au fecours de
ma pie-mère et de ma dure-mère, et c'eft à fon infçu
que j'ai l'honneur de vous écrire. J'ai mis, mes divins
anges, toutes vos remarques avec la pièce ; et je ne
reverrai ce procès que quand j'aurai la tête bien nette.
En attendant, je vous envoie, pour vous amufer, le
drame (*) de feu M. *Thompſon*, traduit par mon
ami M. *Fatema*.

Je ne veux, d'ici à quinze jours, penfer ni aux
chevaliers ni à *Pierre le grand* ; j'oublierai jufqu'à
M. l'abbé d'*Eſpagnac*. Il n'en eft pourtant pas des
affaires comme d'une pièce de théâtre et d'une hiftoire ; ces ouvrages gagnent à fe repofer, et les affaires
perdent à n'être pas fuivies. Mais, ſi je veux vivre,
j'ai befoin d'un parfait repos pour quelque temps.

(*) Socrate.

Ne vous fâchez pas contre moi d'être comtesse, c'est un usage reçu ; c'est un titre qu'on donne à 1759. beaucoup de ministres qui ne vous valent pas ; et, si vous étiez en pays étranger, il faudrait bien vous y accoutumer malgré vous. Tout mon malheur est que vous n'ayez pas l'ambassade de Suisse ; mais pourquoi non ? cela vaut cent mille livres de rente ; et on est bien pis que comte, on est roi. Après le plaisir de voir couper ses blés et battre en grange, c'est le premier des emplois ; les douze mille fromages de Parmesan ne sont rien en comparaison. Vous auriez une bonne troupe de comédiens à Soleure, vous viendriez voir le petit château que je bâtis, vous seriez enchantée de mon château ; il est d'ordre dorique, il durera mille ans. Je mets sur la frise : *Voltaire fecit.* On me prendra, dans la postérité, pour un fameux architecte. Vous ne vous souciez point de tout cela, parce que vous êtes à Paris ; mais, peut-on ne jamais sortir de Paris ? J'aime mon czar qui, dans un clin d'œil, allait bâtir à Archangel, à Astracan, sur la mer Noire, sur la mer Baltique. Mon Dieu, que vous êtes casaniers !

Dites-moi donc comment se trouve M. le comte de *Choiseul* de son voyage ; ne sera-t-il pas bien excédé de l'étiquette de la cour de Vienne ? Vous n'auriez point d'étiquette en Suisse, vous régneriez comme vous voudriez. Si je n'avais pas acquis des terres qui me tournent la tête, je supplierais M. le duc de *Choiseul* de me donner un consulat au grand Caire ou en Grèce. J'enrage de mourir sans avoir vu les pyramides et les ruines du théâtre d'*Eschyle.*

LETTRE LXXXI.

A LA MEME.

Aux Délices, 15 d'augufte.

VRAIMENT, Madame, il eft bien temps de s'occuper de chevalerie, pendant que M. de *Contades*, en vrai angevin, mène à la boucherie tous les defcendans de nos anciens chevaliers, et leur fait attaquer quatre-vingts pièces de canon, comme don *Quichotte* attaquait des moulins à vent. Cette horrible journée perce l'ame. Je fuis français à l'excès, furtout depuis mon beau brevet dont j'ai l'obligation à vous, mes divins anges, et à MM. de *Choifeul*. *Luc* (vous favez qui eft *Luc*) donne probablement bataille aux Autrichiens et aux Ruffes, au moment que j'ai l'honneur de vous écrire ; du moins il m'a mandé que c'était fa royale intention. S'il eft battu, comme cela peut arriver, quelle honte pour nous de l'avoir été par ce prince de *Brunfwik !* Je voudrais que vous connuffiez ce prince, vous feriez bien étonnée, et vous diriez : il faut que les gens qu'il bat foient de grands imbécilles. La vérité du fait eft que toutes ces troupes-là font mieux difciplinées que les nôtres. Quiconque ne fuivra pas entièrement les maximes du maréchal de *Saxe*, fera infailliblement battu comme à Rosbac. Voilà ce que j'ai l'impudence de vous dire, en qualité d'hiftoriographe ; et je vous dis encore que je tremble pour votre defcente en Angleterre.

Nous allons être réduits à la beface. Heureux qui a des fromages de Parmefan et des terres.

Mon accident n'a pas duré ; il m'a laiffé encore des paffions vives : celle d'être libre chez moi eft très-forte ; mais la plus grande de mes paffions, c'eft l'attachement que j'ai pour mes divins anges.

J'ai envoyé d'énormes paquets à M. *d'Argental*, fous l'enveloppe de M. de *Courteille*. J'abufe des bontés de M. *d'Argental* et de M. de *Chauvelin*.

M. de *Choifeul* m'a fait l'honneur de m'écrire ; je le crois bien affligé. Ah , pauvres Français !

LETTRE LXXXII.

A M. CLAIRAUT.

19 d'augufte.

VOTRE lettre , Monfieur , m'a fait autant de plaifir que votre travail m'a infpiré d'eftime. Votre guerre avec les géomètres , au fujet de la comète , me paraît la guerre des Dieux dans l'Olympe , tandis que , fur la terre , les chiens fe battent contre les chats. Je fuis effrayé de l'immenfité de votre travail. Je me fouviens qu'autrefois , quand je m'appliquais à la théorie de *Newton* , je ne fortais jamais de l'étude que malade ; les organes de l'application et de l'intelligence ne font pas fi bons chez moi que chez vous. Vous êtes né géomètre, et je n'étais devenu difciple de *Newton* que par hafard. Votre dernier travail doit certainement honorer la France : les Anglais ne peuvent pas avoir tout dit ; *Newton* avait fondé fes lois en partie fur celles de

—— 1759.

Kepler, et vous avez ajouté à celles de *Newton*. C'eſt une choſe bien admirable d'être parvenu à reconnaître les inégalités que l'attraction des groſſes planètes opère ſur la route des comètes : ces aſtres, que nos pères et les Grecs ne connaiſſaient qu'en qualité de chevelus, ſelon l'étymologie du nom, et en qualité de méchans, comme nous connaiſſons *Clodion le chevelu*, ſont aujourd'hui ſoumis à votre calcul, auſſi-bien que les aſtres du ſyſtême ſolaire ; mais il faudrait être bien difficile pour exiger qu'on prédît le retour d'une comète à la minute, de même qu'on prédit une éclipſe de ſoleil ou de lune : il faut ſe contenter de l'à peu-près dans ces diſtances immenſes, et dans ces complications de cauſes qui peuvent accélérer ou retarder le retour d'une comète. D'ailleurs la quantité préciſe de la maſſe de *Jupiter* et de *Saturne* peut-elle être connue avec préciſion ? cela me paraît impoſſible. Il me ſemble que, quand on vous accordera un mois d'échéance pour le retour d'une comète, comme on en accorde pour les lettres de change qui viennent de loin, on ne vous fera pas une grande grâce ; mais quand on avouera que vous faites honneur à la France et à l'eſprit humain, on ne vous rendra que juſtice.

Plût à Dieu que notre ami *Moreau-Maupertuis* eût cultivé ſon art comme vous, qu'il eût prédit ſeulement le retour des comètes, au lieu d'exalter ſon ame pour prédire l'avenir, de diſſéquer des cervelles de géans pour connaître la nature de l'ame, d'enduire les gens de poix réſine pour les guérir de toute eſpèce de maladie, de perſécuter *Koënig*, et de mourir entre deux capucins !

Au reſte, je ſuis fâché que vous déſigniez par le nom de *newtoniens* ceux qui ont reconnu la vérité des découvertes de *Newton* : c'eſt comme ſi on appelait les géomètres *euclidiens*. La vérité n'a point de nom de parti : l'erreur peut admettre des mots de ralliement. On dit janſéniſtes, moliniſtes, quiétiſtes, anabaptiſtes, pour déſigner différentes ſortes d'aveugles : les ſectes ont des noms, et la vérité eſt vérité. Dieu béniſſe l'imprimeur qui a mis les *altercations* de la comète, au lieu d'altérations ! Il a eu plus raiſon qu'il ne croyait ; toute vérité produit altercation. Je pourrais bien me plaindre auſſi à mon tour de ceux qui m'ont appelé mauvais citoyen, quand j'ai mis le premier en France le ſyſtême de l'anglais *Newton* au net ; mais j'ai eſſuyé tant d'injuſtices d'ailleurs, que celle-là m'a échappé dans la foule. Je ſuis enfin parvenu à ne plus meſurer que la *courbe* que mes nouveaux ſemoirs tracent au bout de leurs rayons ; le réſultat eſt un peu de froment : mais, quand je me ſuis tué à Paris pour compoſer des poëmes épiques, des tragédies et des hiſtoires, je n'ai recueilli que de l'ivraie. La culture des champs eſt plus douce que celle des lettres ; je trouve plus de bon ſens dans mes laboureurs et dans mes vignerons, et ſurtout plus de bonne foi que dans les regrattiers de la littérature, &c.

Je cultive la terre ; voilà par où il faut finir. J'ai fait naître un peu d'abondance dans le pays le plus agréable et le plus pauvre que j'aye jamais vu. C'eſt une belle expérience de phyſique de faire croître quatre épis où la nature n'en donnait que deux. Les académies de *Cérès* et de *Pomone* valent bien les autres.

Felix qui potuit rerum cognoſcere cauſas,
Fortunatus et ille deos qui novit agreſtes !

LETTRE LXXXIII.

A M. LE COMTE D'ARGENTAL.

A Ferney, 17 d'auguste.

Mon divin ange , eft-ce que M. *Fatema* n'aurait pas trouvé grâce devant vos yeux ? Voici, pour vous réjouir , un gros paquet contenant des chofes déli- cieufes , un billet de M. *Fabri* , fermier de Gex , c'eft-à-dire fon reçu de fon tiers de lods et ventes; quelle lecture agréable ! et puis une lettre à M. l'abbé d'*Efpagnac* , pleine de jérémiades fur le fort des pauvres feigneurs de château ; et une lettre à M. de *Chauvelin* l'ambaffadeur. Je me confole au moins avec lui de cet embarras d'affaires. Savez-vous que je paffe les jours entiers dans ces difcuffions de toute efpèce? Il faut s'accoutumer à tout. Cette vie-là ne me déplaît point, elle eft toute remplie. Il eft plus doux qu'on ne penfe de planter , de femer et de bâtir. Je me plains toujours , felon l'ufage ; mais , dans le fond , je fuis fort aife.

Je réferve les chevaliers pour le temps des vendan- ges. Vous , mon cher ange , et M. de *Chauvelin*, qui daignez être mes médiateurs avec M. d'*Efpagnac*, vous n'échouerez pas dans votre négociation. Lifez ma lettre à M. d'*Efpagnac* , et vous verrez fi j'ai raifon ; lifez auffi ma dépêche à M. de *Chauvelin*, et vous jugerez fi le confeil de monfeigneur le comte de *la Marche* n'a pas beaucoup de torts.

Enfin donc , je crois que mes Ruffes font près du

grand Glogau. Qui croirait que la *Barbarini* (*) va être
affiégée par mes Ruffes, et dans Glogau ? O deftinée ! **1759.**
Je n'aime point *Luc*, il s'en faut beaucoup : je
ne lui pardonnerai jamais ni fon infame procédé
avec ma nièce, ni la hardieffe qu'il a de m'écrire
deux fois par mois des chofes flatteufes, fans avoir
jamais réparé fes torts. Je défire beaucoup fa profonde
humiliation, le châtiment du pécheur ; je ne fais fi
je défire fa damnation éternelle.

Mon divin ange, vous ne m'écrivez point ; vous
ne me dites rien des fuccès de M. le comte de *Choifeul*
à la cour de Vienne. Je fais fans vous qu'il y réuffit
beaucoup. Je fuis toujours enchanté de M. le duc
de *Choifeul*, et fi enchanté que je ne lui demande
rien. Je ne veux point du tout l'importuner pour ma
terre viagère de Tourney ; je veux qu'il fache que je lui
fuis attaché par goût, par reconnaiffance, et que
l'intérêt ne déshonore point mes fentimens généreux.

Comment fe porte madame *Scaliger* ? Je fuis à
fes pieds, et bientôt je travaillerai fur fes commentaires. Adieu, divins anges ; je fouhaite à votre nation
tous les fuccès poffibles dans le continent et dans
les îles. A propos, parlez-vous italien ?

Mille refpects à tout ange.

(*) Danfeufe de l'opéra de Berlin.

LETTRE LXXXIV.

A MADAME

LA MARQUISE DU DEFFANT.

17 de feptembre.

Il eſt vrai, Madame, que vous êtes dans un couvent comme *Héloïſe*, et que vous avez eu comme elle un oncle chanoine. Il eſt encore vrai que je ſuis à peu-près réduit à l'état d'*Abélard*; mais, malheureuſement pour moi, je ne peux pas goûter la conſolation de vous dire : C'eſt avec vous que j'ai perdu le peu que je regrette.

Je peux ſeulement vous aſſurer que je vous ai toujours trouvée très-ſupérieure à *Héloïſe*, quoique vous ne ſoyez pas auſſi théologienne qu'elle. Je vous ai connu une imagination charmante, et une vérité dans l'eſprit que j'ai rencontrée bien rarement ailleurs. Si je n'ai point eu l'honneur de vous écrire, c'eſt que ma retraite m'a fait penſer qu'un homme qui avait renoncé à Paris, ne devait pas ſe jouer à ce qu'il a connu dans Paris de plus aimable.

J'ai été ſenſiblement affligé de votre état, et je vous jure qu'il n'a pas peu contribué à me perſuader que le meilleur des mondes poſſibles ne vaut pas grand'choſe. Je crois avoir renoncé pour le reſte de ma vie à la plus extravagante des villes poſſibles. Ce n'eſt pas que j'aye la vanité de me croire plus ſage que ſes habitans, mais je me ſuis fait une petite deſtinée

à

1759.

à part, avec laquelle je ne puis regretter aucune des folies des autres, attendu que je fuis trop occupé des miennes : je me fuis avifé de devenir un être entièrement libre.

J'ai joint à mon petit hermitage des Délices, des terres fur la frontière de France, qui avaient autrefois le beau privilége de ne dépendre de perfonne ; j'ai été affez heureux pour que le roi m'ait rendu tous ces priviléges, malgré le journal de Trévoux et les gazettes eccléfiaftiques. J'ai eu l'infolence de faire bâtir un château dans le goût italien ; j'ai fait dans un autre une falle de comédie ; j'ai trouvé de bons acteurs ; et, malgré tout cela, je me fuis aperçu à la fin que le plus grand plaifir confifte à être particulièrement et utilement occupé.

Je vois que tous les poëtes ont eu raifon de faire l'éloge de la vie paftorale, que le bonheur attaché aux foins champêtres n'eft point une chimère ; et je trouve même plus de plaifir à labourer, à femer, à planter, à recueillir, qu'à faire des tragédies et à les jouer. *Salomon* avait bien raifon de dire qu'il n'y a de bon que de vivre avec ce qu'on aime, fe réjouir dans fes œuvres ; et que tout le refte eft vanité.

Plût à Dieu, Madame, que vous puffiez vivre comme moi, et que votre fociété charmante pût augmenter mon bonheur. Vous voulez que je vous envoye les ouvrages auxquels je m'occupe quand je ne laboure ni ne sème ; en vérité, Madame, il n'y a pas moyen, tant je fuis devenu hardi avec l'âge. Je ne peux plus écrire que ce que je penfe, et je penfe fi librement qu'il n'y a guère d'apparence d'envoyer mes idées par la pofte.

Correfp. générale. Tome V. L

Il y a pourtant un ouvrage honnête qui eſt actuellement fur le métier; c'eſt l'hiſtoire de la création de
deux mille lieues de pays , par le czar *Pierre*. Je fais
cette hiſtoire fur les archives de Péterſbourg , qu'on
m'a envoyées ; mais je doute que cela foit auſſi
amuſant que la viè de *Charles XII* ; car ce *Pierre*
n'était qu'un ſage extraordinaire , et *Charles* un fou
extraordinaire qui ſe battait , comme don *Quichotte*,
contre des moulins à vent. J'aurai aſſurément l'honneur de vous envoyer un des premiers exemplaires ; mais je ferai bien furpris ſi l'ouvrage eſt
intéreſſant.

Non , Madame , je n'aime des Anglais que leurs
livres de philoſophie, quelques-unes de leurs poëſies
hardies ; et, à l'égard du genre dont vous me parlez,
je vous avouerai que je ne lis que l'ancien Teſtament,
trois ou quatre chants de Virgile , tout l'Arioſte , une
partie des Mille et une nuits ; et , en fait de proſe
françaiſe , je relis ſans ceſſe les Lettres provinciales.
Ce n'eſt pas que les pièces nouvelles de nos jours,
et les poëſies ſacrées de M. *le Franc* n'aient leur
mérite. On m'a parlé auſſi d'un livre de ſon frère
l'évêque, intitulé : *La réconciliation de l'eſprit avec la
religion* , ou, comme quelques-uns diſent, la réconciliation normande ; mais on ne peut pas tout lire,
et il faut bien ſe livrer à ſon goût.

Je vous félicite , Madame , vous et M. le préſident
Hénault, de vivre ſouvent enſemble , et de vous conſoler tous deux des ſottiſes de ce monde , par les agrémens délicieux de votre commerce. J'eſpère que vous
jouirez long-temps tous deux de cette conſolation.
Vous avez été gourmande , et quand les gourmands

font devenus fobres, ils vivent cent ans. Si les événemens du temps font le fujet de vos converfations,
elles ne doivent pas tarir; il ne laiffe pas d'y avoir
quelque plaifir à voir tous les huit jours une fottife
nouvelle.

C'eft encore un avantage que j'ai dans le petit coin
du monde que j'habite : il n'y a point de pays où
l'on foit inftruit plutôt de tout ce qui fe paffe dans
l'Europe ; nous favons toujours les aventures d'Allemagne quatre jours avant vous. Le roi de Pruffe
me fefait l'honneur de m'écrire affez régulièrement
avant que les Ruffes lui euffent donné fur les oreilles;
il n'a pas actuellement le temps d'écrire ; je le crois
très - embarraffé : et, à moins d'un prodige, il
faudra qu'il foit un exemple des malheurs de l'ambition ; mais, s'il fuccombe, il ne pourra pas au moins
reprocher fa perte aux Français.

Adieu, Madame ; foyez heureufe autant que vous
le pourrez. Confervez votre fanté, continuez à faire
le charme de la fociété , faites-vous lire des livres
qui vous amufent. Vous ne pouvez lire l'Ariofte dans
fa langue, et en cela je vous plains beaucoup; mais,
croyez-moi , faites-vous lire la partie hiftorique de
l'ancien Teftament d'un bout à l'autre ; vous verrez
qu'il n'y a point de livre plus amufant; je ne parle
pas de l'édification qu'on en retire, je parle de la
fingularité des mœurs antiques, de la foule des événemens dont le moindre tient du prodige, de la naïveté
du ftyle , &c.

N'oubliez pas le premier chapitre d'*Ezéchiel*, que
perfonne ne lit ; mais faites-vous furtout traduire le
chapitre XVI, qu'on n'a pas ofé traduire fidellement,

1759.

1759.

et vous verrez que *Jérusalem est une belle fille que le Seigneur a aimée dès qu'elle a eu du poil et des tetons ; qu'il a couché avec elle , et qu'il l'a entretenue magnifiquement ; que cependant elle a couché avec mille amans, et que même elle s'est souvent servie, quand elle était seule, de....* je n'ose pas dire quoi. Et au verset XX du chapitre XXIII, il est dit qu'*Oliba , la bien-aimée, après avoir tâté de mille amans , a donné la préférence à ceux qui ont le talent d'un âne.*

Enfin , cette naïveté , que j'aime sur toute chose, est incomparable. Il n'y a pas une page qui ne fournisse des réflexions pour un jour entier. Madame *du Châtelet* l'avait bien commenté d'un bout à l'autre.

Si vous êtes assez heureuse pour prendre goût à ce livre , vous ne vous ennuierez jamais , et vous verrez qu'on ne peut rien vous envoyer qui en approche. Ah, Madame, que le monde est bête ! et qu'il est doux d'en être dehors ! mais il faudrait surtout le fuir avec vous.

LETTRE LXXXV.

A M. THIRIOT.

Aux Délices, le 17 de septembre.

IL y a bien long-temps que je ne vous ai écrit, mon cher et ancien ami ; mais je suis le rat des champs, et vous le rat de ville.

Rusticus urbanum murem mus paupere fertur
Accepisse cavo, veterem vetus hospes amicum.

Vous n'en avez pas tant fait, vous avez laissé là votre rat des champs. Ce n'est pourtant pas comme rat piqué de votre négligence, qu'il n'a point écrit ; c'est qu'il a été fort occupé dans tous ses trous : car, tandis que votre destinée vous a fait faire le long voyage de la rue Saint-Honoré à l'arsenal, et que vous avez ainsi couru d'un pôle à l'autre, j'ai bâti, labouré, planté et semé.

Rident vicini glebas et saxa moventem.

Vous êtes retiré dans Paris, monsieur le paresseux ; vous philosophez à votre aise chez M. de *Paulmi ;* mais moi, il faut que je visite mes métairies, que je guérisse mes paysans et mes bœufs quand ils sont malades, que je marie des filles, que je mette en valeur des terres abandonnées depuis le déluge. Je vois autour de moi la plus effroyable misère dans le pays le plus riant ; je me donne les airs de

L 3

remédier un peu à tout le mal qu'on a fait pendant des fiècles. Quand on fe trouve en état de faire du bien à une demi-lieue de pays, cela eft fort honnête.

J'entends parler de gens qui vous ravagent, qui vous appauvriffent des deux et trois cents lieues, ou avec leurs plumes, ou avec des canons ; ces gens-là font des héros, des demi-dieux à pendre, mais je les refpecte beaucoup.

On dit qu'à Paris vous n'avez ni argent ni fens commun ; on dit que vous êtes mal menés fur mer et fur terre ; on dit que vous allez perdre le Canada ; on dit que vos rentes, vos effets publics, courent grand rifque. Quand je dis vous, j'entends nous, car je vogue dans le même vaiffeau ; mais, en qualité de pauvre hermite habitant de frontière, je parle refpectueufement devant un habitant de la capitale.

Comme il faut lire quelquefois après avoir conduit fa charrue et fon femoir, dites-moi, je vous en prie, ce que c'eft qu'une Hiftoire des jéfuites, ou De la morale des jéfuites, ou Des dogmes des jéfuites, prouvés par les faits, en trois ou quatre volumes: en un mot, c'eft une compilation de tout ce qu'ils ont fait de mémorable depuis frère *Guignard* jufqu'à frère *Malagrida*. J'ai demandé ce livre à Paris, mais je n'en fais pas le titre.

Quid novi ? comment vous portez-vous ? n'êtes-vous pas gras à lard et affez honnêtement heureux ? *Si ita eft, congratulor. Farewell my dear.*

LETTRE LXXXVI.

A M. LE COMTE DE SCHOUVALOF.

Au château de Tourney, le 18 de feptembre.

MONSIEUR,

J'AI reçu le panégyrique de *Pierre le grand*, que votre excellence a eu la bonté de m'envoyer. Il eft bien jufte qu'un homme de votre académie chante les louanges de cet empereur. C'eft par la même raifon que les hommes font obligés de chanter les louanges de DIEU, car il faut bien louer celui qui nous a formés. Il y a certainement de l'éloquence dans ce panégyrique. Je vois que votre nation fe diftinguera bientôt par les lettres comme par les armes; mais ce fera principalement à vous, Monfieur, qu'elle en aura l'obligation. Je vous ai celle d'avoir reçu de vous des mémoires plus inftructifs qu'un panégyrique : ce qui n'eft qu'un éloge ne fert fouvent qu'à faire valoir l'efprit de l'auteur. Le titre feul avertit le lecteur d'être en garde; il n'y a que les vérités de l'hiftoire qui puiffent forcer l'efprit à croire et à admirer. Le plus beau panégyrique de *Pierre le grand*, à mon avis, eft fon journal, dans lequel on le voit toujours cultiver les arts de la paix au milieu de la guerre, et parcourir fes Etats en légiflateur, tandis qu'il les défendait en héros contre *Charles XII*. J'attends toujours vos nouveaux mémoires avec l'empreffement du zèle que vous m'avez

L 4

inspiré. Je me flatte que j'aurai autant de secours pour les événemens qui suivent la bataille de Pultava, que j'en ai eu pour ceux qui la précèdent. Ce sera une grande consolation pour moi de pouvoir achever ma carrière par cet ouvrage ; ma vieillesse et ma mauvaise santé me font connaître que je n'ai pas de temps à perdre : mais 'ce n'est pas le plus grand motif de mon empressement. Je suis impatient, Monsieur, de répondre, si je le puis, à la confiance que vous avez bien voulu me témoigner, et de satisfaire votre goût autant que je suivrai vos instructions.

Voici, Monsieur, un moment bien glorieux pour votre auguste impératrice et pour la Russie. C'est la destinée de *Pierre le grand* et de sa digne fille de rétablir la maison de Saxe dans ses Etats.

J'ai l'honneur, &c.

LETTRE LXXXVII.

A M. LE COMTE D'ARGENTAL.

Aux Délices, 1 d'octobre.

A MON CHER ANGE.

IL faura que, fur fes ordres, on tranfcrit à force la Chevalerie, et qu'on l'enverra inceffamment, comme affaire du confeil, à M. de *Courteille*. Pour la Femme qui a raifon, patience, s'il vous plaît; ce ferait deux femmes qui auraient raifon en un jour, et c'eft trop à la comédie. Pour madame *Scaliger*, qui fait la troifième, elle verra qu'on a été en tous les points de l'avis de fes remontrances. Au refte, nous jouons après-demain Mérope fur mon petit théâtre vert et or. Vous voyez bien, mes divins anges, qu'en fefant le rôle de *Narbas*, fefant bâtir, fefant mes vendanges, et fefant battre en grange, je ne peux guère fonger à la Femme qui a raifon.

A M. de Chauvelin, l'ambaffadeur.

SI fon excellence prend ce chemin de Genève, nous tâcherons de lui donner la Chevalerie fur mon théâtre grand comme la main ; et, fi elle lui plaît, nous ferons bien fiers. Tous les fpectateurs feront ferment de n'en point parler, et je réponds que

1759.

——— Paris n'en faura rien. Nous voudrions feulement favoir quand monfieur l'ambaffadeur paffera par chez nous. Je lui réitère les plus tendres remercîmens.

A M. de Chauvelin, l'intendant.

PUISQUE ma fangfue ne fert qu'à le faire rire, je m'accommode férieufement avec elle : j'aime à payer ce qui eft dû ; mais injuftice et rapacité révoltent ma bile, et l'allument. Je fuppofe que M. de *Chauvelin* a toujours la rage du bien public.

A M. de Chauvelin, l'abbé.

QU'IL foit averti que les remontrances du parlement n'ont réuffi dans aucun pays de l'Europe. Il eft trifte d'avoir la guerre contre les Anglais ; mais, puifqu'ils nous battent, il faut bien que nous payions l'amende.

A Me Omer de Fleuri.

A qui en avez-vous, maître *Omer* ? Votre frère l'intendant eft aimable ; mais quelle fureur avez-vous d'être un petit *Anitus* ? On fe moque de vous et de vos difcours, et de vos dénonciations. Mon Dieu, que cela eft bête !

Somme totale.

LE fens commun paraît exilé de France, mais il réfide chez mes anges, avec la bonté et l'efprit.

1759.

N. B. Comment pourrons-nous parler de ces grands chevaliers, et dire que *tout Français eft à craindre*, tandis que tout le monde nous donne fur les oreilles. Ah, mon divin ange, que j'ai bien fait de me compofer une petite deftinée indépendante! que j'ai bien choifi mes retraites! que je m'y moque du genre-humain!

Atque metus omnes ftrepitumque Acherontis avari
Subjicio pedibus.

Mais mon refrain, mon trifte refrain, eft toujours que je mourrai fans avoir revu mon cher ange. Il n'y a pas d'apparence que je revienne dans le pays des *Anitus* et des *Frérons*. Je fuis continuellement partagé entre le bonheur extrême dont je jouis, et la douleur de votre abfence.

LETTRE LXXXVIII.

A M. LE MARQUIS D'ARGENCE,

CHEVALIER DE SAINT-LOUIS, SEIGNEUR DE DIRAC, &c., *à Angoulême.*

Le 1 d'octobre.

MONSIEUR,

LA confiance que vous voulez bien me témoigner, et le goût que vous avez pour la vérité, me touchent fenfiblement. Vous avez perdu, dites-vous, des protecteurs ; mais vous êtes, fans doute, votre protecteur vous-même : on n'a befoin de perfonne, quand on a un nom et des terrès. M. le chevalier d'*Aydie* a pris, il y a long-temps, le parti de fe retirer chez lui ; il s'eft procuré par-là une vie heureufe et longue. Il n'y a perfonne qui ne regarde le repos et l'indépendance comme le but de tous fes travaux ; pourquoi donc ne pas aller au but de bonne heure ? On eft égal aux rois, quand on fait vivre heureux chez foi.

Quant aux objets de métaphyfique, dont vous me faites l'honneur de me parler, ils méritent votre attention. Il eft bien vrai que, dans les lois de *Moïfe*, il n'eft jamais parlé de l'immortalité de l'ame, ni de récompenfe et de peines dans une autre vie : tout eft temporel ; et l'anglais *Warburton*, que M. *Silhouette* a traduit en partie, prétend que *Moïfe* n'avait pas beſoin de ce reſſort pour conduire les Hébreux, parce qu'ils avaient DIEU pour roi, et que ce roi les puniſ-ſait ſur le champ, quand ils avaient fait quelque faute. Cependant il eſt clair que, du temps de *Moïſe*, les Egyptiens avaient embraſſé le dogme et l'exiſtence d'une ame aérienne et éternelle qui devait ſe rejoindre au corps après une multitude de ſiècles. C'eſt pour cette raiſon qu'on embaumait les corps, afin que l'ame les retrouvât, et qu'on bâtiſſait des tombeaux en pyramides. L'idée de l'immortalité de l'ame et d'un enfer ſe trouve dans l'ancien *Zoroaſtre*, contem-porain de *Moïſe*, dont les titres et les opinions nous ont été conſervés dans le Sadder. La même opinion eſt confirmée dans les poëſies d'*Homère*. Il eſt vrai qu'on n'avait pas l'idée d'un eſprit pur; l'ame, chez tous les anciens, était un air ſubtil; mais il n'importe quelle fût ſon eſſence; le grand intérêt des ſociétés demandait qu'elle fût immortelle, et qu'après ſa mort on pût lui demander compte. *Démocrite*, *Epicure* et pluſieurs autres combattirent ce ſentiment; ils prétendirent que les honnêtes gens n'avaient pas beſoin d'un enfer pour être vertueux; que l'idée de l'enfer feſait plus de mal que de bien; que l'ame n'eſt pas un être à part; que c'eſt une faculté de ſentir, de penſer, comme les arbres ont de la nature la faculté de végéter; qu'on ſent par les nerfs; qu'on penſe par la tête, comme on touche avec les mains, et qu'on marche avec les pieds.

Pour *Platon* et *Socrate*, il eſt indubitable qu'ils croyaient l'ame immortelle. Ce dogme a été le plus univerſellement répandu; il paraît le plus ſage, le plus conſolant et le plus politique. Pour peu que vous lifiez, Monfieur, les bons livres traduits en notre langue, vous en faurez beaucoup plus que je ne pourrais vous en dire ; et, avec l'efprit jufte que vous avez, vous vous formerez des idées faines de toutes ces chofes qui nous intéreffent véritablement. Vous avez grande raifon de rejeter toutes les idées populaires ; jamais les fages n'ont penfé comme le peuple. St *Crépin* eft le faint des cordonniers, Ste *Barbe* eft la fainte des vergettiers, mais la vérité eft le faint des philofophes.

En voilà beaucoup pour un vieillard qui ne connaît plus que fa charrue et fes vignes.

Je trouve que la meilleure philofophie eft celle de cultiver fes terres.

Je me croirais fort heureux fi je pouvais avoir l'honneur de vous recevoir dans un de mes hermitages.

Je fuis avec refpect, &c.

AU MEME.

L'ETAT de la queftion eft de favoir fi dans la loi des Juifs, il leur eft commandé de croire une autre vie ; fi on leur promet le ciel après la mort, et fi on les menace de l'enfer.

Or, dans la loi des Juifs, il n'y a pas un feul mot de ces promeffes, de ces menaces ni de cette croyance. *Arnaud*, dans fon Apologie du Port-royal, l'avoue formellement. *C'eft le comble de l'ignorance*, dit-il, *de ne pas admettre cette vérité qui eft une des plus communes. Les promeffes de l'ancien Teftament n'étaient que temporelles et terreftres : les Juifs n'adoraient un Dieu que pour les biens charnels.* Il est indubitable que, dans le temps où l'on prétend que le Pentateuque fut écrit, les Chaldéens, les Syriens, les Perses, les Egyptiens admettaient l'immortalité de l'ame. Il faut savoir ce que tous les peuples entendaient par ce mot chaldéen *ruah*, traduit en grec par *pneuma*, et chez les Latins par *anima*; il voulait dire souffle, vent, vie, ce qui anime; et ce mot est toujours pris pour la vie dans le Pentateuque.

Les songes dans lesquels l'on voit souvent ses amis morts, et dans lesquels on s'entretient avec eux, firent aisément croire qu'on avait vu les ames des morts. Ces ames étaient corporelles; c'était un vent, c'était une ombre légère qui avait la figure du corps, c'étaient des mânes. Il n'y a pas un seul mot dans toute l'antiquité, jusqu'à *Platon*, qui puisse faire croire que l'ame eût jamais passé pour un être absolument immatériel.

Thaut, *Sanchoniathon*, *Bérose*, les fragmens d'*Orphée*, *Manéthon*, *Hésiode*, tous les anciens qui ont dit, sans connaître les livres juifs, que DIEU fit l'homme à son image, crurent DIEU corporel; et le Pentateuque ne parle jamais de DIEU que comme d'un être corporel.

Dans ce Pentateuque, il n'y a pas un seul mot concernant la spiritualité immatérielle de DIEU ni de l'ame humaine. Ceux qui, trompés par quelques mots équivoques, épars dans les prophètes, prétendent que les Juifs avaient quelque idée de l'ame immortelle, et des récompenses et des peines après la mort, devraient considérer qu'ils font de *Moïse* ou un ignorant bien grossier, puisqu'il n'annonce pas ce que les autres juifs favaient, ou un fourbe bien mal-avifé, fi, étant inftruit de ce dogme fi utile, il n'en fefait pas ufage.

La défenfe faite dans le Deutéronome, chapitre XVIII, *de confulter les forciers ou voyans*, *les pythons*, et de demander la vérité aux morts, n'a rien de commun avec l'efpérance d'être récompenfé dans la vie future.

Cette défenfe prouve feulement ce qu'on fait affez, c'eft qu'en Egypte, en Chaldée et en Syrie, il y avait des prophètes, des voyans, des forciers qui fe mêlaient de prédire. On mettait le crâne ou un autre offement fous fon lit pour voir en fonge l'ombre d'un mort. Ces fuperftitions très-anciennes ont duré jufqu'à nos jours. Le Pentateuque veut que l'on confulte l'Urim et le Thummim, et non d'autres oracles; les prêtres juifs, et non d'autres prêtres; les voyans juifs, et non d'autres voyans.

Au refte, il eft prouvé par ce mot de *python*, qui fe trouve dans le Deutéronome, que ce livre ne fut écrit que long-temps après la captivité, quand les Juifs commencèrent à entendre parler du ferpent *Python* et des autres fables des Grecs.

Les Juifs ont écrit très-tard, et font un peuple très-moderne en comparaifon des grandes nations dont ils étaient environnés.

L'ignorance, la fuperftition, la barbarie des Juifs ne doit avoir aucune influence fur les hommes raifonnables qui vivent aujourd'hui.

LETTRE

LETTRE LXXXIX.

A M. LE COMTE DE SCHOUVALOF.

A Tourney, 6 d'octobre.

MONSIEUR,

Je vous avais déjà fait compliment fur l'heureux fuccès de vos armes, lorfque j'ai reçu la lettre dont votre excellence m'a honoré, avec la relation de la bataille, que M. de *Soltikof* a bien voulu me communiquer. Vos bontés augmentent tous les jours l'intérêt que je prends à la gloire de l'impératrice et à l'empire de Ruffie. Le terme d'*honneur* doit être bien certainement à la mode chez vous, quoi qu'en dife un certain homme qui a mis fon honneur à faire bien du mal, et à en dire beaucoup de votre augufte impératrice. Ce n'eft pas d'aujourd'hui que j'ai pris part à la gloire de votre nation; tous les événemens ont juftifié ma manière de penfer. Je vois, avec la plus fenfible joie, que la digne fille de *Pierre le grand* perfectionne tout ce que fon père a commencé. Le bruit a couru, dans nos Alpes, que fa fanté avait été dérangée : j'en ai reffenti de bien vives alarmes. Nous fefons mille vœux, dans mes retraites, pour la durée et la profpérité de fon règne.

Le premier tome de l'Hiftoire de *Pierre le grand* ferait déjà parvenu à votre excellence, fi les perfonnes que j'emploie étaient auffi diligentes qué je

1759.

—— J'ai été. La vie eſt bien courte, et tout ouvrage eſt bien long. Je conſacrerai ce qui me reſte de vie à travailler au ſecond volume, auſſitôt que j'aurai les matériaux néceſſaires. Il n'y a point d'occupation qui me ſoit plus précieuſe ; et, ſi je ſuis aſſez heureux pour ſeconder vos nobles intentions, je n'aurai jamais ſi bien employé mon temps ; mais je regretterai toujours de n'avoir pu voir la ville que *Pierre le grand* a fondée, et vous, Monſieur, qui faites fleurir les arts et les vertus dans le plus grand empire de la terre.

Je ſerai toute ma vie, avec l'attachement le plus reſpectueux et le plus ſincère, &c.

LETTRE XC.

A MADAME

LA MARQUISE DU DEFFANT.

Aux Délices, 13 d'octobre.

Il eſt bien triſte, Madame, pour un homme qui vit avec vous, d'être un peu ſourd : je vous plains moins d'être aveugle. Voilà le procès des aveugles et des ſourds décidé. Certainement c'eſt celui qui ne vous entend point qui eſt le plus malheureux.

Je n'écris à Paris qu'à vous, Madame, parce que votre imagination a toujours été ſelon mon cœur ; mais je ne vous paſſe point de vouloir me faire lire les romans anglais, quand vous ne voulez pas lire l'ancien Teſtament. Dites-moi donc, s'il vous plaît ;

où vous trouvez une histoire plus intéressante que celle de *Joseph* devenu contrôleur général en Egypte, et reconnaissant ses frères? Comptez-vous pour rien *Daniel* qui confond si finement les deux vieillards? Quoique Tobie ne soit pas si bon, cependant cela me paraît meilleur que Tom Jones, dans lequel il n'y a rien de passable que le caractère d'un barbier.

Vous me demandez ce que vous devez lire, comme les malades demandent ce qu'ils doivent manger; mais il faut avoir de l'appétit, et vous avez peu d'appétit avec beaucoup de goût. Heureux qui a assez faim pour dévorer l'ancien Testament! Ne vous en moquez point : ce livre fait cent fois mieux connaître qu'*Homère* les mœurs de l'ancienne Asie; c'est, de tous les monumens antiques, le plus précieux. Y a-t-il rien de plus digne d'attention qu'un peuple entier situé entre Babylone, Tyr et l'Egypte, qui ignore pendant six cents ans le dogme de l'immortalité de l'ame, reçu à Memphis, à Babylone et à Tyr? Quand on lit pour s'instruire, on voit tout ce qui a échappé lorsqu'on ne lisait qu'avec les yeux.

Mais vous, qui ne vous souciez pas de l'histoire de votre pays, quel plaisir prendrez-vous à celle des Juifs, de l'Egypte, et de Babylone? J'aime les mœurs des patriarches, non parce qu'ils couchaient tous avec leurs servantes, mais parce qu'ils cultivaient la terre comme moi. Laissez-moi lire l'Ecriture sainte, et n'en parlons plus.

Mais vous, Madame, prétendez-vous lire comme on fait la conversation? prendre un livre comme on demande des nouvelles? le lire et le laisser là;

M 2

—— en prendre un autre qui n'a aucun rapport avec le premier, et le quitter pour un troisième? En ce cas, vous n'avez pas grand plaisir.

Pour avoir du plaisir, il faut un peu de passion; il faut un grand objet qui intéresse, une envie de s'instruire déterminée, qui occupe l'ame continuellement; cela est difficile à trouver, et ne se donne point. Vous êtes dégoûtée; vous voulez seulement vous amuser, je le vois bien; et les amusemens sont encore assez rares.

Si vous étiez assez heureuse pour savoir l'italien, vous feriez sûre d'un bon mois de plaisir avec l'Arioste. Vous vous pâmeriez de joie; vous verriez la poësie la plus élégante et la plus facile, qui orne, sans effort, la plus féconde imagination dont la nature ait jamais fait présent à aucun homme. Tout roman devient insipide auprès de l'Arioste : tout est plat devant lui, et surtout la traduction de notre *Mirabeau.*

Si vous êtes une honnête personne, Madame, comme je l'ai toujours cru, j'aurai l'honneur de vous envoyer un chant ou deux de la Pucelle, que personne ne connaît, et dans lequel l'auteur a tâché d'imiter, quoique très-faiblement, la manière naïve et le pinceau facile de ce grand-homme. Je n'en approche point du tout; mais j'ai donné au moins une légère idée de cette école de peinture. Il faut que votre ami soit votre lecteur, et ce sera un quart d'heure d'amusement pour vous deux, et c'est beaucoup. Vous lirez cela, quand vous n'aurez rien à faire du tout, quand votre ame aura besoin de bagatelles; car point de plaisir sans besoin.

Si vous aimez un tableau très-fidelle de ce vilain monde, vous en trouverez un quelque jour dans l'Hiftoire générale des fottifes du genre-humain (que j'ai achevée très-impartialement). J'avais donné, par dépit, l'efquiffe de cette hiftoire, parce qu'on en avait imprimé déjà quelques fragmens; mais je fuis devenu depuis plus hardi que je n'étais; j'ai peint les hommes comme ils font.

La demi-liberté avec laquelle on commence à écrire en France, n'eft encore qu'une chaîne honteufe. Toutes vos grandes Hiftoires de France font diaboliques, non feulement parce que le fond en eft horriblement fec et petit, mais parce que les *Daniel* font plus petits encore. C'eft un bien plat préjugé de prétendre que la France ait été quelque chofe dans le monde, depuis *Raoul* et *Eudes*, jufqu'à la perfonne d'*Henri IV* et au grand fiècle de *Louis XIV*. Nous avons été de fots barbares, en comparaifon des Italiens, dans la carrière de tous les arts.

Nous n'avons même, que depuis trente ans, appris un peu de bonne philofophie des Anglais. Il n'y a aucune invention qui vienne de nous. Les Efpagnols ont conquis un nouveau monde; les Portugais ont trouvé le chemin des Indes, par les mers d'Afrique; les Arabes et les Turcs ont fondé les plus puiffans empires; mon ami le czar *Pierre* a créé, en vingt ans, un empire de deux mille lieues; les Scythes de mon impératrice *Elifabeth* viennent de battre mon roi de Pruffe, tandis que nos armées font chaffées par les payfans de Zell et de Volfenbutel.

Nous avons eu l'efprit de nous établir en Canada, fur des neiges, entre des ours et des caftors, après que les Anglais ont peuplé, de leurs florissantes colonies, quatre cents lieues du plus beau pays de la terre, et on nous chasse encore de notre Canada.

Nous bâtissons encore de temps en temps quelques vaisseaux pour les Anglais, mais nous les bâtissons mal; et, quand ils daignent les prendre, ils se plaignent que nous ne leur donnons que de mauvais voiliers.

Jugez, après cela, si l'histoire de France est un beau morceau à traiter amplement, et à lire.

Ce qui fait le grand mérite de la France, son seul mérite, son unique supériorité, c'est un petit nombre de génies sublimes ou aimables, qui font qu'on parle aujourd'hui français à Vienne, Stockholm, et Moscou. Vos ministres, vos intendans et vos premiers commis n'ont aucune part à cette gloire.

Que lirez-vous donc, Madame? Le duc d'*Orléans* régent daigna un jour causer avec moi au bal de l'opéra : il me fit un grand éloge de *Rabelais;* et je le pris pour un prince de mauvaise compagnie, qui avait le goût gâté. J'avais alors un souverain mépris pour *Rabelais.* Je l'ai repris depuis; et comme j'ai plus approfondi toutes les choses dont il se moque, j'avoue qu'aux bassesses près, dont il est trop rempli, une bonne partie de son livre m'a fait un plaisir extrême. Si vous en voulez faire une étude sérieuse, il ne tiendra qu'à vous; mais j'ai peur que vous ne soyez pas assez savante, et que vous ne soyez trop délicate.

Je voudrais que quelqu'un eût élagué, en français, les Oeuvres philosophiques de feu milord *Bolingbroke:* C'est un prolixe personnage, et sans aucune méthode;

mais on en pourrait faire un ouvrage bien terrible
pour les préjugés, et bien utile pour la raison. Il
y a un autre anglais qui vaut bien mieux que lui ;
c'eſt *Hume*, dont on a traduit quelque choſe avec
trop de réſerve. Nous traduiſons les Anglais auſſi
mal que nous nous battons contre eux ſur mer.

Plût à Dieu, Madame, pour le bien que je vous
veux, qu'on eût pu au moins copier fidellement le
Conte du tonneau, du doyen *Swift;* c'eſt un tréſor
de plaiſanterie dont il n'y a point d'idée ailleurs.
Paſcal n'amuſe qu'aux dépens des jéſuites, *Swift*
divertit et inſtruit aux dépens du genre-humain. Que
j'aime la hardieſſe anglaiſe! que j'aime les gens qui
diſent ce qu'ils penſent! C'eſt ne vivre qu'à demi
que de n'oſer penſer qu'à demi.

Avez-vous jamais lu, Madame, la faible traduction du faible Anti-Lucrèce du cardinal de *Polignac?*
Il m'en avait autrefois lu vingt vers qui me paru-
rent fort beaux : l'abbé de *Rothelin* m'aſſura que tout
le reſte était bien au-deſſus. Je pris le cardinal de
Polignac pour un ancien romain, et pour un homme
ſupérieur à *Virgile* ; mais quand ſon poëme fut
imprimé, je le pris pour ce qu'il eſt ; poëme ſans
poëſie, et philoſophie ſans raiſon.

Indépendamment des tableaux admirables qui ſe
trouvent dans Lucrèce, et qui feront paſſer ſon livre
à la dernière poſtérité, il y a un troiſième chant dont
les raiſonnemens n'ont jamais été éclaircis par les
traducteurs, et qui méritent bien d'être mis dans leur
jour. Nous n'en avons qu'une mauvaiſe traduction,
par un baron *des Coutures*. Je mettrai, ſi je vis, ce
troiſième chant en vers, ou je ne pourrai.

En attendant, feriez-vous affez hardie pour vous faire lire feulement 40 ou 50 pages de ce *des Coutures*? Par exemple, liv. III, page 281, tome I, à commencer par les mots, *on ne s'aperçoit point;* il y a en marge XIIe argument. Examinez ce XIIe argument jufqu'au XXVIIe, avec un peu d'attention, fi la chofe vous paraît en valoir la peine.

Nous avons tous un procès avec la nature, qui fera terminé dans peu de temps; et prefque perfonne n'examine les pièces de ce grand procès. Je ne vous demande que la lecture de 50 pages de ce IIIe livre; c'eft le plus beau préfervatif contre les fottes idées du vulgaire; c'eft le plus ferme rempart contre la miférable fuperftition. Et quand on fonge que les trois quarts du fénat romain, à commencer par *Céfar*, penfaient comme *Lucrèce*, il faut avouer que nous fommes de grands poliffons, à commencer par *Joli de Fleuri*.

Vous me demandez ce que je penfe, Madame: je penfe que nous fommes bien méprifables, et qu'il n'y a qu'un petit nombre d'hommes répandus fur la terre qui ofent avoir le fens commun; je penfe que vous êtes de ce petit nombre. Mais à quoi cela fert-il? à rien du tout. Lifez la parabole du bramin que j'ai eu l'honneur de vous envoyer; et je vous exhorte à jouir, autant que vous pourrez, de la vie qui eft peu de chofe, fans craindre la mort qui n'eft rien.

Comme vous n'avez guère que des rentes viagères, l'ennuyeux ouvrage dont vous me parlez tombe moins fur vous que fur un autre. Sauve qui peut. Demandez à votre ami fi, en 1708 et en

1709, on n'était pas cent fois plus mal : ces souvenirs confolent.

La première fcène de la pièce de *Silhouette* a été bien applaudie : le refte eft fifflé, mais il fe peut très-bien que le parterre ait tort. Il eft clair qu'il faut de l'argent pour fe défendre, puifque les Anglais fe ruinent pour nous attaquer.

Ma lettre eft devenue un livre, et un mauvais livre : jetez-la au feu, et vivez heureufe, autant que la pauvre machine humaine le comporte.

LETTRE XCI.

A M. LE COMTE D'ARGENTAL, *à Paris*.

A Tourney, 22 d'octobre.

ACTEURS moitié français, moitié fuiffes, décorateurs de mon théâtre de *Polichinelle*,

Durant quelques momens fouffrez que je refpire,

et que je réponde à mon ange. Je devrais lui avoir déjà envoyé la pièce, telle que Madame *Scaliger* la veut. Mon ange eft auffi un peu *Scaliger*, et je le fuis plus qu'eux tous. Vous ne la reconnaîtrez pas, cette Chevalerie. J'en ufe comme dans le temps où j'envoyais à mademoifelle *Defmares* des corrections dans un pâté : *hefternus error, hodierna virtus*. Si j'avais quatre-vingts ans, je chercherais à me corriger. Je n'ai point cette roideur d'efprit des vieillards, mon cher ange ; je fuis flexible comme une anguille, et vif comme un lézard, et travaillant toujours comme un écureuil. Dès qu'on me fait apercevoir d'une fottife, j'en mets vîte une autre à la place.

Notre confeil n'a jamais pu adopter les négociations de monfieur l'ambaffadeur ; il fera refufé tout net, mais nous adoucirons le mauvais fuccès de fon ambaffade par une réception dont j'efpère que lui et madame l'ambaffadrice feront contens ; d'ailleurs il entend raifon ; il ne voudra pas qu'un maure envoye un efpion dans Syracufe, quand les portes font fermées ; il ne voudra pas que ce maure propofe de mettre tout à feu et à fang, fi l'on pend une fille. Figurez-vous le beau rôle que jouerait la fille pendant tout ce temps-là ; et ne voilà-t-il pas une intrigue bien attachante que l'embarras de quatre chevaliers qui délibèreraient, de fang froid, fi l'on exécutera mademoifelle ou non ! et puis alors, comment juftifier cette pauvre créature ? qu'aurait-elle à dire ? tout dépoferait contre elle. L'abbé d'*Efpagnac*, grand raifonneur, lui dirait : Mon enfant, non-feulement vous avez écrit à *Solamir*, mais vous l'excitez contre nous : il eft clair que vous êtes une malheureufe. Elle ferait forcée à dire toujours non, non, non, pendant deux actes ; ce ferait un procès criminel fans preuves juftificatives, et *Joli de Fleuri* ferait brûler fon billet comme un mandement d'évêque, et comme l'Eccléfiafte.

> O juges malheureux qui, dans vos fottes mains,
> Tenez fi pefamment la plume et la balance,
> Combien vos jugemens font aveugles et vains !

Mon cher ange, on dit que la dernière pièce du traducteur de Pope eft fifflée : dites-moi fi elle réuffit à la longue. Dites-moi s'il est vrai que M. le duc de *Broglie* est le *Germanicus* qui ranimera les pauvres légions de *Varus*. Quoi, les Anglais auraient pris Surate! ah, ils prendront Pondichéri; et *Dupleix* en rira, et j'en pleurerai; car j'y perdrai la moitié de mon bien, et mon beau château *nel gusto grande* ne sera pas achevé; et, après avoir fait l'insolent pendant deux ans, je demanderai l'aumône à la porte de mon palais. Faites la paix, je vous en prie, mon cher ange.

N'oubliez pas de demander à M. le duc de *Choiseul,* s'il est content de la marmotte.

Madame *Denis* joue bien. Nous avons un *Tancrède* admirable. Je crois jouer parfaitement le bon homme: je me trompe peut-être; mais je vous aime passionnément, et en cela je ne me trompe pas; autant en fait la nièce.

Je supplie mes anges de m'écrire par Genève, et non à Genève, cet *à Genève* a l'air d'un réfugié.

LETTRE XCII.

AU MEME.

Aux Délices, 24 d'octobre.

LE théâtre de *Polichinelle* est bien petit, je l'avoue; mais, mon divin ange, nous y tînmes, hier, neuf en demi-cercle, assez à l'aise; encore avait-on des lances, des boucliers, et on attachait des écus et l'armet de *Mambrin* à nos bâtons verts et clinquans, qui passeront, si l'on veut, pour pilastres vert et or. Une

—— troupe de racleurs et de fonneurs de cor faxons,
1759, chaffés de leur pays par *Luc*, compofaient mon
orcheftre. Que nous étions bien vêtus! que madame
Denis a joué fupérieurement les trois quarts de fon
rôle! Je fouhaite, en tout, que la pièce foit jouée à
Paris comme elle l'a été dans ma mafure de Tourney. Madame *Scaliger*, votre pièce a fait pleurer les
vieilles et les petits garçons, les Français et les Allobroges : jamais le mont Jura n'a eu pareille aubaine.
Le *billet adultère* n'a choqué perfonne; c'eft le mot
propre. La ficilienne eft mariée par paroles de préfent,
comme difent les vieux romans. *Vamir*, *Spartacus*,
paffez les premiers, je ne fuis nullement preffé. Je
vous enverrai, mon cher ange, pièce, rôles et notes,
dans quelque temps, et vous en ferez ce qu'il vous
plaira.

Si M. et madame de *Chauvelin* viennent dans
mon hermitage des Délices, nous les mènerons à
la comédie à Tourney. Une tragédie nouvelle et
des truites font tout ce qu'on peut leur donner dans
mon pays; mais j'ai bien peur que vous ne gardiez
vos amis. Vous me mandez que M. de *Chauvelin*
fera le jour de tous les faints chez moi; mais ne fe
pourrait-il pas faire qu'il fût fecrétaire d'Etat en
attendant. Mon cher ange, fi vous n'êtes pas auffi
fecrétaire d'Etat, venez nous voir en allant à Parme;
car il faudra bien que vous alliez à Parme. Vous
verrez, en paffant, votre étrange tante : vous ferez
un fort joli voyage. Que dites-vous de *Luc* qui,
après avoir été frotté par mes Scythes, veut entreprendre le fiége de Drefde? Cette guerre ne finira
point : en voilà pour dix ans. On me mande qu'on

eſt tout conſterné et tout ſot à Paris : on paye cher ———
les malheurs de nos généraux; mais le parlement, 1759.
ſur les concluſions d'*Omer Joli*, raccommodera tout
en feſant brûler de bons ouvrages.

Votre abbé *Zachée* eſt donc incurable (*)! Heureuſement ſa maladie ne fait pas de tort à ſon frère
l'ambaſſadeur ; les folies ſont perſonnelles. Et le
vétillard d'*Eſpagnac*, qu'en ferons-nous? il me paraît
que ce grave perſonnage marche à pas bien meſurés.
Je vous demande bien pardon de vous avoir embâté
de cette négociation.

On m'écrivait que le *choſe* du Portugal, comme
dit *Luc* qui ne voulait pas l'appeler roi, avait envoyé
tous les jéſuites à l'abbé *Rezzonico*, et en gardait ſeulement vingt-huit pour les pendre ; mais ces bonnes
nouvelles ne ſe confirment pas. Je baiſe le bout de
vos ailes, mon divin ange.

(*) L'abbé de *Chauvelin* qui était de très-petite taille. Il l'appelle
Zachée, par alluſion à ce petit juif qui grimpa ſur un arbre pour voir
paſſer *Jéſus*.

LETTRE XCIII,

A MONSIEUR

LE MARQUIS ALBERGATI CAPACELLI, *à Bologne*.

Au château de Tourney, 1 de novembre.

MONSIEUR,

UNE indifpofition me prive de l'honneur de vous écrire de ma main. Mes marchés avec vous ne font pas fi bons que je m'en flattais, puifque ce n'eft pas vous qui daignerez traduire la tragédie que vous m'avez demandée : vous l'auriez furement embellie. Nous l'avons jouée trois fois fur mon petit théâtre de Tourney ; nous avons fait pleurer tous les Allobroges et tous les Suiffes du pays ; mais nous favons bien que ce n'eft pas une raifon pour plaire à des italiens. Ce qui pourrait me donner quelque efpérance, c'eft que nous avons tiré des larmes des plus beaux yeux qui foient à préfent dans les Alpes ; ces yeux font ceux de madame l'ambaffadrice de France à Turin. Elle a paffé quelques jours chez moi avec monfieur l'ambaffadeur ; et tous deux m'ont raffuré contre la crainte où j'étais de vous envoyer un ouvrage fait en fi peu de temps ; ce ne fera qu'avec une extrême défiance de moi-même que je prendrai cette liberté. Mon théâtre fe profterne très-humblement devant le vôtre. Nous favons ce que nous devons à nos maîtres.

J'ai reçu la Mort de Céfar, traduite par M. *Paradiſ.* ——
J'admire toujours la fécondité et la flexibilité de 1759.
votre langue, dans laquelle on peut tout traduire
heureuſement; il n'en eſt pas ainſi de la nôtre. Votre
langue eſt la fille aînée de la latine. Au reſte, j'attends
vos ordres, Monſieur, pour ſavoir comment je vous
adreſſerai le paquet. J'attends quelque choſe de
mieux que vos ordres, c'eſt l'ouvrage que vous avez
bien voulu me promettre.

J'ai l'honneur d'être, avec tous les ſentimens que
je vous dois, &c.

LETTRE XCIV.

A MADAME DE FONTAINE.

5 de novembre.

A la fin c'eſt trop de ſilence,
En ſi beau ſujet de parler.

CES paroles, ma chère nièce, ſont tirées de
Malherbe que vous ne connaiſſez guère, et vont fort
bien au ſujet. Comment vous trouvez-vous des trois
vingtièmes, et de la chute des actions ſur les fermes,
et de tout ce qui s'enfuit? Voilà bien le temps
d'aimer ſes terres et d'encourager l'agriculture; car,
en conſcience, c'eſt le ſeul commerce qui nous reſte.
Nous feſons pitié à nos alliés et à nos ennemis.

Que vous êtes ſage d'avoir achevé votre château!
mais aurez-vous le courage d'y demeurer? Il faut que

je vous avertiſſe que celui de Ferney eſt entièrement bâti et couvert; et, ſans vanité, c'eſt un morceau d'architecture qui aurait des approbateurs, même en Italie. N'allez pas croire que je n'aye ſacrifié qu'à l'agréable, j'y ai joint l'utile; et Ferney eſt devenu une terre de ſept à huit mille livres de rente, dans le pays le plus riant de l'Europe. Ajoutez à ces avantages l'agrément unique d'être libre, et de ne payer aucun droit, de quelque nature que ce puiſſe être. Je veux me bercer de l'idée que vous viendrez un jour nous voir dans toute notre beauté: il faut que vous veniez reconnaître des domaines qui, ſelon les droits de la nature, doivent appartenir à votre fils. C'eſt grand dommage que Ferney ne ſoit pas en Picardie; mais une terre libre mérite bien qu'on paſſe le mont Jura. Je ne ſuis point mécontent de la maſure de Tourney; j'y ai bâti au moins le plus joli des théâtres, quoique le plus petit. Nous y avons joué trois fois la Chevalerie, pour nous conſoler des malheurs de la France. Cette Chevalerie eſt comme le château de Ferney: cela ne veut pas dire que l'architecture en ſoit auſſi belle, cela veut dire ſeulement que j'ai pris autant de peine pour l'achever.

Après en avoir donné trois repréſentations, nous avons joué Mérope. Soyez très-convaincue que vous, et M. le chevalier de *Florian*, et le juriſconſulte, vous auriez été bien étonnés, et que vous auriez fondu en larmes.

Nous avions, à nos Délices, M. le marquis de *Chauvelin* ambaſſadeur à Turin, et madame ſa femme, députés de M. le duc de *Choiſeul* et de la tribu d'*Argental*, pour ſavoir comment j'étais venu

à

à bout de la Chevalerie. Ce voyage ne les a guère —————.
détournés de la route de Turin ; et je peux vous
dire qu'ils ne font pas mécontens d'avoir alongé
leur chemin. Ils auraient beau courir tous les
théâtres de l'Europe, ils ne verraient rien de fi
plaifant qu'un français fuiffe qui a fait la pièce, le
théâtre et les acteurs. Votre fœur a joué comme
mademoifelle *Duménil;* je dis comme mademoifelle
Duménil dans fon bon temps. Cela paraît un conte,
une exagération d'oncle ; cela eft pourtant très-vrai,
et je le fais de cent perfonnes qui me l'ont toutes
attefté par leurs larmes. Moi qui vous parle, je
vous apprends que je fuis un affez fingulier vieillard.
Ah ! ma chère nièce, que nous vous avons regrettée !
c'eft à préfent qu'il faudrait être chez nous. Notre
Carthage eft fondée. Nous avons eu l'infolence de
recevoir M. et madame de *Chauvelin* avec une magnificence à laquelle ils ne s'attendaient pas ; mais on
ne peut trop faire pour de tels hôtes ; il n'y a rien de
plus aimable dans le monde ; ils réuniffent tous les
talens et toutes les grâces ; ils féduiraient un amiral
anglais, et feraient tomber les armes des mains du
roi de Pruffe.

Je fuis excédé de plaifir et de fatigue, voilà pourquoi je ne vous écris point de ma main ; mais c'eft
mon cœur qui vous écrit, c'eft lui qui vous dit
combien il vous regrette, vous et les vôtres.

LETTRE XCV.

A M. LE COMTE D'ARGENTAL.

A Tourney, 5 de novembre.

Divins anges, les députés de votre hiérarchie
vous auront peut-être rendu compte de la descente
qu'ils ont faite dans nos cabanes. *Baucis* et *Philémon*
ont fait de leur mieux. Deux tragédies en deux jours
ne sont pas une chose ordinaire dans les vallées du
mont Jura. Madame de *Chauvelin* nous a payés comme
les sirènes, en chantant d'une manière charmante, et
en nous ensorcelant. J'ai retrouvé monsieur l'ambassadeur tout comme je l'avais laissé, il y a environ
quatorze ans, ayant tous les moyens de plaire sans
avoir lu *Moncrif*, et expédiant dans ce département
dix ou douze personnes à la fois. J'ai retrouvé ses
grâces et ses mœurs faciles et indulgentes, que ni
les Corses ni les Allobroges n'ont pu diminuer.
Vous savez que, malgré cette envie et ce don de plaire
à tout le monde, vous avez le fond de son cœur
dont il distribue l'écorce par-tout. Nous nous sommes
trouvés tous réunis par le plaisir de vous aimer.
Combien nous avons tous parlé de vous ! combien
nous vous avons regrettés ! et que de châteaux en
Espagne nous avons bâtis ! Il est vrai que ce n'est
pas actuellement en France qu'on en fait d'agréables.
Les nouvelles foudroyantes, qui nous ont atterrés
coup sur coup, ne paraissent pas rendre le séjour de
Paris délicieux. Divins anges, je ne me sens porté ni

à revoir Paris, ni à y envoyer mes enfans. Notre Chevalerie demande , ce me semble , à être jouée dans un autre temps que celui de l'humiliation et de la disette. Nous l'avons jouée trois fois sur mon théâtre de marionnettes, dans ma masure de Tourney ; deux fois devant les Allobroges et les Suisses, sans avoir la moindre peur. Mais, quand il a fallu paraître devant vos députés , nos jambes et nos voix ont tremblé. Nous avons pourtant repris nos esprits , et nous avons fait verser des larmes aux plus beaux et aux plus vilains visages du monde , aux vieilles et aux jeunes, aux gens durs , aux gens qui veulent être difficiles. Les deux députés célestes ont vu qu'en un mois de temps nous avions profité de tous les commentaires de madame *Scaliger*. Je leur laisse le soin de vous mander tout ce qu'ils pensent de la pièce et des acteurs.

Vous serez , sans doute , surpris que la Chevalerie ne vous parvienne pas avec ma lettre ; mais il faut que vous conveniez que trois représentations doivent éclairer assez un auteur pour lui faire encore retoucher son tableau. Il a été d'abord esquissé avec fougue, il faut le finir avec réflexion. Passez, encore une fois , *Vamir* et *Spartacus* ; passez. J'augure beaucoup du gladiateur, et je souhaite passionnément que *Saurin* réussisse. Mon cher ange, je crois que cet hiver doit être le temps de la prose , du moins pour moi. *Saurin*, d'ailleurs , a besoin d'un succès pour sa considération et pour sa fortune. Je vous avoue que, si j'ai aussi quelque petit succès à espérer , je le veux dans un temps moins déplorable que celui où nous sommes. Je veux que certaines personnes aient

N 2

l'ame un peu plus contente. Ce n'est pas à des cœurs
ulcérés qu'il faut présenter des vers ; c'est aux ames
tranquilles , et douces et sensibles à la fois comme
la vôtre.

Mérope - Aménaïde - Denis vous fait mille complimens , et moi je vous adore plus que jamais.

LETTRE XCVI.

A M. LE COMTE DE SCHOUVALOF.

Au château de Tourney, le 11 de novembre.

MONSIEUR,

M. de *Soltikof* s'est chargé de vous faire parvenir
un petit ballot contenant quelques imprimés et
quelques manuscrits pour votre bibliothéque. J'offre
à votre excellence ces fruits de ma petite terre, en
attendant que je puisse lui envoyer ceux qu'elle a
fait naître elle-même , et qui font le produit de votre
glorieux empire.

Je n'ai jamais tant désiré de m'attirer l'attention
des lecteurs que depuis que je suis devenu votre
secrétaire, car en vérité je n'ai que cette fonction,
et si vous en exceptez le manuscrit du général *le*
Fort, et quelques autres pièces que j'ai consultées,
tout a été fidellement écrit sur les Mémoires que vos
bontés m'ont fait tenir. Vous aurez incessamment un
volume entier qui est poussé non-seulement jusqu'à

la bataille de Pultava, mais qui embraffe toutes les fuites de cette journée mémorable.

Je vous avouerai que j'ai toujours befoin de nouveaux éclairciffemens fur la campagne du Pruth. Cette affaire n'a jamais été fidellement écrite, et le public eft auffi incertain qu'il eft avide d'en connaître le fond et les acceffoires. Le journal de *Pierre le grand* paffe bien légérement fur cet important article.

Je ne doute pas, Monfieur, que vous ne me faffiez communiquer ce qu'on pourra confier de vos archives. Soyez bien sûr que je ne veux être éclairé que pour affurer mieux la gloire de votre légiflateur. Vous favez qu'on ne peut donner de crédit aux belles actions qu'en ne diffimulant rien ; mais qu'en difant la vérité, on peut toujours la préfenter dans un jour favorable. On a imprimé, depuis deux ans, à Londres, les Mémoires de *Witwarck* ; envoyé d'Angleterre à votre cour dans le commencement du fiècle. Ces Mémoires ne font pas trop favorables à l'impératrice *Catherine*, et ne rendent pas à *Pierre le grand* toute la juftice qui lui eft due. Je fuis obligé de fuivre quelquefois l'hiftorien paffionné de *Charles XII*, mais très-mal-adroit dans fa paffion, et très-peu judicieux dans fes idées.

Quelques-uns de nos favans de Paris veulent que les Sibériens viennent des Huns, les Huns des Chinois, les Chinois des Egyptiens : on peut égayer une préface en montrant le ridicule de ces chimères. Il n'y a pas grand profit à faire pour l'efprit humain, à rechercher l'ancienne hiftoire des Huns et des ours, qui ne favaient pas plus écrire les uns que les autres.

Il s'agit de l'hiftoire de celui qui a créé des hommes.

—— Comme il ne faut rien que de vrai dans cette hiſtoire, je vous ai ſupplié, Monſieur, de vouloir bien me dire ſi je dois employer le diſcours qu'on attribue à *Pierre le grand*, en 1714 : *Mes frères, qui de vous aurait penſé, il y a trente ans, que nous gagnerions enſemble des batailles ſur la mer Baltique, &c.* Ce diſcours, s'il eſt authentique, eſt un morceau très-précieux.

Mon eſtime pour le jeune M. de *Soltikof* augmente à meſure que j'ai l'honneur de le voir. Il eſt bien digne de vos bienfaits. Son goût pour s'inſtruire, ſon aſſiduité à l'étude, ſon eſprit qui eſt au-deſſus de ſon âge, juſtifient tout ce que votre généroſité fait pour lui. Je ne puis, en vous parlant de lui, oublier le général de ſon nom qui ſe couvre de tant de gloire, et qui en acquiert une nouvelle à votre empire.

Pour vous, Monſieur, vous vous contentez du rôle de *Mécénas;* ce rôle n'eſt pas aſſurément le moins noble et le moins utile; il mène à une ſorte de gloire indépendante des événemens, et il eſt fait pour un eſprit ſupérieur et pour un cœur bienfeſant, Voilà la gloire véritable.

J'ai l'honneur d'être, &c.

LETTRE XCVII.

A M. LE COMTE DE SCHOUVALOF.

Aux Délices, 22 de novembre.

MONSIEUR,

J'AI reçu aujourd'hui le paquet dont vous m'avez honoré, par les mains de M. de *Soltikof;* il me paraît de jour en jour plus digne de son nom et de vos bontés. Je peux assurer votre excellence que rien ne vous fera plus d'honneur que d'avoir développé ce mérite naissant. Vous avez la réputation de répandre des bienfaits; mais vous ne pouviez jamais les placer ni sur une ame qui les méritât mieux, ni sur un cœur plus reconnaissant. Il se formera très-vîte aux affaires, et vous aurez un jour en lui un homme capable de vous seconder dans toutes vos vues, de rendre votre patrie aussi supérieure par les arts qu'elle l'est par les armes. Je vois bien que le lieu où il est à présent est pour lui un petit théâtre. Votre excellence le fera voyager en France, en Italie : je regretterai sa perte, mais tout ce qui sera de son avantage sera ma consolation. Je me flatte, Monsieur, que vous avez reçu à présent tout ce que vous avez permis que je vous envoyasse ; le premier volume de *Pierre le grand,* un autre paquet assez gros de livres et de manuscrits, et une caisse d'eau de *Coladon,* que je ne vous ai présentée que comme un des meilleurs remèdes pour

—— les maux d'eſtomac, auſſi agréable à boire que l'eau des Barbades, et qui peut ſervir à vos amis dans l'occaſion ; car, pour vous, je ſais que vous joignez à vos vertus celle d'être ſobre. Votre excellence m'honore de préſens plus dignes d'elle et de ſa cour. Je brave, avec vos belles fourrures, les neiges des Alpes, qui valent bien les vôtres. Un préſent bien plus cher, eſt celui des manuſcrits que je reçois; ils me ſerviront beaucoup pour le ſecond tome auquel je vais me mettre. Je n'ai point de temps à perdre. Mon âge et ma faible ſanté m'avertiſſent qu'il ne faut pas négliger un inſtant. *Pierre le grand* mourut avant d'avoir achevé ſes grandes entrepriſes, ſon hiſtorien veut achever ſa petite tâche.

Le catalogue de tous les livres écrits ſur *Pierre le grand* me ſervira peu, puiſque, de tous les auteurs que ce catalogue indique, aucun ne fut conduit par vous. La triſte fin du czarovitz m'embarraſſe un peu; je n'aime pas à parler contre ma conſcience. L'arrêt de mort m'a toujours paru trop dur. Il y a beaucoup de royaumes où il n'eût pas été permis d'en uſer ainſi. Je ne vois dans le procès aucune conſpiration; je n'y aperçois que des eſpérances vagues, quelques paroles échappées au dépit, nul deſſein formé, nul attentat. J'y vois un fils indigne de ſon père; mais un fils ne mérite point la mort, à mon ſens, pour avoir voyagé de ſon côté, tandis que ſon père voyageait du ſien. Je tâcherai de me tirer de ce pas gliſſant, en feſant prévaloir, dans le cœur du czar, l'amour de la patrie ſur les entrailles de père.

Je ſuis bien ſurpris de voir, dans les Mémoires que je parcours, ces mots-ci : *Les biens du monaſtère de la*

Trinité ne font point immenfes, ils ont deux cents mille
roubles de rente. En vérité, il eft plaifant de faire vœu
de pauvreté pour tant d'argent : les abus couvrent la
face de la terre.

Quelques lettres de *Pierre le grand* feront bien
néceffaires; il n'y a qu'à choifir les plus dignes de la
poftérité. Je demande inftamment un précis des négociations avec *Gortz* et le cardinal *Alberoni*, et quelques
pièces juftificatives. Il eft impoffible de fe paffer de
ces matériaux. Ayez la bonté, Monfieur, de me les
faire parvenir. Donnez - moi vîte, et vous recevrez
vîte. Vous êtes caufe que j'ai fait une tragédie, et que
j'ai bâti un théâtre dans mon château, n'ayant rien à
faire. J'en fuis honteux; j'aurais mieux aimé travailler
pour vous. J'aime mieux traiter l'hiftoire de votre
héros, que de mettre des héros imaginaires fur la
fcène. N'allez pas me réduire à m'amufer, quand je
ne veux m'occuper qu'à vous fervir. Regardez - moi
comme votre fecrétaire tendrement attaché.

LETTRE XCVIII.

A M. LE COMTE D'ARGENTAL.

A vous feul.

Novembre.

Mon divin ange, vous êtes un ange de paix. Permettez que je vous parle votre langue, après avoir parlé celle de notre tripot des Délices. Vous êtes né, de toutes façons, pour mon bonheur dans mes plaifirs, dans mes affaires. Je vous dois tout; vous êtes en tout temps conftitué mon ange gardien : écoutez donc ma dévote prière.

1°. Je voudrais favoir, en général, fi M. le duc de *Choifeul* eft content de moi ; et vous pouvez aifément vous en enquérir un mardi. Tout ce que je peux vous dire, c'eft que j'ai grande envie de lui plaire, et comme fon obligé, et comme citoyen.

2°. S'il entrait avec vous dans quelque détail, comme il y eft entré avec M. de *Chauvelin*, ne pourriez-vous pas lui dire, quelque autre mardi, la fubftance des chofes ci-deffous.

Voltaire eft dans une correfpondance fuivie avec *Luc ;* mais, quelque ulcéré qu'il puiffe être et qu'il doive être contre *Luc,* puifqu'il eft capable d'avoir étouffé fon reffentiment au point de foutenir ce commerce, il l'étouffera bien mieux quand il s'agira de fervir. Il eft bien avec l'électeur palatin, avec le duc de *Virtemberg,* avec la maifon de Gotha, ayant eu des affaires d'intérêt avec ces trois maisons qui font contentes de lui, et qui lui écrivent avec confiance. Il a été le confident du prince de *Hesse* l'apostat. Il a des amis en Angleterre. Toutes ces liaisons le mettent en droit de voyager par-tout sans causer le moindre soupçon, et de rendre service sans conséquence.

Il a été envoyé secrétement, en 1743, auprès de *Luc*. Il eut le bonheur de déterrer que *Luc* alors se joindrait à la France; il le promit : le traité fut conclu depuis et signé par M. le cardinal de *Tençin*. Il pourrait rendre aujourd'hui quelque service non moins nécessaire.

Mon cher ange, il faut la paix à présent, ou des victoires complètes sur mer et sur terre; ces victoires complètes ne sont pas certaines, et la paix vaut mieux qu'une guerre si ruineuse. On ne se dissimule pas, sans doute, l'état funeste où est la France; état pire pour les finances et pour le commerce qu'il ne l'était à la paix d'Utrecht. Quelquefois, quand on veut, sans compromettre la dignité de la couronne, parvenir à un but désiré, on se sert d'un capucin, d'un abbé *Gautier*, ou même d'un homme obscur comme moi, comme on envoie un piqueur détourner un cerf avant qu'on aille au rendez-vous de chasse. Je ne dis pas que j'ose me proposer, que je me fasse de fête, que je prévienne les vues du ministère, que je me croye même digne de les exécuter; je dis seulement que vous pourriez hasarder ces idées, et les échauffer dans le cœur de M. le duc de *Choiseul*. Je lui répondrais sur ma tête qu'il ne serait jamais compromis; que je ne ferais jamais un pas ni en de çà ni en de là de ce qu'il me prescrirait. Je pense qu'il ne lui convient pas absolument de demander la paix, mais qu'il lui convient fort d'en faire naître le désir à plus d'une puissance, ou plutôt de faire mettre ces puissances à portée de marquer des intentions sur lesquelles on puisse ensuite se conduire avec honneur.

Il part, sans doute, d'un principe aussi vrai que triste ; c'est qu'il n'y a rien à gagner pour nous, d'aucune façon, dans ce gouffre où tout l'argent de la France a été englouti. J'ai pris la liberté de lui prédire la prise de Quebec et celle de Pondichéri : l'une est arrivée, et je tremble pour l'autre. Il y a des citoyens de Genève qui ont des correspondances par tout l'univers habitable. Il y a autour de moi des gens de toute nation, des ministres anglais, des allemands, des autrichiens, des prussiens, et jusqu'à d'anciens ministres russes. On voit les choses d'un œil plus éclairé qu'on ne les voit à Paris ; on croit que, si la descente projetée dans une des provinces anglaises s'effectue, il ne reviendra pas un seul français. Le passé, le présent et l'avenir font frémir. Je sais que le ministère a du courage, et qu'il a, cette année, des ressources ; mais ces ressources sont peut-être les dernières, et on touche au temps de vérifier ce qui a été dit, qu'il y avait une puissance qui donnerait la paix, et que cette puissance était la misère.

J'ai peur qu'on ne soit résolu encore à faire des tentatives ruineuses, après lesquelles il faudra demander humblement une paix défavantageuse, qu'on pourrait faire aujourd'hui utile, sans être déshonorante.

Enfin, mon cher ange, vous êtes accoutumé à

corriger mes plans : si celui-ci ne vous plaît pas, jetez-le au feu, et je vous enverrai simplement la Chevalerie.

Vous pouvez au moins savoir si M. le duc de *Choiseul* est content de moi. Ce n'est pas que je doive craindre qu'il en soit mécontent , mais il est doux d'apprendre de votre bouche à quel point il agrée ma reconnaissance. Comptez d'ailleurs que je ne suis pas empressé, et que je me trouve très-bien comme je suis, à votre absence près. Adieu ; je baise le bout de vos ailes.

LETTRE XCIX.

AU MEME.

Aux Délices , 24 de novembre.

Mon cher ange, vous me trouvez bien indigne des plumes de vos ailes ; mais c'est pour en être digne que je diffère l'envoi de la Chevalerie. *Horace* veut qu'on tienne son affaire enfermée neuf ans ; je ne demande que neuf semaines : voyez comme l'âge m'a rendu temporiseur. Je suis un petit *Fabius*, un petit *Daun :* d'ailleurs, moi qui ai d'ordinaire deux copistes, je n'en ai plus qu'un ; et il ne peut suffire à tenir l'état de mes vaches et de mon foin en parties doubles, à la correspondance, et aux tragédies, et à *Pierre le grand*, et à *Jeanne*. Laissez-moi faire, tout viendra à point.

Dites-moi donc, mon divin ange, s'il ne vaut pas mieux bien faire que se presser. Quand on voudra

faire la paix, qu'on fe preffe ; mais, en fait de tragédies, fi on les véut bonnes, il faut qu'on ait la bonté
d'attendre. Parlez-moi, je vous en prie, de la fortune
que vous avez faite à Cadix, et dites-moi fi vous
mangez fur des affiettes à cu noir. Le crédit eft-il
toujours grand à Paris ? le commerce floriffant ?
M. le duc de *Choifeul* m'a mandé que feu M. de
Meufe avait une terre fur la porte de laquelle était
gravé : *A force d'aller mal, tout va bien.*

Je vous demandais s'il daignait être content de
moi, je vous dis aujourd'hui qu'il a la bonté d'en
être content.

Quand vous ferez de loifir et lui auffi, quand tout
ira de pis en pis, quand on n'aura pas le fou, vous
pourrez, mon divin ange, lui dire les belles lanternes
dont il eft queftion dans ma dernière épître ; cela
pourrait réuffir, et, en tout cas, cela ne gâtera rien.
Vous êtes maître de tout.

Mais vraiment, mon cher ange, je crois que tout
le monde fera la campagne prochaine fur terre et fur
mer ; j'entends fur mer ceux qui auront des vaiffeaux :
il faut que je déraifonne politique.

1°. L'Efpagne eft feule en état de propofer la paix,
d'offrir fa médiation, de menacer fi on ne l'accepte
pas, &c., &c.

2°. Les Anglais peuvent nous prendre Pondichéri,
pendant que la gravité efpagnole fera fes propofitions.

3°. Le Canada n'eft qu'un fujet éternel de guerres
malheureufes, et j'en fuis fâché.

4°. Il y a des gens qui prétendent que la Louifiane
valait cent fois mieux, furtout fi la Nouvelle Orléans
qu'on appelle une ville était bâtie ailleurs.

5°. Je ne vois dans tout ceci qu'un labyrinthe et —————
peu de fil.

J'aime à vous dire tout ce qui me paffe par la tête,
parce que vous êtes accoutumé à rectifier mes idées.

6°. *Luc* voudrait bien la paix. Y aurait-il fi grand
mal à la lui donner, et à laiffer à l'Allemagne un
contrepoids ? *Luc* eft un vaurien, je le fais ; mais
faut-il fe ruiner pour anéantir un vaurien dont
l'exiftence eft néceffaire ?

7°. Si vous avez de quoi bien faire la guerre,
faites-la ; finon, la paix.

Vous vous moquez de moi, mon divin ange,
vous avez raifon ; mais mes terres font couvertes de
neige, tous mes travaux champêtres font malheureufement fufpendus ; permettez - moi de déraifonner,
c'eft un grand plaifir.

Mille tendres refpects à madame *Scaliger*.

M. de *Choifeul* a bien de l'efprit.

LETTRE C.

AU MEME.

Aux Délices, 30 de novembre.

MON adorable ange, je vois bien, par votre lettre,
que M. le duc de *Choifeul* eft encore plus eftimable
que je ne le croyais ; je vois fa franchife noble et
digne d'un meilleur temps, et furtout je vois que
fon cœur eft digne de vous aimer. Il vous a mis au
fait de tout ; il ne peut affurément mieux placer fa
confiance. Je lui envoie aujourd'hui un gros paquet

—— de *Luc;* peut-être, avec le temps, on tirera quelque avantage des lettres que je fais paſſer. Je ne ſuis point jaloux du roi d'Eſpagne, s'il fait la paix; moi, *Jodelet*, je ne vais point ſur les briſées de ſa Majeſté catholique.

Sérieuſement, mon cher ange, je n'ai eu aucune envie de me faire de fête; j'ai ſeulement rêvé que, pouvant aller ſouvent chez l'électeur palatin qui daigne m'aimer un peu, et chez madame la ducheſſe de Gotha, et même à Londres où l'on m'a invité vingt fois, je pourrais, dans l'occaſion, faire paſſer au miniſtre un compte fidelle de ce que j'aurais vu et entendu. Je me flatte que M. le duc de *Choiſeul* ne me prend pas pour un *alté ſuccinctus* qui cherche pratique. Je ſuis frappé de nos malheurs; et, s'il s'agiſſait de m'arracher à ma charmante retraite, pour aller ramaſſer quelque caillou qui pût ſervir parmi les fondemens qu'on cherche pour établir l'édifice de la paix, j'aurais été chercher ce caillou dans l'Elbe ou dans la Tamiſe; mais, Dieu merci, je ſerai inutile, et je ne quitterai probablement pas mes étables, ma bergerie et mon cabinet.

Permettez-moi de laiſſer dormir mes chevaliers juſqu'en janvier. Pour les oublier mieux, je me mets au ſecond volume de *Pierre le grand*. Le Pruth, *Catherine* orpheline gouvernant un empire, un fils condamné par ſon père et par quatre-vingts juges dont la moitié ne ſavait pas ſigner ſon nom, feront une diverſion qui vaudra les neuf années d'*Horace.* On dit qu'une nouvelle ſcène de finances va égayer la nation. On ne fera point la guerre l'hiver, on courra aux ſpectacles, et la Chevalerie pourra vous amuſer ce carême.

Je

Je pense que c'était à l'abbé du *Resnel* à gouverner
nos finances plutôt qu'à *Silhouette* ; car celui-ci n'a
traduit Pope et le Tout est bien qu'en profe, et l'abbé
l'a traduit en vers ; mais j'aimerais encore mieux
Martin le manichéen.

De grâce, mon respectable ami, dites-moi si les
effets publics reprennent un peu de faveur. J'ai quatre-
vingts personnes à nourrir.

Est-il vrai que M. *d'Armentières* a été battu ? est-il
vrai que les flottes se battent ? Je croyais que la flotte
de M. le maréchal de *Conflans* allait à la Jamaïque.
J'ai peur que tout n'aille au diable fur mer et fur
terre. La paix, la paix, mon divin ange.

LETTRE CI.

A MADAME

LA MARQUISE DU DEFFANT.

Du 3 de décembre.

Je ne vous ai point dépêché, Madame, ce vieux
chant de la Pucelle que le roi de Prusse m'a renvoyé,
unique restitution qu'il ait faite en sa vie. Les plaisanteries ne m'ont pas paru de saison : il faut que les
lettres et les vers arrivent du moins à propos. Je suis
persuadé qu'ils seraient mal reçus immédiatement
après la lecture de quelque arrêt du conseil qui vous
ôterait la moitié de votre bien, et je crains toujours
qu'on ne se trouve dans ce cas. Je ne conçois pas non

plus comment on a le front de donner à Paris des pièces nouvelles ; cela n'est pardonnable qu'à moi, dans mon enceinte des Alpes et du mont Jura. Il m'est permis de faire construire un petit théâtre, de jouer avec mes amis et devant mes amis ; mais je ne voudrais pas me hasarder dans Paris avec des gens de mauvaise humeur. Je voudrais que l'assemblée fût composée d'ames plus contentes et plus tranquilles. D'ailleurs vous m'apprenez que les personnes qui ont du goût ne vont plus guère aux spectacles, et je ne sais si le goût n'est point changé, comme tout le reste, dans ceux qui les fréquentent ; je ne reconnais plus la France, ni sur terre, ni sur mer, ni en vers, ni en prose.

Vous me demandez ce que vous pouvez lire d'intéressant : Madame, lisez les gazettes ; tout y est surprenant comme dans un roman. On y voit des vaisseaux chargés de jésuites, et on ne se lasse point d'admirer qu'ils ne soient encore chassés que d'un seul royaume ; on y voit les Français battus dans les quatre parties du monde, le marquis de Brandebourg fesant tête tout seul à quatre grands royaumes armés contre lui, nos ministres dégringolant l'un après l'autre comme les personnages de la lanterne magique, nos bateaux plats, nos descentes dans la rivière de la Vilaine. Une récapitulation de tout cela pourrait composer un volume qui ne serait pas gai, mais qui occuperait l'imagination.

Je croyais qu'on donnerait les finances à l'abbé du *Resnel ;* car, puisqu'il a traduit le *Tout est bien* de *Pope* en vers, il doit en savoir plus que le *Silhouette* qui ne l'a traduit qu'en prose. Ce n'est pas que ce

M. de *Silhouette* n'ait de l'esprit et même du génie,
et qu'il ne soit fort instruit ; mais il paraît qu'il n'a
connu ni la nation, ni les financiers, ni la cour ;
qu'il a voulu gouverner en temps de guerre comme
à peine on le pourrait faire en temps de paix, et
qu'il a ruiné le crédit qu'il cherchait, comptant
pouvoir suffire aux besoins de l'Etat avec un argent
qu'il n'avait pas. Ses idées m'ont paru très-belles,
mais employées très-mal à propos. Je croyais sa
tête formée sur les principes de l'Angleterre, mais
il a fait tout le contraire de ce qu'on fait à Londres,
où il avait vécu un an chez mon banquier *Bénezet*.
L'Angleterre se soutient par le crédit ; et ce crédit
est si grand que le gouvernement n'emprunte qu'à
quatre pour cent, tout au plus. Nous n'avons encore
su imiter les Anglais ni en finance, ni en marine,
ni en philosophie, ni en agriculture. Il ne manque
plus à ma chère patrie que de se battre pour des
billets de confession, pour des places à l'hôpital, et
de se jeter à la tête la faïence à cu noir, sur laquelle
elle mange, après avoir vendu sa vaisselle d'argent.

Vous m'avez parlé, Madame, de la Lorraine et
de la terre de Craon ; vous me la faites regretter,
puisque vous prétendez que vous pourriez quelque
jour aller en Lorraine. Je me serais volontiers accom-
modé de Craon, si je m'étais flatté d'avoir l'honneur
de vous y recevoir avec madame la maréchale de
Mirepoix ; mais ce sont-là de beaux rêves.

Ce n'est pas la faute du jésuite *Menou*, si je n'ai
pas eu Craon ; je crois que la véritable raison est que
madame la maréchale de *Mirepoix* n'a pas pu finir
cette affaire. Le jésuite *Menou* n'est point un sot comme

1759.

vous le foupçonnez, c'eft tout le contraire; il a attrapé un million au roi *Staniflas*, fous prétexte de faire des miffions dans des villages lorrains qui n'en ont que faire. Il s'eft fait bâtir un palais à Nancy. Il fit croire au goguenard de pape *Benoit XIV*, auteur de trois livres ennuyeux in-folio, qu'il les traduifait tous trois; il lui en montra deux pages, en obtint un bon bénéfice dont il dépouilla des bénédictins, et fe moqua ainfi de *Benoit XIV* et de faint *Benoit*.

Au refte, il eft grand cabaleur, grand intrigant, alerte, ferviable, ennemi dangereux, et grand convertiffeur. Je me tiens plus habile que lui, puifque, fans être jéfuite, je me fuis fait une petite retraite de deux lieues de pays, à moi appartenantes. J'en ai l'obligation à M. le duc de *Choifeul*, le plus généreux des hommes. Libre et indépendant, je ne me troquerais pas contre le général des jéfuites.

Jouiffez, Madame, des douceurs d'une vie tout oppofée; converfez avec vos amis; nourriffez votre ame. Les charrues qui fendent la terre, les troupeaux qui l'engraiffent, les greniers et les preffoirs, les prairies qui bordent les forêts, ne valent pas un moment de votre converfation.

Quand il gèlera bien fort, lorfqu'on ne pourra plus fe battre ni en Canada, ni en Allemagne; quand on aura paffé quinze jours fans avoir un nouveau miniftre ou un nouvel édit, quand la converfation ne roulera plus fur les malheurs publics, quand vous n'aurez rien à faire, donnez-moi vos ordres, Madame, et je vous enverrai de quoi vous amufer, et de quoi me cenfurer.

Je voudrais pouvoir vous apporter ces pauvretés

moi-même, et jouir de la confolation de vous revoir; 1759.
mais je n'aime ni Paris, ni la vie qu'on y mène, ni
la figure que j'y ferais, ni même celle qu'on y fait.
Je dois aimer, Madame, la retraite et vous. Je vous
préfente mon très-tendre refpect.

LETTRE CII.

A M. THIRIOT.

Aux Délices, le 5 de décembre.

Hermite de l'arfenal, l'hermite de Tourney et
des Délices eft dictateur, parce qu'il a mal aux yeux.
Vous m'écrivez toujours à Genève, comme fi j'étais
un parpaillot; mettez *par Genève*, s'il vous plaît:
je ne veux pas que l'enchanteur qui fera mon hiftoire
prétende, fur la foi de vos lettres, que j'ai fait
abjuration. La bonne compagnie de Genève veut
bien venir chez moi, mais je ne vais jamais dans
cette ville hérétique. C'eft ce que je vous prie de
fignifier à frère *Berthier*, fuppofé qu'il vive encore,
ou à frère *Garaffe*, ou même à l'auteur des Nouvelles
eccléfiaftiques. Il me femble qu'il faudrait faire une
battue contre toutes ces bêtes puantes; mais les
philofophes ne font prefque jamais réunis, et les
fanatiques, après s'être déchirés à belles dents, fe
réuniffent tous pour dévorer les philofophes. Un
de mes plaifirs, dans mon petit royaume, eft de tirer
à cartouches contre ces drôles-là, fans les craindre;
c'eft un des amufemens de ma vieilleffe.

O 3

On dit que la tragédie de M. de *Thibouville* (*) n'a pas fi bien réuffi que l'Apparition de frère *Berthier*. Il y a quelques années que les chofes ferieufes ne réuffiffent guère en France, témoin la profe retirée du traducteur de *Pope*, et témoin nos combats fur terre et fur mer. Il faut efpérer que le diable, qui n'eft pas toujours à la porte d'un pauvre homme, ne fera pas toujours à la porte de la pauvre France.

> *O paffi graviora! dabit Deus his quoque finem.*

On profitera, fans doute, des bons exemples des Ruffes et du maréchal de *Daun*. Retenez pour votre vie, mon ancien ami, une anecdote fingulière; le roi de Pruffe me mande, du 17 de novembre, ces propres mots : *Dans huit jours je vous en écrirai davantage de Drefde;* et, au bout de trois jours, il perd vingt mille hommes. Vous m'avouerez que ce monde-ci eft la fable du Pot au lait.

Vous avez, fans doute, une mauvaife copie de la Femme qui a raifon, et foyez sûr qu'on n'a que de très-deteftables copies de prefque tous nos amufemens de Tourney et des Délices. Vous auriez bien dû venir voir les originaux : nous avons joué une nouvelle tragédie fur un petit théâtre vert et or, et nous avons fait pleurer deux des plus beaux yeux que je connaiffe, qui font ceux de madame l'ambaffadrice de *Chauvelin*, fans compter ceux de fon mari, moins beaux à la vérité, mais appartenant à une tête pleine d'efprit et de goût. Ma nièce n'a pas tous les talens de mademoifelle *Clairon*, mais elle eft

(*) Vamir.

beaucoup plus attendriffante, et non moins vraie.
Pour moi, je fuis, fans vanité, le meilleur vieillard
que nous ayons à la comédie.

Je me fuis un peu ruiné, mon cher ami, en
bâtimens et en châteaux, et mes moutons fe meurent
de la clavelée ; cependant je n'ai point envoyé ma
vaiffelle à la monnaie, attendu qu'il n'y a point
d'hôtel ni même aucune monnaie dans le pays de
Gex, et que je ne veux point la vendre à des huguenots. Je n'ai point de cùs noirs, et j'ai renoncé aux
blancs que j'aimais autrefois à la folie.

M. de *Paulmi* a-t-il renoncé à l'exécrable deffein
d'aller en Pologne ? Préfentez-lui mes refpects, et
dites-lui que, s'il perfifte dans cette trifte idée,
j'avertirai les houffards pruffiens qui le prendront en
paffant. N'a-t-il donc pas affez de fon mérite pour
vivre à Paris toujours eftimé et honoré ?

Bona nofce, mon ancien ami.

LETTRE CIII.

A M. LE COMTE D'ARGENTAL.

5 de décembre.

Mon cher ange, que dites-vous de *Luc* qui me
mande, le 17 : *Je vous écrirai plus au long de Drefde*,
et le troifième jour vous favez ce qui lui arrive. Vous
voyez qu'il ne faut compter fur rien, pas même fur
nos flottes, pas même fur les tragédies de M. de
Thibouville. Voyez ce qui arrive à frère *Berthier*; il

—— va à Verfailles dans toute fa gloire, et meurt en bâil-
lant. On n'eft fûr de rien dans ce monde; j'en excepte
Tancrède. Vous devez être fûr, mon divin ange,
que je la mettrai à vos pieds; et, fi elle a le fort de
Thibouville, ce ne fera pas fans y avoir bien fongé.
Je me flatte que Spartacus va fe montrer. Seriez-vous
affez ange pour faire dire au fefeur de Spartacus que
mes chevaliers n'ofent fe battre contre fes gladiateurs,
et que mon eftime et mon amitié lui ont cédé volontiers
le pas?

Je vois que la profe du traducteur de *Pope* ne lui a
point du tout réuffi. Pourriez-vous avoir la bonté de me
dire fi fes fucceffeurs écrivent plus rondement, et
ont le ftyle moins dur. Que penfe-t-on des billets ou
actions des fermes? Il eft bien bas de vous parler de
cette profe, ou plûtôt de ces chiffres, au lieu de vous
envoyer des tirades d'*Aménaïde* en vers croifés; mais
on n'eft pas toujours fur *Pégafe*; on eft balotté dans
le même vaiffeau où vous criez tous miféricorde.

LETTRE CIV.

AU MEME.

Aux Délices, 11 de décembre.

JE me flatte, mon divin ange, que la mort funefte
de la princeffe que vous regrettez ne changera rien à
votre deftinée, et que votre place n'en fera pas
moins pour vous une fource de chofes utiles et
agréables. Permettez-moi de vous marquer toute la

1759.

part que nous prenons, madame *Denis* et moi, à ce triste accident. Je suis persuadé que madame l'infante vous avait bien goûté, qu'elle sentait tout ce que vous valez; et, en ce cas, vous perdez beaucoup. Votre cœur sera affligé; mais, quoique votre intérêt ne soit pas pour vous un motif de consolation, il faut bien que vos amis envisagent cet intérêt que vous êtes bien homme à négliger.

Voilà, dit-on, de belles espérances de paix; le roi d'Angleterre l'offre en vainqueur. Je ne veux point demander si cette déclaration de sa part est une suite de certaines démarches; je demande seulement, comme citoyen, si vous pensez que nous aurons la paix. Je la vois nécessaire pour nous. J'ai bien de la peine à la voir glorieuse; mais j'attends tout des lumières et de la belle ame de M. le duc de *Choiseul*. C'est alors que nous pourrons mettre les chevaliers français sur la scène; ils feront à vos ordres comme l'auteur. Cette Femme qui a raison me fait de la peine; on la dit imprimée, et très-mal : c'est ma destinée, et cette destinée désagréable a été toujours la suite de ma facilité. On ne se corrige de rien; au contraire, les mauvaises qualités augmentent avec l'âge comme les bonnes. Que vous êtes heureux! et que cette loi de la nature vous est favorable! Je vous souhaite, et à madame *Scaliger*, une jolie année 1760, et cinq ou six bonnes pièces nouvelles. Si j'avais du temps, j'en ferais une, bonne ou mauvaise; mais *Pierre* m'appelle; je ne connais que vous et lui.

LETTRE CV.

A M. LE MARQUIS DE CHAUVELIN,

AMBASSADEUR A TURIN.

Aux Délices, le 11 de décembre.

Il est bien beau à votre excellence de songer à des tragédies françaises, quand vous avez des opéra italiens. Pour moi, je renonce cet hiver aux uns et aux autres. *Phédre*, non pas la *Phédre* de *Racine*, mais *Phédre* le conteur de fables, dit :

Vaces oportet, Eutyche, à negotiis,
Ut liber animus sentiat vim carminis.

Je maintiens que le public de Paris est comme ce monsieur *Eutychius ;* il n'est pas en état de sentir *vim carminis*. Il lui faut argent, gaieté, succès ; il n'a rien de tout cela : il siffle tout pour se venger.

J'avais fait ma chevalerie dans un temps moins malheureux, et j'espérais que vous pourriez la voir à Paris. Vous et madame l'ambassadrice l'avez assez honorée dans ma petite retraite. M. le duc de *Choiseul* est, je crois, à présent un vrai *Eutychius ;* moi, chétif, je suis *attristato*, *malinconico*, *ammalato*. L'hiver me rend de mauvaise humeur ; il m'ôte le plaisir de me ruiner en bâtimens. J'essuie des banqueroutes. Les misères publiques poussent jusqu'au mont Jura, et viennent m'y trouver.

1759.

Vraiment oui, Monsieur, j'ai reçu une lettre du roi de Prusse ; j'en ai reçu trois en huit jours. Je suis comme les gens de l'île des Papegots : l'avez-vous vu, bonnes gens, l'avez-vous vu ? *eh oui, pardieu, nous en avons vu trois, et nous n'y avons guère profité.* Cette petite affaire me paraît aussi épineuse que celle de ce rude abbé d'*Espagnac* qui ne finit point, et qui s'amuse à présent à condamner le lit de justice.

Je pense que tout le monde est devenu fou ; cela ne ferait rien, si l'on n'était pas aussi devenu gueux. Je crois pourtant que *Luc* écrira à votre ami avant un mois. Pour moi, je vous remercierai toujours des bontés dont vous m'avez honoré auprès de cet épineux d'*Espagnac* ; il devrait bien plutôt songer à tirer le pays de Gex de la misère, qu'à grimeliner des lods et ventes.

Il ne m'appartient pas de parler à votre excellence des affaires publiques ; mais il faut que je vous conte un trait assez singulier, qui a quelque rapport à ce qui se passe sur terre. Vous savez que le roi de Prusse m'écrit quelquefois en vers et en prose, quand il a fait sa revue et joué de la flûte ; or, il m'écrivait, le 17 de novembre : *Nous touchons à la fin de notre campagne ; elle sera bonne, et je vous écrirai, dans une huitaine de jours, de Dresde, avec plus de tranquillité et de suite qu'à présent* ; et vous savez, au bout de trois jours, ce qui lui est arrivé. Je trouve par-tout la fable du Pot au lait. Quel pot au lait que ce *Silhouette* ! Son premier début m'avait séduit. Ce traducteur de Tout est bien de *Pope* m'a vite rangé du parti de *Martin*, et m'a fait voir combien tout est mal. Il faut tâcher de vivre comme le seigneur *Pococurante*. Mais il y a un feigneur qui me paraît de tout point préférable ; c'eft le plus aimable des hommes, mari de la plus aimable des femmes. Je leur préfente à tous deux, avec leur permiffion, les plus tendres refpects.

LETTRE CVI.

A M. THIRIOT.

Le 15 de décembre.

Vous ne vous plaindrez pas cette fois-ci, mon cher et ancien ami, que j'épargne les ports de lettres. J'ai peur qu'il ne foit ridicule de parler de comédie dans le temps qu'il n'eft queftion que de cus noirs, de bourfes vides, de flottes difperfées et de malheurs en toutgenre, fur terre et fur mer. L'efpérance de la paix eft dans le fond de la boîte de *Pandore* ; mais, pendant que tout l'Etat fouffre, il fe trouve toujours des gredins qui impriment, des oififs qui lifent, et des *Frérons* qui mordent. Je vous prie de m'envoyer, par M. *Bouret* ou par quelque autre contre-figneur, la Femme qui a raifon, et la Mal-femaine dans laquelle *Fréron* répand fon venin de crapaud.

On m'a envoyé la magnifique édition de l'Eccléfiafte ; elle eft imprimée au louvre, avec mon portrait à la tête ; mais il y a beaucoup de fautes, et le texte manque au bas des pages. Il en paraîtra une plus belle édition approuvée par le pape. Il faut apprendre à de petits efprits infolens, qui abufent de leurs places, à quel point on doit les méprifer, et à quel point on peut les confondre. On reviendrait à Paris

leur marquer tout le dédain qu'on leur doit , si on
n'aimait pas mieux être chez soi libre et tranquille.

Sed nil dulcius est benè quam munita tenere
Edita doctrinâ sapientum templa serena ,
Unde queas alios passim videre palantes.

LETTRE CVII.

A M. LE COMTE D'ARGENTAL.

22 de décembre.

MA dernière lettre était déjà partie , et mon cœur
avait prévenu le vôtre , mon respectable ami , avant
que je reçusse les dernières marques de votre amitié
et de votre confiance. Vous me confirmez tout ce
que j'avais imaginé , votre douleur raisonnable et
les consolations de M. le duc de *Choiseul.* Il me
semble que sa belle ame était faite pour la vôtre. En
qui peut-il mieux placer sa confiance qu'en vous ?
n'y a-t-il pas de la modestie à lui à penser que
c'est le ministère d'Angleterre qui jette les premiers
fondemens de la paix ? mais n'y a-t-il pas aussi un peu
d'insolence à moi , à penser que je crois savoir que
c'est M. le duc de *Choiseul* lui-même qui a tout préparé , et que c'est sur une de ses lettres envoyée
certainement à Londres , que M. *Pitt* s'est déterminé ?
M. le duc de *Choiseul* lui-même ne m'ôterait pas de
la tête qu'il est le premier auteur de la paix que toute
l'Europe, excepté *Marie-Thérèse* , attend avec empressement. Cependant , si *Luc* pouvait être puni avant

cette heureuse paix ! si , le chemin de la Lusace et de Berlin étant ouvert par le dernier avantage du général *Beek* , quelque *Hadick* pouvait aller visiter Berlin ! Vous voyez , divin ange , que , dans la tragédie , je veux toujours que le crime soit puni.

On parle d'une grande bataille donnée le 6 entre *Luc* et l'homme à la toque bénite : on la dit bien meurtrière. Trois lettres en parlent ; il n'y a peut-être pas un mot de vrai : nous ne le saurons que dans deux jours. Je m'intéresse bien vivement à cette pièce. Dès que les Autrichiens ont un avantage , M. le comte de *Kaunitz* dit à madame de *Bentink* : Ecrivez vîte cela à notre ami. Dès que *Luc* a le moindre succès , il me mande : J'ai frotté les oppresseurs du genre-humain. Cher ange, dans ces horreurs, je suis le seul qui aye de quoi rire ; cependant je ne ris point , et cela à cause des cus noirs, des annuités, des loteries et de Pondichéri ; car *sempre temo per Pondichéri.* Pour nos chevaliers, ils sont à vos ordres. Il faudra s'attendre aux insultes de ce polisson de *Fréron* , aux cris de la canaille. Je me préparerai à tout , en fesant mes pâques dans ma paroisse ; je veux me donner ce petit plaisir en digne seigneur châtelain. Et ce M. d'*Espagnac !* quel homme ! quel grand chambrier ! quel minutieux seigneur ! il ne finira donc jamais. Mais , à propos , je vous prépare des gantelets , des gages de bataille pour Pâques. Et pourquoi ne pas joüer Rome sauvée sur votre vaste théâtre cet hiver? pourquoi ne pas entendre les cris de *Clytemnestre?* ne faut-il rien hasarder?

Mille tendres respects à madame *Scaliger.*

LETTRE CVIII.

FRAGMENT A UN JESUITE.

Du . . . .

S'IL y a des esprits de travers parmi vous, comme il y en a dans toutes les communautés, il me semble que les bons ne doivent pas payer pour les méchans, et qu'on n'en doit pas moins estimer un *Bourdaloue*, parce qu'on méprise un *Garasse*.

Ce monde-ci est une guerre continuelle ; on a des ennemis et des alliés. Nous voilà alliés contre le gazetier janséniste, et je souhaite que le Journal de Trévoux ne me fasse pas d'infidélités. Il ne faut pas ressembler au bon *David* qui pillait également les Juifs et les Philistins.

Dans cette guerre interminable d'auteurs contre auteurs, de journaux contre journaux, le public ne prend d'abord aucun parti que celui de rire ; ensuite il en prend un autre, c'est celui d'oublier à jamais tous ces combats littéraires. Le gazetier ecclésiastique s'imagine que l'Europe s'occupera long-temps de ses feuilles ; mais le temps vient bientôt où l'on nettoie la maison, et où l'on détruit les toiles des araignées. Chaque siècle produit tout au plus dix ou douze bons ouvrages, le reste est emporté par le torrent du fleuve de l'oubli. Eh, qui se souvient aujourd'hui des querelles du père *Bouhours* et de *Ménage*? et, si *Racine* n'avait pas fait ses tragédies, saurait-on qu'il écrivit contre Port-royal ? Presque tout ce qui n'est que personnel est perdu pour le reste des hommes.

LETTRE CIX.

A M. LE COMTE ALGAROTTI.

Aux Délices, décembre.

QUANDO mi capitò la voſtra gentile epiſtola, ſtavò bene, e ne fui allegro tutto il giorno, mà ſono ricaduto, ſtò male, e ſono pigro, attriſtato, malinconico; o tralaſciato un meſe i miei armenti, e l'iſtoria e la poëſia, ed ancora voi ſteſſo, cigno di Padova, chè cantate adeſſo ſulle ſponde del piccol Reno, *parvique Bononia Reni*.

Vi parlerò primà dell' opera rappreſentata nella corte di Parma.

> Che quanto per udita io vene parlo,
> Signor miraſte, e feſte altrui mirarla.

Il voſtro *ſaggio ſoprà l'opera* in muſica fù il fondamento della riforma del regno de i caſtrati : il legame delle feſte, e dell' azione a noi Franceſi ſi caro, farà forſe un giorno l'inviolabil legge dell' opera italiana.

Notre quatrième acte de l'opéra de Roland, par exemple, eſt, en ce genre, un modèle accompli. Rien n'eſt ſi agréable, ſi heureux que cette fête des bergers qui annoncent à *Roland* ſon malheur ; ce contraſte naturel d'une joie naïve et d'une douleur affreuſe, eſt un morceau admirable en tout temps et en tout pays. La muſique change, c'eſt une affaire

de

1759.

de goût et de mode; mais le cœur humain ne change pas. Au reſte, la muſique de *Lully* était alors la vôtre; et pouvait-il, lui qui était un *valente bugge-rone di Firenze*, connaître une autre muſique que l'italienne?

Je compte envoyer inceſſamment à M. *Albergati* la pièce que j'ai jouée ſur mon petit théâtre de Ferney, et qu'il veut bien faire jouer ſur le ſien, en cas qu'il ne ſoit point effrayé d'avoir commerce avec une eſpèce d'hérétique, moitié français, moitié ſuiſſe. Je crois, Meſſieurs, que, dans le fond du cœur, vous ne valez pas mieux que nous; mais vous êtes heureuſement contraints de faire votre ſalut.

M. *Albergati* m'a mandé qu'il avait vraiment une permiſſion de faire venir des livres. Oh Dio! *ô Dii immortales!* Les jacobins avaient-ils quelque inten-dance ſur la bibliothéque d'un ſénateur romain? Yes good, ſir, j am free and far more free, than all the citiſens of Geneva. *Libertas quæ ſera tamen reſpexit, ſed non inermem.* C'eſt à elle ſeule qu'il faut dire: *Tecum vivere amem, tecum obeam libenter.* Cependant j'écris l'hiſtoire du plus deſpotique bouvier qui ait jamais conduit des bêtes à cornes; mais il les a changées en hommes. J'ai chez moi, au moment que je vous écris, un jeune *Soltikof*, neveu de celui qui a battu le roi de Pruſſe; il a l'ame d'un anglais, et l'eſprit d'un italien. Le plus zélé et le plus modeſte protecteur des lettres que nous ayons à préſent en Europe, eſt M. de *Schouvalof*, le favori de l'im-pératrice de Ruſſie: ainſi les arts font le tour du monde.

Niente dal voſtro librajo, ve l'o detto, è un

——— briccone. *Annibal* et *Brennus* pafsèrent les Alpes
1759. moins difficilement que ne font les livres. *Interim,*
vive felix , and dare to come to us.

LETTRE CX.

A M. LE COMTE D'ARGENTAL.

11 de janvier.

——— JE conçois très-bien, mon divin ange, que vous enver-
1760. rez plus d'un courier pour raccommoder la balour-
dife de ce monfieur, foi-difant d'Arragon, qui ftipula
fi mal les intérêts du duc de Parme dans le traité
croqué d'Aix-la-chapelle. Cet homme cependant
paffait pour un aigle. J'ai vu en ma vie bien des
hiboux fe croire aigles. Et que dirons-nous de ceux
qui nous ont attiré cette belle guerre avec l'Angleterre , en ne fachant pas ce que c'était que l'Acadie?
Mon cher ange, le monde va comme il peut. Je
n'ai d'efpérance que dans M. le duc de *Choifeul.*
Mes annuités, actions, billets de loterie , font mille
vœux pour lui.

Le tripot confolerait un peu de toutes les mifères
qui nous accablent ; mais , divin ange, j'ai fait bien
des réflexions. Si la pièce réuffit , peu de plaifir m'en
revient, comme je vous l'ai déjà dit ; fi elle tombe,
force tribulations me circonviennent ; parodies ,
brochures, foire , épigrammes , journaux , tout me
tombe fur le corps. J'ai foixante et fix ans, comme
vous favez , et je ne veux plus mourir de la chute
d'une pièce de théâtre.

Je vous enverrai, n'en doutez pas, la Chevalerie à laquelle je ne peux plus rien faire; mais je vous supplierai de ne la donner qu'à bonnes enseignes; supposé même que vous daigniez vous amuser encore à ces bagatelles, après les impertinences d'*Auguste* et de *Cinna*. J'ai lu cette sottise, et j'ai été bien étonné qu'on l'attribuât à *Marmontel*. (*)

A l'égard de *Luc*, je n'ai fait autre chose qu'envoyer à M. le duc de *Choiseul* les lettres qu'il m'écrivait, pour lui être montrées. Je n'ai été qu'un bureau d'adresse. Il voit d'un coup d'œil ce qu'il peut faire de ces épîtres, si tant est qu'on en puisse faire quelque chose. Mais j'ai demandé à M. le duc de *Choiseul* une autre grâce, qui n'a nul rapport à *Luc* : voici de quoi il est question. Il faut plaire aux gens avec qui l'on vit. Le conseil de Genève a condamné à dix mille livres d'amende un citoyen qu'il aime, et qu'il a condamné malgré lui, sur une contravention faite par son commis, dans son commerce avec la France. Son procès a été fait à la réquisition du résident du roi à Genève. Le coupable en question se nomme *Prévost* : il est le moins coupable de tous ceux qui étaient dans le même cas; ce cas est la contrebande. Ce *Prévost* est ruiné : il a une femme qui pleure, des enfans qui meurent de faim. Le conseil veut bien lui remettre une partie de sa peine, mais il ne veut pas avoir cette condescendance sans savoir auparavant si M. le duc de *Choiseul* le trouve bon. Il ne veut pas en parler à M. de *Montpéroux*, résident de France,

(*) Parodie de la grande scène de la tragédie de Cinna, dont les personnages étaient MM. d'*Argental*, de *Voltaire* et le *Kain*.

P 2

de peur de se compromettre, et de compromettre même le résident. On s'est donc adressé à moi. J'ai pris la liberté d'en écrire à M. le duc de *Choiseul*, et je vous conjure seulement d'obtenir qu'il vous dise qu'on peut faire grâce à ce pauvre diable, et qu'il n'en saura rien. Faites cette bonne œuvre le premier mardi, mon divin ange ; on ne peut mieux employer un mardi.

Joue-t-on le Gladiateur ? espère-t-on quelque chose de M, *Bertin* ? avez-vous vu M. *Tronchin* de Lyon ? avez-vous reçu quelque consolation de Cadix ? payera-t-on nos rentes ? Madame *Scaliger*, comment vous portez-vous ? Je baise bien tendrement le bout de vos ailes ; autant fait madame *Denis*.

Vraiment, mon divin ange, j'oubliais l'abbé d'*Espagnac*. Je ne croyais pas qu'avec de l'argent vous eussiez besoin d'un pouvoir. Votre nom seul est pouvoir ; mais voilà la pancarte que vous ordonnez.

LETTRE CXI.

A M. SENAC DE MEILHAN.

A Lausane, 12 de janvier.

MES yeux ne vont pas trop bien, Monsieur ; mais ils ont un grand plaisir à lire vos lettres. Vous jugez très-bien. Il y a des vers un peu durs dans l'ouvrage que vous avez la bonté de m'envoyer. Quand vous vous amusez à en faire, les vôtres ont plus de facilité, de douceur et de grâces ;

mais je fens auffi l'horrible difficulté de faire
une pièce telle que celle-ci, et cette difficulté me
rend bien indulgent. D'ailleurs on ne doit fentir que
les beautés d'un auteur qui commence : le public
même a befoin de l'encourager. Probablement l'auteur eft fans fortune, c'eft encore une raifon de
plus pour difpofer en fa faveur. On peut même
dire de lui : *fpirat tragicum fatis, et feliciter audet.*
Il m'a toujours paru qu'au théâtre le public était
moins flatté de l'élégance continue d'une belle poëfie,
qu'il n'était frappé de la beauté des fituations.
Enfin, je me fais un plaifir de chercher toutes les
raifons qui peuvent juftifier le fuccès d'un jeune
homme qui a befoin d'encouragement. Nous allons
jouer des pièces de théâtre dans ma retraite de
Laufane, où je paffe mes hivers ; et nous fentons
tout le prix de l'indulgence. Je me vanterai à
madame la marquife de *Gentil*, qui eft une de nos
actrices, que vous voulez bien me conferver un peu
de fouvenir ; pour moi je ne vous oublierai jamais.
Je vous prie de vouloir bien préfenter mes obéiffances à monfieur votre père et à monfieur votre
frère, et d'être perfuadé de mes fentimens qui vous
attachent pour jamais le fuiffe *V.*

LETTRE CXII.

A M. LE MARÉCHAL DUC DE RICHELIEU.

Aux Délices, 23 de janvier.

J'AI laissé passer les fêtes de la nativité *d'el divino Bambino*, et sa circoncision. Je n'ai point voulu interrompre mon héros dans la foule des occupations graves ou gaies qu'il a pu avoir à Paris et à Versailles ; mais je ne suis pas homme à laisser passer le mois de janvier sans renouveler mes hommages à celui qui sera toujours mon héros. Je ne sais pas si, en 1760, son pays aura beaucoup de lauriers et beaucoup d'argent ; mais je sais bien que la statue de Gènes subsiste, que la signature du fils du roi d'Angleterre, forcé à mettre bas les armes, subsiste encore ; et que les bastions du roc de Port-Mahon rendent un témoignage immortel. J'avoue que je ne conçois guère comment on laisse inutile le seul homme qui ait rendu de vrais services. Je devrais pourtant le concevoir très-bien ; car je ne vois que de ces exemples, moi historiographe, dans les histoires que je lis et que je compile. Je dis à présent un petit mot de ce siècle, de ce pauvre siècle, de ce siècle des billets de confession, des querelles pour un hôpital, des refus d'un parlement de rendre justice, des assemblées des chambres pour condamner un dictionnaire qu'on n'a pas lu ; de ce beau siècle où, en trois ans

de temps, l'Etat a été ruiné, quand nos armées
devaient vivre aux dépens de l'Allemagne, &c. &c.

J'aurai du moins le plaifir d'avoir eu raifon,
quand je vous ai regardé comme un homme àuffi
fupérieur qu'aimable. Je crois, à l'âge de foixante
et fix ans, voir les chofes comme elles font. Je les
dirai comme je les vois. *La pofterita ne dira cio che
vorra.*

Je m'imagine que vous devez être ami de M. le
duc de *Choifeul.* Je n'en fais rien, mais je le
crois, parce qu'il me paraît avoir quelque chofe
de votre caractère. Il penfe noblement, il rend fervice fans balancer, il aime le plaifir, il a beaucoup
d'efprit, et la hauteur qui s'accorde avec les grâces.
Il me femble que c'eft l'homme de votre pays le
plus fait pour vous.

Il s'eft paffé bien des chofes triftes, extravagantes,
comiques, depuis que je n'ai eu l'honneur de vous
faire ma cour; mais c'eft à peu-près l'hiftoire de
tous les temps : c'eft la même pièce qui fe joue
fur tous les théâtres, avec quelques changemens de
noms. Quoi qu'il en foit, votre rôle eft beau. Confervez-moi vos bontés, Monfeigneur, et foyez
perfuadé que fi j'avais en main la trompette de la
Renommée, ce ferait pour vous que je l'embouche-
rais. Je vous fouhaite la continuation de votre gaieté.
Jouiffez de votre gloire, et riez des fottifes d'autrui.
Mille refpects.

LETTRE CXIII.

A M. P. ROUSSEAU,

*Et autres auteurs du Journal encyclopédique, au
sujet de la Femme qui a raison.*

Janvier.

QUELQUE répugnance, Messieurs, qu'on puisse
sentir à parler de soi-même au public, et quelque
vains que puissent être tous les petits intérêts d'auteurs, vous jugerez peut-être qu'il est des circonftances où un homme, qui a eu le malheur d'écrire,
doit au moins, en qualité de citoyen, réfuter la
calomnie. Il n'est pas bien intéressant pour le public
que quelques hommes obscurs aient, depuis dix
ans, mis leurs ouvrages sous le nom d'un homme
obscur tel que moi; mais il m'est permis d'avertir
qu'on m'a souvent apporté, dans ma retraite, des
brochures de Paris, qui portaient mon nom avec
ce titre, *imprimé à Genève*.

Je puis protester que non-seulement aucune de
ces brochures n'est de moi, mais encore qu'à Genève
rien n'est imprimé sans la permission expresse de
trois magistrats, et que toutes ces puérilités, pour
ne rien dire de pis, sont absolument ignorées dans
ce pays, où l'on n'est occupé que de ses devoirs,
de son commerce et de l'agriculture, et où les
douceurs de la société ne sont jamais aigries par des
querelles d'auteurs.

Ceux qui ont voulu troubler ainfi ma vieilleffe et mon repos, fe font imaginés que je demeurais à Genève. Il eft vrai que j'ai pris, depuis long-temps, le parti de la retraite, pour n'être plus en butte aux cabales et aux calomnies qui défolent à Paris la littérature ; mais il n'eft pas vrai que je me fois retiré à Genève. Mon habitation naturelle eft dans des terres que je poffède en France, fur la frontière, et auxquelles fa Majefté a daigné accorder des priviléges et des droits qui me les rendent encore plus précieufes. C'eft là que ma principale occupation, affez connue dans le pays, eft de cultiver en paix mes campagnes, et de n'être pas inutile à quelques infortunés. Je fuis fi éloigné d'envoyer à Paris aucun ouvrage, que je n'ai aucun commerce, ni direct ni indirect, avec aucun libraire, ni même avec aucun homme de lettres de Paris ; et, hors je ne fais quelle tragédie intitulée l'Orphelin de la Chine, qu'un ami refpectable m'arracha il y a cinq à fix années, et dont je fis le médiocre préfent aux acteurs du théâtre français, je n'ai certainement rien fait imprimer dans cette ville.

1760.

J'ai été affez furpris de recevoir, le dernier décembre, une feuille d'une brochure périodique, intitulée l'Année littéraire, dont j'ignorais abfolument l'exiftence dans ma retraite. Cette feuille était accompagnée d'une petite comédie qui a pour titre la Femme qui a raifon, repréfentée à Karouge, donnée par M. de *Voltaire*, et *imprimée à Genève*. Il y a dans ce titre trois fauffetés. Cette pièce, telle qu'elle eft défigurée par le libraire, n'eft affurément pas mon ouvrage. Elle n'a jamais été imprimée à

Genève : il n'y a nul endroit ici qui s'appelle Karouge; et j'ajoute que le libraire de Paris, qui l'a imprimée fous mon nom, fans mon aveu, eft très-repréhenfible.

Mais voici une autre réponfe aux politeffes de l'auteur de l'Année littéraire. La pièce qu'il croit nouvelle fut jouée, il y a douze ans, à Lunéville, dans le palais du roi de Pologne, où j'avais l'honneur de demeurer. Les premières perfonnes du royaume, pour la naiffance, et peut-être pour l'efprit et le goût, la jouèrent en préfence de ce monarque. Il fuffit de dire que madame la marquife *du Châtelet*, *lorraine*, repréfenta la Femme qui a raifon, avec un applaudiffement général. On tait par refpect le nom des autres perfonnes illuftres qui vivent encore, ou plutôt par la crainte de bleffer leur modeftie. Une telle affemblée favait, peut-être auffi bien que l'auteur de l'Année littéraire, ce que c'eft que la bonne plaifanterie et la bienféance. Les deux tiers de la pièce furent compofés par un homme dont j'envierais les talens, fi la jufte horreur qu'il a pour les tracafferies d'auteur et pour les cabales de théâtre ne l'avaient fait renoncer à un art pour lequel il avait beaucoup de génie. Je fis la dernière partie de l'ouvrage ; je remis enfuite le tout en trois actes, avec quelques changemens légers que cette forme exigeait. Ce petit divertiffement en trois actes, qui n'a jamais été deftiné au public, eft très-différent de la pièce qu'on a très - mal à propos imprimée fous mon nom. Vous voyez, Meffieurs, que je ne fuis pas le feul qui doive des remercîmens à l'auteur de l'Année littéraire, pour ces belles imputations de *groſſièreté tudeſque*, *de baſ-ſeſſe et d'indécence* qu'il prodigue. Le roi de Pologne, les premières dames du royaume, des princes même peuvent en prendre leur part avec la même reconnaiſſance; et le reſpectable auteur que j'aidai dans cette fête doit partager les mêmes ſentimens.

Je me ſuis informé de ce qu'était cette Année littéraire, et j'ai appris que c'eſt un ouvrage où les hommes les plus célèbres que nous ayons dans la littérature ſont ſouvent outragés. C'eſt pour moi un nouveau ſujet de remercîment. J'ai parcouru quelques pages de la brochure; j'y ai trouvé quelques injures un peu fortes contre M. *le Mierre*. On l'y traite d'homme ſans génie, de plagiaire, de joueur de gobelets, parce que ce jeune homme eſtimable a remporté trois prix à notre académie, et qu'il a réuſſi dans une tragédie long-temps honorée des ſuffrages encourageans du public.

Je dois dire, en général, et ſans avoir perſonne en vue, qu'il eſt un peu hardi de s'ériger en juge de tous les ouvrages, et qu'il vaudrait mieux en faire de bons.

La ſatire en vers, et même en beaux vers, eſt aujourd'hui décriée; à plus forte raiſon la ſatire en proſe, ſurtout quand on y réuſſit d'autant plus mal qu'il eſt plus aiſé d'écrire en ce pitoyable genre. Je ſuis très-éloigné de caractériſer ici l'auteur de l'Année littéraire, qui m'eſt abſolument inconnu. On me dit qu'il eſt depuis long-temps mon ennemi, à la bonne heure : on a beau me le dire, je vous aſſure que je n'en ſais rien.

Si, dans la criſe où eſt l'Europe, et dans les

malheurs qui défolent tant d'Etats, il eft encore quelques amateurs de la littérature qui s'amufent du bien et du mal qu'elle peut produire, je les prie de croire que je méprife la fatire, et que je n'en fais point.

LETTRE CXIV.

A M. LE COMTE D'ARGENTAL.

15 de février.

D<small>IVIN</small> ange, Spartacus eft-il joué ? a-t-il réuffi ? Je ne fais rien, je fuis enterré dans mes Délices, les Géorgiques me pourfuivent, je quitte la charrue pour prendre la plume. Vous me direz : Que ne vous fervez-vous de cette plume pour regriffon- ner quelques vers de la Chevalerie ? Patience, tout viendra. Cet hiver n'a pas été le quartier de *Melpoméne* chez moi ; il faut un peu varier. Je mour- rais d'ennui fi je n'avais pas cent chofes à faire. J'ai eu une violente querelle pour mon pain avec les commis des fermes ; j'ai fait des écritures ; je négocie avec les foixante : chacun a fes peines. Je voudrais feulement que vous viffiez le plan de mon château ; il vaut pour le moins un plan de tragédie. C'eft *Palladio* tout pur, et vous ne fauriez croire combien ces occupations font fatisfefantes, combien elles confolent de ces chiens de bureaux, de ces chiens de commis. Mais, mon cher ange, vous verrez mardi cet homme dont je fuis fou, M. le duc de

Choifeul. Les lettres dont il m'honore m'enchantent.
Dieu le bénira, n'en doutez pas. Il a la phyfio-
nomie heureufe. Je fais bien qu'il ne donnera
pas de flottes à M. *Berrier*, et quand il en
donnerait, autant de perdu. *Non illi imperium
pelagi.* Nous avons à Pondichéri un *Lalli*, une
diable de tête irlandaife qui me coûtera tôt ou
tard vingt mille livres tournois annuels, le plus
clair de ma pitance ; mais M. le duc de *Choifeul*
triomphera de *Luc* de façon ou d'autre, et alors
quelle joie ! J'imagine qu'il vous montrera mes impertinentes rêveries. Savez-vous bien que *Luc* eft fi
fou que je ne défefpère pas de le mettre à la raifon ;
c'eft bien cela qui eft une vraie comédie. Je voudrais que vous me donnaffiez vos avis fur la pièce.

Ecrivez-moi donc un petit mot ; dites-moi des
nouvelles de la fanté de madame *Scaliger ;* dites-
moi, je vous en prie, s'il eft vrai que le père
Sacy, jéfuite, ait été condamné par corps aux
confuls, pour une lettre de change de dix mille
écus. Mais parlez-moi donc des poëfies de cet
homme qui a pillé tant de vers et de villes. Eft-il
vrai qu'on ait défendu fon œuvre ? Allons, maître
Joli, bavardez, Meffieurs, brûlez.

Ma foi, juge et rimeur, il faudrait tout lier.

Que je vous aime, mon cher ange !

LETTRE CXV.

A M. THIRIOT.

Le 18 de février.

JE fais venir, mon cher et ancien ami, un dictionnaire de fanté et un almanach de l'état de Paris, fur votre parole; je crois furtout la fanté très-préférable à Paris. J'ai grande envie de me bien porter, et nulle de venir dans votre ville. Vous me ferez grand plaifir de m'envoyer la pancarte arabe; j'en ai déjà quelque connaiffance : elle eft d'un anglais, et l'auteur, tout anglais qu'il eft, a tort. Je crois en favoir beaucoup fur *Mahomet* que j'ai étudié à fond. Je n'ai pas l'honneur d'avoir les talens dont il fe vante : douze femmes m'embarrafferaient beaucoup. Ni vous ni moi n'irons au ciel comme lui fur une jument; mais je tiens que nous fommes beaucoup plus heureux que lui : il a mené une vie de damné avec toutes fes femmes. Je n'aime, de tous les gens de fon efpèce, que *Confucius;* aufli j'ai fon portrait dans mon oratoire, et je le révère comme je le dois.

Le philofophe de Sans-fouci, qui n'eft pas fans foucis, eft encore au rang de ces gens que je n'envie point. Je ne connais point l'édition dont vous me parlez, mais j'en connais une faite à Lyon, dans laquelle il y a une épître au maréchal *Keith*, qui a fort choqué le tympan de toutes les oreilles pieufes : *Allez, lâches chrétiens*, &c., a révolté les dévots;

il voulait apparemment parler de ceux qui ont combattu contre lui à Rosbac ; il leur prouve d'ailleurs,
tant qu'il peut, que l'ame eſt mortelle. Je ſouhaite
qu'ils en profitent, afin qu'ils ſe battent mieux
contre lui, quand ils croiront avoir moins à riſquer.
Le philoſophe de Sans-ſouci pille quelquefois des
vers, à ce qu'on dit ; je voudrais qu'il ceſſât de piller
des villes, et que nous euſſions bientôt la paix.

Au reſte, ſi l'on m'accuſe d'avoir raboté quelquefois des vers de ce diable de *Salomon* du Nord,
je déclare que je ne veux avoir nulle part à ſa
mortalité de l'ame. Qu'il ſe damne tant qu'il voudra, je ne veux le voir ni dans ce monde ni
dans l'autre.

Je prie DIEU que les houſſards pruſſiens ne
dévaliſent point M. de *Paulmy* en chemin. Je
ſuis très-fâché que mon petit hermitage ne ſe
trouve point ſur ſa route. Il faudra que tôt ou
tard il ramène le roi de Pologne à Dreſde. Si ce
roi de Pologne était un *Sobiesky*, il y ſerait déjà
l'épée à la main.

Au reſte, il faut que le *Salomon* du Nord ſoit le
plus grand général de l'Europe, puiſqu'après deux
batailles perdues, et l'affaire de Maxen, il trouve
encore le ſecret de menacer Dreſde. Il écrit actuellement ſur les campagnes de *Charles XII ;* c'eſt
Annibal qui juge *Pyrrhus.* Ce qu'il m'en a envoyé
eſt fort au-deſſus des rêveries du maréchal de *Saxe.*

D'*Arget* m'a paru très-inquiet de l'édition des
poëſies du *Salomon ;* il a craint qu'on ne lui imputât
d'être l'éditeur. Dieu merci, on ne m'en ſoupçon-
nera pas, car *Salomon* me fit la niche de me défaire

de ſes œuvres à Francfort , et ſon ambaſſadeur en cette ville me ſigna bravement ce beau brevet :

Monſié , dès que vou aurez rendu lés poeshies du roi mon maître vou pourez partir pour où vous ſemblera , et je lui ſignai : *Bon pour les poeshies du roi votre maître , en partant pour où il me ſemble.*

Et maintenant il me ſemble que je ſuis mieux aux Délices , à Tourney et à Ferney , qu'à Francfort. Voyez-vous quelquefois d'*Alembert* ? n'a-t-il pas dans ſa tête d'aller remplacer *Moreau-Maupertuis* à Berlin ? C'eſt par ma foi bien pis que d'aller en Pologne.

Je ſuis fort aiſe que M. *Hénin* veuille bien ſe ſouvenir de moi : ſon eſprit eſt comme ſa phyſionomie , fort doux et fort aimable.

A propos , écrivez-moi ſi vous avez ouï dire que l'eſprit de diſcorde ſe ſoit regliſſé dans l'armée de M. le duc de *Broglie*. Si cela eſt , nous ferons encore des ſottiſes. Dieu nous en préſerve , car il n'y en a point qui ne coûte fort cher. *Interim vale , et me ama.*

LETTRE

LETTRE CXVI.

A MADAME

LA MARQUISE DU DEFFANT.

18 de février.

L'ELOQUENT *Cicéron*, Madame, fans lequel aucun français ne peut penfer, commençait toujours fes lettres par ces mots : *Si vous vous portez bien, j'en fuis bien aife; pour moi, je me porte bien.*

J'ai le malheur d'être tout le contraire de *Cicéron :* fi vous vous portez mal, j'en fuis fâché ; pour moi, je me porte mal. Heureufement, je me fuis fait une niche dans laquelle on peut vivre et mourir à fa fantaifie. C'eft une confolation que je n'aurais pas eue à Craon, auprès du révérend père *Staniflas* (*), et de frère *Jean des Entomures de Menou.* C'eft encore une grande confolation de s'être formé une fociété de gens qui ont une ame ferme et un bon cœur ; la chofe eft rare, même dans Paris. Cependant j'imagine que c'eft à peu-près ce que vous avez trouvé.

J'ai l'honneur de vous envoyer quelques rogatons affez plats, par M. *Bouret.* Votre imagination les embellira. Un ouvrage, quel qu'il foit, eft toujours affez paffable quand il donne occafion de penfer.

Puifque vous avez, Madame, les poëfies de ce

(*) Le roi de Pologne, duc de Lorraine.

roi qui a pillé tant de vers et tant de villes, lifez donc fon épître au maréchal *Keith*, fur la mortalité de l'ame ; il n'y a qu'un roi, chez nous autres chrétiens, qui puiffe faire une telle épître. Maître *Joli de Fleuri* affemblerait les chambres contre tout autre, et on lacérerait l'écrit fcandaleux ; mais apparemment qu'on craint encore des aventures de Rosbac, et qu'on ne veut pas fâcher un homme qui a fait tant de peur à nos ames immortelles.

Le fingulier de tout ceci eft que cet homme, qui a perdu la moitié de fes Etats, et qui défend l'autre par les manœuvres du plus habile général, fait tous les jours encore plus de vers que l'abbé *Pellegrin*. Il ferait bien mieux de faire la paix dont il a, je crois, tout autant dè befoin que nous.

J'aime encore mieux avoir des rentes fur la France que fur la Pruffe. Notre deftinée eft de faire toujours des fottifes, et de nous relever. Nous ne manquons prefque jamais une occafion de nous ruiner et de nous faire battre ; mais, au bout de quelques années, il n'y paraît pas. L'induftrie de la nation répare les balourdifes du miniftère. Nous n'avons pas aujourd'hui de grands génies dans les beaux arts, à moins que ce ne foit M. *le Franc de Pompignan*, et monfieur l'évêque fon frère ; mais nous aurons toujours des commerçans et des agriculteurs. Il n'y a qu'à vivre, et tout ira bien.

Je conçois que la vie eft prodigieufement ennuyeufe quand elle eft uniforme : vous avez à Paris la confolation de l'hiftoire du jour, et furtout la fociété de vos amis ; moi, j'ai ma charrue et des livres anglais, car j'aime autant les livres de cette nation

que j'aime peu leurs perfonnes. Ces gens-là n'ont,
pour la plupart, du mérite que pour eux-mêmes.
Il y en a bien peu qui reffemblent à *Bolingbroke* :
celui-là valait mieux que fes livres ; mais , pour les
autres anglais, leurs livres valent mieux qu'eux.

J'ai l'honneur de vous écrire rarement, Madame ;
ce n'eft pas feulement ma mauvaife fanté et ma
charrue qui en font caufe ; je fuis abforbé dans un
compte que je me rends à moi-même , par ordre
alphabétique, de tout ce que je dois penfer fur ce
monde-ci et fur l'autre , le tout pour mon ufage ,
et peut-être , après ma mort , pour celui des honnêtes gens. Je vas dans ma befogne auffi franchement
que *Montagne* va dans la fienne ; et , fi je m'égare,
c'eft en marchant d'un pas un peu plus ferme.

Si nous étions à Craon, je me flatte que quelques-uns des articles de ce *Dictionnaire* d'idées ne
vous déplairaient pas ; car je m'imagine que je penfe
comme vous fur tous les points que j'examine. Si
j'étais homme à venir faire un tour à Paris , ce
ferait pour vous y faire ma cour ; mais je détefte
Paris fincèrement, et autant que je vous fuis attaché.

Songez à votre fanté, Madame ; elle fera toujours précieufe à ceux qui ont le bonheur de vous
voir, et à ceux qui s'en fouviennent avec le plus
grand refpect.

LETTRE CXVII.

A M. LINANT.

Aux Délices, 22 de février.

JE remercie à deux genoux la philofophe (*) qui met fon doigt fur fon menton, et qui a un petit air penché que lui a fait *Liotard;* fon ame eft auffi belle que fes yeux. Elle a donc la bonté de s'intéreffer à notre malheureufe petite province de Gex; elle réuffira fi elle l'a entrepris; puiffe-t-elle venir fecourir et embellir les bords du lac de Genève! puiffe-t-elle revenir avec M. *Linant* et le prophète de Bohème!

J'écris, Monfieur, à M. d'*Argental* en faveur de mademoifelle *Martin,* ou *le Moine,* ou tout ce qu'il lui piaira; quelque nom qu'elle ait, je m'intéreffe à elle. J'ai entendu parler de deux nouveaux volumes du roi de Pruffe, imprimés depuis peu à Paris; il fait autant de vers qu'il a de foldats. La police a défendu fes vers, on dit même qu'on les brûlera: cela paraît plus aifé que de le battre.

Je fuis médiocrement curieux de l'éloquente Oraifon de M. *Poncet de la Rivière;* mais je voudrais avoir le Spartacus de M. *Saurin:* c'eft un homme de beaucoup d'efprit, et qui n'eft pas à fon aife. Je fouhaite paffionnément qu'il réuffiffe.

Vous me parlez de terribles impôts; puiffent-ils

(*) Madame de *la Live d'Epinai*.

fervir à battre les Anglais et les Pruffiens! mais j'ai
peur que nous n'en foyons pour notre argent.

Je préfente mes obéiffances très-humbles à toute
la famille. Si madame d'*Epinai* veut m'écrire un
petit mot, elle comblera de joie un folitaire malade
dans fon lit. Ce malade a demandé au grand *Tronchin*
s'il fallait s'enduire de poix réfine, comme l'ordonne
Maupertuis; il a répondu qu'il fallait attendre des
nouvelles de l'académie françaife.

LETTRE CXVIII.

A M. THIRIOT.

Aux Délices, le 22 de février.

On reconnaît fes amis au befoin. Il faut que vous
me difiez abfolument ce que c'était que cette lettre de
change du révérend père de *Sacy* de la compagnie de
Jéfus et de *Judas*. Il faut auffi que vous ayez la bonté
de me faire avoir, par le moyen de M. *Bouret*, les
œuvres du poëte-roi. Je n'entends pas par là les
pfaumes de *David*, mais bien la profe et les vers
de fa Majefté pruffienne. Il n'eft plus guère majefté
pruffienne, attendu que les Ruffes lui ont raflé la
Pruffe; il eft encore électeur de Brandebourg, mais
peut-être ne le fera-t-il pas long-temps. Je ferai fort
flatté d'avoir mis la main à fes ouvrages, s'ils durent
un peu plus que fon royaume.

A-t-on joué Spartacus, et monfieur *le Franc
de Pompignan* a-t-il fait un bel éloge de *Maupertuis*?

Q 3

—— a-t-il bien prôné la religion de cet athée? a-t-il fait
1760. de belles invectives contre les déiftes de nos jours?
Je vous prie, mon cher ami, de me mettre un peu
au fait.

J'ai beau exalter mon ame pour lire dans l'avenir,
comme feu *Moreau-Maupertuis*, je ne peux deviner
ce que deviendront nos fortunes. On parle d'arran-
gemens de finance, qui dérangeront furieufement
les particuliers. Si avec cela on peut avoir des flottes
contre les Anglais, et des grenadiers contre le prince
Ferdinand, il ne faudra pas regretter fon argent.

Je n'ai point été furpris de voir qu'il n'y ait que
quinze confeillers au parlement qui aient porté leur
vaiffelle; mais je fuis fâché que, fur plus de vingt
mille hommes qui en ont à Paris, il ne fe foit trouvé
que quinze cents citoyens qui aient imité mademoifelle *Hus* et le roi.

On dit que le parlement fera brûler les œuvres
du roi de Pruffe; c'eft une plaifanterie digne de
notre fiècle : il vaudrait mieux brûler Magdebourg;
mais malheureufement on y rôtirait l'abbé de *Prades*
qui eft dans un cachot de la citadelle, et je n'aime
point qu'on brûle les bons chrétiens.

Je vous embraffe de tout mon cœur.

LETTRE CXIX.

A M. LE COMTE D'ARGENTAL.

Aux Délices, 7 de mars.

Mon divin ange, le malingre des Délices est au bout des facultés de son corps, de son ame et de sa bourse. C'était un bon temps pour les gredins que celui de *Chapelain*, à qui la maison de *Longueville* donnait douze mille livres tournois annuellement pour sa Pucelle; ce qui fesait, ne vous déplaise, environ le double des honoraires d'un envoyé de Parme. La maison de *Conti* n'en use pas comme la maison de *Longueville* avec les auteurs de la Pucelle; apparemment que M. le comte de *la Marche* ne me regarde pas comme un gredin. J'ai pris la liberté de lui écrire directement, et de lui expliquer mes droits très-nettement; et il m'a répondu très-honnêtement qu'il s'en tenait à la proposition de M. l'abbé d'*Espagnac*. Si M. *Bertin* n'obtient pas une meilleure composition, je ne vois pas avec quoi on pourra mettre *Luc* à la raison. Je crois avoir tout le droit de mon côté, ainsi que le prétendent tous les chicaneurs.

Mais, après avoir chicané un an, j'aime encore mieux payer à monseigneur, par amour et dominant, neuf cents vingt livres que je ne lui dois pas, que de les dépenser en frais de procureurs et de juges; je suis bien las de tous ces frais. Le parlement de Dijon s'est avisé de faire pendre, ou à peu-près, un pauvre diable de suisse, pour me faire

Q 4

payer la procédure, en qualité de haut justicier; je suis tout ébahi d'être haut justicier, et de faire pendre des suisses en mon nom.

Le tripot est plus plaisant; mais on a les sifflets et les *Frérons* à combattre. De quelque côté qu'on se tourne, ce monde est plein d'anicroches.

J'ai écrit à *Laleu* de faire porter chez vous neuf cents vingt livres, pour achever le compte abominable de M. l'abbé d'*Espagnac;* mais, en même temps, je meurs de honte de vous donner toutes ces peines. Comment ferez-vous? ce conseiller clerc demeure à une lieue de chez vous; aurez-vous la bonté de lui écrire un petit mot d'avis par un polisson? voudrez-vous qu'il vous envoye le trésorier de son Altesse sérénissime avec une belle quittance bien catégorique? ou bien, opinerez-vous que cette quittance se fasse chez mon notaire? Tout ce que je fais, c'est que vous êtes mon ange gardien de toutes façons, et que je suis à présent un pauvre diable. Je me suis ruiné en bâtimens à la *Palladio*, en terrasses, en pièces d'eau; et les pièces de théâtre ne réparent rien. J'attends toujours, mon divin ange, que vous me disiez votre avis sur Spartacus.

Je suis actuellement avec *Platon* et *Cicéron;* il ne me manque plus que l'abbé d'*Olivet* pour m'achever. Il y a loin de là au tripot; mais je suis toujours à vos ordres, et à ceux de madame *Scaliger* à qui je présente mes respects. Votre créature *V.*

LETTRE CXX.

A M. LE COMTE ALGAROTTI.

Aux Délices, le 7 de mars.

JE fuis malade depuis long-temps, mon cher cygne de Padoue, et j'en enrage. Le *linquenda hæc* fait de la peine, quelque philofophe qu'on foit; car je me trouve fort bien où je fuis, et n'ai daté mon bonheur que du jour où j'ai joui de cette indépendance précieufe et du plaifir d'être le maître chez moi, fans quoi ce n'eſt pas la peine de vivre. Je goûte dans mes maux du corps les confolations que votre livre fournit à mon efprit; cela vaut mieux que les pilules de *Tronchin.* Si vous voulez m'envoyer encore une dofe de votre recette, je crois que je guérirai.

Si tout chemin mène à Rome, tout chemin mène auffi à Genève; ainfi je préfume qu'en envoyant les chofes de meffager en meffager, elles arrivent à la fin à leur adreffe: c'eſt ainfi que j'en ufe avec votre ami M. *Albergati*, dont les lettres me font grand plaifir, quoiqu'il écrive comme un chat; j'ai beaucoup de peine à déchiffrer fon écriture. Vous devriez bien, l'un et l'autre, venir manger des truites de notre lac, avant que je fois mangé par mes confrères les vers. Les gens qui fe conviennent font trop difperfés dans ce monde. J'ai quatre jéfuites auprès de Ferney, des pédans de prédicans auprès des Délices, et vous êtes à Venife ou à Bologne. Tout cela eſt affez mal arrangé, mais le reſte l'eſt de même.

1760.

Ayez grand foin de votre fanté; il faut toujours qu'on dife de vous :

Gratia, fama, valetudo contingit abundè.

Pour *gratia* et *fama*, il n'y a point de confeils à vous donner, ni de fouhaits à vous faire.

Vive memor lethi; fugit hora; hoc quod loquor indè eft. Vive lætus, et ama me.

LETTRE CXXI.

A M. LE MARQUIS ALBERGATI CAPACELLI.

Aux Délices, 7 de mars.

JE reçois, Monfieur, la lettre dont vous m'honorez, en date du 20 février; elle finit par une chofe bien agréable. Vous me faites entrevoir que vous pourriez vous arracher quelque jour à la terre fainte, pour venir à la terre libre. En ce cas, je vous prierais de vous preffer, car il y a quelque petite apparence que je ne ferai pas encore long-temps *in terra viventium*. Mes maladies augmentent tous les jours. La nature s'eft avifée de faire à mon ame un très-mauvais étui; mais je lui pardonne de tout mon cœur, puifque cela entrait néceffairement dans le plan du meilleur des mondes poffibles.

J'ai l'honneur de vous envoyer, comme je peux, par les marchands de Genève, le Bolingbroke. Pour ma tragédie fuiffe, je ne peux la faire partir, pour deux raifons : la première, parce que je ne la crois point bonne; la feconde, c'eft que, toute mauvaife qu'elle eft, mes amis, qui ont la rage du théâtre, veulent la faire jouer à Paris. Mais je vous envoie en récompenfe une comédie qui n'eft pas dans le goût français : je fouhaite qu'elle foit dans le vôtre. Les lettres que vous daignez m'écrire, me font défirer de vous plaire plus qu'au parterre de notre grande ville.

J'ai l'honneur d'être, Monfieur, fans cérémonie, mais avec la plus grande vérité, votre, &c.

LETTRE CXXII.

A M. LE COMTE D'ARGENTAL.

17 de mars.

Le tripot l'emporte fur la charrue et fur la métaphyfique. Vous êtes obéi, mon divin ange, vous et madame *Scaliger ;* un Tancrède et une Médime partent fous l'enveloppe de M. de *Courteille*, et ceci eft la lettre d'avis. Vous faurez encore que, comme il s'agit toujours d'arabes dans ces deux pièces, j'y ai joint un petit éclairciffement en profe fur le prophète *Mahomet*, dont je mets quelques exemplaires aux pieds de madame *Scaliger* comme aux vôtres.

Si vous connaiffez quelque favant dans les langues orientales, vous pourrez l'en régaler ; c'eft du pédantifme tout pur.

Vous êtes bien véritablement mon ange gardien ; vous me protégez contre le diabloteau *Fréron*, fans

—— m'en rien dire : c'eſt la fonction des anges gardiens; ils veillent autour de leurs cliens, et ne leur parlent point. Que voulez-vous que je vous diſe? vous êtes plus adorable que jamais, et j'ai pour vous culte de latrie.

J'ai ſaiſi l'occaſion pour demander une eſpèce de grâce ou plutôt de juſtice à M. de *Courteille*. On me perſécute, ne vous déplaiſe, de la part du conſeil: on veut que je ſois haut juſticier; on fait pendre, ou à peu-près, de pauvres diables en mon nom. On me fait accroire que rien n'eſt plus beau que de payer les frais, et on va ſaiſir mes bœufs pour me faire honneur. Je ſuis toujours en querelle avec le roi, mais je le mène beau train. J'ai déjà fait bouquer meſſieurs du domaine; je l'emporterai encore ſur eux, car j'ai raiſon, et M. de *Courteille* entendra raiſon. Je vous en fais juge; liſez la lettre que je lui écris, ſeulement pour vous en amuſer et pour la recommander. La charge d'ange gardien n'eſt pas avec moi un bénéfice ſimple. Vous avez encore eu l'endoſſe d'un abbé d'*Eſpagnac*; tout cela eſt fini. Je ne le traite pas comme le roi; je crains un con-ſeiller clerc bien davantage, et j'aime mieux payer cent piſtoles que je ne dois pas, que d'avoir un procès avec un grand chambrier qui en ſait plus que moi. Mais pour le roi, je ne lui ferai point de grâce; il aura affaire à moi, avec ma chienne de haute juſtice. Pouſſez cela, je vous prie, vivement avec M. de *Courteille*.

Luc eſt plus fou que jamais; je ſuis convaincu que, s'il voulait, nous aurions la paix. Je ne déſeſ-père encore de rien; mais il faudrait que M. le duc de *Choiseul* m'écrivît au moins un petit mot de bonté. Cela n'eft-il pas honteux que je reçoive quatre lettres de *Luc* contre une de votre aimable duc.

Et M. le maréchal de *Richelieu*, autre négligent, autre *Pococurante*, que fait-il? ne le voyez-vous pas? n'a-t-il pas des filles? ne rit-il pas dans fa barbe de tout ce qui fe paffe? eft-il vrai que les jéfuites ont fait pour quinze cents mille francs de lettres de change qu'ils ne payent point? Il n'y a qu'à les mettre entre les mains des janféniftes, il faudra bien qu'ils payent.

Mon Dieu, que fi j'ai de bon foin cette année je ferai heureux!

Je baife plus que jamais le bout de vos ailes, avec la plus tendre reconnaiffance.

Madame *Scaliger*, fi je n'ai pas fait dans Tancrède tout ce que vous vouliez, écrivez contre moi un livre.

LETTRE CXXIII.

AU MEME.

26 de mars.

ANGE toujours gardien, je n'ai qu'un moment, il fera confacré aux actions de grâces, non pas pour le grand chambrier, non pas même pour le prince du fang, mais pour vous feul. Il faut que vous fachiez encore que M. *Budée de Boifi*, qui m'a vendu la terre de Ferney, veut abfolument que je vous follicite encore auprès de M. de *Courteille*, pour je ne fais quel procès auquel je ne m'intéreffe guère. Je lui ai donc donné une lettre pour vous, qu'on vous préfentera fans doute. Voilà comme nous fommes faits, nous autres provinciaux ; nous penfons qu'avec une lettre de recommandation on réuffit à tout à Paris. Je ne vous ai point écrit de lettre de recommandation pour nos chevaliers ; je m'en foucie pourtant un peu plus que du procès de M. de *Boifi* ; mais je ne fuis point du tout empreffé de me faire juger, quoiqu'au fond je croye ma caufe bonne. Vous voulez un chant de la Pucelle ; eh, mon Dieu, mon cher ange, que ne parliez-vous ? vous en aurez deux au lieu d'un. J'avais imaginé qu'un miniftre ne fe mettait pas en peine de ces facéties ; mais, puifque vous en êtes curieux, vous ferez fervi : vers et profe, tout eft à vous.

Au milieu de mes douces occupations, je fuis fâché ; on nous a pris Mafulipatan, on nous prendra Pondichéri : il y a un an que je le dis. Je plains infiniment M. le duc de *Choifeul* ; on lui a donné notre pauvre vaiffeau à conduire au milieu du plus violent orage. J'ai eu long-temps dans la tête que, fi *Luc* voulait céder quelque chofe, vous pourriez, en ce cas, vous débarraffer avec bienféance du fardeau et des chaînes que l'Autriche vous fait porter ; mais je ne vois qu'un petit coin, et pour bien voir il faut embraffer tout l'édifice. J'ai une étrange idée : je foupçonne que le roi de Portugal, que *Luc* appelait le *chofe* de Portugal, pourrait bien perdre fon chofe, fon royaume ; que le roi d'Efpagne pourrait bien dans peu tenter cette conquête ; le temps eft affez

favorable ; les jéfuites font gens à lui promettre le
paradis en fus pour fa peine; ils ne s'endorment pas.
Le chofe de Portugal n'eft pas aimé, fon miniftre
eft détefté ; belle occafion pour un roi d'Efpagne,
qui a de l'argent et des troupes, de faire rebâtir
Lisbonne.

Je ne peux aimer *Luc*, car je le connais; mais il
vaut mieux que le chofe du Portugal. Nous verrons
comment il fe tirera d'affaire cette année. Mais
nous, que ferons-nous? rien fur mer, et peut-être
des fottifes fur terre. Plaifante faifon pour mettre un
héros français fur le théâtre!

M. le duc de *la Vallière* a donc fait l'Hiftoire chro-
nologique de l'opéra; c'eft quelque chofe; il y a
encore du génie en France.

Je vous adore.

LETTRE CXXIV.

A M. DE CIDEVILLE.

Aux Délices, le 28 de mars.

Il faut que vous fachiez, mon ancien ami, que
madame *Denis* me dit depuis un mois: J'écris demain
à M. de *Cideville*, et que je dois mettre quelques
lignes au bas des fiennes. Je fuis las d'attendre les
femmes, et j'écris enfin de mon chef; car je fuis
honteux de ne vous avoir point écrit depuis que
vous me fîtes tant rire du puant marquis, et que
vous me rendîtes de bons offices auprès de fa ladre
perfonne.

Je reçois quelquefois une lettre du grand abbé en douze mois; je fuis peu inftruit de vos marches, et fort incertain fi vous êtes dans le plat tumulte de Paris, ou fi vous jouiffez des douceurs de la retraite. Que vous avez bien fait de conferver cette terre, qu'on dit mériter bien mieux le nom de Délices que mes Délices! Plus on avance dans fa carrière, et plus on eft convaincu que l'on n'eft bien que chez foi. Pour moi, je vous répète que je ne date ma vie que du jour où je me fuis enterré. Ce n'eft pas que je ne fois affez au fait de ce qui fe paffe. Je vois tous les orages, mais je les vois du port; et je vous affure que mon port eft bien joli, et bien abrité.

Je fouhaiterais à mes amis des terres indépendantes et libres, comme les miennes. On paye affez en France. Il eft doux de n'avoir rien à payer dans fes poffeffions. Figurez-vous ce que c'eft à préfent que d'avoir des terres en Saxe, en Poméranie, en Pruffe, en Siléfie; c'eft bien pis que le troifième vingtième. Vous avez lu, fans doute, les Poëfies du philofophe de Sans-fouci, qu'on foupçonne de n'être ni fans fouci ni philofophe. Je fuis auffi honteux de tous les vers qui m'appartiennent dans fes œuvres, que fâché de fes œuvres guerrières. Jamais poëte n'a fait verfer tant de fang : *Tirtée* et *Denys* n'étaient que des petits garçons auprès de lui. Nous verrons s'il ira à Corinthe.

Adieu, mon ancien ami; fouvenez-vous quelquefois du fuiffe *Voltaire* qui vous aime.

LETTRE

LETTRE CXXV.

A M. LE COMTE D'ARGENTAL.

Aux Délices, 12 d'avril.

MON divin ange, je fuis bien faible, je vieillis beaucoup; mais il faut aimer le tripot jufqu'au dernier moment. Voici une pièce de *Jodéle*, ajuftée par un petit *Hurtaud*, que je vous envoie; mais vous comprenez bien que je ne vous l'envoie pas, et que jamais on ne doit favoir que vous vous êtes mêlé de favorifer ce petit *Hurtaud*. Je penfe que cela vaut mieux que de donner ces chevaliers qui malheureufement paffent pour être de moi. Le plaifir du fecret, de l'incognito, de la furprife, eft quelque chofe. Vous favez ce que c'était que le Droit du feigneur; je ne l'ai pas dans mes terres, et il ne me fervirait à rien. Il me paraît que ce petit *Hurtaud* a traité la chofe avec décence. J'ai feulement remarqué dans la pièce le mot de facrement; j'ignore fi ce mot divin peut paffer dans une comédie, fans encourir l'excommunication majeure. Je ne fuis pas affez hardi pour corriger les vers d'*Hurtaud*, mais on peut bien mettre *votre engagement*, au lieu de votre facrement; c'eft, je crois, au premier acte, autant qu'il peut m'en fouvenir.

Mettrez-vous M. le duc de *Choifeul* dans la confidence? Je le crois à préfent plus occupé des Anglais que de ce qui fe paffait fous *Henri II*.

Voilà donc deux chants de Pucelle pour les

Correfp. générale.   Tome V.   R

—— anges. Mais êtes-vous capables de garder le plus grand des fecrets : Plus que vous, fans doute, m'allez-vous dire ?

1760.

Oui, je fais bien que j'ai joué *Tancrède*, et par là je l'ai affiché, il eft vrai ; mais je ne pouvais faire autrement. Il fallait effayer fur M. et madame de *Chauvelin* cette Chevalerie ; mais ici le cas eft différent. Point d'effai, et la chofe eft beaucoup plus fingulière que tous les chevaliers du monde. Motus au moins. Et Pondichéri ! ma foi, je le crois pris comme Surate.

Mon cher ange, nous parlerons une autre fois des chevaliers. Je crois que monfieur votre frère a raifon de ne pas trop aimer Médime ou Fanime.

Mais comment va la fanté de madame *Scaliger*? voilà le point effentiel.

Mon divin ange, vous êtes pour moi le démon de *Socrate*; mais fon démon fe bornait à le retenir, et vous m'infpirez.

LETTRE CXXVI.

A MADAME

LA MARQUISE DU DEFFANT.

Aux Délices, 12 d'avril.

JE ne vous ai envoyé, Madame, aucune de ces bagatelles dont vous daignez vous amufer un moment. J'ai rompu avec le genre-humain pendant plus de fix femaines; je me fuis enterré dans mon imagination, enfuite font venus les ouvrages de la campagne, et puis la fièvre; moyennant tout ce beau régime, vous n'avez rien eu, et probablement vous n'aurez rien de quelque temps.

Il faudra feulement me faire écrire : Madame veut s'amufer, elle fe porte bien, elle eft en train, elle eft de bonne humeur, elle ordonne qu'on lui envoye quelques rogatons; et alors on fera partir quelques paquets fcientifiques, ou comiques, ou philofophiques, ou hiftoriques, ou poëtiques, felon l'efpèce d'amufement que voudra Madame, à condition qu'elle les jettera au feu dès qu'elle fe les fera fait lire.

Madame était fi enthoufiafmée de Clariffe, que je l'ai lue pour me délaffer de mes travaux pendant ma fièvre; cette lecture m'allumait le fang. Il eft cruel, pour un homme auffi vif que je le fuis, de lire neuf volumes entiers dans lefquels on ne trouve rien du tout, et qui fervent feulement à faire entrevoir que mademoifelle *Clariffe* aime un débauché,

R 2

nommé monfieur de *Lovelace.* Je difais : quand tous ces

gens-là feraient mes parens et mes amis, je ne pourrais m'intéreffer à eux. Je ne vois dans l'auteur qu'un
homme adroit qui connaît la curiofité du genre-
humain, et qui promet toujours quelque chofe de
volumes en volumes, pour les vendre. Enfin, j'ai
rencontré *Clariffe* dans un mauvais lieu au dixième
volume, et cela m'a fort touché.

La *Théodore* de *P. Corneille,* qui veut abfolument
entrer chez la *Fillon,* par un principe de chriftianifme, n'approche pas de *Clariffe,* de fa fituation et
de fes fentimens ; mais, excepté le mauvais lieu où fe
trouve cette belle anglaife, j'avoue que le refte ne
m'a fait aucun plaifir, et que je ne voudrais pas
être condamné à relire ce roman : il n'y a de bon,
ce me femble, que ce qu'on peut relire fans dégoût.

Les feuls bons livres de cette efpèce font ceux qui
peignent continuellement quelque chofe à l'imagination, et qui flattent l'oreille par l'harmonie. Il faut
aux hommes mufique et peinture, avec quelques
petits préceptes philofophiques, entremêlés de
temps en temps avec une honnête difcrétion. C'eft
pourquoi *Horace, Virgile, Ovide* plairont toujours,
excepté dans les traductions qui les gâtent.

J'ai relu, après Clariffe, quelques chapitres de
Rabelais, comme le combat de frère *Jean des
Entomures,* et la tenue du confeil de *Picrocole* (je les
fais pourtant prefque par cœur) ; mais je les ai relus
avec un très-grand plaifir, parce que c'eft la peinture du monde la plus vive.

Ce n'eft pas que je mette *Rabelais* à côté d'*Horace;*
mais fi *Horace* eft le premier des fefeurs de bonnes

épîtres, *Rabelais*, quand il eſt bon, eſt le premier des bons bouffons. Il ne faut pas qu'il y ait deux hommes de ce métier dans une nation ; mais il faut qu'il y en ait un. Je me repens d'avoir dit autrefois trop de mal de lui.

Il y a un plaiſir bien préférable à tout cela, c'eſt celui de voir verdir de vaſtes prairies, et croître de belles moiſſons ; c'eſt la véritable vie de l'homme, tout le reſte eſt illuſion.

Je vous demande pardon, Madame, de vous parler d'un plaiſir qu'on goûte avec ſes deux yeux : vous ne connaiſſez plus que ceux de l'ame. Je vous trouve admirable de ſoutenir ſi bien votre état ; vous jouiſſez au moins de toutes les douceurs de la ſociété. Il eſt vrai que cela ſe réduit preſque à dire ſon avis ſur les nouvelles du jour ; et il me ſemble qu'à la longue cela eſt bien inſipide. Il n'y a que les goûts et les paſſions qui nous ſoutiennent dans ce monde. Vous mettez, à la place de ces paſſions, la philoſophie qui ne les vaut pas ; et moi, Madame, j'y mets le tendre et reſpectueux attachement que j'aurai toujours pour vous. Je ſouhaite à votre ami de la ſanté, et je voudrais qu'il ſe ſouvînt un peu de moi.

LETTRE CXXVII.

A M. LE COMTE DE LORENZI,

DE L'ACADÉMIE DE BOTANIQUE DE FLORENCE.

Au château de Tourney, 15 d'avril.

J'AI reçu, Monsieur, la lettre et les patentes de botaniste dont vous m'honorez dans le temps où j'ai le plus besoin de simples. Je ne suis pas jeune, et je suis très-malade. Si je peux trouver quelque herbe qui rajeunisse, je ne manquerai pas de l'envoyer à votre académie. J'ai toujours été fâché qu'il y eût sur la terre tant de plantes qui fissent du mal, et si peu de salutaires : la nature nous a donné beaucoup de poisons et pas un spécifique. C'est dommage que nous ayons perdu le bel ouvrage de *Salomon*, qui traitait de toutes les plantes, depuis le cèdre jusqu'à l'hysope : c'était sans doute un très-bel ouvrage, puisqu'il était composé par un roi. Il était apparemment le premier médecin de ses sept cents femmes et de ses trois cents concubines. Je ne sais si vous avez vu les hérésies du *Salomon* du Nord ; il va plus loin que son devancier, lequel ne sait pas s'il reste quelque chose de l'homme après sa mort. Pour celui-ci, il est sûr de son fait ; et il croit que ses soldats tuent si bien leur monde qu'il n'en reste rien du tout. J'attends le *Peut-être* de *Rabelais* le plus doucement que je peux.

J'ai l'honneur d'être, &c.

LETTRE CXXVIII. 1760.

A MADAME DE FONTAINE, *à Paris.*

Aux Délices, 19 d'avril.

PARTEZ-VOUS bientôt, ma chère nièce, pour votre royaume d'Ornoi, et abandonnez-vous cette ville de Paris, qui n'eſt bonne que pour meſſieurs du parlement, les filles de joie et l'opéra-comique ? Etes-vous bien laſſe de cette malheureuſe inutilité dans laquelle on paſſe ſa vie, de ces viſites inſipides, et du vide qu'on ſent dans ſon ame après avoir paſſé ſa journée à faire des riens et à entendre des ſottiſes ? Comptez que vous aurez beaucoup plus de plaiſir à gouverner votre Ornoi, et à l'embellir, qu'à courir après les fantômes de Paris. Tout ce que j'apprends de ce pays-là fait aimer la retraite.

Luc m'écrit toujours; mais il ne m'écrit que pour me montrer qu'il a de l'eſprit, et pour me dire qu'il ne craint rien. Il prétend que nous n'aurons jamais ni honneur ni profit dans la belle guerre que nous feſons : j'ai grand'peur qu'il n'ait raiſon. J'embraſſe tendrement M. de *Florian* et monſieur votre fils, &c.

LETTRE CXXIX.

A M. PILAVOINE, *à Pondichéri.*

Au château de Ferney, le 23 d'avril.

Mon cher et ancien camarade, vous ne sauriez croire le plaisir que m'a fait votre lettre. Il est doux de se voir aimé à quatre mille lieues de chez soi. Je saisis ardemment l'offre que vous me faites de cette histoire manuscrite de l'Inde. J'ai une vraie passion de connaître à fond le pays où *Pythagore* est venu s'instruire. Je crois que les choses ont bien changé depuis lui, et que l'université de Jaganate ne vaut point celle d'Oxford et de Cambridge. Les hommes sont nés par-tout à peu-près les mêmes, du moins dans ce que nous connaissons de l'ancien monde. C'est le gouvernement qui change les mœurs, qui élève ou abaisse les nations.

Il y a aujourd'hui des récolets dans ce même capitole où triompha *Scipion*, où *Cicéron* harangua.

Les Egyptiens, qui instruisirent autrefois les nations, sont aujourd'hui de vils esclaves des Turcs. Les Anglais, qui n'étaient, du temps de *César*, que des barbares allant tout nus, sont devenus les premiers philosophes de la terre, et, malheureusement pour nous, sont les maîtres du commerce et des mers. J'ai bien peur que, dans quelque temps, ils ne viennent vous faire une visite ; mais M. *Dupleix* les a renvoyés, et j'espère que vous les renverrez de même. Je m'intéresse à la compagnie, non-seulement à caufe de vous, mais parce que je fuis français, et encore parce que j'ai une partie de mon bien fur elle. Voilà trois bonnes raifons qui m'affligent pour la perte de Mafulipatan.

J'ai connu beaucoup MM. de *Lalli* et de *Soupire :* celui-ci eft venu me voir à mon petit hermitage auprès de Genève, avant de partir pour l'Inde ; c'eft à lui que j'adreffai ma lettre pour vous à Surate (*). N'imputez cette méprife qu'au fouvenir que j'ai toujours confervé de vous. Je penfe toujours à *Maurice Pilavoine de Surate :* c'était ainfi qu'on vous appelait au collége, où nous avons appris enfemble à balbutier du latin qui n'eft pas, je crois, d'un fort grand fecours dans l'Inde. Il vaut mieux favoir la langue du Malabar.

Je ferais curieux de favoir s'il refte encore quelque trace de l'ancienne langue des brachmanes. Les bramines d'aujourd'hui fe vantent de la favoir ; mais entendent-ils leur Veidam ? Eft-il vrai que les naturels de ce pays font naturellement doux et bienfefans ? Ils ont du moins fur nous un grand avantage, celui de n'avoir aucun befoin de nous, tandis que nous allons leur demander du coton, des toiles peintes, des épiceries, des perles et des diamans, et que nous allons, par avarice, nous battre à coups de canon fur leurs côtes.

Pour moi, je n'ai point encore vu d'indien qui foit venu livrer bataille à d'autres indiens en Bretagne et en Normandie, pour obtenir, le crisk à la main, la préférence de nos draps d'Abbeville et de nos toiles de Laval.

(*) Voyez l'année 1758, 25 feptembre.

Ce n'eft pas affurément un grand malheur de manquer de pêches, de pain et de vin, quand on a du riz,
des ananas, des citrons et des cocos. Un habitant de
Siam et du Japon ne regrette point le vin de Bourgogne. J'imite tous ces gens-là : je reſte chez moi; j'ai
de belles terres, libres et indépendantes, ſur la frontière de France. Le pays que j'habite eſt un baffin
d'environ vingt lieues, entouré, de tous côtés, de
montagnes : cela reffemble, en petit, au royaume de
Cachemire. Je ne ſuis ſeigneur que de deux paroiffes,
mais j'ai une étendue de terrain très-confidérable. Les
pêches, dont vous paraiffez faire tant de cas, ſont
excellentes chez moi; mes vignes même produiſent
d'affez bon vin. J'ai bâti, dans une de mes terres, un
château qui n'eſt que trop magnifique pour ma fortune; mais je n'ai pas eu la ſottiſe de me ruiner pour
avoir des colonnes et des architraves. J'ai auprès de
moi une partie de ma famille, et des perſonnes aimables qui me ſont attachées. Voilà ma ſituation, que
je ne changerais pas contre les plus brillans emplois.
Il eſt vrai que j'ai une ſanté très-faible, mais je la
ſoutiens par le régime. Vous êtes né, autant qu'il
m'en ſouvient, beaucoup plus robuſte que moi, et je
m'imagine que vous vivrez autant qu'*Aurengzeb*. Il
me ſemble que la vie eſt affez longue dans l'Inde,
quand on eſt accoutumé aux chaleurs du pays.

On m'a dit que pluſieurs raïas et pluſieurs omras
ont vécu près d'un ſiècle : nos grands ſeigneurs et nos
rois n'ont pas encore trouvé ce ſecret. Quòi qu'il en
ſoit, je vous ſouhaite une vie longue et heureuſe. Je
préſume que vos enfans vous procureront une vieilleffe agréable. Vous devez, ſans doute, vivre avec

beaucoup d'aisance ; ce ne serait pas la peine d'être
dans l'Inde pour n'y être pas riche. Il est vrai que la
compagnie ne l'est point ; elle ne s'est pas enrichie
par le commerce, et les guerres l'ont ruinée : mais
un membre du conseil ne doit pas se sentir de ces
infortunes.

Je vous prie de m'instruire de tout ce qui vous
regarde, de la vie que vous menez, de vos occupations, de vos plaisirs et de vos espérances. Je m'intéresse véritablement à vous, et je vous prie de croire
que c'est du fond de mon cœur que je serai toute ma
vie, Monsieur, votre, &c.

LETTRE CXXX.

A MADAME

LA MARQUISE DU DEFFANT.

25 d'avril.

JE suis si touché de votre lettre, Madame, que j'ai
l'insolence de vous envoyer deux petits manuscrits
très-indignes de vous, tant je compte sur vos bontés.

Lisez les vers quand vous serez dans un de ces momens de loisir où l'on s'amuserait d'un conte de
Bocace ou de *la Fontaine*. Lisez la prose quand vous
serez un peu de mauvaise humeur contre les misé-
rables préjugés qui gouvernent le monde, et contre
les fanatiques ; et ensuite jetez le paquet au feu.

J'ai trouvé sous ma main ces deux sottises ; il y a

—— long-temps qu'elles font faites, et elles n'en valent pas mieux.

Je n'ai jamais été moins mort que je le fuis à préfent. Je n'ai pas un moment de libre : les bœufs, les vaches, les moutons, les prairies, les bâtimens, les jardins, m'occupent le matin : toute l'après-dînée eft pour l'étude ; et, après foupé, on répète les pièces de théâtre qu'on joue dans ma petite falle de comédie.

Cette façon d'être donne envie de vivre ; mais j'en ai plus d'envie que jamais, depuis que vous daignez vous intéreffer à moi avec tant de bonté. Vous avez raifon, car dans le fond je fuis un bon homme. Mes curés, mes vaffaux, mes voifins font très-contens de moi ; et il n'y a pas jufqu'aux fermiers généraux à qui je ne faffe entendre raifon, quand j'ai quelques difputes avec eux fur les droits des frontières.

Je fais que la reine dit toujours que je fuis un impie. La reine a tort. Le roi de Pruffe a bien plus grand tort de dire, dans fon épître au maréchal *Keith* :

Allez, lâches chrétiens, &c., &c.

Il ne faut dire d'injures à perfonne ; mais le plus grand tort eft dans ceux qui ont trouvé le fecret de ruiner la France en deux ans, dans une guerre auxiliaire.

J'ai reçu ce matin une lettre de change d'un banquier d'Allemagne fur M. de *Montmartel*. Les lettres de change font numérotées, et vous remarquerez que mon numéro eft le mille quarantième, à commencer du mois de janvier. Il eft bien beau aux Français d'enrichir ainfi l'Allemagne.

Il me vient quelquefois des anglais, des ruffes ; ——
tous s'accordent à fe moquer de nous. Vous ne
favez pas, Madame, ce que c'eft que d'être français
en pays étranger. On porte le fardeau de fa nation :
on l'entend continuellement maltraiter; cela eft défa-
gréable. On reffemble à celui qui voulait bien dire à
fa femme qu'elle était une catin, mais qui ne voulait
pas l'entendre dire aux autres.

Tâchez, Madame, d'être payée de vos rentes, et
de prendre en pitié toutes les misères dont vous êtes
témoin. Accoutumez-vous à la difette des talens en
tout genre, à l'efprit devenu commun, et au génie
devenu rare; à une inondation de livres fur la guerre
pour être battus, fur les finances pour n'avoir pas
un fou, fur la population pour manquer de recrues
et de cultivateurs, et fur tous les arts pour ne réuffir
dans aucun.

Votre belle imagination, Madame, et la bonne
compagnie que vous avez chez vous vous confole-
ront de tout cela; il ne s'agit, après tout, que de finir
doucement fa carrière : tout le refte eft vanité des
vanités, comme dit l'autre. Recevez mes tendres
refpects.

LETTRE CXXXI.

A M. THIRIOT.

Le 26 d'avril.

JE ne vous ai point encore remercié, mon cher et ancien ami, du beau calendrier des crimes des jésuites; ce n'eſt pas que je ſois mort, comme on l'a dit au roi, mais je ſuis toujours faible et languiſſant. Si vous voulez me procurer guériſon entière, envoyez-moi auſſi le calendrier des inſolences janſéniennes; car encore faut-il avoir ſon almanach complet. Je tiens les uns et les autres également méchans; mais les jéſuites ont des troupes régulières, et les janſéniſtes ne ſont encore que des houſards ſans diſcipline. On m'a mandé qu'on avait mis à bicêtre deux troupes d'énergumènes qui ſeſaient des miracles; il faudrait faire travailler aux grands chemins tous ces animaux-là, jéſuites, janſéniſtes, avec un collier de fer au cou, et qu'on donnât l'intendance de l'ouvrage à quelque brave et honnête déiſte, bon ſerviteur de DIEU et du roi. Vous me demanderez pourquoi je veux faire travailler ainſi jéſuites et janſéniſtes? c'eſt que je fais actuellement une belle terraſſe ſur le grand chemin de Lyon, et que je manque d'ouvriers.

M. de *Paulmy* eſt-il parti avec M. *Hénin*, pour aller faire la Saint-Hubert avec le roi de Pologne? Il verra là vraiment une cour bien gaie et bien opulente, et un roi qui a bravement défendu ſon Etat.

On parle beaucoup de paix, à ce que je vois;

mais les Anglais envoient dix-huit mille négociateurs en Allemagne pour rédiger les articles, et arment une forte escadre pour en aller porter la nouvelle à Pondichéri.

Le roi de Prusse mettra en vers l'histoire du congrès, et la dédiera à *Gresset* ou à *Baculard* : en attendant, il est un peu pressé par les Russes et les Autrichiens. On prépare cependant de beaux divertissemens à Vienne pour le mariage de l'archiduc. Il est bien digne de la majesté autrichienne de donner des fêtes, au lieu d'envoyer l'héritier des césars à l'armée du maréchal *Daun*, s'abaisser à voir tirer du canon. Cela est bon pour un petit marquis de Brandebourg, mais non pour le petit-fils de *Charles VI*.

Il me vient quelquefois des russes, des anglais, des allemands ; ils se moquent tous prodigieusement de nous, de nos vaisseaux, de notre vaisselle, de nos sottises en tout genre. Cela me fait d'autant plus de peine, à moi qui suis bon français, que l'on ne me paye point mes rentes. Plaignez-moi, car, depuis quelque temps, je suis en guerre pour des droits de terre : *Qui terre a, et qui plume a, guerre a.* Cela ne m'empêche ni de planter, ni de bâtir, ni de faire jouer la comédie, ni de faire bonne chère. Je suis seulement fâché que mon ami *Falkener* soit mort ; je perds tous mes anciens amis. Restez-moi ; et puisque vous n'êtes pas homme à venir aux Délices, consolez-moi de votre absence en me disant tout ce que vous pensez, tout ce que vous voyez, tout ce que vous croyez, tout ce que vous ne croyez pas ; et sur ce, je vous embrasse de tout mon cœur.

LETTRE CXXXII.

A M. LE COMTE D'ARGENTAL.

27 d'avril.

LE malade, qui n'eft pas mort, n'eft pas affez abandonné de DIEU pour contredire fon ange gardien. Il ne peut pas trop écrire de fa main pour le préfent; tout ce qu'il peut faire eft de fe conformer à la volonté célefte, et de dicter fa réponfe à l'écrit intitulé Petites remarques, mais qu'on croit cependant effentielles.

On demande grâce pour le refte, et furtout on infifte pour que mademoifelle *Clairon* entre armée fur le théâtre, parce qu'elle eft à la tête de fes foldats, parce qu'elle eft forcenée, parce qu'elle ne fait ce qu'elle veut, parce que j'ai vu ce moment faire un très-grand effet, parce que mademoifelle *Clairon* aura fort bonne grâce avec une cuiraffe et une lance à la main.

L'ange eft très-ardemment fupplié de ne pas s'oppofer à ce mouvement théâtral, fans quoi il agirait plutôt en démon incarné qu'en ange gardien.

On protefte au divin ange que, fi la pièce eft fifflée, on mettra tout fur fon compte, et qu'il en fera refponfable devant DIEU.

Au refte, faudra-t-il que les comédiens, qui, en qualité de compagnie ou de troupe, font des ingrats, jouiffent feuls de la part qui appartient à l'auteur, et qu'il ne puiffe en gratifier quelqu'un qui en aurait de

la

1760.

la reconnaiſſance ? Faudra-t-il qu'un libraire tel que
Michel Lambert, qui a l'inſolence d'imprimer toutes
les pauvretés que *Fréron* débite contre moi, gagne
cent louis d'or à imprimer, malgré moi, mon
ouvrage ? cela eſt-il juſte ?

Nous ne trouvons point ici que la pièce (*) du petit
Hurtaud reſſemble à Nanine. *Acante* eſt une perſonne
de condition, et *Nanine* eſt une payſanne ; *Nanine* a
une rivale, et *Acante* n'en a point ; et *Mathurin* eſt
bien un autre perſonnage que *Lucas :* mais nous
réſervons à d'autres temps nos remontrances et nos
plaintes.

Nous nous contentons de proteſter ici que nous
n'avons jamais lu le Diſcours de monſieur *le Franc de
Pompignan* ; que nous mettons *monſeigneur ſon frère* au-
deſſus de St *Ambroiſe* ; ſa *Didon* au-deſſus de celle de
Virgile; ſes cantiques ſacrés au-deſſus de ceux de
David, et d'autant plus ſacrés que perſonne n'y
touche. Nous prêtons ſerment que nous n'avons
jamais lu ni ne lirons jamais le Journal du révérend
frère *Berthier* ; et nous certifions à Me *Joli de Fleuri*
que nous trouvons ſon Diſcours contre l'Encyclo-
pédie un ouvrage unique en ſon genre. Nous lui en
avons même fait de très-ſincères remercîmens qui
paraîtront un jour, ſoit avant notre mort, ſoit après
notre mort, et qui le couvriront de la gloire immortelle qu'il mérite.

Nous déclarons plus ſérieuſement que nous ne
ferons jamais aſſez fous pour quitter notre charmante
retraite ; que quand on eſt bien, il faut y reſter ; que
la vie frelatée de Paris n'approche aſſurément pas de

(*) Le Droit du ſeigneur.

la vie pure, tranquille et doucement occupée qu'on mène à la campagne ; que nous fesons cent fois plus de cas de nos bœufs et de nos charrues que des persécuteurs de la philosophie et des belles-lettres ; que, de toutes les démences, la démence la plus ridicule est de s'aller faire esclave quand on est libre, et d'aller essuyer tous les mépris attachés au plat métier d'homme de lettres, quand on est chez soi maître absolu ; enfin, d'aller ramper ailleurs, quand on n'a personne au-dessus de soi dans le coin du monde qu'on habite.

Plus j'approche de ma fin, mon cher ange, plus je chéris ma liberté ; et, si je ne la trouvais pas au pied des Alpes, j'irais la chercher au pied du mont Caucase. J'ai sous ma fenêtre un aigle qui ne bouge depuis cinq ans, et qui n'a nulle envie d'aller dans le pays des aigles : je suis comme lui. Mais vous savez, mon divin ange, combien mon bonheur est empoisonné par l'idée que je mourrai sans vous avoir revu. Comptez que cela seul répand une amertume continuelle sur le destin heureux que je me suis fait. Je vous prie, pour ma consolation, de vouloir bien me mander ce que vous faites de Zulime ; à qui vous faites donner les rôles ; qui est premier gentilhomme du tripot ; s'il est vrai qu'on joue une pièce contre les philosophes, dans laquelle on représente *Jean-Jacques* marchant à quatre pattes, et si le premier gentilhomme du tripot souffre une telle indécence ? *Jean-Jacques Rousseau*, s'étant mis tout nu dans le tonneau de *Diogène*, s'est exposé, à la vérité, à être mangé des mouches ; mais il me semble que c'est assez de persécuter les philosophes à la cour, dans la forbonne et dans le parlement, et que c'en ferait trop de les jouer fur le théâtre. Je n'aime pas d'ailleurs qu'on faffe un batelage de la foire du temple de *Corneille.*

Mon cher ange, j'arrache la plume à mon clerc, pour vous dire, avec la mienne, combien je vous aime. Vous m'avez prefque fait aimer Zulime que je viens de relire.

A propos, j'ai toujours peur d'avoir fait quelque fottife entre M. le duc de *Choifeul* et *Luc.* Je tâche cependant de ne me point brûler avec des charbons ardens. Je me flatte que M. le duc de *Choifeul* n'eft pas mécontent de ma conduite, et qu'il n'a que des preuves de mon zèle et de ma tendre reconnaiffance pour fes bontés. Seriez-vous affez aimable pour m'affûrer qu'il me les continue ? On parle ici beaucoup de paix. J'ai eu chez moi le fils de M. *Fox,* jadis premier miniftre, qui n'en croit rien.

Je vous demande pardon de cette énorme lettre, et je me mets aux pieds de madame *Scaliger.*

LETTRE CXXXIII.

A M. LE MARQUIS D'ARGENCE DE DIRAC.

Aux Délices, le 28 d'avril.

MONSIEUR,

SI la chair n'était pas auffi infirme chez moi que l'efprit eft prompt quand il s'agit des fentimens d'eftime que vous m'infpirez, fi j'avais un moment de fanté, il aurait été employé depuis long-temps à vous remercier du fouvenir dont vous m'honorez. Je ne me fuis guère flatté que vous puiffiez paffer nos montagnes, et venir voir, dans un petit coin du monde, la philofophie libre et indépendante. Vous la porterez dans vos terres. Peu d'hommes favent vivre avec eux-mêmes, et jouir de leur liberté ; c'eft un tréfor dont ils font tous embarraffés. Le payfan le vend pour quatre fous par jour, le lieutenant pour vingt, le capitaine pour un écu de fix francs, le colonel pour avoir le droit de fe ruiner. De cent perfonnes, il y en a quatre-vingt-dix-neuf qui meurent fans avoir vécu pour eux. Les hommes font des machines que la coutume pouffe comme le vent fait tourner les ailes d'un moulin. Ce *Hume* dont vous me parlez, Monfieur, eft un vrai philofophe ; il ne voit dans les chofes que ce que la nature y a mis. Je doute qu'on ait ofé traduire fidellement les petites libertés qu'il prend avec les préjugés de ce monde. Il n'eft pas encore permis en France d'imprimer des vérités anglaifes : il en eft de la philofophie de ce pays - là comme de l'attraction et de l'inoculation , il faut du temps pour les faire recevoir. Les Anglais font les premiers qui aient chaffé les moines et les préjugés : c'eft dommage que nos maîtres d'école nous battent, et privent leurs écoliers de morue : nous fommes fur mer comme en philofophie, des commençans. Pour moi, Monfieur, je ne fuis qu'une voix dans le défert. Je refterai tout le mois de mai dans ma petite cabane des Délices ; elle n'eft éloignée de Genève que d'une portée de carabine ; il faut que le malade foit auprès du médecin. Mon *Efculape-Tronchin* eft à Genève. Si, contre toute apparence , vous veniez dans ces quartiers, vous y verriez un fuiffe qui vous recevrait avec toute la franchife et la pauvreté de fon pays, mais avec les fentimens les plus refpectueux.

LETTRE CXXXIV.

A M. LE COMTE D'ARGENTAL.

30 d'avril.

O Anges, je mets tout fous vos ailes ; tout retombera fur vous. Le nœud eft bien mince ; *Ramire* eft bien peu de chofe, Madame ; je fuis fon mari ; eh , *Nicodème*, que ne le difais-tu plutôt ?

M. le duc de *Choifeul* femble avoir fenti cela comme je le fens ; il m'a écrit une lettre charmante. Mon divin ange, il paraît qu'il vous aime comme vous méritez d'être aimé. Dites-moi, en confcience ,

—— aurons-nous la paix ? Vous la voulez , mais veut-on vous la donner ? eſt-ce tout de bon ? J'ai plus beſoin de la paix que de ſifflets. J'aime mieux les chevaliers que les *Ramire*. Il n'y a que deux coups de rabot à donner aux chevaliers , mais il manque à tout cela un peu de force. Je baiſſe, je baiſſe, je fonds : j'ai acquis de la gaieté , et j'ai perdu du robuſte.

Vous vous moquez de moi ; on peut faire quelque choſe d'*Hurtaud.* Ce petit drôle-là n'a mis que quinze jours à ſon œuvre.

Nous allons jouer ſur notre théâtre de Ferney , mais je ne peux plus même faire les pères ; j'ai cédé mes rôles, je ſuis ſpectateur bénévole.

Mon cher ange , je deviens bien vieux ; j'ai, je crois, cinq ou ſix ans plus que vous.

Le temps va d'un tel pas qu'on a peine à le ſuivre.

Je voudrais bien ſavoir ſi le chevalier d'*Aidie*, autre philoſophe campagnard de mon âge , eſt à Paris, comme on me l'a mandé : ferait-il aſſez lâche pour ſe démentir à ce point ? au moins , je me flatte que c'eſt pour peu de temps. Vous avez dû recevoir vingt pages de moi l'ordinaire dernier, et je vous écris encore. Les gens qui aiment ſont inſupportables.

LETTRE CXXXV.

A M. SAURIN, *à Paris*.

5 de mai.

JE vous remercie de tout mon cœur, Monfieur;
j'aime beaucoup *Spartacus*. Voilà mon homme; il
aime la liberté, celui-là. Je ne trouve point du tout
Craffus petit. Il me femble qu'on n'eft point avili
quand on dit toujours ce qu'on doit dire. J'aime fort
que *Noricus* tourne fes armes contre *Spartacus*, pour
fe venger d'un affront; cela vaut mieux que la lâcheté
de *Maxime* qui accufe fon ami *Cinna*, parce-qu'il eft
amoureux d'*Emilie*. Cet emportement de *Spartacus*,
et le pardon qu'il demande noblement, font à
l'anglaife; cela eft bien de mon goût. Je vous dis ce
que je penfe; je vous donne mon fentiment pour
mien, et non pour bon. Peut-être le parterre de Paris
aura défiré un peu plus d'intérêt.

Il y a quelques vers duriufcules. Je ne hais pas
qu'un *Spartacus* foit quelquefois un peu raboteux; je
fuis las des amoureux élégans. Ma cabale veut donner,
malgré moi, une pièce toute confite en tendreffe; il
y a une efpèce d'amoureux qui me paraît un grand
benêt. Cela a un faux air de *Bajazet*; cela eft bien
médiocre. J'en ai averti : ils veulent la jouer; je mets
le tout fur leur confcience.

Je vous avertis que je n'aime point du tout votre
épître à M. *Helvétius*; quand je vous dis que je ne
l'aime point, c'eft que je ne connais perfonne qui

S 4

l'aime. *Tout eft dit* : non, tout n'eft pas dit; et vous auriez dû dire adroitement bien des chofes.

J'ignore fi on a joué la farce contre les philofophes; on ne fait comment s'y prendre pour détruire cette pauvre raifon. On braille contre elle fur les bancs, dans les rues; on la joue à la comédie. Lui donnera-t-on bientôt la ciguë? Vous êtes plus fous que les Athéniens. Janféniftes, moliniftes, cafés, bord..., tout fe déchaîne contre les philofophes; et les pauvres diables font défunis, difperfés, timides. En Angleterre, ils font unis, et ils fubjuguent.

Je viens de recevoir le Difcours de *le Franc de Pompignan* et les *Quand*. Il me prend envie de les avoir faits. Ce Difcours eft bien indécent, bien révoltant; il met en colère. Je m'applaudis tous les jours d'être loin de ces pauvretés. Je méprife les hypocrites, et je hais les perfécuteurs; je brave les uns et les autres. Tout cela ne contribue pas à faire aimer les hommes. Il en vient pourtant chez moi beaucoup, et quelques-uns me remercient d'avoir ofé être libre, et écrire librement. Pour le peu de temps qu'on a à vivre, que gagne-t-on à être efclave? Je voudrais vous voir, vous et votre ami.

Faites-moi le plaifir de me mander le fuccès de la pièce contre les philofophes, et le nom de cet *Ariftophane*.

LETTRE CXXXVI.

A M. LACOMBE,

AVOCAT, ET DEPUIS LIBRAIRE, *à Paris.*

Aux Délices, 9 de mai.

JE recevrai, Monfieur, avec une extrême reconnaiffance l'ouvrage dont vous voulez bien m'honorer (*). Votre lettre me donne grande envie de voir votre livre ; elle eft d'un philofophe, et il n'appartient qu'aux philofophes d'écrire l'hiftoire ; les autres font des fatiriques, des flatteurs, ou des déclamateurs.

Je n'ai encore qu'un volume de prêt de l'Hiftoire de *Pierre le grand.* Les mémoires qu'on m'envoie de Pétersbourg viennent fort lentement et de loin à loin : plufieurs ont été pris en route par des houfards. Vous voyez que la guerre fait plus d'un mal. Au refte, je doute fort que cette hiftoire réuffiffe en France : je fuis obligé d'entrer dans des détails qui ne plaifent guère à ceux qui ne veulent que s'amufer. Les folies héroïques de *Charles XII* divertiffaient jufqu'aux femmes ; des aventures romanefques, et telles même qu'on n'oferait les feindre dans un roman, réjouiffaient l'imagination ; mais deux mille lieues de pays policées, des villes fondées, des lois établies, le commerce naiffant, la création de la difcipline militaire, tout cela ne parle guère qu'à la raifon.

Ajoutez à ce malheur celui des noms barbares,

(*) Hiftoire des révolutions de Ruffie.

inconnus à Verfailles et à Paris ; et vous m'avouerez que je cours grand rifque de n'être point lu de tout ce que vous avez de plus aimable.

Il fe pourra encore que maître *Abraham Chaumeix* me dénonce comme un impie , attendu que *Pierre le grand* n'a jamais voulu entendre parler de la réunion de l'Eglife grecque à la romaine , propofée par la forbonne. Les jéfuites fe plaindront qu'on les ait chaffés de Ruffie , tandis qu'on a laiffé une douzaine de capucins à Aftracan. Nous verrons , Monfieur, comment vous vous êtes tiré de ces difficultés.

Je fuis auffi indigné que vous qu'on permette à Paris l'affront qu'on fait fur le théâtre à des hommes refpectables. Serait-il poffible , Monfieur , qu'on eût défigné injurieufement dans la pièce nouvelle (*) MM. d'*Alembert*, *Diderot*, *Duclos*, *Helvétius*, et tant d'autres ? J'ai peine à croire que notre nation légère foit devenue affez barbare pour approuver une telle licence. Je ne fais qui eft l'auteur de cette pièce ; mais, quel qu'il foit , il aurait à fe reprocher toute fa vie un tel abus de fon talent ; et les approbateurs auraient encore plus de reproches à fe faire. Peut-être la licence qu'on fuppofe dans cette pièce, n'eft-elle pas auffi grande qu'on le dit. J'ignore fi la pièce a été jouée ; j'ai confervé à Paris peu de correfpondances : je fais feulement, en général, qu'on m'y attribue fouvent des ouvrages que je n'ai pas même lus. Les vôtres , Monfieur, ferviront à me défennuyer de ceux qui me font venus de ce pays-là.

Vous me donnez trop de louanges ; mais vous favez, vous qui êtes avocat, que la forme emporte

(*) Les Philofophes, comédie de *Paliffot*.

le fond. Elles font fi bien tournées qu'on vous par-
donnerait même le fujet.

J'ai l'honneur d'être, &c.

LETTRE CXXXVII.

A M. LE COMTE D'ARGENTAL.

16 de mai.

Un *Gafparini*, mon divin ange, doit demander ou
avoir demandé votre protection pour débuter, pour
être reçu, ou pour être fouffert à l'effai. Il eft bon
dans les rôles à manteau, dans certains rôles de
père; et je vous affure qu'il fit mourir de rire dans
le rôle de M. *Duru*, quoi qu'en dife le grand *Fréron*
mon ami.

Je reçois vingt lettres de connus, d'inconnus, qui
tous s'adreffent à moi pour que je fois le réparateur
des torts, pour que je venge le public de l'infamie
du théâtre. Je m'en garderai bien; je n'ai que trop
fait le don *Quichotte*. Que les intéreffés pourvoyent
à leurs affaires.

Je vous accable de lettres: pardon; mais, puifque
m'y voilà, vous faurez que j'ai relu Tancrède; elle
finiffait languiffamment. Que dites-vous des fureurs
d'*Orefte*? déclamation, et puis c'eft tout. Mais fureurs
de femme, fureurs mêlées de tendreffe, rage contre
les chevaliers, emportemens contre fon père, larmes
fur le corps de fon amant, évanouiffement, retour
à la vie, tranfports, défefpoir aux yeux de ceux qui

ont fait ſes malheurs ; ſi cela n'eſt pas théâtral, ſi cela n'eſt pas déchirant, je ſuis un grand ſot.

Patience ; la Chevalerie eſt quelque choſe de bien neuf, en dépit de l'envie ; et madame *Scaliger* ſera contente ; et je baiſe le bout de vos ailes plus que jamais, ainſi fait *Clairon-Denis*.

LETTRE CXXXVIII.

AU MÊME.

Aux Délices, 25 de mai.

JE n'aime point, mon divin ange, que madame *Scaliger* ſoit toujours malade ; cela nuit beaucoup à la douceur de ma vie.

Vous êtes un homme bien hardi de vouloir faire jouer la Mort de Socrate ; vous êtes un *Anti-Anitus*. Mais que dira maître *Anitus-Joli de Fleuri* ? Ce Socrate eſt un peu fortifié depuis long-temps par de nouvelles ſcènes, par des additions dans le dialogue. Toutes ces additions ne tendent qu'à rendre les perſécuteurs plus ridicules et plus exécrables ; mais auſſi elles ne contribueront pas à les déſarmer. Les *Fleuri* feront ce qu'ils firent à Mahomet ; et ce *Pantalon* de *Rezzonico* ne fera pas pour moi ce que fit ce bon *Polichinelle de Benoit XIV*. Voyez ce que vous pouvez haſarder. Je ſuis à vos ordres avec toute la témérité poſſible. Je vous avertis ſeulement que les déclamations de *Socrate*, ſur la fin, doivent être bien courtes, et que celui qu'on va pendre ne doit pas pérorer long-temps : tout ſermon eſt ennuyeux.

Si vous avez la probité et le courage de faire jouer
ce bon pasteur *Hume*, il n'y a qu'à donner à *Fréron*
le nom de guêpe au lieu de *frélon*; M. *Guêpe* fera
le même effet. Quant au petit procès-verbal des
raisons pourquoi cette *Lindane* est à Londres, c'est
l'affaire d'un moment. Les Français aiment donc
ces procès-verbaux; les Anglais ne s'en soucient
guère. *Lindane* est à Londres : on ne se soucie point
de savoir comment elle y est arrivée d'Ecosse; et
toutes ces vétilles ne font rien à l'intérêt et au succès.
Mais, si vous exigez ces préliminaires, vous serez
servi, et vîte.

26 de mai.

On pourrait rendre le Droit du seigneur très-inté-
ressant au troisième acte. Cette pièce fut jetée en
fable; elle n'a jamais coûté quinze jours. On peut
aisément donner quelques coups de ciseau; vous
ferez encore servi sur cet article quand vous voudrez.

Très-bonne idée, excellente idée de reculer
Médime; elle n'en vaudra que mieux; on aura le
temps de la coiffer; elle ne paraîtra point immédiatement après l'infamie contre les philosophes; et j'aurai la
gloire de n'avoir pas voulu que les comédiens profi-
tassent de ma pièce, après s'être déshonorés en se
prêtant pour de l'argent au déshonneur de la nation.

Mon très-cher ange, voilà une vilaine époque.
La pièce de *Palissot*, le discours de maître *Joli*, celui
de maître *le Franc de Pompignan*, mettent le comble
à l'ignominie de la France; cela vient tout juste après
Rosbac, les billets de confession et les convulsions.

. M. de *Choiseul* eſt-il bien affligé de la maladie de madame de *Robecq* ? Je la tiens morte ; c'eſt la maladie de ſa mère : c'eſt bien dommage ; mais pourquoi protéger *Paliſſot* ? Hélas ! M. de *Choiseul* protége auſſi ce *Fréron*. Il a bien mal fait de s'adreſſer à lui pour répondre aux invectives horribles de *Luc* contre le roi : il ne connaît pas *Fréron* ; c'eſt un monſtre, mais un monſtre dont je ne fais que rire. Je ris de tout, je m'en trouve bien ; mais c'eſt bien ſérieuſement que je vous aime avec la plus grande tendreſſe.

LETTRE CXXXIX.

A MADAME DE FONTAINE, *à Ornoi.*

Aux Délices, 28 de mai.

JE ſuis toujours affligé, ma chère nièce, que la Picardie ſoit ſi loin de mon lac ; mais je vous vois d'ici bâtiſſant, arrangeant, meublant, et je me conſole en penſant que vous avez du plaiſir. N'allez pas vous aviſer de regretter Paris ; quand vous auriez vu la prétendue comédie des Philoſophes, vous n'en ſeriez pas mieux ; et quand vous auriez été témoin de toutes les ſottiſes qui ſe font dans ce pays-là, vous n'y gagneriez rien. Attendez patiemment que la deſtinée de l'Europe ſoit tirée au clair.

Luc a cent mille hommes ſous les armes ; c'eſt preſque autant de ſoldats qu'il a fait de vers. Les Ruſſes en ont autant, la reine de Hongrie davantage.

Les Hanovriens et nous, nous en pouvons compter
plus de quatre-vingts mille de chaque côté; ce qui,
joint aux Suédois, fait au-delà de cinq cents mille
héros, à cinq fous par jour, qui vont travailler à
nous donner la paix.

Luc, en attendant, fait imprimer fes œuvres. Il a
été mécontent de l'édition qu'on avait donnée. On
lui a fait apercevoir qu'il pouvait perdre quelques
partifans en laiffant fubfifter une tirade contre le
chriftianifme, qui commence par *Lâches chrétiens*.
Il a fait brûler cette édition par le bourreau à Berlin,
et en a donné une autre où il a mis *Pauvres chrétiens;*
ce qui a tout réparé, comme vous le voyez bien.
C'eft un rare mortel; il m'a confié qu'il ferait durer
la guerre encore quatre ans; ainfi prenez vos mefures
là-deffus.

Le tonnerre a fait des fiennes en attendant le
canon; il eft tombé fur le chevalier de *la Luzerne*
qui était à la tête de fa troupe: il a brûlé fes habits
et fa culotte, fans lui faire beaucoup de mal; le
chevalier eft arrivé à cu nu. Si le roi de Pruffe avait
été là, il aurait cru que c'était une galanterie que le
tonnerre lui fefait.

Si vous me demandez de mes nouvelles, je vous
dirai que j'ai eu trois ou quatre petits procès; l'un
avec un prêtre, l'autre avec les fermiers généraux,
un troifième contre le parlement de Bourgogne, un
quatrième contre la république de Genève. Je les ai
tous gagnés, tous finis, gaiement et fans que perfonne
fût de mauvaife humeur.

Nos jardins font charmans. Nous allons jouer la
comédie dès que l'*Eclufe* aura fait des dents à notre

première actrice. Le duc de *Villars* prétend qu'il jouera les rôles de père ; *Marmontel* arrive avec un *Gaulard* receveur général : voilà l'état des chofes ; mais auffi rendez-moi compte des plaifirs d'Ornoi.

Dieu vous donne un jour, monfieur le chevalier (*), les mêmes fujets d'angoiffe qu'à monfieur votre père ! Il me fait l'honneur de m'écrire ; il confulte *Tronchin ;* favez-vous bien fur quoi ? fur ce qu'à l'âge de quatre-vingt-fept ans, il a le malheur de ne s'endormir qu'à quatre heures du matin, et de dormir jufqu'à dix ; d'ailleurs il eft affez content de lui.

Monfieur le jurifconfulte, que faites-vous ? êtes-vous toujours gras comme un moine ? que dites-vous de d'*Aumart* qui ne peut plus marcher depuis quatre mois, même avec des béquilles ? Je foupçonne notre ami *Tronchin* de s'être fourvoyé en lui appliquant, l'année paffée, un cautère pour le fortifier. J'ai peur que ce pauvre garçon ne boite toute fa vie.

Je vous embraffe tous ; je vous aime, je vous regrette.

(*) M. de *Florian.*

LETTRE

LETTRE CXL.

A M. THIRIOT.

Le 9 de juin.

J'AI reçu, mon cher et ancien ami , toutes les archives de l'efprit et de la raifon, de l'horreur et de la méchanceté , du pour et du contre, de la perfécution contre les philofophes , et de leur jufte défenfe ; il me manque la *Vifion*. On dit qu'il y a des *Pourquoi* , des *Oui* et des *Non* nouveaux, qui font auffi bons que les *Que ;* je les attends auffi. Il faut que j'aye toutes les pièces du procès ; il eft intéreffant.

J'étais dans un bofquet de rofes quand je reçus votre paquet ; je me flatte que je ne fentirai pas les épines de cette difpute. Voilà donc *Robin - mouton* envoyé à la boucherie ! Eft-ce pour la *Vifion* qu'on a faifi *Robin* (*) ? et cette *Vifion* eft-elle bien de *Grimm* ? Je foupçonne que *Grimm* eft de la troupe des prophètes , mais que l'efprit ne defcend pas fur lui feul.

Il ferait bien à défirer que les frères fuffent unis ; ils écraferaient leurs indignes adverfaires qui les mangent l'un après l'autre. Il faudrait que les *da* , *dé* , *di* , *do* , *du* , les *h* , les *g* , &c. , foupaffent tous enfemble deux fois par femaine.

Mes enfans, aimez-vous les uns les autres, fi vous pouvez. Votre ennemi vous a dit, ou plutôt redit:

Que nous fommes perdus fi nous nous divifons.

(*) Le libraire *Robin.*

Par quelle dure fatalité arrive-t-il que j'aye la réponfe de *Ramponeau*, et que je n'aye pas le factum de M. de *Beaumont* contre *Ramponeau* ? Il n'y avait qu'un exemplaire de ce factum dans notre petite province ; je ne l'ai tenu qu'un inftant ; je l'ai lu rapidement, mais avec grand plaifir ; et j'ai eu la bêtife honnête de le rendre. Voyez combien les philofophes font honnêtes gens, quoi qu'en dife *Paliffot* !

Je vous envoie la feule copie de la réponfe que j'aye en main ; elle eft d'un homme de l'académie de Dijon : cela m'a paru gai, et je n'aime plus que ce qui eft gai. Je veux paffer, encore une fois, le refte de ma vie à lire et à rire.

Vous trouverez, fans doute, quelque bon citoyen qui fe fera un plaifir de publier le plaidoyer de *Ramponeau*. Je voudrais avoir de plus belles chofes à vous envoyer, et de plus longues ; mais il vient rarement de bonnes chofes de la province.

Les Fétiches du préfident *Debroffes* n'ont pas eu grand cours ; le Difcours même du préfident de Montauban n'eft pas recherché : c'eft la pierre fur laquelle on va aiguifer fes couteaux ; mais, pour la pierre, elle eft au rebut.

La préface de *Paliffot* eft pire que fon ouvrage. Il impute aux encyclopédiftes des paffages de *la Métrie* ; paffages horribles, mais que *la Métrie* lui-même réfute. Il fupprime la réfutation. Il préfente ce poifon à la cour, pour faire croire que ce font nos philofophes qui l'ont apprêté. Je n'ai point ce livre de *la Métrie*, de *la Vie heureufe*. Pouvez-vous me faire avoir toutes les œuvres de ce fou ? Vous devriez courir chez M. d'*Alembert*, qui ne fait pas peut-être combien ces paffages font altérés ; car ce livre eft, je crois, très-rare. Je penfe qu'il faudrait faire un ouvrage fage, ferme et piquant, où tous les tours de mauvaife foi des ennemis fuffent relevés. Qui le peut mieux que M. d'*Alembert* ? Mais ce pauvre *Robin*, ce pauvre *Robin-mouton !* Pour Dieu, envoyez-moi la *Vifion*.

LETTRE CXLI.

A M. LE COMTE D'ARGENTAL.

Aux Délices, 13 de juin.

Mon divin ange, à peine ai-je reçu votre paquet, que j'ai envoyé fur le champ la confultation à M. *Tronchin*, et je l'ai accompagnée de la lettre la plus preffante.

Je m'intéreffe à la fanté de M. de *Courteille* comme vous-même ; je dois beaucoup à fes bontés. Il eft vrai qu'elles font la fuite de fon amitié pour vous ; mais je n'en fuis, par cette raifon-là même, que plus reconnaiffant. Dès que *Tronchin* aura fini, vous aurez fon mémoire ; mais il faudra s'y conformer. Je vous jure, quoiqu'en dife M. le duc de *Choifeul*, que c'eft un homme admirable pour les maladies chroniques ; la preuve en eft que je fuis en vie. Je vous prie de vouloir bien préfenter mon refpect à madame de *Courteille* qui m'édifie. Pour madame *Scaliger*, je crois qu'elle s'en tient à *Fournier*, et elle a raifon ;

il connaît son tempérament ; il est attentif. Je voudrais qu'elle fît un peu d'exercice ; mais il ne faut pas en parler aux dames de Paris.

Venons maintenant au tripot ; passez-moi le mot, car je suis du métier, et nous allons jouer sur le nôtre. Je supplie donc mademoiselle *Clairon* de bien dire que j'ai retiré la *Médime* ; elle la jouera ensuite quand elle voudra : mais je veux me donner un peu l'air d'être indigné de la pièce des grenouilles contre les *Socrate*. Je le suis encore davantage de la réponse intitulée *Vision*, dans laquelle on insulte madame de *R**** mourante ; c'est le coup le plus mortel que les philosophes puissent se porter à eux-mêmes.

Je suppose que vous avez reçu, mon cher ange, mon paquet adressé à M. de *Chauvelin*, paquet dans lequel était ma réponse à *Palissot*. J'ai pris la liberté de vous prier que cette réponse passât par vos mains, afin que vous fussiez à la fois témoin et juge.

Encore une fois, il paraît difficile qu'on joue Socrate. Cette pièce ne peut plaire qu'en rendant les *Mélitus* et les *Anitus*, et les autres juges, aussi méprisables que des coquins peuvent l'être ; d'ailleurs je voudrais que la pièce fût en vers, cela donne plus de force aux maximes, et la morale est un peu moins ennuyeuse en vers bien frappés qu'en prose.

Pour l'Ecossaise, vous l'aurez quand vous voudrez ; et tout le procès-verbal du voyage de *Lindane* à Londres, et de ce qu'elle y fait, ne tiendra pas dix lignes. *Frélon* embarrasse fort M. *Hume*. Il me mande que, si on change le caractère de cet animal, il croira qu'on l'a craint, et qu'il est bon que ce scorpion subsiste dans toute sa laideur. Monsieur *Guêpe* vaut bien monsieur *Frélon ; wasp* signifie en anglais frélon et guêpe ; mais on ne peut pas s'appeler *Wasp* à Paris.

Le petit *Hurtaud* croit le Droit du seigneur ou le Débauché infiniment supérieur à Socrate et à l'Ecossaise ; il n'y voit pas la moindre ressemblance avec Nanine. Il compte vous soumettre la pièce, et vous l'envoyer avec l'ordonnance de M. *Tronchin ;* (mais non, il ne vous l'enverra pas de quinze jours : tant mieux).

Venons, s'il vous plaît, à un autre article. Je ne lis point les feuilles de *Frélon.* J'ignore s'il loue ou s'il blâme les œuvres de *Luc ;* mais, entre nous, je soupçonne M. le duc de *Choiseul* de s'être servi de lui pour répondre à une certaine ode de *Luc* contre le roi. Cependant M. le duc de *Choiseul* m'écrivit qu'il l'avait faite lui-même : tant mieux, si cela est ; j'aime qu'un ministre soit du métier, et j'admire sa facilité et sa promptitude.

Marmontel est ici avec un *Gaulard* très-aimable et très-doux. Il jure qu'il n'a pas la moindre part à l'infamie de la scène d'*Auguste*, et il le jure avec larmes.

Est-il vrai, mon cher ange, qu'on persécute les philosophes avec fureur ? Que je suis aise d'être aux Délices ; mais que je suis fâché d'être loin de vous !

Je reçois dans ce moment les arrêts de *Tronchin ;* je ne crois pas que ce soit des édits contre lesquels on puisse faire des remontrances. Je vous adresse le paquet, afin qu'il parvienne par vous à madame de *Courteille*, avec qui je vous soupçonne de conspirer contre la gourmandise de monsieur.

T 3

LETTRE CXLII.

A M. THIRIOT.

Aux Délices, le 19 de juin.

Vous devez, encore une fois, mon cher et ancien ami, avoir reçu ma réponse, et mes remercîmens, et la liste de mes besoins, par M. *Darboulin* à qui je l'ai recommandée.

M. d'*Alembert* suppose toujours que j'ai tout vu; c'est une règle de fausse position. Je n'ai rien vu; je n'ai point le Mémoire de M. *le Franc de Pompignan*; je demande l'*Interprétation de la nature*, *la Vie heureuse*, de l'infortuné *la Métrie*, &c. &c.

Je réitère mes sanglots sur `la *Vision*; cette vision est celle de la ruine de Jérusalem. Voilà la philosophie perdue et en horreur aux yeux de ceux qui ne l'auraient pas persécutée. O ciel! attaquer les femmes! insulter à la fille d'un *Montmorenci*! à une femme expirante! Je suis réellement au désespoir.

M. d'*Alembert* croit m'apprendre que M. le duc de *Choiseul* protége *Palissot* et *Fréron*. Hélas! j'en fais plus que lui sur tout cela, et je peux répondre que M. le duc de *Choiseul* aurait protégé davantage les pauvres *Socrates*; et je vous prie de le lui dire. Il m'écrit que les philosophes sont unis, et moi je lui soutiens qu'il n'en est rien; quand ils souperont deux fois par semaine ensemble, je le croirai. On cherche à les diviser; on va jusqu'à m'appeler l'oracle des philosophes, pour me faire brûler le

premier. On ose dire, dans la préface de *Paliſſot*,
que je fuis au-deſſus d'eux; et moi je dis, j'écris qu'ils
font mes maîtres. Quelle comparaiſon, bon Dieu,
des lumières et des connaiſſances des *d'Alembert* et des
Diderot avec mes faibles lueurs! Ce que j'ai au-deſſus
d'eux eſt de rire et de faire rire aux dépéns de leurs
ennemis; rien n'eſt ſi ſain, c'eſt une ordonnance de
Tronchin.

Ecrivez-moi, mon ancien ami; voyez *Protagoras-
d'Alembert*, et venez aux Délices.

1760.

LETTRE CXLIII.

A M. DUCLOS.

A Tourney, 20 de juin.

JE crois, Monſieur, devoir vous informer de ce
qui s'eſt paſſé entre M. *Paliſſot* et moi. Il vint
aux Délices, il y a plus de deux ans; il m'envoya
depuis, par le canal d'un jeune prêtre de Genève,
ſa comédie jouée à Nancy, qui ne reſſemblait
point à celle qu'il a donnée depuis à Paris. Je
l'exhortai à ne point attaquer de très-honnêtes gens
qui ne l'avaient point offenſé. Le prêtre de Genève,
qui eſt un homme de mérite, lui écrivit en conformité.

M. *Paliſſot* m'a envoyé ſa pièce des Philoſophes
imprimée. Il a depuis donné au public une lettre
pour ſervir de préface à ſa comédie. Dans cette
préface, il me fait l'injuſtice de dire que je ſuis

T 4

au-deſſus des philoſophes qu'il outrage ; je ne ſens l'intervalle qui me ſépare d'eux, que par mon impuiſſance d'atteindre à leurs lumières et à leurs connaiſſances.

Il vous rend encore moins de juſtice qu'à moi, en attaquant ſur le théâtre votre livre *des Mœurs*. Je lui ai mandé que je regarde ce livre comme un très-bon ouvrage, que votre perſonne mérite encore plus d'égards ; que ſi M. *Helvétius*, et tous ceux qu'il offenſe l'ont outragé publiquement, il fait très-bien de ſe défendre publiquement ; que s'il n'a point à ſe plaindre d'eux, il eſt inexcuſable. Telle eſt la ſubſtance de ma lettre, que j'ai envoyée à cachet volant à M. d'*Argental*. Voilà, Monſieur, les éclairciſſemens que j'ai cru vous devoir touchant cette aventure, et je vous prie de les faire paſſer à M. *Helvétius*.

Quant à la perſécution qui s'élève contre les ſeuls hommes qui faſſent aujourd'hui honneur à la nation, je ne vois pas ſur quoi elle eſt fondée. Je ſoupçonne qu'elle reſſemble à celle qui s'éleva contre *Pope*, *Swift*, *Arbutnot*, *Guay* et leurs amis. Ils en triomphèrent aiſément ; je me flatte que vous triompherez de même, perſuadé que ſept ou huit perſonnes de génie, bien unies, doivent, à la longue, écraſer leurs adverſaires, et éclairer leurs contemporains.

Je pourrais me plaindre du diſcours de M. *le Franc* à l'académie ; il m'a déſigné injurieuſement. Il ne fallait pas outrager un vieillard retiré du monde, ſurtout dans l'opinion où il était que ma retraite était forcée ; c'était, en ce cas, inſulter au

malheur, et cela eft bien lâche. Je ne fais comment
l'académie a fouffert qu'une harangue de réception
fût une fatire.

Il eft trifte que les gens de lettres foient
défunis ; c'eft divifer des rayons de lumières pour
qu'ils aient moins de force. Un homme de cour
s'avifa d'imaginer que je vous avais refufé ma voix
à l'académie. Cette calomnie jeta du froid entre
nous, mais n'a jamais affaibli mon eftime pour
vous. Jugez de cette eftime par le compte exact que
je vous rends de mon procédé ; il eft franc, et
vous me rendrez juftice avec la même franchife.

LETTRE CXLIV.

A M. LE COMTE D'ARGENTAL.

Aux Délices, 23 de juin.

MON divin ange, M. le duc de *Chôifeul* m'a
mandé qu'il avait vu le Pauvre diable. Vous devez
l'avoir chez vous : mais en voici, je crois, une
meilleure édition que la coufine *Catherine Vadé* m'a
envoyée, et que je remets dans vos mains pour
vous amufer ; car il faut s'amufer. Voici encore
l'amufement d'une nouvelle réponfe à une nouvelle
lettre de *Paliffot de Montenoy*. Puifque vous avez
eu la bonté de lui faire parvenir ma première,
j'ofe encore vous fupplier de lui faire tenir ma
feconde. Elle eft *argumentum ad hominem ;* et, s'il
ne fait pas ce que je lui demande, je penfe qu'on

peut alors rendre ma lettre publique ; mais ce ne fera pas fans votre confentement.

Vous aurez, par le premier ordinaire, le drame de *Jodèle*, ajufté au théâtre moderne par *Hurtaud*. Si cela reffemble à Nanine, j'ai tort ; fi cela n'eft pas gai et intéreffant, j'ai encore tort ; fi cela peut être joué fans qu'on foupçonne le moins du monde un autre qu'*Hurtaud*, j'aurai un vrai plaifir. Voulez-vous m'en faire un ? c'eft de m'envoyer un des Mémoires de M. *le Franc de Pompignan*. Tout le monde m'en parle, et je ne l'ai point vu.

Mon cœur eft auffi tendre avec vous, que coriace avec *Pompignan*. *Trublet* travaille au Journal chrétien. Il a imprimé que je le fefais bâiller, *Catherine Vadé* dit qu'il eft plus ennuyeux encore que moi.

Mes refpects, je vous prie, à *Abraham Chaumeix*, fi vous le voyez chez M. *Joli de Fleuri*.

Je ne vous en aime pas moins, mon divin ange.

LETTRE CXLV.

A M. THIRIOT.

Aux Délices, le 23 de juin.

LA pofte part, je n'ai que le temps de vous dire, mon cher ami, que vous ne favez ce que vous dites ; que je fais mieux que vous l'aventure de *Robin*, et les fentimens de ceux qui l'ont fait coffrer, et le tort extrême qu'on a eu de fourrer madame la princeffe de R*** dans une querelle de comédie, et qu'on trouve à Verſailles le Mémoire de *Pompignan* auſſi ſot qu'à Paris, et qu'un compliment de M. de *la Vauguion* n'eſt qu'un compliment, et qu'il ne faut point s'alarmer, et que les bons cacouacs auront toujours le public pour eux, et qu'il faut rire.

Par quelle fatalité me dit-on toujours : *Vous avez lu le Mémoire de Pompignan, que dites-vous de ce Mémoire et de ſa généalogie ?* et perſonne ne me l'envoie, et je ſuis tout honteux.

J'ai reçu une grande lettre de *Jean-Jacques Rouſſeau :* il eſt devenu tout-à-fait fou ; c'eſt dommage.

J'ai commencé ma lettre, mon cher ami, par ces beaux mots : Vous ne ſavez ce que vous dites ; j'ajoute à préſent que vous ne ſavez ce que vous faites ; car il vaudrait bien mieux venir aux Délices, dans la chambre des fleurs, que d'aller chez un médecin dont vous n'avez pas beſoin, puiſque vous êtes gros et gras.

J'ai vu *Marmontel :* il eſt gros et gras auſſi, et de plus m'a paru fort aimable ; il ſoutient ſa diſgrâce en homme qui ne la méritait pas.

J'ai la *Viſion,* j'en ai deux exemplaires ; mais, pour Dieu, faites-moi avoir *Moſe's legation,* et *l'Interprétation de la nature.*

Je ſuis dans un commerce très-vif avec le bienheureux *Paliſſot ;* je lui ai écrit une lettre paternelle, en dernier lieu, dans laquelle je lui propoſe de faire une rétractation publique. Adieu, adieu ; une autre fois je vous en dirai davantage, mais il faudrait venir chez nous. Je vous embraſſe tendrement.

LETTRE CXLVI.

A M. LE COMTE D'ARGENTAL.

27 de juin.

Mon cher ange pardonnera fi je n'écris pas de ma main ; on n'eft pas de fer , quoiqu'on foit dans un fiècle de fer. M. *Tronchin* eft étonné que vos médecins de Paris n'aient pas prévu la pierre bilieufe ; je l'ai confulté fur le rhumatifme ; il demande des détails , et alors il dira fon avis.

Il faudrait, mon divin ange , refondre l'Ecoffaife , changer abfolument le caractère de *Frélon* , en faire un balourd de bonne volonté, qui gâterait tout en voulant tout réparer, qui dirait toutes les nouvelles en voulant les taire , et qui influerait fur toute la pièce jufqu'au dernier acte. Cette pièce a été faite bonnement et avec fimplicité, uniquement pour faire donner *Fréron* au diable ; elle ne pourrait être fupportée au théâtre, qu'en cas qu'on la prît pour une comédie véritablement anglaife. Elle reffemble aux toiles peintes de Hollande , qui ne font de débit que quand elles paffent pour être des Indes. Je vous enverrai, je crois, demain cette mifère , avec quelques légères corrections. Il eft impoffible de rien changer aux deux derniers actes, à moins de faire une pièce nouvelle. Je me trompe peut-être , mais je crois que le Droit du feigneur vaut infiniment mieux. Vous aurez le petit embelliffement de la fin de Tancrède en fon temps , afin de ne pas mêler les efpèces.

Pour Médime, j'en ai par-deſſus la tête; je ne puis rien faire pour elle; je ſuis ſon ſerviteur, et lui ſouhaite toutes ſortes de proſpérités. Vous devriez bien donner un *Pauvre diable* à votre ancien portier; peut-être trouverait-il quelque honnête typographe qui s'en chargerait pour l'édification publique. Tout le monde admire la modeſtie de *le Franc de Pompignan*, et on voit combien le *roi et tout l'univers* prennent le parti de ce grand-homme; je crois que mademoiſelle *Vadé* lui en dira deux mots. J'ai pris la liberté de vous adreſſer ma ſeconde réponſe à la ſeconde lettre du ſieur *Paliſſot*. Cette lettre le met ſi fortement et ſi honnêtement dans tout ſon tort, elle juſtifie ſi pleinement *Diderot*, elle doit faire tellement rougir monſieur *Joli de Fleuri* ſans l'offenſer, elle eſt ſi meſurée et ſi vraie dans tous ſes points, que je crois que c'eſt une très-bonne œuvre de ſe la laiſſer dérober en ôtant votre nom.

Vous êtes un véritable ange d'avoir fait cette démarche auprès de madame la comteſſe de *la Marck*; rien n'eſt plus digne de vous que de protéger *Diderot*, qui le mérite d'autant plus qu'il eſt malheureux.

LETTRE CXLVII.

A M. THIRIOT.

Aux Délices, le 30 de juin.

JE commence, mon cher ami, par ce qui est le plus intéressant. La personne, dont je respecte le nom et le mérite, se préparerait probablement de cruels repentirs, si elle prenait le parti dont vous parlez. Le service est ingrat dans ce pays-là, les mœurs en général aussi dures que le climat, la jalousie contre les étrangers extrême, le despotisme au comble, la société nulle. Le maréchal *Keith* n'y put tenir, et aima encore mieux la Prusse, c'est tout dire. L'impératrice est aimable, mais sa santé est fort équivoque : elle est menacée d'un mal qui ne pardonne guère, et à sa mort il peut y avoir des révolutions. En général, une telle transplantation ne peut convenir qu'à un soldat de fortune, jeune, robuste et sans ressource ; mais elle est bien peu faite pour un homme d'un si grand nom, encore moins pour une jeune dame élevée en France. Le nom de *M* *** ne doit briller que dans nos armées. Il vaut mieux attendre tout du temps en France, que d'aller chercher l'ennui et le malheur sous le pôle. Tel est mon avis, puisqu'on me le demande. On peut, d'ailleurs, consulter sur cela M. *Alétof*, jeune russe, qui parle français comme vous, et dont on m'a montré un petit ouvrage que vous verrez dans peu.

Je vous ai renvoyé le Pauvre diable, de *Vadé*, que vous m'aviez confié : Quefta coyoneria m'a fort réjoui. M. *Bouret* a peur de fon ombre ; il pouvait très-bien, fans rien rifquer, m'envoyer la *Vifion*. M. le duc de *Choifeul*, qui, d'ailleurs, abandonne *Paliffot* à l'indignation publique, fait très-bien que je condamne plus que perfonne le trait indécent et odieux contre madame la princeffe de *R****. Il eft abfurde de mêler les dames dans des querelles d'auteurs. Voilà des philofophes bien mal-adroits. Il faut fe moquer des *Fréron*, des *Chaumeix*, des *le Franc*, et refpecter les dames, furtout les *Montmorenci*.

Les jéfuites, ci-devant empoifonneurs des ames, et aujourd'hui des corps, font une plaifanterie fi bien faifie de tout le monde, qu'elle fe trouve dans les notes de l'ouvrage intitulé *le Ruffe à Paris*, compofé par M. *Alétof*. Les beaux efprits fe rencontrent. Ce poëme vaut mieux, à mon avis, que celui que je vous renvoie, et dont pourtant je vous remercie ; mais celui du Ruffe eft cent fois plus varié, plus intéreffant, plus général, plus utile.

La lettre à *Paliffot* ne peut être confiée qu'avec le confentement de M. d'*Argental*, par les mains de qui elle a paffé.

Je n'ai eu que par hafard le Mémoire de *Pompignan*. Tout le monde me demandait ce que j'en penfais, et perfonne ne me le fefait tenir.

Je vous prie inftamment de me dire ce qu'on fait de l'imprudent et excufable abbé *Morellet*, de ce pauvre *Robin-mouton*, d'un autre typographe, des jéfuites vendeurs d'orviétan, des crucifiés et des billets de loterie. Le nouvel emprunt, avec deux tiers en coupons, et le tiers en argent, fe remplit-il ? Vous n'êtes pas homme à être inftruit de ce dernier article.

Comment vont vos petites affaires ? comment vous trouvez-vous de votre nouveau gîte ? où logerez-vous dans trois mois ?

Vale, et ama antiquum amicum.

LETTRE CXLVIII.

A M. SENAC DE MEILHAN.

Aux Délices, 4 de juillet.

FAITES de la profe ou des vers, Monfieur ; donnez-vous à la philofophie ou aux affaires, vous réuffirez à tout ce que vous entreprendrez. Je fuis bien furpris de la converfation du maréchal de *Noailles* et de milord *Stairs*. Ils ne fe parlèrent certainement à Dettingen qu'à coups de canon. M. le maréchal de *Noailles* s'en alla d'un côté, et l'anglais de l'autre. Milord *Stairs* vint à la Haie, où je le vis. Ces deux généraux s'écrivirent ; j'ai leurs lettres ; mais la prétendue converfation eft des *Mille et une nuits.*

Soyez très-sûr que jamais le lord *Stairs* ne parla à *Louis XIV* qu'en préfence de M. de *Torcy* ; et le préfident *Hénault* fait bien que M. de *Torcy* n'a jamais entendu cette rodomontade qu'on attribue à *Louis XIV*, et qui eût été affurément bien mal placée.

Tout

Tout ce que vous m'envoyez fur M. le maréchal ——
de *Saxe* me paraît très-conforme à fon caractère. 1760.
Il eft étrange qu'il ait fait la guerre avec une intelligence fi fupérieure, étant très-chimérique fur tout
le refte. Je l'ai vu partir, pour aller conquérir la
Courlande, avec deux cents fufils et deux laquais;
revenir en pofte pour coucher avec mademoifelle
le Couvreur, et conftruire fur la Seine une galère qui
devait remonter de Rouen à Paris en douze heures.
Sa machine lui coûta dix mille écus, et les ouvriers
fe moquaient de lui. Mademoifelle *le Couvreur* difait:
Qu'allait-il faire dans cette galère? C'eft pourtant
lui qui a fauvé la France, parce qu'il en favait
plus que les hommes bornés à qui il avait affaire.

Vous me parlez, Monfieur, d'un voyage philofophique vers mon petit pays roman. Vos lettres
infpirent le défir de voir celui qui les écrit; ma
retraite ferait très-honorée, et je ferais charmé. Je
félicite monfieur votre père d'avoir un fils auffi
aimable. Affurez-le, je vous prie, de mon attachement, et foyez perfuadé de tous les fentimens que
vous faites naître dans le cœur du fuiffe *V*.

LETTRE CXLIX.

A M. LE COMTE D'ARGENTAL.

6 de juillet.

Mon cher ange, il faut faire fes foins et fes moiffons à la fois, veiller à fon bâtiment, apprendre fes rôles pour les comédies que nous allons jouer, avoir une correfpondance fuivie avec ma coufine *Vadé*, avec M. *Kouranskoy*, coufin germain de M. *Alétof*, avec le frère de la doctrine chrétienne, auteur de *la Vanité*. Cependant M. de *Courteille*, qui s'en va aux eaux de Vichi, me laiffe en proie aux publicains, maudits dans l'Ecriture; et, quoiqu'il foit démontré que je ne fuis point feigneur de la Perrière, on veut me faire payer les dettes du roi : *le Franc de Pompignan* ne me traiterait pas plus rudement. M. le duc de *Richelieu* s'enfuit à Bordeaux fans me faire réponfe, et fans m'envoyer un paffe-port que je lui ai demandé pour un pauvre diable de gafcon hérétique; et voilà mon hérétique fur le point d'être ruiné. Malgré tout cela, mon divin ange, voici encore quelques corrections néceffaires que le traducteur de M. *Hume* vous envoie. Maître *Aliboron*, dit *Fréron*, eft un ignorant bien impudent de dire que le poëte-prêtre *Hume* n'eft pas frère de *Hume* l'athée; il ne fait pas que *Hume* le prêtre a dédié une de fes pièces à fon frère.

J'avais tant crié après le Mémoire du fieur *le Franc de Pompignan*, qu'on m'en a envoyé trois par la dernière poste. Heureusement, le frère de la doctrine chrétienne, et M. *Kouranskoy*, cousin germain de M. *Alétof*, en avaient chacun un.

Mon divin ange, je ne peux regarder Médime d'un mois. Il ne faut pas se morfondre et s'appesantir sur son ouvrage; cela glace l'imagination.

A la façon dont vous parlez, on dirait que madame de *R*** est morte; j'en suis fâché; la mort d'une belle femme est toujours un grand mal. Est-il vrai que madame *du Deffant* prend parti contre la philosophie, et qu'elle m'abandonne indignement? Comment suis-je auprès de M, le duc de *Choiseul*? a-t-il fait voir à madame de *Pompadour* l'élucubration de M. de *Kouranskoy*?

Je vous conjure de vous servir de toute votre éloquence pour lui dire que, s'il arrive malheur à *Luc*, il n'en résultera pas malheur à la France; que le Brandebourg restera toujours un électorat; qu'il est bon qu'il n'y ait point d'électeur assez puissant pour se passer de la protection du roi; que tous les princes de l'Empire auront toujours recours à cette protection *contra l'aquila grifagna*. *Nota bene* que si *Luc* était déconfit cette année, nous aurions la paix l'hiver prochain.

Mademoiselle *Vadé* se recommande à *Robin-mouton*.

Mon divin ange, donnez des copies de ma lettre paternelle à *Palissot*. Où est donc la difficulté de mettre trois étoiles au lieu de votre nom, de dire la personne *à qui je me suis adressé*, ou de mettre tout ce qui vous plaira?

Mais revenons à l'Ecossaise. Qui sont donc les mal-intentionnés qui prétendent que ce n'est pas

—————une traduction, et qui veulent la mettre fous mon
1760. nom pour la faire tomber? Ah, les méchantes gens!

Il y a encore des mal-vivans qui prétendent
que je ne fuis pas chez moi de mon bon gré,
qui l'impriment, qui veulent le faire croire; fi,
que cela eft vilain! Il faut bien dire, bien foutenir qu'il ne tient qu'à moi d'aller rire à leur nez
à Paris, mais que j'aime mille fois mieux rire où
je fuis; il faut qu'ils fachent que je fuis heureux,
et qu'ils crèvent.

Il y a plus de deux mois qu'on m'a envoyé
l'épigramme affez plate contre *Fréron*. Je joins à
mon paquet les lettres originales de l'ami *Paliffot*.
Je vous prierai d'avoir la bonté de me les renvoyer.

J'ajoute, mon divin ange, que le commentateur de
M. *Alétof* s'eft trompé dans fes notes. Il faut mettre le
14 au lieu du 10, jour de l'anniverfaire d'*Henri IV*.

Madame *Scaliger* n'aurait pas fait cette faute. Je
lui préfente mes tendres refpects, et me réjouis de
fa fanté; et je vous aime encore plus que de coutume.

Un petit mot encore. Pourquoi changer le nom
de *Frélon*? eft-ce la faute de *Hume* s'il y a un cuiftre
dans Paris qui porte un nom lequel a un rapport
éloigné au mot de frélon? de plus, fongeons que,
s'il eft bon de rire, il eft meilleur de rire aux dépens
des méchans. Mais ce petit hypocrite de *Joli de
Fleuri*, ce petit ballon noir, gonflé de vapeurs puantes,
aura fon tour, fi DIEU n'y met la main.

Vous a-t-on dit que cette groffe maffe de chair
fraîche, nommée le landgrave de Heffe, eft en
prifon à Stade?

J'entends murmurer la prife de Marbourg. On
ne faura que demain fi la chofe eft vraie.

L'oncle et la nièce baifent le bout de vos ailes.

LETTRE CL.

A M. THIRIOT.

A Tourney, le 7 de juillet.

Vous m'avez comblé de joie, mon ancien ami, par
votre lettre du 28. Je ne crois pas que M. d'*Alembert*
fe faffe pruffien fi aifément. Le *Salomon* du Nord doit
être un peu embarraffé après la perte de fes vingt mille
hommes à Landshut, ayant fous fon nez quatre-
vingts mille autrichiens, et cent mille ruffes à fon cu,
lefquels ruffes font de rudes potfdamites.

Je ne fais fi je me trompe, mais j'ai une grande
idée de l'année 1760. On me mande qu'on vient
d'envoyer prifonnier à Stade le landgrave de Heffe;
je n'en fuis pas furpris : il y a trois ans qu'il était prifonnier, et, en dernier lieu, il l'était encore dans fes
Etats.

On dit que le duc de *Broglie*,

Sage en projets, et vif dans les combats,

a pris Marbourg et fon château, avec douze cents
hommes.

Le *Salomon* du Nord m'écrit toujours; il me mande
que, le 19 de juin, il a voulu donner bataille à M. de
Daun, qu'il n'a pu en venir à bout; mais que ce qui

V 3

eſt différé n'eſt pas perdu. Il aime toujours à écrire en proſe et en vers, dans quelque ſituation qu'il ſe trouve ; mais je n'ai jamais pu obtenir de lui qu'il réparât, par la moindre galanterie, l'indigne traitement fait à ma nièce dans Francfort. Tant pis pour lui, n'en parlons plus.

Je vous ai mandé ce que je penſais d'un voyage en Ruſſie. J'aime fort le Ruſſe à Paris, mais je n'aime point que le premier baron chrétien ſoit ruſſe. Songez que ces ruſſes ne ſont chrétiens que depuis ſix cents ans ou environ, et qu'il y avait déjà pluſieurs ſiècles que les *M**** étaient baptiſés. Je ne veux ni premier baron chrétien à Archangel, ni premier philoſophe en Brandebourg.

Maître *Aliboron*, dit *Fréron*, me paraît furieuſement bête. Il conte qu'un jour la nouvelle ſe répandit qu'il était aux galères, et il eſt aſſez aveugle pour ne pas voir que c'eſt une nouvelle toute ſimple.

Ramponeau n'eſt point ſi plaiſant que le Pauvre diable ; mais *Ramponeau* peut tenir ſon coin dans le recueil, quand ce ne ſerait qu'en faveur de la cabaretière *Raab*, aïeule de qui vous ſavez.

Dites à l'abbé *Trublet* qu'il faut qu'il ſe réconcilie avec les vers, comme *Pompignan* le prêtre avec l'eſprit.

Dites à *Protagoras* qu'il ſe trompe groſſièrement, pour la première fois de ſa vie, s'il penſe que M. le duc de *Choiſeul* protége les *Poliſſots* et les *Frélons*, au point de prendre leur parti contre des hommes qu'il eſtime. Il les a protégés en grand ſeigneur, tel qu'il eſt ; il leur a donné du pain ; mais il eſt ſi loin de prendre leur parti, qu'il trouvera fort bon qu'on les affomme de coups de canne. On aurait beaucoup mieux fait de prendre ce parti, que d'aller fourrer, mal à propos, la fille de M. le duc de *Luxembourg* dans des querelles de comédie.

Je favais déjà que *Robin-mouton* devait retourner à fa bergerie, Je ne fais fi l'abbé *Morellet* ne reftera pas encore quelques jours dans fon château : c'eft dommage qu'un auffi bon officier ait été fait prifonnier à l'entrée de la campagne.

Vous devriez bien, conjointement avec *Protagoras*, m'envoyer une lifte des ennemis et de leurs ridicules; cela fera un peu long, mais il faut travailler pour le bien de la patrie. Je voudrais un peu de faits; je voudrais jufqu'aux noms de baptême, fi cela fe pouvait : les noms de faints font toujours un très-bon effet en vers. Je ne fais fi l'abbé *Trublet* eft de cet avis.

Nous avons ici une efpèce de plaifant qui ferait très-capable de faire une façon de *Secchia rapita*, et de peindre les ennemis de la raifon dans tout l'excès de leur impertinence. Peut-être mon plaifant fera-t-il un poëme gai et amufant, fur un fujet qui ne le paraît guère. La Dunciade de *Pope* me paraît un fujet manqué.

Il eft important encore de favoir le nom du libraire qui imprime le Journal de Trévoux, le Journal chrétien, ou tels autres rogatons; fi ce libraire a femme, ou fille, ou petit garçon; car il faut de l'amour et de l'intérêt dans le poëme, fans quoi, point de falut. En un mot, mon plaifant veut rire et faire rire, et mon plaifant a raifon, car on commence à fe laffer des injures férieufes; mais gardez le fecret à mon plaifant. *Interim j am with all my heart yr. V.*

V 4

LETTRE CLI.

A M. LE COMTE D'ARGENTAL.

9 de juillet.

Mon divin ange, je crois que la plaisanterie ne finira pas. On dit qu'il la faut courte; mais celle-ci m'amusera long-temps, à moins qu'elle ne vous ennuye.

Il me vient une idée que vous avez sans doute. Il faut, en dépit des dévots, mettre *Diderot* de l'académie. Mettez-vous à la tête de la cabale, nous aurons pour nous tous les philosophes. M. de *Choiseul*, madame de *Pompadour* ne s'opposeront pas à son élection; je me flatte même qu'ils nous aideront. Quelle belle réponse ce serait à l'infamie de *Palissot*! Entreprenez cette affaire, et réussissez; je serai au comble de la joie. La chose ne me paraît pas difficile; et, si elle l'est, c'est une nouvelle raison pour l'entreprendre.

N. B. Dans l'Ecossaise, page 25, quand le chevalier *Monrose* sort., et qu'avant de finir la scène troisième il demande, à part, à *Fabrice*, si milord *Falbrige* est à Londres, et qu'il demande au maître du café si ce lord vient souvent dans la maison, le cafetier répond, *il y vient quelquefois;* il doit répondre, *il y venait avant son voyage d'Espagne.*

Cette petite particularité est nécessaire, 1°. pour faire voir que *Monrose* ne vient pas sans raison se loger dans ce café-là; 2°. qu'il a besoin de *Falbrige;*

3°. pour prévenir les esprits sur la mort de ce ———
Falbrige; 4°. pour fonder la demeure de *Lindane* 1760.
près d'un café où ce *Falbrige* vient quelquefois.

C'est un rien; mais rien, c'est beaucoup.

Mon cher ange, la détention de la chair fraîche
du landgrave ne se confirme pas; cependant je ne
parierais pas contre.

Je vous écris fort à la hâte, mais j'ai bien plus de
hâte de recevoir de vos nouvelles. Je n'ai pas un
moment à moi, car j'ai quelque chose en tête, et toujours pour rire. Par-la-sang-bleu, je ne croyais pas
être si plaisant que je suis.

LETTRE CLII.

AU PERE MENOU, *jésuite.*

Du 11 de juillet.

En vous remerciant du Discours royal et de vos
quatre lignes.

Mettez-moi, je vous prie, aux pieds du roi, *ad
multos annos.*

Envoyez surtout beaucoup d'exemplaires en Tur-
quie, ou chez les athées de la Chine; car, en France,
je ne connais que des chrétiens. Il est vrai que, parmi
ces chrétiens, on se mange le blanc des yeux pour la
grâce efficace et versatile, pour *Pâquier-Quesnel* et
Molina, pour des billets de confession. Priez le roi
de Pologne d'écrire contre ces sottises qui font le
fléau de la société; elles ne sont certainement bonnes
ni pour ce monde ni pour l'autre.

Berthier eſt un fou et un opiniâtre, qui parle à tort et à travers de ce qu'il n'entend point. Pour le révérend père colonel de mon ami *Candide*, avouez qu'il vous a fait rire, et moi auſſi. Et vous qui parlez, vous feriez le révérend père colonel dans l'occaſion ; et je ſuis sûr que vous vous en tireriez très-bien, et que vous auriez très-bon air à la tête de deux mille hommes.

Je ſuis très-fâché que votre palais de Nancy ſoit ſi loin de mes châteaux, car je ſerais fort aiſe de vous voir ; nous avons, l'un et l'autre, d'excellent vin de Bourgogne, nous le boirions au lieu de diſputer.

Une dévote, en colère, diſait à ſa voiſine : Je te caſſerai la tête avec ma marmite. Qu'as-tu dans ta marmite ? dit l'autre ; un bon chapon, répondit la dévote : eh bien, mangeons-le enſemble, dit la bonne femme.

Voilà comme on en devrait uſer. Vous êtes tous de grands fous, moliniſtes, janſéniſtes, encyclopédiſtes. Il n'y a que mon cher *Menou* de ſage ; il eſt à ſon aiſe, bien logé, et boit de bon vin. J'en fais autant ; mais, étant plus libre que vous, je ſuis plus heureux. Il y a une tragédie anglaiſe qui commence par ces mots : *Mets de l'argent dans ta poche, et moque-toi du reſte.* Cela n'eſt pas tragique, mais cela eſt fort ſenſé. Bonſoir. Ce monde - ci eſt une grande table où les gens d'eſprit font bonne chère ; les miettes ſont pour les ſots, et, certainement, vous êtes homme d'eſprit. Je voudrais que vous m'aimaſſiez, car je vous aime.

LETTRE CLIII.

A M. LE COMTE D'ARGENTAL.

11 de juillet.

MON divin ange, mettez *Diderot* de l'académie ; c'eſt le plus beau coup qu'on puiſſe faire dans la partie que la raiſon joue contre le fanatiſme et la ſottiſe. Je vous promets de venir donner ma voix. Je vous embraſſerai, et je repartirai pour ma douce retraite, après avoir fignalé mon zèle en faveur de la bonne cauſe. J'ai les paſſions vives. Je me meurs d'envie de vous revoir, et je ne peux trouver un plus beau prétexte que celui de venir donner ma voix à *Socrate*, et des foufflets à *Anitus*.

Il me ſemble que *Diderot* doit compter ſur la pluralité des ſuffrages ; et ſi, après ſon élection, les *Anitus* et les *Mélitus* font quelques démarches contre lui auprès du roi, il fera très-aifé à *Socrate* de détruire leurs batteries, en défavouant ce qu'on lui impute, et en proteſtant qu'il eſt auſſi bon chrétien que moi.

M. le duc de *Choiſeul* dit que vous ne l'aimez plus ; vous l'avez donc bien grondé. Impofez-lui pour pénitence de faire entrer *Diderot* à l'académie. Il faudrait qu'il daignât en être lui-même, et introduire *Diderot* ; ce ferait *Périclès* qui mènerait *Socrate*.

Il me reſte encore un Ruſſe : je vous l'envoie. Mais pourquoi n'imprime-t-on pas à Paris ces choſes honnêtes, tandis qu'on imprime des Fréronades et des Pompignades ?

Voulez-vous avoir la bonté de donner l'incluse à l'ambaffadeur de Francfort. Il eft ambaffadeur d'une fichue ville. Je le barrerai dans fes négociations, mais ce ne fera pas dans celle de faire recevoir *Diderot* chez les quarante.

LETTRE CLIV.

A MADAME

LA MARQUISE DU DEFFANT.

14 de juillet.

SI vous aviez voulu, Madame, avoir le Pauvre diable, le Ruffe à Paris, et autres drogues, vous m'auriez donné vos ordres; vous auriez, du moins, accufé la réception de mes paquets. Vous ne m'avez point répondu, et vous vous plaignez. J'ai mandé à votre ami que vous êtes affez comme les perfonnes de votre fexe qui font des agaceries, et qui plantent là les gens après les avoir fubjugués.

Il faut vous mettre un peu au fait de la guerre des rats et des grenouilles; elle eft plus furieufe que vous ne penfez. *Le Franc de Pompignan* (page 9) a voulu fuccéder à M. le préfident *Hénault* dans la charge de furintendant de la reine, et être encore fous-précepteur ou précepteur des enfans de France, ou mettre l'évêque fon frère dans ce pofte. Ce *Moïfe* et cet *Aaron*, pour fe rendre plus dignes des faveurs de la cour, ont fait ce beau difcours à l'académie, qui leur a valu les fifflets de tout Paris. Leur

projet était d'armer le gouvernement contre tous
ceux qu'ils accufaient d'être philofophes, de me faire
exclure de l'académie, de faire élire à ma place l'évêque du Puy, et de purifier ainfi le fanctuaire profané.
Je n'en ai fait que rire, parce que, Dieu merci, je ris
de tout. Je n'ai dit qu'un mot, et ce mot a fait éclore
vingt brochures, parmi lefquelles il y en a quelques-
unes de bonnes et beaucoup de mauvaifes.

Pendant ce temps-là eft arrivé le fcandale de la
comédie des Philofophes. Madame de $R***$ a eu le
malheur de protéger cette pièce, et de la faire jouer.
Cette malheureufe démarche a empoifonné fes derniers jours. On m'a mandé que vous vous étiez jointe
à elle; cette nouvelle m'a fort affligé. Si vous êtes
coupable, avouez-le-moi, et je vous donnerai l'abfolution.

Si vous voulez vous amufer, lifez le Pauvre diable
et le Ruffe à Paris. J'imagine que le Ruffe vous plaira
davantage, parce qu'il eft fur un ton plus noble.

Vous lifez les ordures de *Fréron;* c'eft une preuve
que vous aimez la lecture; mais cela prouve auffi
que vous ne haïffez pas les combats des rats et des
grenouilles.

Vous dites que la plupart des gens de lettres font
peu aimables, et vous avez raifon. Il faut être homme
du monde avant d'être homme de lettres; voilà le
mérite du préfident *Hénault.* On ne devinerait pas
qu'il a travaillé comme un bénédictin.

Vous me demandez comment il faut faire pour
vous amufer : il faut venir chez moi, Madame. On
y joue des pièces nouvelles, on y rit des fottifes de
Paris, et *Tronchin* guérit les gens quand on a trop

mangé. Mais vous vous donnerez bien de garde de venir fur les bords de mon lac ; vous n'êtes pas encore affez philofophe, affez détachée, affez détrompée : cependant vous avez un grand courage, puifque vous fupportez votre état ; mais j'ai peur que vous n'ayez pas le courage de fupporter les gens et les chofes qui vous ennuient.

Je vous plains, je vous aime, je vous refpecte ; et je me moque de l'*univers* à qui *Pompignan* parle.

LETTRE CLV.

A M. LE COMTE D'ARGENTAL.

14 de juillet.

Mon cher ange, ce pauvre *Carré* fe recommande à vos bontés. *Fréron* s'oppofe à la repréfentation de fa pièce, fous prétexte qu'on l'a, dit-il, appelé quelquefois *Frélon*. Quelle chicane ! Ne fera-t-il permis qu'à l'illuftre *Paliffot* de jouer d'honnêtes gens ?

Jérôme Carré croit que, fi fa requête à meffieurs les Parifiens paraiffait quelques jours avant l'Ecoffaife, meffieurs les Parifiens feraient bien difpofés en fa faveur.

Je reçois votre lettre du 9 ; je fuis dans mon lit, entouré de cent paquets. On me preffe pour le czar *Pierre I* : les philofophes me font enrager. Ils ne favent ce qu'ils font, ils font défunis. J'aimerais mieux avoir affaire à des filles de chœur d'opéra qu'à des philofophes ; elles entendraient mieux raifon.

J'ai à peine le temps de vous dire, mon divin
ange, que vous me faites enrager fur l'Ecoffaife. Où
eft donc la difficulté de divifer en deux pièces le fond
du théâtre, de pratiquer une porte dans une cloifon,
qui avance de quatre ou cinq pieds? L'avant-fcène eft
alors fuppofée tantôt le café, tantôt la chambre de
Lindane; c'eft ainfi qu'on en ufe dans tous les théâtres
de l'Europe qui font bien entendus. Le fond du
théâtre repréfente plufieurs appartemens ; les acteurs
fortent des uns et des autres, felon que le befoin
l'exige : il n'y a à cela nulle difficulté.

Pourquoi avez-vous la cruauté de vouloir que
Lindane ennuye le public de la manière dont elle a
fait connaiffance avec *Murrai?* Ce *Murrai* venait au
café ; ce coquin de *Frélon,* qui y vient auffi, y a
bien vu *Lindane ;* pourquoi milord *Murrai* ne l'aurait-il pas vue? Ce font ces petites mifères, qu'on
appelle en France bienféances, qui font languir la
plupart de nos comédies. Voilà pourquoi on ne les
peut jouer ni en Italie, ni en Angleterre, où l'on veut
beaucoup d'action, beaucoup d'intérêt, beaucoup
d'allée et de venue, et point de préliminaires inutiles.

Mon cher ange, il eft très-plaifant de jouer l'Ecoffaife ; mais il faut abfolument imprimer, deux ou
trois jours auparavant, la requête de ce pauvre
Carré, traducteur de *Hume.* Je me mets à l'ombre de
vos ailes.

LETTRE CLVI.

A M. SENAC DE MEILHAN.

16 de juillet.

Vous m'écrivez, Monfieur, comme l'Eglife ordonne qu'on faffe fes pâques, à tout le moins une fois l'an. Je voudrais que vous euffiez un peu plus de ferveur; mais auffi, quand vous vous y mettez, vous êtes charmant.

Je fuis très-fâché que * * * fe foit déclaré l'ennemi des philofophes, il ne faut pas fe moquer des gens qu'on perfécute ; paffe pour les gens heureux et infolens, c'eft un grand foulagement de rire à leurs dépens.

On dit que *le Franc de Pompignan* eft heureux, qu'il eft gros et gras, qu'il eft très-riche, qu'il a une belle femme ; mais il a été fort infolent en parlant à fes confrères, et cela n'eft pas bien. Je ne peux m'empêcher de favoir bon gré au coufin *Vadé*, et à M. *Alétof*, et même encore à un certain frère de la doctrine chrétienne, d'avoir rabattu l'orgueil de ce préfident de Querci. Ce n'eft pas le tout d'avoir fait la Prière du déifte, il faut encore être modefte. Fi, que cela eft vilain de fe faire le délateur de fes confrères ! Son frère l'évêque devait lui refufer l'abfolution.

Moquez-vous de tous ces gens-là, et furtout de ceux qui vous ennuient. Faites mes complimens, je vous en prie, à monfieur votre père, et à monfieur votre frère que j'ai vu dans un pays où

certainement

certainement je ne le reverrai jamais. Vous trouverez
les Délices un peu plus agréables qu'elles n'étaient, **1760.**
vous ferez mieux logé, et nous tâcherons de vous
faire les honneurs de la maifon mieux que nous
n'avons jamais fait. J'ai bâti un château dans le pays
de Gex, mais ce n'eft pas avec la lyre d'*Amphion;*
fon fecret eft perdu. Je me fuis ruiné pour avoir eu
l'impertinence d'être architecte. Je crois mon château
fort joli, parce qu'un auteur aime toujours fes
ouvrages; mais il me paraîtra bien plus agréable, fi
jamais vous me faites l'honneur d'y venir.

J'admire l'impudence des ennemis de la philofophie, qui prétendent qu'il ne m'eft pas permis de
revenir à Paris. Il ne tient qu'à moi affurément d'y
être, et d'y fouper avec MM. *Favart*, *Poinfinet* et
Colardeau; mais je fuis trop vieux, j'aime le repos,
la campagne, la charrue et le femoir.

LETTRE CLVII.

A M. HELVETIUS.

Au château de Tourney, 16 de juillet.

J'AI reçu, mon cher philofophe, votre paquet de
Voré, avec le même plaifir que reffentaient les premiers fidelles, quand ils recevaient des nouvelles de
leurs frères confeffeurs et martyrs. Je fuis toujours
inconfolable que vous n'ayez pas imité le préfident
de *Montefquieu*, qui fe donna bien de garde de faire

Correfp. générale.   Tome V.   X

imprimer fon ouvrage en France, et qui fe réferva toujours le droit de le défavouer, en cas que les monftres de la bigoterie fe foulevaffent contre lui.

Je fuis d'ailleurs convaincu qu'en y corrigeant une trentaine de pages, on aurait émouffé les glaives du fanatifme, et le livre n'y aurait rien perdu. Je l'ai relu plufieurs fois avec la plus grande attention; j'y ai fait des notes. Si vous le vouliez, on en ferait une feconde édition, dans laquelle on confondrait les ennemis du bon fens.

Il faudrait que vous donnaffiez la permiffion d'éclaircir certaines chofes, et d'en fupprimer d'autres. Me *Joli de Fleuri* n'aurait rien à répliquer fi on lui coupait les deux mains, et fi on lui fefait voir que ce font ces deux mains qui ont procuré aux hommes les idées de tous les arts; puifque, fans les deux mains, aucun art n'eût pu être exercé. La main droite de Me *Joli de Fleuri* a écrit un réquifitoire qui péche contre le fens commun, d'un bout à l'autre. Vous avez donné malheureufement prétexte à tous les ennemis de la philofophie, mais il faut partir d'où l'on eft.

A votre place, je ne balancerais pas à vendre tout ce que j'ai en France; il y a de très-belles terres dans mon voifinage, et vous pourriez y cultiver en paix les arts que vous aimez.

Il eft bien plaifant, ou plutôt bien impertinent et bien odieux, qu'on perfécute, dans les Gaules, ceux qui n'ont pas dit la centième partie de ce qu'ont dit à Rome les *Lucrèce*, les *Cicéron*, les *Pline*, et tant d'autres grands-hommes.

Je vous prie inftamment de m'envoyer tout votre

poëme; je vous en dirai mon avis, fi vous le voulez, avec la fincérité d'un homme qui aime la vérité, les vers et votre gloire.

C'est une chofe fort trifte que le fuccès de la pièce des *Philofophes*. Cette prétendue comédie eft, en général, bien écrite, c'eft fon feul mérite; mais ce mérite eft grand dans le temps où nous fommes. Les oppofitions qu'on a voulu faire aux repréfentations, n'ont fait qu'irriter la curiofité maligne du public; il fallait refter tranquille, et la pièce n'aurait pas été jouée trois fois; elle ferait tombée dans le néant de l'oubli, qui engloutit tout ce qui n'eft que bien écrit, et qui manque de ce fel fans lequel rien ne dure; mais les philofophes ne favent pas fe conduire : *Magis magnos clericos, non funt magis magnos fapientes.*

M. *Paliffot* m'a envoyé fa pièce reliée en maroquin, et m'a comblé d'éloges injuftes qui ne font bons qu'à femer la zizanie entre les frères. Je lui ai répondu qu'à la vérité je croyais faire des vers auffi bien que MM. d'*Alembert*, *Diderot* et *Buffon*, que je croyais même favoir l'hiftoire auffi bien que M. d'*Aubenton*; mais que, dans tout le refte, je me croyais très-inférieur à tous ces meffieurs et à vous. Je lui ai confeillé d'avouer qu'il avait eu tort d'infulter très-mal à propos les plus honnêtes gens du monde. Il ne fuivra pas mon confeil, et il mourra dans l'impertinence finale.

Tâchez de vous procurer le Pauvre diable, le Ruffe à Paris, et l'Epître d'un frère de la doctrine chrétienne; ce font des ouvrages très-édifians; je crois que M. *Saurin* peut vous les faire tenir. On

X 2

m'a dit que, dans le Ruſſe à Paris, il y a une note importante qui vous regarde. Les auteurs de tous ces ouvrages ne paraiſſent pas trop craindre les perſécuteurs fanatiques; il faut ſavoir oſer; la philoſophie mérite bien qu'on ait du courage : il ſerait honteux qu'un philoſophe n'en eût point, quand les enfans de nos manœuvres vont à la mort pour quatre ſous par jour. Nous n'avons que deux jours à vivre, ce n'eſt pas la peine de les paſſer à ramper ſous des coquins mépriſables. Adieu, mon cher philoſophe; ne comptez pour votre prochain que les gens qui penſent, et regardons le reſte des hommes comme les loups, les renards et les cerfs qui habitent nos forêts. Je vous embraſſe de tout mon cœur.

LETTRE CLVIII.

A M. LINANT.

18 de juillet.

Il y a long-temps, Monſieur, que je vous dois une réponſe. Je me ſuis fort intéreſſé à mademoiſelle *Martin*; mais il y a tant de gens à la foire qui s'appellent *Martin*, et j'ai reçu tant d'âneries de votre bonne ville de Paris, qu'il faut que vous me pardonniez de ne vous avoir pas répondu plutôt.

On m'a envoyé les vers du Ruſſe. Ils ne m'ont point paru mauvais pour un homme natif d'Archangel; mais il me paraît qu'il ne connaît pas encore aſſez Paris. Il n'a pas dit la centième partie de ce qu'un homme un peu au fait aurait pu dire. D'ailleurs, je crois qu'il se trompe sur des choses essentielles : il appelle M. l'abbé *Trublet* diacre, et tout le monde prétend qu'il n'est que dans les moindres. J'ai remarqué quelques bévues dans ce goût-là, mais il faut être poli avec les étrangers.

On dit que Me *Joli de Fleuri*, avocat général portant la parole, fera un beau réquisitoire contre les Russes, attendu que M. *Alétof* est mort dans le sein de l'Eglise grecque; mais on prétend que la chose n'aura pas de suite, parce qu'il ne faut pas déplaire à l'impératrice de toutes les Russies. Je vous prie de dire à votre pupille, de ma part, qu'il deviendra un homme très-aimable, et qu'il aura une bonne tête.

Je me jette à la tête de madame sa mère (*), pour qui j'ai le plus respectueux et le plus tendre attachement. J'ai l'honneur d'être, Monsieur, de tout mon cœur, &c.

(*) Madame de *la Live d'Epinai.*

LETTRE CLIX.

A M. THIRIOT.

Le 18 de juillet.

NOTRE cher correſpondant, notre ancien ami eſt prié de vouloir bien faire parvenir au ſieur *Corbie* la lettre ci-jointe de *Gabriel Cramer*. Il paraît qu'il eſt de l'avantage des *Cramer* et des *Corbie* de s'entendre, et de faire conjointement une belle édition qui leur ſera utile, au lieu d'en faire deux, et de s'expoſer à en être pour leurs frais.

Si j'avais le noble orgueil de M. *le Franc de Pompignan*, mon amour propre trouverait ſon compte à voir deux libraires diſputer à qui fera la plus belle édition de mes ſottiſes en vers et en proſe; mais je ne veux pas haſarder de leur faire tort, pour jouir du vain plaiſir de me voir orné de vignettes et de *culs de lampe*, avec une grande marge.

Je crois que vous pouvez, mon cher ami, concilier *Cramer* et *Corbie* : il eſt bon de mettre la paix entre les libraires, puiſqu'on ne peut la mettre entre les auteurs.

Il ne vient de Paris que des bêtiſes. *Le Franc de Pompignan* et *Fréron* ſe ſont imaginés que je ſuis l'auteur des *Si* et des *Pourquoi;* et vous ſavez qu'ils ſe trompent. On s'imagine encore que l'auteur de la Henriade ne peut pas revenir voir *Henri IV* ſur le Pont-neuf, et rien n'eſt plus faux; mais il préfère fes terres au Pont-neuf et à tous les ouvrages du Pont-neuf; dont Paris eft inondé.

Ayez la charité de dire à *Protagoras* ce qui fuit :

Protagoras fait ou laiffe imprimer, dans le Journal encyclopédique, des fragmens de l'épître du roi de Pruffe à *Protagoras;* et il dit, dans fa lettre aux auteurs du Journal, qu'il n'a jamais donné de copie de cette épître du *Salomon* du Nord. Cependant *Protagoras* avait envoyé copie des vers du *Salomon* du Nord à *Hippofila Bourgelat* à Lyon. Il eft très-bon que les vers du *Salomon* du Nord foient con-nus, et qu'on voye combien un roi éclairé protége les fciences, quand Me *Joli de Fleuri* les perfécute avec autant de fureur que de mauvaife foi. Le roi de Pruffe, qui m'a envoyé cette épître, ne manquera pas de croire que c'eft moi qui l'ai fait courir dans le monde. Je ne l'ai pourtant lue à perfonne; je ne vous en ai pas même envoyé un feul vers, à vous le grand confident; je fuis innocent; mais je veux bien me faire anathème pour *Protagoras*, pourvu que la bonne caufe y gagne.

Je fouhaite que *Jean-Jacques Rouffeau* obtienne de madame de *Luxembourg* la grâce de l'abbé *Morellet;* mais on eft perfuadé que l'envoi de cette malheureufe *Vifion* a avancé les jours de madame la princeffe de *R****, en lui apprenant fon danger que fes amis lui cachaient. Cette cruelle affaire eft venue après celle de *Marmontel.* On veut bien que, nous autres barbouilleurs de papier, nous nous donnions mutuellement cent ridicules, parce que c'eft l'état du métier; mais on ne veut pas que nous mêlions dans nos caquets les dames et les feigneurs de la cour qui n'y ont que faire. La cour ne se soucie pas plus de *Fréron* et de *Palissot*, que des chiens qui aboient dans la rue, ou de nous qui aboyons avec ces chiens. Tout cela est parfaitement égal aux yeux du roi, qui est, je crois, beaucoup plus occupé de ces chiens d'Anglais qui nous désolent, que des écrivains en prose et en vers de son royaume. Je voudrais que nous eussions cent vaisseaux de ligne, dussions-nous nous passer des *Fréron* et des *Pompignan*.

Vous vouliez la réponse à *Charles Palissot*, la voici. Vous la montrerez sans doute à *Protagoras* qui en sera édifié; il verra que je me fais tout à tous pour le bien commun.

J'avoue qu'on ne peut attaquer l'*Inf*..., tous les huit jours, par des écrits raisonnés; mais on peut aller *per domos* semer le bon grain.

Je suis encore tout stupéfait qu'on puisse m'attribuer les Quand, les Vadé, les Alétof, &c. Quelle apparence, je vous prie, qu'au milieu des Alpes, quand on fait ses moissons, on aille songer à ces misères?

Interim ride, vale, et quondam veni.

LETTRE CLX.

A M. LE MARQUIS ALBERGATI CAPACELLI.

Aux Délices, 21 de juillet.

CARISSIMO Signore, ella ricevera il Shaftesbury quando piacerà al cielo. Il libro è mandato à un valente mercatante di Ginevra. O Dio! rendè mi la gioventù, ed io porterò tutti i miei libri inglefi al mio fenatore.

Oui, la nature a raifon quand elle dit que *Carlo Goldoni* l'a peinte ; j'ai été cette fois-ci le fecrétaire de la nature. Vraiment le grand peintre fera bien de l'honneur au petit fecrétaire, s'il daigne mettre fon nom quelque part. Il peut me compter au rang de fes plus paffionnés partifans. Je ferai très-honoré d'obtenir une petite place dans fon catalogue.

Nous n'avons point encore ouvert notre théâtre, à caufe des grandes chaleurs. Nous jouerons, comme *Thefpis*, dans le temps des vendanges. Je lis actuellement *la Figlia obediente* ; elle m'enchante. Je veux la traduire ; je ne jouerai pas mal *il Pantalone*.

Plus j'avance en âge, et plus je fuis convaincu qu'il ne faut que s'amufer. Et quel plus bel amufement que celui des *Sophocle* et des *Ménandre* !

Je me flatte que le cygne de Padoue, l'aimable *Algarotti* eft avec vous. DIEU vous rende heureux l'un et l'autre, autant que vous méritez de l'être. On s'égorge en Allemagne, on s'ennuie à Verfailles, on ne s'occupe à Londres que des fonds publics ;

et, grâce à vous, Monfieur, on fe divertit à Bologna la graffa.

Il n'y a de fages que ceux qui fe réjouiffent; mais fe réjouir avec efprit, quefto è divino.

J wish you Good health, loung life. Vous devez avoir tout le refte par vous-même. Your moft humble obedient fervant, le fuiffe *V.*

LETTRE CLXI.

A M. THIRIOT.

Aux Délices, 22 de juillet.

MON cher correfpondant, *quid nuper evenit?* J'avais envoyé pour vous un gros paquet à M. de *Villemorien*, il y a environ huit jours; et M. de *Villemorien* m'écrit qu'il ne peut plus fervir à la correfpondance; et il me fignifie cet arrêt fans me parler du paquet; et comme je ne me fouviens plus de la date, je ne fais s'il m'écrit avant ou après l'avoir reçu; et cela me fait de la peine; et c'eft à vous à favoir fi vous avez mon paquet, et à le demander fi vous ne l'avez pas, et à me dire d'où vient ce changement extrême; et vous noterez que, dans ce paquet, était entre autres ma lettre au *Paliffot*, laquelle vous vouliez lire et faire lire; mais les notes du Ruffe à Paris en difent plus que cette lettre; et vous noterez encore qu'il y avait, dans mon paquet, un billet pour *Protagoras.*

On me mande de tous côtés que *le Franc* eft

très-mal auprès de l'académie et du public, qu'on rit avec *Vadé*, qu'on bénit le Ruffe, que le fermon fur la vanité plaît aux élus et aux réprouvés. Dieu foit béni, et qu'il ait la bonne caufe en aide! Si on n'avait pas fait cette juftice de *le Franc*, tout récipiendaire à l'académie fe ferait fait un mérite de déchirer les fages dans fa harangue. Je compte que M. *Alétof* a rendu fervice aux honnêtes gens.

On dit qu'on imprime un petit recueil de toutes ces facéties. Hélas, fans le malheureux paffage du prophète, fur madame la princeffe de *R****, on n'aurait entendu que des éclats de rire de Verfailles à Paris.

Eft-il vrai qu'on va jouer l'Ecoffaife? Que dira *Fréron*? Ce pauvre cher homme prétend, comme vous favez, qu'il a paffé pour être aux galères, mais que c'était un faux bruit. Eh, mon ami! que ce bruit foit vrai ou faux, qu'eft-ce que cela peut avoir de commun avec l'Ecoffaife?

LETTRE CLXII.

A M. LE COMTE D'ARGENTAL.

A Ferney, 25 de juillet.

Mon cher ange faura d'abord que toute ma joie eft finie. Nous fommes plus battus dans l'Inde qu'à Minden. Je tremble que Pondichéri ne foit flambé. Il y a trois ans que je crie: Pondichéri, Pondichéri! Ah, quelle fottife de fe brouiller avec les Anglais

pour un *ut et annapolis*, fans avoir cent vaiffeaux !
Mon Dieu, qu'on a été bête ! Mais eft-il vrai qu'on
a un peu pendu vingt jéfuites à Lisbonne ? C'eft
quelque chofe, mais cela ne rend point Pondichéri.

Pour me confoler, il faut que je vous parle d'un
petit garçon de douze ans, il s'appelle *Buffi ;* il eft
fils d'une comédienne, il a de grands yeux noirs,
joue joliment *Cliftorel*, chante, a une jolie voix,
eft fait à peindre, eft doux, poli et bien élevé, et
réduit, je crois, à l'aumône. *Corbie* n'a-t-il pas l'opéra
comique ? *Corbie* n'eft-il pas votre protégé ? ne pour-
rai-je pas lui envoyer ce petit garçon ? il ferait une
bonne emplette : daignerez-vous lui en parler ?

Eft-il vrai que vous vous êtes oppofé à la réception de la petite *Duranci* ? pourquoi ? Il me femble
qu'on en peut faire une très-jolie laidron de
foubrette.

Puifque je vous parle d'acteurs, je peux bien vous
parler de pièce. Jouera-t-on l'Ecoffaife ? ne fera-ce
point un crime de mettre *Frélon* fur le théâtre,
après qu'il a été permis d'y jouer *Diderot* par fon
nom ?

Je ne fais plus que devenir ; je fuis entre Socrate,
l'Ecoffaife, Médime, Tancrède et le Droit du feigneur. Vous avez réglé l'ordre du fervice, tous les
plats font prêts ; mais on ne peut mettre en vers
Socrate, à caufe de la multiplicité des acteurs.

Un petit mot de l'abbé *Morellet*. Ne le protégez-
vous pas ? ne parlez-vous pas pour lui à M. le duc
de *Choifeul* ? madame la ducheffe de *Luxembourg* ne
s'eft-elle pas jointe à vous ? Et *Diderot*, pourquoi
ne pas faire une bonne brigue pour le mettre de

l'académie? Quand il n'aurait pour lui que quelques voix, ce ferait toujours une efpérance pour la première occafion, ce ferait un préliminaire; il n'aurait qu'à prévenir le public qu'il ne veut pas entrer cette fois, mais faire voir feulement qu'il eſt digne d'entrer. Eh, qui fait s'il n'entrera pas tout d'un coup! s'il ne fléchira pas les dévots dans fes vifites! fi madame de *Pompadour* ne fe fera pas un mérite de le protéger! fi M. le duc de *Choifeul* ne fe joindra pas à elle!

Mon divin ange, jouez ce tour à la fuperftition; rendez ce fervice à la raifon; mettez *Diderot* de l'académie; il n'y a que *Spinofa* que je puiffe lui préférer.

Mille tendres refpects aux anges.

LETTRE CLXIII.

A M. THIRIOT.

Le 28 de juillet.

Il n'y a que les anciens amis de bons : vous êtes un correfpondant charmant.

Je n'entends pas l'énigme de M. de *Villemorien*. M. *le Normand* me fait écrire qu'il eſt à mon fervice, et je profite de fes bontés. Il faut que les frères s'aident et foient aidés; il faut qu'ils s'entendent.

J'ai été joyeufement édifié de la pantalonnade hardie de *Saint-Foix*, qui veut dire tout ce qui lui plaira, et qu'on lui demande pardon. Voilà un

brave homme : nous avons befoin d'un tel grenadier dans notre armée. Envoyez-moi, je vous prie,
la fentence du lieutenant criminel.

J'attends avec impatience mon *Mofe's legation*. C'eft
dommage, à la vérité, de paffer une partie de fa vie
à détruire de vieux châteaux enchantés. Il vaudrait
mieux établir des vérités que d'examiner des men-
fonges; mais où font les vérités?

L'abbé *Mords-les* eft donc toujours dans fon château qui n'eft point enchanté? Je fuis affligé qu'il ait
gâté notre tarte pour un œuf.

On difait qu'on avait pendu vingt-deux jéfuites,
et cela n'eft pas vrai. On dit qu'un corps de nos
troupes a été frotté, j'ai bien peur que cela ne foit
trop vrai. On dit *Daun* battu, j'ai encore peur. On
dit Pondichéri pris, et je tremble. Que faire à tout
cela? cultiver fes terres. J'ai défriché un quart de
lieue carrée ; je fuis digne des bontés de M. de
Turbilly.

LETTRE CLXIV.

A M. DUCLOS.

JE dois vous dire, Monfieur, combien je fuis
touché des fentimens que vous m'avez témoignés
dans votre lettre. J'ai jugé que vous fouffrez comme
moi des outrages faits à la littérature et à la philofophie, en plein théâtre et en pleine académie. Je
crois que la plus noble vengeance qu'on pût prendre
de ces ennemis des mœurs et de la raifon, ferait

d'admettre dans l'académie M. *Diderot ;* peut-être ——
la chofe n'eft-elle pas auffi difficile qu'elle le paraît 1760.
au premier coup d'œil. Je fuis perfuadé que, fi vous
en parliez à madame de *Pompadour*, elle fe ferait
honneur de protéger un homme de mérite perfécuté : il pourrait défarmer les dévots dans fes vifites,
et encourager les fages. Je m'intéreffe à l'académie
comme fi j'avais l'honneur d'affifter à toutes fes
féances. Il me paraît que nous avons befoin d'un
homme tel que M. *Diderot*, et que, dans fa fituation,
il a befoin d'être membre de notre compagnie. Le
pis aller ferait d'avoir au moins plufieurs voix pour
lui, et d'être comme défigné pour la première place
vacante. Cette démarche ferait honorable pour les
lettres ; elle ferait voir que l'académie ne juge point
d'après de vaines fatires et de fauffes allégations.
Enfin, vous pouvez prendre, avec M. *Diderot* et vos
amis, les mefures qui vous paraîtront convenables.
Si vous approuvez mon ouverture, et fi on a befoin
d'une voix, je ferai volontiers le voyage ; après quoi
je retournerai à ma charrue et à mes moutons.

Je vous fupplie de me dire ce que vous en penfez,
et de compter fur l'eftime fincère et l'inviolable
attachement de votre, &c.

LETTRE CLXV.

A M. LE COMTE D'ARGENTAL.

3 d'auguste.

Mon archange, que votre volonté soit faite sur le théâtre comme ailleurs. Je vois que votre règne est advenu, et que les méchans ont été confondus;

Et, pour vous souhaiter tous les plaisirs ensemble,
Soit à jamais hué quiconque leur ressemble.

Si j'avais pu prévoir ce petit succès, si, en barbouillant l'Ecossaise en moins de huit jours, j'avais imaginé qu'on dût me l'attribuer, et qu'elle pût être jouée, je l'aurais travaillée avec plus de soin, et j'aurais mieux cousu le cher *Fréron* à l'intrigue. Enfin, je prends le succès en patience : j'oserais seulement désirer que madame *Alton* parût à la fin du premier acte; on s'y attendait. Je vous supplie de lui faire rendre son droit.

Madame *Scaliger* va-t-elle aux spectacles? a-t-elle vu la pièce de M. *Hume?*

N'avez-vous pas grondé M. le duc de *Choiseul* de ce que la Chevalerie traîne dans les rues, et de ce que l'abbé *Mords-les* est encore sédentaire?

Il ne me paraît pas douteux à présent qu'il ne faille donner à Tancrède le pas sur Médime. On m'écrit que plusieurs fureteurs en ont des copies dans Paris; les commis des affaires étrangères, n'ayant rien à faire, l'auront copiée. Il faut, je crois, se presser. Je ne crois pas qu'il y ait un libraire au monde, capable de donner sept louis à un inconnu; en tout cas, si

Prault

Prault trouve grâce devant vos yeux, qu'il imprime Tancrède après qu'il aura été applaudi ou fifflé. Vous êtes le maître de Tancrède et de moi, comme de raifon.

J'ignore encore, *en vous fefant ces lignes*, fi j'aurai le temps de vous envoyer, par ce courier, les additions, retranchemens, corrections, que j'ai faits à la Chevalerie ; fi ce n'eft pas pour cette pofte, ce fera pour la prochaine.

Savez-vous bien à quoi je m'occupe à préfent ? à bâtir une églife à Ferney ; je la dédierai aux anges. Envoyez-moi votre portrait et celui de madame *Scaliger*, je les mettrai fur mon maître-autel. Je veux qu'on fache que je bâtis une églife, je veux que mons de *Limoges* le dife dans fon difcours à l'académie, je veux qu'il me rende la juftice que *le Franc de Pompignan* m'a refufée. J'avoue que je reffemble fort aux dévots qui font de bonnes œuvres, et qui confervent leurs infames paffions. Il entre un peu de haine contre *Luc* dans ma politique. Je vous avoue que, dans le fond du cœur, je pourrais bien penfer comme vous ; et, entre nous, il n'y a jamais eu rien de fi ridicule que l'entreprife de notre guerre, fi ce n'eft la manière dont nous l'avons faite *fur la terre et fur l'onde*. Mais il faut partir d'où l'on eft, et être le très-humble et très-obéïffant ferviteur des événemens. Il arrive toujours quelque chofe à quoi on ne s'attend point, et qui décide de la conduite des hommes. Il faudrait être bien hardi à préfent pour avoir un fyftême. Je me crois aujourd'hui le meilleur politique que vous ayez en France ; car j'ai fu me rendre très-heureux, et me moquer de tout. Il n'y a pas jufqu'au parlement de Dijon à qui je n'aye réfifté en face ; et je l'ai

—— fait défifter de fes prétentions, comme verrez par ma réponfe ci-jointe à M. de *Chauvelin*. Mon cher ange, je vous le répète, il ne me manque que de vous embraffer; mais cela me manque horriblement.

LETTRE CLXVI.

AU MEME.

6 d'augufte.

C'EST pour vous dire, ô ange gardien, que la Chevalerie eft lue à l'armée, tous les foirs, quand on n'a rien à faire; c'eft pour vous dire qu'il y en a trente copies à Verfailles et à Paris, et que je prétends que M. le duc de *Choifeul* répare, par fes bontés, le tort qu'il m'a fait.

Il n'y a donc pas à balancer, il n'y a donc pas de temps à perdre; il faut donc jouer, il faut donc hafarder les fifflets, fans tarder une minute. Par tous les faints, la fin de Tancrède eft une claironade terrible. Imaginez donc cette *Melpomène* défefpérée, tendre, furieufe, mourante, fe jetant fur fon ami, fe relevant en envoyant fon père au diable, lui demandant pardon, expirante dans les convulfions de l'amour et de la fureur; je le dis, ce fera une claironade triomphante.

Vous avez dû recevoir mon gros paquet par M. de *Chauvelin*.

Au refte, je défapprouve fort les tribunaux normands.

Ma foi, juge et plaideurs, il faudrait tout lier.

Mon divin ange, il ne faudrait pas jouer l'Ecoffaife trois fois la femaine ; c'eft bien affez de fiffler,
deux fois en fept jours, l'ami *Fréron*.

Je pris le premier dimanche du mois pour le fecond,
dans mon dernier paquet, je datai 10 ; j'en demande
pardon à la chronologie.

Dites-moi, je vous prie, ce qu'on fait de l'abbé
Morellet.

Mille tendres refpects aux anges.

LETTRE CLXVII.

A MADAME

LA MARQUISE DU DEFFANT.

6 d'augufte.

Sɪ la guerre contre les Anglais nous défefpère,
Madame, celle des rats et des grenouilles eft fort
amufante. J'aime à voir les impertinens bernés, et
les méchans confondus. Il eft affez plaifant d'envoyer,
du pied des Alpes à Paris, des fufées volantes qui
crèvent fur la tête des fots. Il eft vrai qu'on n'a pas
vifé précifément aux plus abfurdes et aux plus révol-
tans ; mais, patience, chacun aura fon tour, et il
fe trouvera quelque bonne ame qui vengera *l'univers*,
et le préfident *le Franc de Pompignan*, et *Fréron*.

On ne parle que de remontrances ; je vous avoue
que je ne les aime pas dans ce temps-ci, et que je
trouve très-impertinent, très-lâche et très-abfurde

——— qu'on veuille empêcher le gouvernement de se défendre contre les Anglais qui se ruinent à nous assommer. La nation a été souvent plus malheureuse qu'elle ne l'est, mais elle n'a jamais été si plate.

Tâchez, Madame, de rire comme moi de tant de pauvretés en tout genre. Il est vrai que, dans l'état où vous êtes, on ne rit guère ; mais vous soutenez cet état, vous y êtes accoutumée ; c'est pour vous une espèce nouvelle d'existence ; votre ame peut en être devenue plus recueillie, plus forte, et vos idées plus lumineuses. Vous avez, sans doute, quelques excellens lecteurs auprès de vous ; c'est une consolation continuelle ; vous devez être entourée de ressources.

Nous avons, dans Genève, à un demi-quart de lieue de chez moi, une femme de cent deux ans qui a trois enfans sourds et muets : ils font conversation avec leur mère du matin au soir, tantôt en remuant les lèvres, tantôt en remuant les doigts, jouent très-bien tous les jeux, savent toutes les aventures de la ville, et donnent des ridicules à leur prochain aussi bien que les plus grands babillards : ils entendent tout ce qu'on dit, au remuement des lèvres ; en un mot, ils font fort bonne compagnie.

M. le président *Hénault* est-il toujours bien sourd ? du moins il est sourd à mes yeux ; mais je lui pardonne d'oublier tout le monde, puisqu'il est avec M. d'*Argenson*.

A propos, Madame, digérez-vous ? Je me suis aperçu, après bien des réflexions sur le meilleur des mondes possibles, et sur le petit nombre des élus, qu'on n'est véritablement malheureux que quand on ne digère point. Si vous digérez, vous êtes sauvée

dans ce monde ; vous vivrez long-temps et doucement, pourvu, furtout, que les boulets de canon du 1760.
prince *Ferdinand* et les flottes anglaifes n'emportent
pas le poignet de votre payeur des rentes.

Je n'ai nul rogaton à vous envoyer, et je n'ai plus
d'ailleurs d'adreffes contre-fignantes ; tant on fe plaît à
réformer les abus. Je fuis de plus occupé du czar *Pierre*
matelot, charpentier, légiflateur, furnommé *le grand*.
Ayant renoncé à Paris, je me fuis enfui aux frontières
de la Chine : mon efprit a plus voyagé que le corps
de *la Condamine*. On dit que ce fourdaud veut être
de l'académie françaife ; c'eft apparemment pour ne
pas nous entendre.

Heureux ceux qui vous entendent, Madame ! je
fens vivement la perte de ce bonheur ; je vous aime
malgré votre goût pour les feuilles de *Fréron*. On dit
que l'Ecoffaife, en automne, amène la chute des
feuilles. Mille tendres et fincères refpects.

LETTRE CLXVIII.

A M. THIRIOT.

A Ferney, le 8 d'augufte.

VOUS ne me dites point qu'on a joué l'Ecoffaife,
qu'il a paru une requête aux Parifiens, de *Jérome*
Carré, traducteur de l'Ecoffaife, qu'on a imprimé
une pièce de vers intitulée le Ruffe à Paris ; vous ne
me dites rien de *Protagoras*, de l'abbé *Mords-les*, de
l'évêque limoufin qui va fuccéder, dans l'académie,

Y 3

à frère *Jean des Entomures de Vauréal*, et qui aura fa tape s'il *pompignanife ;* en un mot, vous ne me dites rien du tout. Réveillez-vous, mon ancien ami; inftruifez-moi. Paris eft-il toujours bien fou ? comment vont les remontrances ? où en font les guerres des grenouilles et des rats ? que dit-on de *Luc* ? que font le grand *Fréron* et le fublime *Paliffot* ? Pour moi, je mets tout au pied du crucifix. Je bâtis une églife ; ce ne fera pas Saint-Pierre de Rome ; mais le Seigneur exauce par-tout les vœux des fidelles ; il n'a pas befoin de colonnes de porphyre et de candélabres d'or. Oui, je bâtis une églife ; annoncez cette nouvelle confolante aux enfans d'Ifraël. Que tous les faints s'en réjouiffent. Les méchans diront, fans doute, que je bâtis cette églife dans ma paroiffe pour faire jeter à bas celle qui me cachait un beau payfage, et pour avoir une grande avenue; mais je laiffe dire les impies, et je fais mon falut.

Je n'ai point vu *la fœur du pot ;* mais on m'a envoyé un avis de parens affez plaifant pour faire interdire le fieur de *Pompignan*, au fujet de fa profe et de fes vers. Vous qui êtes au centre des belles chofes, n'oubliez pas le faint folitaire de Ferney, et joignez vos prières aux miennes.

Vraiment, j'oubliais de vous demander s'il eft vrai que *Paliffot* ait été affez humble pour imprimer mes lettres, et s'il n'a pas altéré la pureté du texte. *Scribe, vale.*

LETTRE CLXIX.

A M. DE MAIRAN,

ANCIEN SECRETAIRE PERPETUEL DE L'ACADEMIE DES SCIENCES.

A Tourney, 9 d'auguste.

JE vous remercie bien fenfiblement , Monfieur, d'une attention qui m'honore, et d'un fouvenir qui augmente mon bonheur dans mes charmantes retraites. Il y a long-temps que je regarde vos lettres au père *Parennin* et fes réponfes, comme des monumens bien précieux ; mais, n'allons pas plus loin , s'il vous plaît. J'aime paffionnément *Cicéron*, parce qu'il doute ; vos lettres au père *Parennin* font des doutes de *Cicéron*. Mais quand M. de *Guignes* a voulu conjecturer après vous, il a rêvé très-creux. J'ai été obligé, en conf-cience, de me moquer de lui, fans le nommer pour-tant, dans la préface de l'Hiftoire de *Pierre I*. On imprimait cette Hiftoire, l'année paffée, lorfqu'on m'envoya cette plaifanterie de M. de *Guignes*. Je vous avoue que j'éclatai de rire en voyant que le roi *Yu* était précifément le roi d'Egypte *Menès*, comme *Platon* était, chez *Scarron*, l'anagramme de *Chopine*, en changeant feulement *pla* en *cho*, et *ton* en *pine*. J'étais émerveillé qu'on fût fi doctement abfurde dans notre fiècle. Je pris donc la liberté de dire, dans ma préface : *Je fais que des philofophes d'un grand mérite*

Y 4

ont cru voir quelque conformité entre ces peuples ; mais on a trop abusé de leurs doutes, &c..

Or, ces philosophes d'un grand mérite, c'est vous, Monsieur ; et ceux qui abusent de vos doutes, ce font les *Guignes*. Je lui en devais d'ailleurs à propos des Huns ; car M. de *Guignes* se moque encore du monde avec son Histoire des Huns. J'ai vu des huns, moi qui vous parle ; j'ai eu chez moi des petits huns nés à trois cents lieues de l'est de Joloskoi, qui ressemblaient comme deux gouttes d'eau à des *chiens de Boulogne*, et qui avaient beaucoup d'esprit ; ils parlaient français comme s'ils étaient nés à Paris ; et je me consolais de vous voir battus de tous côtés, en voyant que notre langue triomphait dans la Sibérie : cela est, par parenthèse, bien remarquable. Jamais nous n'avons écrit de si mauvais livres, et fait tant de sottises qu'aujourd'hui, et jamais notre langue n'a été si étendue dans le monde.

J'aurai l'honneur de vous soumettre incessamment le premier volume de l'Empire de Russie, sous *Pierre le grand*. Il commence par une description des provinces de la Russie, et l'on y verra des choses plus extraordinaires que les imaginations de M. de *Guignes* : mais ce n'est pas ma faute ; je n'ai fait que dépouiller les archives de Pétersbourg et de Moscou, qu'on m'a envoyées. Je n'ai point voulu faire paraître ce volume, avant de l'exposer à la critique des savans d'Archangel et du Kamshatka. Mon exemplaire a resté un an en Russie : on me le renvoie, on m'assure que je n'ai trompé personne en avançant que les Samoïèdes ont le mamelon d'un beau noir d'ébène, et qu'il y a encore des races d'hommes gris-pommelés, fort jolis.

1760.

Ceux qui aiment la variété feront fort aifes de cette
découverte ; on aime à voir la nature s'élargir : nous
étions autrefois trop refferrés ; les curieux ne feront
pas fâchés de voir ce que c'eft qu'un empire de deux
mille lieues. Mais on a beau faire, *Ramponeau*, les
comédies du boulevard, et *Jean-Jacques* mangeant fa
laitue à quatre pattes, l'emporteront toujours fur les
recherches philofophiques.

Je ne peux finir cette lettre, Monfieur, fans vous
dire un petit mot de vos Egyptiens. Je vous avoue
que je crois les Indiens et les Chinois plus ancienne-
ment policés que les habitans de Mefraïm ; ma
raifon eft qu'un petit pays, très-étroit, inondé tous
les ans, a dû être habité bien plus tard que le fol des
Indes et de la Chine, beaucoup plus favorable à la
culture et à la conftruction des villes ; et, comme les
pêchers nous viennent de Perfe, je crois qu'une certaine efpèce d'hommes, à peu-près femblable à la
nôtre, pourrait bien nous venir d'Afie. Si *Séfoftris*
a fait quelques conquêtes, à la bonne heure ; mais les
Egyptiens n'ont pas été taillés pour être conquérans.
C'eft de tous les peuples de la terre le plus mou, le
plus lâche, le plus frivole, le plus fottement fuperftitieux : quiconque s'eft préfenté pour lui donner les
étrivières, l'a fubjugué comme un troupeau de moutons. *Cambife*, *Alexandre*, les fucceffeurs d'*Alexandre*,
Céfar, *Augufte*, les califes, les Circaffiens, les Turcs,
n'ont eu qu'à fe montrer en Egypte, pour en être
les maîtres ; apparemment que du temps de *Séfoftris*
ils étaient d'une autre pâte, ou que leurs voifins de
Syrie et de Phénicie étaient encore plus méprifables
qu'eux.

Pour moi, Monfieur, je me fuis voué aux Allobroges, et je m'en trouve bien ; je jouis de la plus heureufe indépendance, je me moque quelquefois des Allobroges de Paris. Je vous aime, je vous eftime, je vous révèrerai jufqu'à ce que mon corps foit rendu aux élémens dont il eft tiré.

LETTRE CLXX.

A M. LE COMTE D'ARGENTAL.

10 d'augufte.

JE cherche ma dernière lettre à mon cher *Paliffot*, pour vous l'envoyer. *Paliffot* eft un brave homme ; il imprime *français*, *aurais*, *ferais*, par un *a* ; et les encyclopédiftes n'en ont pas tant fait. Ce drôle-là ne manque pas d'efprit, et a même quelque talent ; mais c'eft un calomniateur que mon cher *Paliffot*, un miférable ; et j'ai eu l'honneur de l'en avertir affez gaiement, autant que je peux m'en fouvenir. Ma dernière lettre à ce cher *Paliffot* était toute chrétienne.

Je doute fort que M. de *Malesherbes* me rende d'importans fervices. Un folliculaire qui fait la feuille intitulée l'Avant-coureur, nommé *Jonval*, demeurant quai de Conti, m'a mandé qu'on lui avait donné *l'Oracle des philofophes* à annoncer. Vous favez ce que c'eft que cet Oracle ; pour moi, j'en ignore l'auteur. Mon divin ange, vous me feriez plaifir de me faire connaître ce bon homme ; je lui dois, au moins, un remercîment. Ce *Jonval* l'annonçait donc, et, en même temps, le dénonçait aux

honnêtes géns comme un plat libelle. Il prétend que
fon cenfeur, qu'il ne nomme pas, lui a rayé fon
annonce, et lui a dit : Si vous tombez fur *V.*, on
vous en faura gré ; mais, fi vous voulez défendre *V.*,
on ne vous le permettra pas. Or, mon cher ange,
vous faurez que *V.* fe moque de tout cela, qu'il rit
tant qu'il peut, et que, s'il digérait, il rirait bien
davantage. O anges ! *V.* baife le bout de vos ailes
avec plus de dévotion que jamais.

1760.

LETTRE CLXXI.

A M. DUCLOS.

11 d'auguſte.

JE fais depuis long-temps, Monfieur, que vous avez
autant de nobleffe dans le cœur que de jufteffe dans
l'efprit : vous m'en donnez aujourd'hui de nouvelles
preuves. Je ne doute pas que vous ne veniez à bout
d'introduire M. *Diderot* dans l'académie françaife, fi
vous entreprenez cette affaire délicate ; je vois que
vous la croyez néceffaire aux lettres et à la philofophie dans les circonftances préfentes. Pour peu que
M. *Diderot* vous feconde par quelques démarches
fages et mefurées auprès de ceux qui pourraient lui
nuire, vous réuffirez auprès des perfonnes qui peuvent le fervir. Vous êtes à portée, je crois, d'en
parler à madame de *Pompadour ;* et, quand une fois
elle aura fait agréer au roi l'admiffion de M. *Diderot,*
j'ofe croire que perfonne ne fera affez hardi pour

s'y oppofer. Nous ne fommes plus au temps des théatins évêques de Mirepoix : il vous fera d'ailleurs aifé de voir fur combien de voix vous pouvez compter à l'académie. Vous aurez l'honneur d'avoir fait ceffer la perfécution, d'avoir vengé la littérature, et d'avoir affuré le repos d'un des plus eftimables hommes du monde, qui, fans doute, eft votre ami. M. d'*Alembert* me paraît difpofé à faire tout ce que vous jugerez à propos pour le fuccès de cette entreprife. Je prends la liberté de vous exhorter tous deux à vous aimer de tout votre cœur : le temps eft venu où tous les philofophes doivent être frères, fans quoi les fanatiques et les fripons les mangeront tous les uns après les autres.

Je fuis entièrement à vos ordres pour le Dictionnaire de l'académie ; je vous remercie de l'honneur que vous voulez bien me faire : j'en ferai peut-être bien indigne, car je fuis un pauvre grammairien ; mais je ferai de mon mieux pour mettre quelques pierres à l'édifice. Votre plan me paraît auffi bon, que je trouve l'ancien plan, fur lequel on a travaillé, mauvais. On réduifait le Dictionnaire aux termes de la converfation, et la plupart des arts étaient négligés. Il me femble auffi qu'on s'était fait une loi de ne point citer ; mais un dictionnaire fans citation eft un fquelette.

Je fuis un peu furpris de vous voir dans le fecret de notre petite province de Gex, dont j'ai fait ma patrie ; mais je ne le fuis pas du fervice que vous voulez bien me rendre ; j'en fuis pénétré. Je crains fort de ne pouvoir obtenir de meffieurs du domaine ce que j'aurais pu avoir aifément d'un prince du fang ;

comme engagifte ; mais j'ai toujours penfé qu'il faut tenter toute affaire dont le fuccès peut faire beaucoup de plaifir , et dont le refus vous laiffe dans l'état où vous êtes. J'aurai l'honneur de vous rendre compte de l'état des chofes, dès que M. le comte de *la Marche* aura conclu avec fa Majefté ; et je vous avoue que j'aimerais mieux vous avoir l'obligation du fuccès, qu'à tout autre. Cependant l'affaire de *Diderot* me tient encore plus à cœur que le pays de Gex ; j'aime fort ce petit coin du monde : c'eft, comme le paradis terreftre , un jardin entouré de montagnes ; mais j'aime encore mieux l'honneur de la littérature. Je vous demande pardon de ne pas vous écrire de ma main ; je fuis un peu malingre.

Encore un mot, je vous prie , malgré mon peu de forces. Il me vient dans la tête que le travail de votre Dictionnaire devient la raifon la plus plaufible et la plus forte pour recevoir M. *Diderot*. Ne pourriez-vous pas repréfenter ou faire repréfenter combien un tel homme vous devient néceffaire pour la perfection d'un ouvrage néceffaire ? ne pourriez-vous pas, après avoir établi fourdement cette batterie , vous affembler fept ou huit élus , et faire une députation au roi pour lui demander M. *Diderot* comme le plus capable de concourir à votre entreprife ? M. le duc de *Nivernois* ne vous feconderait-il pas dans ce projet ? ne pourrait-il pas même fe charger de porter avec vous la parole ? Les dévots diront que *Diderot* a fait un ouvrage de métaphyfique, qu'ils n'entendent point ; il n'a qu'à répondre qu'il ne l'a pas fait , et qu'il eft bon catholique ; il eft fi aifé d'être catholique.

Adieu , Monfieur ; comptez fur ma reconnaiffance

et mon attachement inviolable. Vous prendrez peut-
être mes idées pour des rêves de malade ; rectifiez-les,
vous qui vous portez bien.

LETTRE CLXXII.

A M. THIRIOT.

Le 11 d'augufte, fi, que *août* eft barbare !

A Peine eus-je écrit à l'ancien ami pour avoir des
nouvelles , que DIEU m'exauça, et je reçus fa lettre
du 30 de juillet , dans laquelle il me parlait de la
libération de l'abbé *Mords-les*, et de l'Ecoffaife, et de
Catherine Vadé, et d'*Alétof*, &c. M. d'*Argental* eft celui
qui a le plus contribué à nous rendre notre *Mords-les.*
J'ai écrit tous les jours de pofte, j'ai toujours été la
mouche du coche ; mais je bourdonne de fi loin,
qu'à peine m'entend-on.

Oui , j'ai mon *Moïfe* complet. Il a fait le Pentateuque comme vous et moi; mais, qu'importe; ce
livre eft cent fois plus amufant qu'Homère , et je le
relis fans ceffe avec un ébahiffement nouveau.

Vous auriez bien dû cependant m'envoyer l'édition
de mon commerce épiftolaire avec le divin *Paliffot ;*
je veux voir fi le texte eft pur.

Il fe montre donc , ce cher *Paliffot !* il exulte en
public ! il ne fait donc pas que fa pièce des Philofophes eft *de frigidis !*

Mon ancien ami , il y a trois mois que je crève de
rire en me levant et en me couchant. C'eft d'ailleurs

un drôle de corps que notre ami *Protagoras* (*) ; il
eft têtu comme une mule, il eft tout plein d'efprit,
il a toutes fortes d'efprit, il eft gai, il eft charmant.
Il n'ira point en Brandebourg, de par tous les diables ;
car *Luc* eft aux abois : fa tentative fur Drefde n'eft
qu'un coup de défefpéré. *Quomodo cecidifli de cœlo,
Lucifer, qui manè oriebaris !* O *Luc*, l'aurais-tu cru que
je ferais cent fois plus heureux que toi ?

Mon ancien ami, il faut que nous nous revoyons
avant d'aller trouver *Virgile* et l'abbé *Pellegrin* dans
l'autre monde.

Qu'eft-ce que vous faites chez le médecin *Baron* ?
Venez aux Délices ; elles font plus riantes que la rue
Culture-Sainte-Catherine.

N. B. Souvenez-vous que je me ruine à bâtir une
églife ; je veux qu'*Abraham Chaumeix* et fes conforts
en fèchent de douleur. Ils me verront enterrer dans
le chœur, avec une auréole fur la tête ; ils feront bien
attrapés. *Interim vivamus.*

P. S. Je viens de recevoir mes lettres à *Paliffot* avec
les réponfes, au lieu des lettres de *Paliffot* avec mes
réponfes ; ce *Paliffot* eft un peu infidelle.

(*) M. *d'Alembert.*

1760.

LETTRE CLXXIII.

A M. MARMONTEL, *à Paris.*

13 d'auguste.

Nous avions été un peu alarmés, Monfieur, de certaines terreurs paniques que meffieurs les directeurs de la pofte avaient conçues ; jamais crainte n'a été plus mal fondée. M. le duc de *Choifeul* et madame de *Pompadour* connaiffent la façon de penfer de l'oncle et de la nièce ; on peut tout nous envoyer fans rifque ; on fait que nous aimons le roi et l'Etat. Ce n'eft pas chez nous que des *Damiens* ont entendu des difcours féditieux ; on ne prétend point chez nous que l'Etat doive périr, faute de fubfides ; nous n'avons point de convulfionnaires dans nos terres. Je defsèche des marais, je bâtis une églife, et je fais des vœux pour le roi. Nous défions tous les janféniftes et tous les moliniftes d'être plus attachés à l'Etat que nous le fommes. Il eft vrai que nous rions du matin au foir des *Pompignans* et des *Frérons* ; mais, quoique *le Franc* ait époufé la veuve d'un directeur des poftes, il ne peut empêcher qu'on ne me donne, tous les ordinaires, une lifte de fes ridicules. Vous pouvez m'écrire en toute fureté ; le roi ne trouve point mauvais que des amis s'écrivent que *Fréron* eft un bas coquin, et *le Franc* un impertinent. Les pauvretés de la littérature n'empêchent pas que M. le maréchal de *Broglie* ne foit dans Caffel.

Abraham Chaumeix, Jean Gauchat, Martin Trublet,

ne

ne m'empêcheront pas de donner un beau feu d'artifice à la fin de la campagne.

Mon cher ami, il faut que le roi sache que les philosophes lui sont plus attachés que les fanatiques et les hypocrites de son royaume ; l'univers n'en saura rien ; l'univers n'est fait que pour *Pompignan*. Je vous écris cette lettre en droiture, parce que M. *Bouret* ne m'a offert ses bons offices que pour de gros paquets. Mandez-nous, je vous prie, par qui l'on peut vous sauver dorénavant l'impôt d'une lettre ; dites-moi avec quelle noble fierté l'ami *Fréron* reçoit le fouet et la fleur de lis, qu'on lui donne trois fois par semaine à la comédie : donnez-nous des nouvelles surtout de votre situation, de vos desseins et de vos espérances ; l'oncle et la nièce s'intéressent également à vous. Présentez mes respects, je vous prie, à madame *Geoffrin*. Si vous voyez M. *Duclos*, dites-lui, je vous prie, combien je l'estime, et à quel point je lui suis attaché ; mais, surtout, soyez bien persuadé que vous aurez toujours dans l'oncle et dans la nièce deux amis essentiels.

Est-il possible qu'il y ait encore quelqu'un qui reçoive *Fréron* chez lui ? ce chien, fessé dans la rue, peut-il trouver d'autre asile que celui qu'il s'est bâti avec ses feuilles ? est-il vrai qu'il est brouillé avec *Palissot*, et que la discorde est dans le camp des ennemis ? Contribuez de tout votre pouvoir à écraser les méchans et la méchanceté, les hypocrites et l'hypocrisie ; ayez la charité de nous mander tout ce que vous saurez de ces garnemens. Mais, comme il faut mêler l'agréable à l'utile, parlez-moi de

——— *Melpoméne-Clairon.* Que fait-elle ? que dit-elle ? que
1760. jouera-t-elle ?

> Lui a-t-on lu, d'une voix fauſſe et grêle,
> Le triſte drame écrit pour la Deneſle ?

Quelque choſe qu'elle joue, ce ſera un beau tapage
quand elle reparaîtra ſur la ſcène. Adieu ; ſi vous
avez envie de faire quelque tragédie, venez la faire
chez nous ; c'eſt avec ſes frères qu'il faut réciter ſon
office.

Je vous embraſſe de tout mon cœur.

LETTRE CLXXIV.

A M. BAGIEUX,

CHIRURGIEN DU ROI, &c.

Aux Délices, 13 d'auguſte.

MA nièce eſt un gros cochon, comme ſont,
Monſieur, la plupart de vos pariſiennes ; cela ſe lève à
midi ; la journée ſe paſſe ſans qu'on ſache comment ;
on n'a pas le temps d'écrire, et, quand on veut écrire,
on ne trouve ni papier, ni plume, ni encre ; il faut
m'en venir demander, et puis l'envie d'écrire paſſe.
Sur dix femmes, il y en a neuf qui en uſent ainſi.
Pardonnez donc, Monſieur, à madame *Denis* ſon
extrême pareſſe ; elle ne vous en eſt pas moins
attachée, et elle aimerait encore mieux vous le dire
que vous l'écrire. Je lui ſers de ſecrétaire ; je ſuis

exact , tout vieux et tout malingre que je fuis. Il ———
eft bien jufte que vous ayez un peu d'amitié pour 1760.
moi , puifque M. *Morand*, votre confrère, en a tant
pour mon grand perfécuteur *Fréron*.

Sæpè premente Deo , fert Deus alter opem.

J'ai eu bon nez d'achever ma vie dans ma douce
retraite ; les *Fréron* , les *Pompignan* , les *Abraham
Chaumeix* , m'auraient livré , fans doute , au bras fécu-
lier. Quelle inhumanité dans ce *Fréron* , de me foup-
çonner d'être l'auteur de l'Ecoffaife !

Un grand théologien mahométan prétend que
DIEU envoie quelquefois un ange chirurgien aux
méchans qu'il veut rendre bons ; cet ange vient
avec un fcalpel célefte pendant le fommeil du fcélérat,
lui arrache le cœur fort proprement , en exprime le
virus , et met un baume divin à la place. Je vous
fupplie de daigner faire cette opération à *Fréron ;* mais
vous aurez bien de la peine à tirer tout le virus.

Je me félicite plus que jamais de n'être pas témoin
de toutes les pauvretés qui fe font dans Paris ; mais
je regrette fort de ne point voir un homme de votre
mérite. Comptez que c'eft avec les fentimens les
plus vifs que j'ai l'honneur d'être , &c.

LETTRE CLXXV.

A M. LE COMTE ALGAROTTI.

Le 15 d'augufte.

CARO, vous voulez le Pauvre diable, ecco lo. Che fò io nel mio retiro ? Crepo di ridere ; e che farò ? riderò in fino alla morte. C'eſt un bien qui m'eſt dû ; car, après tout, je l'ai bien acheté. J'ai vu le *Skellendorf ;* il a dîné dans ma guinguette : il a un jeune homme avec lui qui paraît avoir de l'eſprit et des talens. J'attends votre chimiſte ; mais je vous dirai: *Attamen ipſe veni.*

Frà un meſe vi manderò il *Pietro ;* mais ſongez que vous m'avez promis vos lettres ſur la Ruſſie. Je veux au moins avoir le plaiſir et l'honneur de vous citer dans le ſecond tome ; car vous n'aurez cette année que le premier. Cette Hiſtoire ruſſe ſera la dernière choſe ſérieuſe que je ferai de ma vie ; je bâtis actuellement une égliſe, mais c'eſt que je trouve cela plaiſant.

Tout mon chagrin eſt que vous n'ayez pas la Pucelle, la vraie Pucelle, très-différente du fatras qui court dans le monde ſous mon nom. Quand je vous donnai le premier chant à Berlin , je n'étais point du tout plaiſant; les temps ſont changés; c'eſt à moi ſeul qu'il appartient de rire : quand je dis ſeul, je parle de *Luc* et de *moi* , et non de vous et de moi.

Je crois, comme vous, que *Machiavel* aurait été un bon général d'armée ; mais je n'aurais pas conſeillé

au général ennemi de dîner avec lui en temps de
trève.

Je ne fais pas encore fi Breflau eft pris ; tout ce que je fais, c'eft qu'il eft fort doux de n'être pas dans ces quartiers-là , et qu'il ferait plus doux d'être avec vous.

L'amo , l'amerò fempre. Votre *Secretario* eft un très-bon ouvrage.

LETTRE CLXXVI.

A M. LE COMTE DE TRESSAN.

Aux Délices, 16 d'auguftc.

Voici deux génevois aimables que je prends la liberté d'adreffer à mon cher gouverneur, et que je voudrais bien accompagner. MM. *Turretin* et *Rilliet* font les feuls objets de mon envie ; car je vous jure , mon très-cher gouverneur, que je n'envie nullement ni *Pompignan* ni même *Fréron*. Je ne voudrais être à la place que de ceux qui peuvent avoir le bonheur de vous voir et de vous entendre. Il me paraît que ce *Fréron* vous a un tant foit peu manqué de refpect dans une de fes mal-femaines. Il faut pardonner à un homme comme lui , enivré de fa gloire et de la faveur du public.

Mon cher *Paliffot* eft-il toujours favori de fa Majefté polonaife ? comment trouvez-vous la conduite de ce perfonnage et celle de fa pièce ? Notre cher frère *Menou* m'a envoyé, de la part du roi de Pologne , *l'Incrédulité combattue par le fimple...*

Z 3

essai par un roi : essai auquel il paraît que cher frère *Menou* a mis la dernière main. Il ne vous montrera pàs la réponse que je lui ai faite, mais moi je vous montre ma lettre au roi de Pologne (*), et j'espère vous envoyer bientôt le premier volume de l'Histoire de *Pierre I.* Vous savez que c'est un hommage que je vous dois; je n'oublierai jamais certain petit certificat dont vous m'avez honoré. Quoique je sois occupé actuellement à bâtir une église, je me sens encore très-mondain; l'envie de vous plaire l'emporte sur ma piété : j'espère que DIEU me pardonnera cette faiblesse, et qu'il ne me fera pas la grâce cruelle de m'en corriger. Je sais qu'il faut oublier le monde, mais j'ai mis dans mon marché que vous seriez excepté nommément. Plaignez-moi, Monsieur, d'être si loin de vous, et de vieillir sans faire ma cour à ce que la France a de plus aimable. Mon tendre et respectueux attachement ne finira qu'avec ma vie.

LETTRE CLXXVII.

A M. LE COMTE D'ARGENTAL.

17 d'auguste.

Mon divin ange, il faut que notre ami *Fréron* soit en colère, car il ne peut être plaisant. Je viens de voir le récit de la bataille où il a été si bien étrillé. Le pauvre homme est si blessé qu'il ne peut

---

(*) Voyez *Lettres de plusieurs souverains*, &c. à la fin du volume des Lettres de l'impératrice de Russie; 15 d'auguste 1760.

rire. Si vous pouvez, mon cher ange, nous rendre le premier acte tel qu'il eſt imprimé, vous ferez plaiſir aux érudits qui aiment qu'on ne retranche rien d'une traduction d'un ouvrage anglais. Il paraît que la petite guerre littéraire n'eſt pas prête à finir. Tant qu'il y aura des regardans, il y aura des combattans ; et il n'y aura que la laſſitude du public qui fera tomber les armes des mains.

Je crois que *Jérôme Carré*, le frère de la doctrine chrétienne, et *Catherine Vadé* et conforts, ont rendu un très-grand ſervice à une certaine partie de la nation qui n'eſt pas peu de choſe. Si on avait laiſſé dire et faire les *Pompignan*, les *Paliſſot*, les *Fréron*, et même les maître *Joli de Fleuri*, les philoſophes auraient paſſé pour une troupe de gens ſans honneur et ſans raiſon. J'ai écrit une ſingulière lettre au roi *Staniſlas*, en le remerciant du livre que frère *Menou* a mis ſous ſon nom ; je l'enverrai à mon ange.

Venons au fait de Tancrède. Je crois qu'il faut bénir la Providence de ce qu'elle a permis que M. le duc de *Choiſeul* n'ait pas regardé ce ſecret comme un ſecret d'Etat. Le ſpectacle en ſera ſi frappant, la ſituation ſi neuve, le cinquième acte (j'entends les deux dernières ſcènes) ſi touchant, mademoiſelle *Clairon* ſi ſupérieure, que vous en viendrez à votre honneur malgré *Fréron*.

Ici l'auteur s'embarraſſe, parce qu'il a un peu de fièvre ; ce n'eſt pas *Fréron* qui la lui donne. Il va faire mettre ſur un papier ſéparé de petites annotations pour la Chevalerie.

LETTRE CLXXVIII.

A M. L'ABBÉ PERNETTI, à *Lyon*.

22 d'auguste,

Nos conventicules de *Satan*, proscrits par *Jean-Jacques* et par *Greffet*, ne recommenceront, mon cher ami, que quand M. le duc de *Villars* sera arrivé; je voudrais que votre archevêque pût y affister comme vous, je crois qu'il ne ferait pas mécontent de madame *Denis*. Il eft bien ridicule qu'un primat des Gaules ne foit pas le maître d'avoir du plaifir. Autrefois les évêques allaient aux fpectacles; ce font ces faquins de calviniftes et de janféniftes qui, n'étant pas faits pour des plaifirs honnêtes, en ont privé ceux qui font faits pour les goûter. Les pontifes d'Athènes et de Rome étaient juges des pièces tragiques, et furement n'en étaient pas meilleurs juges que votre adorable archevêque. Je fuis très-fâché de n'être pas de fon diocèfe, j'irais le conjurer à deux genoux de venir bénir l'églife que j'ai l'honneur de faire bâtir. Je vous offre, mon cher abbé, un autel et un théâtre; tous les deux font à votre fervice. Je vous demande en grâce de me dire fi ce que vous me mandâtes, le 18 d'auguste, du parlement de Befançon, eft encore vrai le 23 d'auguste. Eft-il poffible que ce parlement joue férieufement la farce du Médecin malgré lui? et qu'il dife à la *claffe* du parlement de Paris : *De quoi vous mêlez-vous? je veux qu'on me batte.* Si la chofe

eſt ainſi, il n'y a rien eu de ſi plaiſant du temps
de la fronde ; et, ſi le miniſtère a trouvé le ſecret
de donner ce ridicule aux parlemens, le miniſtère
eſt plus habile qu'eux. Je vous embraſſe de tout
mon cœur, vous et vos amis.

LETTRE CLXXIX.

A M. LE COMTE D'ARGENTAL.

28 d'auguſte.

Mon cher ange, vous ne m'inſtruiſez pas dans
mes limbes de ce que vous faites dans votre ciel;
pas un petit mot ſur l'Ecoſſaiſe, ſur mon ami
Fréron, ſur mon cher *Pompignan* qu'on dit être chez
M. d'*Argenſon*, aux Ormes, avec le préſident *Hénault*
qui va lui vendre ſa charge de ſurintendant-bel
eſprit de la reine, et qui, pour pot de vin, trouve
ſon Diſcours et ſon Mémoire excellens.

Il faut que je vous diſe que frère *Menou*, jéſuite,
m'a envoyé une mauvaiſe déclamation de ſa façon,
intitulée *l'Incrédulité combattue par le ſimple bon
ſens*. Il a mis cet ouvrage ſous le nom du roi
Staniſlas, pour lui donner du crédit ; il me l'a
adreſſé de la part de ce monarque, et voici la
réponſe que j'ai faite au monarque. Voyez ſi elle
eſt ſage, reſpectueuſe et adroite. Vous pourriez peut-
être en amuſer M. le duc de *Choiſeul*, en qualité
de lorrain.

On me mande, mon divin ange, que vous allez

——— faire jouer ce Tancrède, qui eft déjà prefque auffi
connu que l'Ecoffaife.

1760.

Mon vieux corps, mon vieux tronc a porté quelques fruits cette année, les uns doux, les autres un
peu amers; mais ma féve eft paffée; je n'ai plus ni
fruits ni feuilles. Il faut obéir à la nature, et ne
la pas gourmander. Les fots et les fanatiques auront
bon temps cet automne et l'hiver prochain; mais
gare le printemps.

Eft-il vrai que *Gauffin* fe retire? qu'elle fait
comme moi? qu'elle va en Berri être dame de
château? et que, de plus, elle eft mariée? Je fuis bien
aife qu'il y ait des châteaux pour les talens, pourvu
que ce ne foient pas les châteaux de Vincennes et
de la baftille.

Une lettre venue de Prague annonce changement
de fortune et défaite entière de *Laudon*. Il faut toujours, en fait de nouvelles, attendre le facrement
de la confirmation. Mais fi la chofe eft vraie, je
penfe comme vous; la paix, la paix; oui, mais
voudra-t-on bien nous la donner?

En attendant, amufez-vous avec Tancrède; mais
qu'il ne foit pas fifflé. On joue l'Ecoffaife dans
toutes les provinces; il ferait trifte de déchoir et
de faire ce petit plaifir à *Fréron* et à *Pompignan*.
Savez-vous bien, mon cher ange, que Tancrède
eft une affaire capitale?

Mille tendres refpects aux anges.

LETTRE CLXXX.

A M. DAMILAVILLE.

DIRECTEUR DES VINGTIEMES, *à Paris*.

29 d'augufte.

JE réponds, Monfieur, à votre lettre du 12. Je vois avec plaifir l'intérêt que vous prenez à l'honneur des belles-lettres. Plus la place que vous occupez femblait devoir vous interdire le goût de la littérature, plus vous y avez de mérite. La publication de l'Hiftoire de Ruffie fous *Pierre le grand*, eft une nouvelle prématurée. Vous me feriez plaifir, Monfieur, de me dire quel eft ce M. *Do**** dont vous n'achevez pas le nom : les Suiffes comme moi ne font pas au fait de l'hiftoire de Paris, et n'entendent pas à demi-mot. Je n'ai point encore vu l'imprimé qui a pour titre : *Requête de Jérôme Carré aux Parifiens ;* vous me feriez plaifir de me l'envoyer ; on dit qu'il eft différent de celui qui courait en manufcrit. On m'a mandé qu'on jouait l'Ecoffaife à Lyon, à Bordeaux et à Marfeille, avec le même fuccès qu'à Paris. Je ne fais pas pourquoi le fieur *Fréron* s'eft obftiné à fe reconnaître dans le *Frélon* de M. *Hume*. Il eft certain que ce n'eft pas la faute de *Jérôme Carré*, qui n'eft qu'un fimple traducteur, et qui eft l'innocence même. Il ignorait abfolument qu'on eût jamais parlé d'envoyer le fieur *Fréron* aux galères ; c'eft le fieur *Fréron* lui-même qui a appris cette anecdote au public : il doit favoir ce qui en eft.

En attendant, il eft exécuté fur tous les théâtres de France ; la punition eft douce, s'il eft coupable de toutes les chofes dont on l'accufe. On m'a envoyé des mémoires fur fa vie, dont il y a, dit-on, plufieurs copies dans Paris. Il paraît, par ces mémoires, que cet homme appartient plus au châtelet qu'au Parnaffe. Au refte, je ne l'ai jamais vu, je n'ai lu que deux ou trois de fes miférables feuilles qu'on oublie à mefure qu'on les lit.

Je m'occupe bien plus agréablement de vos lettres et des fentimens que vous me témoignez, que des fottifes de ce gredin. Comptez, Monfieur, fur la vive fenfibilité de votre, &c.

LETTRE CLXXXI.

A M. THIRIOT.

Le 29 d'augufte.

JE crois que c'eft vous, mon cher correfpondant, qui m'avez envoyé un très-bon ouvrage fur la fatire intitulée *Comédie des Philofophes*. Mais, en général, on a pris *Paliffot* trop férieufement ; fi ces pauvres philofophes avaient été plus tranquilles, fi on avait laiffé jouer la pièce de *Paliffot* fans fe plaindre, elle n'aurait pas eu trois représentations. *Jérôme Carré* a été plus madré, il ne s'eft point plaint, et il a fait rire ; il eft comme l'amant de ma mie *Babichon*, qui *aimait tant à rire que souvent tout seul il riait dans sa grange.*

L'Ecossaise a été jouée dans toutes les provinces avec autant de succès qu'à Paris, et le tranquille *Jérôme* ricane dans sa retraite. Il a des tracasseries avec des prêtres pour l'église qu'il fait bâtir; mais il s'en tirera, et il en rira, et il en écrira au pape, quoique *Rezzonico* ne soit pas si goguenard que *Lambertini.*

Jean-Jacques, à force d'être sérieux, est devenu fou; il écrivait à *Jérôme*, dans sa douleur amère: ,, Monsieur, vous serez enterré pompeusement, et ,, je serai jeté à la voirie ,,. Pauvre *Jean-Jacques !* voilà un grand mal d'être enterré comme un chien, quand on a vécu dans le tonneau de *Diogène !* Ce véritable pauvre diable a voulu jouer un rôle difficile à soutenir; il est bien loin de rire. Envoyez-moi donc la lettre écrite à ce braillard d'*Astruc.*

On dit le roi de Prusse vainqueur en Silésie; nous en saurons des nouvelles demain. Je détourne, autant que je peux, les yeux de toutes ces horreurs; il est plus doux de bâtir, de planter et d'écrire. Ecrivez-moi donc, et je vous écrirai tant que je pourrai. *Farewell my friend.*

LETTRE CLXXXII.

A M. LE COMTE D'ARGENTAL.

1 de feptembre.

LA charité étant une vertu angélique, un pauvre malade compte fur celle de fes divins anges. Vous croyez bien que ce n'eft pas par mauvaife volonté que je n'ai pas fait à *Tancrède* et à fa chère *Aménaïde* tout ce que je voudrais leur faire. Mes anges n'imaginent pas quel eft le fardeau d'un homme très-faible et un peu vieux, qui a quatre campagnes à gouverner à la fois, qui s'avife de bâtir un château et une églife, qui ne peut fuffire à une correfpondance forcée, qui, pour l'achever de peindre, fe trouve affez embarraffé avec l'empire de toutes les Ruffies. Il eft fort doux d'être occupé, mais il eft dur d'être furchargé; le corps en fouffre, Tancrède auffi. J'implore la clémence de madame *Scaliger*; je n'en peux plus. Des vers et moi ne peuvent fe rencontrer enfemble d'ici à plus de trois mois. N'exigez rien de moi, mes divins anges, car je ne ferais que des fottifes; il me refte à peine affez de tête pour vous dire que, s'il y a dans Tancrède la fimplicité, la nobleffe, l'intérêt, la nouveauté que vous y trouvez, cette pièce pourra être auffi bien reçue que l'Ecoffaife. Mademoifelle *Clairon* pleure et fait pleurer, dites-vous ; que demandez-vous de plus ? Il fe trouvera quelques raifonneurs qui, après avoir pleuré, diront à fouper, que le courier qui portait la lettre

d'*Aménaïde* au camp des Maures devrait avoir parlé
avant de mourir; d'autres répondront qu'il devait
se taire; on demandera s'il y a assez de raisons pour
condamner *Aménaïde;* les gens de bonne volonté
diront qu'il n'y en a que trop; que son courier
allait au camp des Maures; que *Solamir* avait osé
la demander en mariage dans Syracuse; que *Solamir*
l'avait aimée à Constantinople : il est encore très-natu-
rel, et même indispensable que *Tancrède* la croye
coupable, puisque son père même avoue à *Tancrède*
qu'il n'est que trop sûr du crime de sa fille; toute
l'intrigue est donc de la plus grande vraisemblance, et ce serait une chose bien inutile et bien
déplacée de faire parler un postillon qui ne doit
point parler. Il me semble que, quand on a pour
soi la vraisemblance et l'intérêt, on peut risquer
de jouer à ce jeu dangereux de cinq actes contre
quinze cents personnes. Permettez-moi de vous dire,
mon cher ange, qu'il faut que *le Kain* mette beaucoup de passion dans son rôle; cette passion doit
être noble, je l'avoue; mais il faut que le désespoir perce toujours à travers de cette noblesse.

Je souhaite que *Brizard* joue le bon homme comme
j'ai eu l'honneur de le jouer; croyez que, ma
nièce et moi, nous ferons pleurer les gens quand
nous voulons.

Que vous me faites plaisir de me dire que vous ne
pouvez pas souffrir cette familiarité plate que le bon
homme *Sarrazin* prenait quelquefois pour le naturel,
cette façon misérable de réciter des vers comme
on lit la gazette. J'aimerais, je crois, encore mieux
l'ampoulé que je n'aime point.

1760.

Au reste, vous savez bien que vous êtes le maître absolu de vos bienfaits, ainsi que de la pièce et de l'auteur. Je vous ai envoyé, par le dernier ordinaire, mon édifiante lettre au roi *Stanislas*. Je chercherai ces dialogues que vous voulez voir ; j'en ferai faire une copie ; tout est à vos ordres, comme de raison. Permettez-moi de vous remercier encore d'avoir vengé le public en donnant l'Ecossaise ; vous avez décrédité ce malheureux *Fréron* dans Paris et dans les provinces, et il était nécessaire qu'il fût décrédité. Donnez la bataille de Tancrède quand il vous plaira, vous êtes un excellent général ; si M. *Daun* avait conduit ses troupes comme vous conduisez les vôtres, le roi de Prusse ne lui aurait pas dérobé tant de marches. Adieu, mon divin ange ; en voilà beaucoup pour un malingre qui n'en peut plus, mais qui adore ses anges.

LETTRE CLXXXIII.

A M. LE COMTE DE SAINT-ETIENNE,

Qui avait adressé à l'auteur une épître sur la comédie de l'Ecossaise.

Aux Délices, 1 de septembre.

Tout malade que je suis, Monsieur, je suis très-honteux de ne répondre qu'en prose, et si tard, à vos très-jolis vers. Je félicite le roi de Pologne d'avoir toujours près de lui un gentilhomme qui pense comme vous. Cela fait presque pardonner

la

1760.

la protection qu'il a prodiguée à un malheureux tel que *Fréron*. Ce monarque est comme le soleil qui luit également pour les colombes et pour les vipères.

Lorsque j'ai demandé, Monsieur, votre adresse à madame la marquise *des Ayvelles*, je me flattais de vous faire de plus longs remercîmens; ma mauvaise santé ne me permet pas une plus longue lettre, mais elle ne dérobe rien aux sentimens d'estime et de reconnaissance avec lesquels j'ai l'honneur d'être, &c.

Vous m'avez attendri, votre épître est charmante;
  En philosophe vous pensez.
Lindane est dans vos vers plus belle et plus touchante;
  Et c'est vous qui l'embellissez.

LETTRE CLXXXIV.

A M. LE MARQUIS ALBERGATI CAPACELLI.

Aux Délices, 5 de septembre.

JE suis dans mon lit depuis quinze jours, Monsieur. Vieillesse et maladie sont deux fort sottes choses pour un homme qui aime comme moi le travail et le plaisir. Il est vrai que pour du plaisir vous venez de m'en donner par votre traduction, et par votre bonne réponse à ce *Ça...*; mais je ne vous en donnerai guère, et j'ai bien peur que la tragédie des chevaliers errans ne vous ennuye. Ce

qui n'eſt point ennuyeux, c'eſt votre traduction de
1760. Phèdre ; c'eſt le plus grand honneur qu'aît jamais
reçu *Racine*.

Je remercie tendrement l'enfant de la nature,
Goldoni. Je remercie le ſignor *Paradiſi ;* mais c'eſt
vous ſurtout, Monſieur, que je remercie. *Algarotti*
a donc quitté *Machiavel* pour faire l'amour. Il paſſe
ſon temps entre les Muſes et les dames, et fait
fort bien. Si le cher *Goldoni* m'honore d'une de
ſes pièces, il me rendra la ſanté ; il faut qu'il
faſſe cette bonne œuvre. Je fais répéter Alzire autour
de mon lit, et nous allons ouvrir notre théâtre
dès que je ſerai debout. Nous n'avons pas de
ſénateurs génevois qui jouent la comédie. Les pédans
de *Calvin* n'approchent pas des ſénateurs de Bologne ; je n'ai pu corrompre encore que la jeuneſſe ;
je civiliſe autant que je peux les Allobroges. Les
Génevois, avant que je fuſſe leur voiſin, n'avaient,
pour divertiſſement, que de mauvais ſermons. Ils
ne ſont point nés pour les beaux arts comme
meſſieurs de Bologne. Vous avez le génie et les
fauciſſons ; mais mes chers Génevois n'ont rien de
tout cela.

Adieu, Monſieur ; je vous aime comme ſi je vous
avais vu et entendu.

Recevez les reſpects de l'hermite *V.*

LETTRE CLXXXV. 1760.

A MADAME

LA MARQUISE DU DEFFANT.

Aux Délices, 12 de feptembre.

Vous êtes un grand et aimable enfant, Madame; comment n'avez-vous pas fenti que je penfe comme vous? Mais fongez que je fuis d'un parti, et d'un parti perfécuté, qui, tout perfécuté qu'il eft, a pourtant obtenu à la fin le plus grand avantage qu'on puiffe avoir fur fes ennemis, celui de les rendre à la fois ridicules et odieux.

Vous fentez donc ce qu'on doit aux gens de fon parti : M. le duc d'*Orléans* difait qu'il fallait avoir la foi des Bohèmes.

Je ne fais fi vous avez vu une lettre de moi au roi de Pologne *Staniflas;* elle court le monde; c'eft pour le remercier d'un livre qu'il a fait de moitié avec le cher frère *Menou*, intitulé, *l'Incrédulité combattue par le fimple... bon fens.*

Si vous ne l'avez point, je vous l'enverrai; et je chercherai d'ailleurs, Madame, tout ce qui pourra vous amufer; car c'eft à l'amufement qu'il faut toujours revenir, et, fans ce point-là, l'exiftence ferait à charge : c'eft ce qui fait que les cartes emploient le loifir de la prétendue bonne compagnie, d'un bout de l'Europe à l'autre; c'eft ce qui fait vendre tant de romans. On ne peut guère refter férieufement avec foi-même. Si la nature ne nous avait faits un peu frivoles, nous ferions très-malheureux; c'eft parce qu'on eft frivole que la plupart des gens ne fe pendent pas.

Je vous adrefferai, dans quelque temps, un exemplaire de l'Hiftoire de toutes les Ruffies. Il y a une préface à faire pouffer de rire, qui vous confolera de l'ennui du livre.

Adieu, Madame; je fuis malade, portez-vous bien; foyez auffi gaie que votre état le permet, et ne boudez plus votre ancien ami qui vous eft tendrement attaché pour toujours.

LETTRE CLXXXVI.

A M. LE COMTE D'ARGENTAL.

17 de feptembre.

J'AI eu encore affez de tête pour dicter un dernier mémoire; mais je n'ai pas affez d'expreffions pour dire à mes anges tout ce que je leur dois. J'avoue que madame d'*Argental* m'étonne toujours; je ne crois pas qu'il y ait encore une dame dans Paris capable de faire ce qu'elle a fait. Ce n'eft pas affez d'avoir beaucoup d'efprit et de goût, il faut fe donner la peine de mettre toutes fes penfées par écrit, de s'étendre fur les défauts, d'y fubftituer des beautés; elle a tout fait. En vous remerciant, Madame; vous êtes encore au-deffus de l'idée que j'avais de vous; j'ai été honteux de prendre moins

d'intérêt que vous à Tancrède. Vous m'avez donné
de l'ardeur. Il me femble qu'il y a plus de cent vers
changés depuis la première repréfentation. Je ne crois
pas Tancrède un excellent ouvrage ; mais enfin, tel
qu'il eft, grâce à vos bontés, je crois qu'il peut
paffer. J'y ai fait ce que j'ai pu ; il faut enfin finir,
comme vous dites ; peut-être affaiblirais-je la pièce
en y retouchant encore.

Il y a une grande différence entre defcendre de
Pierre Corneille ou de *Thomas.* Je me fens bien moins
d'entrailles pour le fang de *Thomas* que pour l'autre.
Je n'en ai guère non plus pour la mufe limonadière, et j'aime beaucoup mieux lui donner une
carafe de foixante livres, que de lui écrire. Mais
j'abufe trop, Madame, de vos exceffives bontés.
Je n'ai qu'un chagrin dans ce monde, celui de
n'être pas auprès de vous deux, et de ne vous
remercier que de loin. Mais, s'il vous plaît, comment fera-t-on pour imprimer ce pauvre Tancrède?
comment recoudre fur fon habit tous les lambeaux,
tous les haillons que j'ai envoyés, et dont vous
avez daigné vous charger ? Il faudra donc que vous
ayez encore l'endoffe de faire tranfcrire fur la pièce
toutes ces guenilles ; cela me fait mourir de honte.

Cependant, que penfer de Pondichéri que les
Anglais ont peut-être pris, et de la Martinique
qu'ils peuvent prendre? et comment avoir dorénavant du fucre, du café, et de la caffe furtout ? eft-
il bien vrai que le cunctateur *Daun* ait bien battu
l'infatigable *Luc*? Cet infatigable me mande pourtant
qu'il eft bien fatigué. On parle d'une bataille très-
fanglante, et je n'en aurai de nouvelles sûres que

A a 3

quand la poste de France sera partie. Si *Luc* a perdu quinze mille hommes, comme on le dit, il est perdu lui-même; il ne lui restera bientôt que Magdebourg qui ne tiendra pas long-temps; mais alors qu'arrivera-t-il ? Je lui pardonnerai peut-être s'il vient à Neuchâtel, et de Neuchâtel aux Délices; mais je ne pardonnerai jamais à *Omer Joli de Fleuri*. Non, vous n'êtes point assez indignés de l'impertinent discours que ce pauvre homme prononça, contre les philosophes, en parlement.

Comment trouvez-vous, s'il vous plaît, ma petite épître pompadourienne (*)? ne suis-je pas un grand politique? et cette politique n'est-elle pas très-désinvolte? ne suis-je pas bien fier ? est-ce là une Triste d'*Ovide*? ai-je l'air d'un exilé ? ai-je la bassesse de demander des grâces ? ne suis-je pas digne de votre amitié? Mille respects tous fort tendres.

LETTRE CLXXXVII.

A MADAME

LA COMTESSE D'ARGENTAL.

20 de septembre.

Madame *Scaliger*, vous êtes divine. Vous nous avez donc secourus dans la guerre ; vous avez payé de votre personne ; vous avez pansé les blessés, et mis les morts au quartier : c'est à vous que la dédicace devrait appartenir.

(*) L'épître dédicatoire de *Tancrède.*

1760.

Mes divins anges , nous jouâmes hier Alzire ;
nous allons rejouer Tancrède ; nous fommes à l'abri
des cabales , c'eft beaucoup. Nos plaifirs font purs.
M. le duc de *Villars*, grand connaiffeur, nous encou-
rage. Notre théâtre commence à être en réputation.
Brioché n'avait pas fi bien réuffi chez les Suiffes.
Envoyez-nous donc la pièce telle qu'on la joue à
Paris. Vous donnez l'Indifcret ; la pièce n'eft-elle
pas un peu froide ?

> Le comique écrit noblement
> Fait bâiller ordinairement.

Si Tancrède avait un plein fuccès, il faudrait
hardiment donner la Femme qui a raifon ; car,
qu'elle ait raifon ou non, elle eft gaie , et la morale
eft bonne. Il y a beaucoup de coucherie , mais c'eft
en tout bien et en tout honneur.

Il faudrait que madame de *Pompadour* fût une
grande poule mouillée pour craindre ma fière dédicace. Pardon, divins anges, de mon laconifme. Il
faut marier demain notre réfident de France dans
mon petit château de Ferney. Nous fommes occupés
à imaginer une façon nouvelle de dire la meffe , et
je vais répéter deux rôles , *Argire* et *Zopire*. La tête
me tournera , fi je n'y prends garde.

Je baife le bout de vos ailes humblement.

LETTRE CLXXXVIII.

A M. LE CHEVALIER DE R....X, *à Toulouse.*

Aux Délices, 20 de septembre.

MONSIEUR,

JE ne me porte pas assez bien pour avoir autant d'esprit que vous. Vous me prenez trop à votre avantage, comme disait *Waller* à *Saint-Evremond.* Vous êtes bien bon de lire des choses dont je ne me souviens plus guère ; mais vous avez trop d'esprit pour ne pas voir que la *Réception de M. de Montesquieu à l'académie française, pour s'être moqué d'elle,* n'est qu'un trait plaisant, et rien de plus. Faites comme l'académie, Monsieur ; entrez dans la plaisanterie, et surtout ne lisez jamais les Discours de M. *Mallet,* à moins que vous n'ayez une insomnie.

Vous expliquez très-bien, Monsieur, ce que M. de *Montesquieu* pouvait entendre par le mot *vertu* dans une république. Mais si vous vous souvenez que les Hollandais ont mangé sur le gril le cœur des deux frères de *Witt* ; si vous songez que les bons Suisses, mes voisins, ont vendu le duc *Louis Sforce* pour de l'argent comptant ; si vous songez que le républicain *Jean Calvin,* ce digne théologien, après avoir écrit qu'il ne fallait persécuter personne, pas même ceux qui niaient la trinité, fit brûler tout vif, et avec des fagots verds, un espagnol qui s'exprimait sur la trinité autrement que lui : en vérité, Monsieur, vous en conclurez qu'il n'y a pas plus de vertu dans les — 1760. républiques que dans les monarchies. *Ubicumque cal-culum ponas, ibi naufragium invenies.* Comptez que le monde eſt un grand naufrage, et que la deviſe des hommes eſt, *ſauve qui peut.*

Je ſuis très-fâché d'avoir dit que *Guillaume* le con-quérant diſpoſait de la vie et des biens de ſes nou-veaux ſujets, comme un monarque de l'Orient : vous faites très-bien de me le reprocher. Je devais dire ſeulement qu'il abuſait de ſa victoire, comme on fait toujours en Orient et en Occident ; car il eſt très-certain qu'aucun monarque du monde n'a le droit de s'amuſer à voler et à tuer ſes ſujets ſelon ſon bon plaiſir.

Nos pauvres hiſtoriens nous en ont trop fait accroire ; et le plus mauvais ſervice qu'on puiſſe ren-dre au genre-humain, eſt de dire, comme ils font, que les princes orientaux ſont très-bien venus à couper toutes les têtes qui leur déplaiſent. Il pourrait très-bien arriver que les princes occidentaux, et leurs confeſſeurs, s'imaginaſſent que cette belle prérogative eſt de droit divin. J'ai vu beaucoup de voyageurs qui ont parcouru l'Aſie, tous levaient les épaules quand on leur parlait de ce prétendu deſpotiſme indépendant de toutes les lois. Il eſt vrai que, dans les temps de trouble, les monarques et les miniſtres d'Orient ſont auſſi méchans que nos *Louis XI* et nos *Alexandre VI.* Il eſt vrai que les hommes ſont par-tout également portés à violer les lois, quand ils ſont en colère ; et que, du Japon juſqu'à l'Irlande, nous ne valons pas grand'choſe. Il y a pourtant d'honnêtes gens ; et la vertu, quand elle eſt éclairée, change en paradis l'enfer de ce monde.

Il paraît, par votre lettre, Monfieur, que votre vertu eft de ce genre, et que l'illuftre préfident de *Montefquieu* aurait eu en vous un ami digne de lui.

Un homme dont les terres ne font pas, je cróis, éloignées de chez vous, eft venu paffer quelque temps dans ma retraite; c'eft M. le marquis d'*Argence*. Il me fait éprouver qu'il n'y a rien de plus aimable qu'un homme vertueux qui a de l'éfprit. Je voudrais être affez heureux pour que vous me fiffiez le même honneur qu'il m'a fait.

J'ai celui d'être, avec la plus refpectueufe eftime, &c.

LETTRE CLXXXIX.

A M. LE COMTE DE SCHOUVALOF.

Ferney, 21 de feptembre.

MONSIEUR,

VOTRE excellence a reçu, fans doute, la lettre de M. le comte de *Goloskin*. J'ai pris la liberté de lui adreffer pour vous un petit ballot, contenant quelques exemplaires du premier volume de l'Hiftoire de *Pierre le grand*. Votre excellence en préfentera un à fa Majefté impériale, fi elle le juge à propos; je m'en remets en tout à fes bontés. J'ai amaffé, de mon côté, des matériaux pour le fecond volume; ils viennent de M. le comte de *Baffewits*, qui fut long-temps employé à Pétersbourg. Le gentilhomme que vous m'avez annoncé, qui devait me rendre de votre part de

nouveaux mémoires, n'eſt point venu ; je l'attends
depuis près de deux mois.

Je ne peux m'empêcher de vous conter qu'on m'a
remis des anecdotes bien étranges, et qui ſont ſingu-
lièrement romaneſques. On prétend que la princeſſe,
épouſe du czarovitz, ne mourut point en Ruſſie ;
qu'elle ſe fit paſſer pour morte ; qu'on enterra une
buche, qu'on mit dans ſa bière ; que la comteſſe de
Koniſmarck conduiſit cette aventure incroyable ; qu'elle
ſe ſauva avec un domeſtique de cette comteſſe ; que
ce domeſtique paſſa pour ſon père ; qu'elle vint à
Paris ; qu'elle s'embarqua pour l'Amérique ; qu'un
officier français, qui avait été à Péterſbourg, la
reconnut en Amérique et l'épouſa ; que cet officier ſe
nommait d'*Auban ;* qu'étant revenue d'Amérique, elle
fut reconnue par le maréchal de *Saxe ;* que le maréchal
ſe crut obligé de découvrir cet étrange ſecret au roi
de France ; que le roi, quoiqu'alors en guerre avec
la reine de Hongrie, lui écrivit de ſa main, pour
l'inſtruire de la bizarre deſtinée de ſa tante ; que la
reine de Hongrie écrivit à la princeſſe, en la priant
de ſe ſéparer d'un mari trop au-deſſous d'elle, et de
venir à Vienne ; mais que la princeſſe était déjà
retournée en Amérique ; qu'elle y reſta juſqu'en
1757, temps auquel ſon mari mourut ; et qu'enfin
elle eſt actuellement à Bruxelles, où elle vit retirée,
et ſubſiſte d'une penſion de vingt mille florins d'Allemagne, que lui fait la reine de Hongrie. Comment
a-t-on le front d'inventer tant de circonſtances et de
détails ? ne ſe pourrait-il pas qu'une aventurière ait
pris le nom de la princeſſe, épouſe du czarovitz ? Je
vais écrire à Verſailles, pour ſavoir quel peut être le

fondement d'une telle hiftoire, incroyable dans tous les points.

Je me flatte que notre hiftoire de votre grand empereur fera plus vraie. Songez, Monfieur, que je me fuis établi votre fecrétaire ; dictez-moi du palais de l'impératrice, et j'écrirai. M. de *Soltikof* paffe fa vie à étudier. Il fe dérobe quelquefois à fon travail pour affifter à nos jeux olympiques. Nous jouons des tragédies nouvelles fur mon petit théâtre de Tourney. Nous avons des acteurs et des actrices qui valent mieux que des comédiens de profeffion. Notre vie eft plus agréable que celle qu'on mène actuellement en Siléfie : on s'égorge, et nous nous réjouiffons. J'ignore toujours fi vous avez reçu le gros ballot que j'adreffai à M. de *Keyferling*, et la caiffe de *Coladon*. Il y a malheureufement bien loin d'ici à Pétersbourg. Je ferai toute ma vie, avec le plus fincère et le plus inviolable dévouement, &c.

LETTRE CXC.

A M. DE CIDEVILLE.

Le 22 de feptembre.

Mon ancien ami, il eft bien doux que mes fruits d'hiver foient encore de votre goût ; mais il eft trifte que nous ne les mangions pas enfemble. Vous voyez bien que ma table n'eft pas toujours chargée de poires d'angoiffe pour les *Trublet*, les *Chaumeix*, les *Fréron*, et les *le Franc de Pompignan*. Je n'aime pas trop la guerre : je n'ai attaqué perfonne en ma vie ; mais

l'infolence de ceux qui ofent perfécuter la raifon, était
trop forte. Si on n'avait pas couvert *le Franc* d'opprobre, l'ufage de déclamer contre les philofophes, dans
les difcours de réception à l'académie, allait paffer en
loi; et nous allions paffer par les armes toutes les
années. Encore une fois, je n'aime point la guerre;
mais quand on eft obligé de la faire, il ne faut pas
fe battre mollement.

Comptez que cela n'a rien dérobé ni à mes occupations, ni à mes plaifirs, ni à ma gaieté. Je n'en fais
pas moins bâtir un très-joli château et une petite
églife. Je joue même quelquefois le bon homme de
père avec madame *Denis*; je joue paffablement, et
madame *Denis* divinement. M. le duc de *Villars*, qui
eft chez moi, et qui s'entend à merveille au théâtre,
eft enchanté. DIEU m'a donné, à un quart de lieue
des Délices, un château dont j'ai changé la grande
falle en tripot de comédie. On peut y aller à pied :
on y foupe. Le lendemain on va à Ferney, qui eft
une terre belle et bonne ; et dans aucune de ces terres
on n'entend point parler d'intendant. On eft libre;
on ne doit au roi que fon cœur. Des philofophes
viennent nous y voir de cent lieues, mais vous mettez
votre philofophie à n'y point venir. Vous y verriez
qu'à foixante et fept ans, avec une faible fanté, on
peut être mille fois plus heureux qu'à trente; et vous
rendriez ce bonheur parfait.

Je ne fais fi l'abbé du *Refnel* eft auffi content de la
vie que moi. Comment va fa fanté ? Mais furtout
donnez-moi des nouvelles de la vôtre ; et fongez qu'il
y a, dans un petit pays riant et libre, deux cœurs
qui font à vous pour jamais.

LETTRE CXCI.

A M. LE COMTE DE TRESSAN.

Au château de Ferney, 23 de septembre.

JE vous fais mon compliment comme mille autres, mon très - aimable gouverneur, et, je crois, plus fincèrement et plus tendrement que mille autres. Je défie les *Menou* même de s'intéreffer plus à vous que moi. Vous voilà gouverneur de la Lorraine allemande : vous aurez beau faire, vous ne ferez jamais allemand. Mais pourquoi n'êtes-vous pas gouverneur de mon petit pays de Gex ? pourquoi *Tityre* ne fait-il pas paître fes moutons fous un *Pollion* tel que vous ? J'ai l'honneur de vous envoyer les deux premiers exemplaires d'une partie de l'Hiftoire de *Pierre le grand*. Il y a un an qu'ils font imprimés, mais je n'ai pu les faire paraître plutôt, parce qu'il a fallu avoir auparavant le confentement de la cour de Pétersbourg. Vous êtes, comme de raifon, le premier à qui je préfente cet hommage. Vous verrez que j'ai fait ufage du témoignage honorable que je vous dois. De ces deux exemplaires, il y en a un pour le roi de Pologne. Je manquerais à mon devoir fi je priais un autre que vous de mettre à fes pieds cette faible marque de mon refpect et de ma reconnaiffance. Il eft vrai que je lui préfente l'hiftoire de fon ennemi ; mais celui qui embellit Nancy rend juftice à celui qui a bâti Pétersbourg ; et le cœur de *Staniflas* n'a point d'ennemis. Permettez donc, mon adorable

gouverneur, que je m'adreſſe à vous pour faire par-
venir *Pierre le grand* à *Staniſlas le bienfeſant*. Ce dernier 1760.
titre eſt le plus beau.

La Lorraine allemande vous fait-elle oublier l'académie françaiſe, dont vous feriez l'ornement ? Certainement, vous ne feriez pas une harangue dans le
goût de notre ami *le Franc de Pompignan*. Vous
n'auriez point protégé la pièce des Philoſophes ; et,
ſans déplaire à l'auguſte fille du roi de Pologne,
auprès de qui vous êtes, vous auriez concilié tous les
eſprits. Quoique je n'aime guère la ville de Paris, il
me ſemble que je ferais le voyage pour vous donner
ma voix.

Je ne ſais ſi les deux génevois ont eu le bonheur
après lequel je ſoupire, celui de vous voir ; je les
avais chargés d'une lettre pour vous. J'avais pris
même la liberté de vous communiquer mon petit
remercîment au roi de Pologne, de ſon livre intitulé,
l'Incrédulité combattue par le ſimple bon ſens. Il a
daigné me remercier de ma lettre par un petit billet
de ſa main, qui n'a pas été contre-ſigné *Menou*.

Adieu, Monſieur ; daignez, dans le chaos, dans la
décadence, dans le temps ridicule où nous ſommes,
me fortifier contre ce pauvre ſiècle par votre ſouvenir, par vos bontés, par les charmes de votre
eſprit, qui eſt du bon temps. Mille tendres reſpects.

LETTRE CXCII.

A M. THIRIOT.

A Ferney, 23 de septembre.

Monsieur l'habitant du Marais, que n'envoyez-vous chercher des billets de loge et d'amphithéâtre chez M. d'*Argental*? pourquoi, dans les beaux jours, ne vous donnez-vous pas le plaisir honnête de la comédie? Je trouve un peu extraordinaire que messieurs les comédiens du roi, et les miens, vous aient ôté votre entrée. Qu'ils vous en privent quand ils jouent les Philosophes, à la bonne heure; mais il me semble que ceux à qui j'ai fait présent de plusieurs pièces de théâtre, et à qui j'abandonne le profit de la représentation et de l'impression, devraient vous avoir invité au petit festin que je leur donne.

Je vous prie, mon cher amateur des arts, de vouloir bien ajouter à tous vos envois la traduction du *Père de famille*, ou du *Vero amico*, de *Goldoni*, par *Diderot*, avec sa préface et l'épître à M. de *la Marck*.

Si l'Ecosseuse (*) est plaisante, comme on me le mande, ayez la charité de la mettre dans le paquet; car il faut rire.

C'est aussi pour rire que je voudrais savoir positivement si c'est l'ami *Gauchat* qui est l'auteur de *l'Oracle des philosophes*, et si ce *Gauchat* n'est pas un de ces ânes de sorbonne qu'on appelle docteurs.

(*) Parodie de l'Ecossaise, par M. *Poinsinet* le jeune.

On

On dit qu'il n'y a pas trop de quoi rire à nos
affaires de terre et de mer. Il faut s'égayer avec les
lettres humaines et inhumaines, pour ne pas se cha-
griner des affaires publiques.

Nous avons aux Délices M. le duc de *Villars* et un
marquis d'*Argence*, grands amateurs de la science
gaie. Ce marquis d'*Argence* vaut un peu mieux que
le d'*Argens* des Lettres juives. Nous jouons la comédie, nous fesons des noces. Madame *Denis* joue à
peu-près comme mademoiselle *Clairon*, excepté qu'elle
a dans la voix un attendrissement que *Clairon* voudrait bien avoir. Mademoiselle de *Bazincourt* est une
excellente confidente, et vous un grand nigaud,
mon cher ami, de n'être pas aux Délices ou à Ferney.
Et vale.

LETTRE CXCIII.

A M. LE COMTE D'ARGENTAL.

Aux Délices, mercredi 23 de septembre, à neuf heures du soir.

EN arrivant aux Délices, après avoir répété
Tancrède sur notre théâtre de *Polichinelle*, dans le petit
castel de Tourney, ô mes anges! ô madame *Scaliger*!
je reçois votre paquet. Est-il bien vrai? est-il possible?
quoi, vous avez pris cette peine? vous avez eu cet
excès de bonté, de patience? vous m'avez secouru
dans le danger? Mon cher ange, je savais bien que
vous étiez un grand général; mais madame d'*Argental*,
madame d'*Argental* est le premier officier de l'état

major ! Je ne peux entrer ce foir dans aucun détail. La pofte part demain matin, et nous jouons demain Tancrède. Tout ce que je peux vous dire, c'eft que l'impatient *Prault* me mande qu'il va imprimer la pièce; et moi je lui mande qu'il s'en garde bien, qu'il ne faffe rien fans vos ordres; il me couperait la gorge, et à lui la bourfe. Mes divins anges, il me faut laiffer reprendre mes fens. Je jette les yeux fur la pièce, fur le beau factum de madame *Scaliger*; il faudrait répondre un volume, et je n'ai pas un inftant.

Tout ce que je vois en gros, c'eft un étranglement horrible. Je cherche en vain, à la fin du troifième acte, un morceau qui nous enlève ici quand madame *Denis* le prononce :

Comment dois-je te regarder ?
Avec quels yeux, hélas ! . . . . . avec les yeux d'un père.
Rien n'eft changé, je fuis encor fous le couteau, &c.

Cela nous fait verfer des larmes; et ce morceau tronqué n'eft plus qu'un propos interrompu, fans chaleur et fans intérêt. On m'écrit que *Brizard* eft un cheval de carroffe; je ne fuis qu'un fiacre, mais je fais pleurer.

Le fecond acte, fans quelques vers prononcés par *Aménaïde*, après fa fcène avec *Orbaffan*, eft affurément intolérable, et il n'y a jamais eu de fortie plus ridicule; cela feul ferait capable de faire tomber la pièce la plus intéreffante. Le monologue de madame *Denis* attendrit tout le monde, parce que madame *Denis* a la voix tendre, qu'il ne s'agit pas là de pofition de théâtre, de geftes, et de tout ce jeu muet

qu'on a fubftitué à la belle déclamation. Enfin, que
voulez-vous, mes chers anges! on n'a pu me donner
le temps de mettre la dernière main à l'ouvrage;
c'eft la faute de ceux qui l'ont répandu dans Paris.
Mes divins anges ont raccommodé cette faute beaucoup mieux que notre miniftère n'a pu réparer nos
malheurs. Vous avez fauvé cinquante défauts : que
ne vous dois-je point! Ah, c'était à vous qu'il fallait
dédier la pièce !

Dites-moi, je vous en prie, de qui j'ai reçu une
lettre cachetée avec un lion qui tient un ferpent
dans une patte, écriture affez belle, parlant comme
fi c'était d'après vous, prenant intérêt à la chofe;
comme perfonne ne figne, il faut que je devine fouvent. Mais de quoi vous parlé - je là ! Je lis le
mémoire de madame *Scaliger* : il eft bien fort *de
chofes*, raifonné à merveille, approfondi, et de la
critique la plus vraie et la plus fine. Jamais l'amitié
n'a eu tant d'efprit. On a feulement été trop alarmé,
en quelques endroits, des clameurs de la cabale. Ces
clameurs paffent, et l'ouvrage refte. Pourquoi *Zaïre*
ne dit-elle pas fon fecret ? parce que je ne l'ai pas
voulu, Meffieurs; et on n'en pleure pas moins à
Zaïre : ce fera bien pis à Fanime. Mais il faut finir,
et être à vos genoux.

Je viens de lire le premier acte : cela va beaucoup
mieux ; mais il faut fouper. A demain les affaires.

Cependant, je ne fuis pas content de ce captif, et
j'aimais bien mieux *Aldamon*. N'importe, allons fouper, vous dis-je ; il eft onze heures, je n'ai pas mangé
du jour.

A minuit.

J'ai foupé tout feul ; j'ai un peu rêvé. Voici, mes chers anges, le monologue du fecond acte pour made-moifelle *Clairon*. Le premier n'était que naturel, mais trop élégiaque. Vous êtes gens de haut goût à Paris. Au nom de la fainte Vierge, faites réciter ce morceau à *Clairon* ; il favorife tant la déclamation !

Je vous en prie, je vous en conjure.

LETTRE CXCIV.

A MADEMOISELLE CLAIRON.

24 de feptembre.

VOILA ce que c'eft que de n'être point à Paris ; on ne s'entend point ; on joue au propos interrompu. Je reçois un paquet de M. d'*Argental* avec Tancrède. Je joue Tancrède ce foir. Sachez, divine *Melpomène*, que je fais pleurer dans le rôle du bon homme. Il faut un vieillard verd, chaud, à voix moitié douce, moitié rauque, attendriffante, tremblotante. Divine *Melpomène*, je vous conjure, par les lois immuables du goût, de ne point fortir du théâtre, au fecond acte, comme une muette qu'on va pendre. Faites-moi l'amitié, je vous en fupplie, de réciter le monologue ci-joint ; il eft favorable à la déclamation, il nous tire ici des larmes. Comment ne fubjuguerez-vous pas tout le monde, en prêtant à ce morceau la force et le pathétique qui lui manquent ?

J'aurais plus des chofes à vous dire que je n'ai fait
de mauvais vers en ma vie; mais je plante des arbres 1760.
ce matin, et je joue *Argire* ce foir. Deux heures de
converfation avec vous me feraient grand bien; mais,
quoi, *Fréron* et *Poinfinet* m'ont chaffé de Paris. Il eft
jufte que les grands-hommes honorent la capitale, et
que je fois dans les Alpes. Envoyez-moi, dans un
billet, une larme ou deux des cent mille que vous
faites répandre.

LETTRE CXCV.

A M. GOLDONI.

A Ferney, 24 de feptembre.

Signor mio, pittore è figlio della natura, vi amo dal
tempo ch'io leggo. Ho veduta la voftra anima nelle
voftre opere. Ho detto : Ecco un uomo onefto e buono
che hà purificato la fcena italiana, che inventa colla
fantafia e fcrive col fenno. Oh ! che fecondità, mio
fignore ! che purità ! come lo ftile mi pare naturale,
faceto ed amabile ! Avete rifcattato la voftra patria
dalle mani de gli arlecchini. Vorrei intitolare le voftre
comedie : L'Italia liberata da' Goti. La voftra amicizia
m'onora, m'incanta. Ne fono obligato al fignor fenatore *Albergati*, e voi dovete tutti i miei fentimenti
a voi folo.

Vi auguro la vita la più lunga, e la più felice,
giacchè non potete effere immortale, come il voftro
nome. Voi penfate a farmi un onore, e già m'avete
fatto il più gran piacere.

J'ufe, mon cher Monfieur, de la liberté françaife, en vous proteftant, fans cérémonie, que vous avez en moi le partifan le plus déclaré, l'admirateur le plus fincère, et déjà le meilleur ami que vous puiffiez avoir en France. Cela vaut mieux que d'être votre très-humble et très-obéiffant ferviteur. *Voltaire.*

LETTRE CXCVI.

A M. LE COMTE D'ARGENTAL.

Le 24 de feptembre.

MES divins anges, il faut vous rendre compte de tout. Nous venons de jouer Tancrède en préfence d'une douzaine de parifiens, à la tête defquels était M. le duc de *Villars.* Non, vous ne vous imaginez pas quel talent madame *Denis* a acquis. Je voudrais qu'on pût compter les larmes qu'on verfe à Paris et chez nous, et nous verrions qui l'emporte. Je vous dois celles de Paris; car les longueurs tariffent les pleurs; et vos coupures judicieufes, en rapprochant l'intérêt, l'ont augmenté.

Détaillons un peu les obligations que je vous ai. Premier acte, premier remercîment. La première fcène du fecond fupprimée, profit tout clair. Le monologue que jai envoyé fait très-bien chez nous, et doit réuffir chez vous. Au troifième acte, pardon. Ce n'eft pas furement vous qui avez mis ces malheureux vers :

Car tu m'as déjà dit que cet audacieux
A fur Aménaïde ofé lever les yeux, &c.

On devrait lui répondre : *Mon ami, si on t'a déjà dit qu'on te prend ta maîtresse, tu devais donc en parler d'abord, tu devais donc être au désespoir.* C'est un contre-sens horrible.

Ecoutez-moi, mes chers anges ; on n'a pas fait réflexion qu'*Aldamon* n'est pas encore le confident de la passion de *Tancrède*. On a imaginé que *Tancrède* lui parlait comme à un homme instruit de l'état de son cœur. Il est évident que c'est et que ce doit être tout le contraire. *Aldamon* est un soldat attaché à *Tancrède*, qui a favorisé son retour, et rien de plus. Il est si clair qu'il ne sait point la passion de *Tancrède*, que *Tancrède* lui dit :

> Cher ami, je te dois
> Plus que je n'ose dire, et plus que tu ne crois.

Donc *Aldamon* ne sait rien. Peu à peu la confiance se forme dans cette scène, et *Aldamon*, qui doit avoir assez de sens pour apercevoir une passion qu'il approuve, court faire son message, en disant à *Tancrède* :

> C'est vous qui m'envoyez, je réponds du succès.

Il est bien mieux de mettre ce, *je réponds du succès*, dans la bouche du confident, que dans celle de *Tancrède*, car alors *Tancrède* dit, avec bien plus de bienséance et d'enthousiasme : *Il sera favorable.* Nous demandons tous à genoux qu'on laisse le troisième acte comme il est. Est-il possible qu'on ait ôté ces vers :

> Rien n'est changé, je suis encor sous le couteau.
> Tremblez moins pour ma gloire, &c.

B b 4

Ces vers, récités avec une fermeté attendrissante, ont arraché des larmes. Si le père est si étriqué, s'il ne prend pas un intérêt tendre à la chose, s'il ne flotte pas entre la crainte et l'espérance, en vérité, l'intérêt total diminue et la pièce en général est bien moins touchante. J'ai écrit à *le Kain* sur ce troisième acte, et je lui ai montré l'excès de ma douleur.

Dans le quatrième acte, il y a beaucoup d'art à fonder, comme vous avez fait, mes divins anges, la crédulité de *Tancrède*. Je voudrais seulement qu'il ne dît pas qu'il a pénétré le fond de cet affreux mystère, mais qu'on ne l'a que trop dévoilé. Vous ne pouvez sans doute souffrir ces vers :

Dans le rapide cours des plus brillans succès
Solamir l'eût-il fait sans être sûr de plaire ?

Je tiens toujours que c'est assez que le vieux *Argire* ait dit à *Tancrède*, elle est coupable. Un père au désespoir est le plus fort des témoignages. Mais si vous voulez que *Tancrède* invente encore des raisons pour se convaincre, à la bonne heure ; il faudra faire des vers.

Au cinquième acte, c'est encore un coup de maître d'avoir rendu à la fois le récit de *Catane* plus vraisemblable et plus intéressant ; mais je ne peux concevoir pourquoi on a retranché :

Courez, rendez Tancrède à ma fille innocente.

Ce vers me paraît de toute nécessité.
Si

O jour du changement, ô jour du désespoir !

a fait un si mauvais effet, cela prouve que *Brizard* a joué bien froidement ; mais, bagatelle.

Je conviens que mademoiſelle *Clairon* peut faire une très-belle figure en tombant aux pieds de *Tancrède;* mais ſi vous aviez vu madame *Denis*, pleurante et égarée, ſe relever d'entre les bras qui la ſoutiennent, et dire d'une voix terrible : *Arrêtez, vous n'êtes point mon père :* vous avoueriez que nul tableau n'approche de cette action pathétique, que c'eſt-là la véritable tragédie. Une partie des ſpectateurs ſe leva à ce cri, par un mouvement involontaire ; et *pardonnez* arracha l'ame. Il y a un aveuglement cruel à me priver du plus beau morceau de la pièce. Je vous conjure de me le rendre. Qui empêche mademoiſelle *Clairon* de ſe jeter et de mourir aux pieds de *Tancrède*, quand ſon père, éperdu et immobile, eſt éloigné d'elle, ou qu'il marche à elle ? qui l'empêche de dire, *j'expire*, et de tomber près de ſon amant ?

Barbare, laiſſe là ce repentir ſi vain.

fait un très-bel effet parmi nous, qui n'avons pas la ridicule impatience de votre parterre. Vous êtes bien bons de céder à l'impétuoſité de la nation ; il faut la ſubjuguer.

La ſomme totale de ce compte eſt, remercîment, tendreſſe, reſpeçt, et envie de ne point mourir ſans vous revoir.

LETTRE CXCVII.

A M. LE KAIN.

Le 24 de feptembre.

AVANT d'aller jouer Tancrède, et après avoir écrit
une longue lettre à M. et à madame d'*Argental*, et après
avoir fait un petit monologue pour mademoifelle
Clairon, à la fin du fecond acte, et après avoir enragé
qu'on ne m'ait pas averti plutôt, et après m'être
voulu beaucoup de mal d'être fi loin de vous, et n'en
pouvant plus, j'aurai peut-être encore le temps, mon
cher *le Kain*, de vous dire un petit mot, que je n'ai
point dit à M. et à madame d'*Argental*, en leur écrivant à la hâte, et étant ivre de leurs bontés.

C'eft au fujet du troifième acte. Nous ferions bien
fâchés de le jouer comme on le joue au théâtre français. Vous n'avez pas fait attention qu'*Aldamon* n'eft
point du tout le confident de *Tancrède*; c'eft un vieux
foldat qui a fervi fous lui. Mais *Tancrède* n'eft pas
affez imprudent pour lui parler d'abord de fa paffion;
il ne laiffe échapper fon fecret que par degrés. D'abord,
il lui demande fimplement où demeure *Aménaïde*: et
c'eft cette fimplicité précieufe qui fait reffortir le refte.
Il ne s'informe que peu à peu, et par degrés, du
mariage. Il ne doit point du tout dire à *Aldamon*:

Car tu m'as déjà dit que cet audacieux, &c.

ce vers gâte la fcène de toutes façons. Si *Aldamon*
lui a déjà dit cette nouvelle, s'il en eft sûr, s'il s'écrie:
Il eft donc vrai, il doit arriver défefpéré. Il ne doit

1760.

parler que de sa douleur; et le commencement de la scène, qui chez moi fait un très-grand effet, devient très-ridicule.

Ne sentez-vous pas que tout l'artifice de cette scène consiste, de la part de *Tancrède*, à s'ouvrir par gradations avec *Aldamon?* Il s'en faut bien qu'il doive lui dire tout son secret; et quand il lui dit :

Cher ami, tout mon cœur s'abandonne à ta foi,

remarquez qu'il se donne bien de garde de dire : *J'aime Aménaïde.* Il le lui fait assez entendre, et cela est bien plus naturel et bien plus piquant. Il ne veut paraître que comme un ancien ami de la maison. Il ferait très-mal d'aller plus loin.

Ce séjour adoré qu'habite Aménaïde,

est un vers d'opéra, intolérable.

Concevez donc qu'il ne permet à son amour d'éclater que dans son monologue. C'est là qu'il doit commencer à dire : *Aménaïde m'aime.* S'il le dit, ou s'il le fait trop entendre auparavant, cela devient froid et absurde.

Le vers d'*Aldamon :*

Je vais parler de vous, je réponds du succès,

est très à sa place. Il respecte, il aime *Tancrède* comme un grand-homme; il sait que le nom de *Tancrède* est révéré dans la maison; il est plein de cette idée; il la confond avec un simple message. Et quand *Aldamon* dit ce vers : *Je réponds du succès*, &c. *Tancrède* a bien meilleur air à dire avec enthousiasme : *Il sera favorable.*

————   . Je vous prie très-inftamment, mon cher ami, de
1760. repréfentèr toutes ces chofes à M. d'*Argental*, et de
remettre abfolument le troifième acte comme il eft.
Vous me feriez un tort irréparable, fi vous continuiez
à m'expofer ainfi devant le public, et furtout fi l'on
imprimait la pièce dans l'état où elle eft par ma négligence et mon abfence. Voyez à quoi je ferais réduit
fi *Prault* imprimait la pièce avant que je vous l'aye
envoyée, fignée de ma main. Prévenez ce coup pour
vous et pour moi.

Je ne peux entrer ici dans aucun détail; mais je
dois vous dire que, dans la fermentation des efprits,
au milieu de la guerre civile littéraire, il faut s'attendre, les premiers jours, aux critiques les plus
injuftes. C'eft une pouffière qui s'élève et qui fe
diffipe bientôt. Je vous embraffe de tout mon cœur.

LETTRE CXCVIII.

A M. LE COMTE D'ARGENTAL.

27 de feptembre.

JE vous ai écrit des volumes, ô mes anges, tout en
jouant Alzire, Mahomet, Tancrède et l'Orphelin.
Ah, l'étonnante actrice que nous avons trouvée !
quelle *Palmire* ! vingt ans, beauté, grâce, ingénuité,
et des larmes véritables, et des fanglots qui partent
du cœur ! Pauvres Parifiens, que je vous plains ! vous
n'avez que des *Hus*.

Madame de *Pompadour* n'eft point poule mouillée,
ni moi non plus.

Prenez à cœur le long mémoire, les changemens que je vous ai envoyés par M. de *Courteille*. Que je jouisse, au moins en idée, de deux représentations qui me satisfassent. Les cœurs sont-ils donc faits à Paris autrement que chez moi ? M. le duc de *Villars* ne s'y connaît-il point ? ma nièce est-elle sans goût ? suis-je un chien ? que coûte-t-il d'essayer ce qui fait chez nous le plus grand effet ?

Est-il vrai que les décorations ne sont pas belles ? qu'il n'y a pas assez d'assistans au troisième et au cinquième ? que *Grandval* néglige trop son rôle parce qu'il n'est pas le premier ? que *le Kain* ne prononce pas ? que mademoiselle *Clairon* a joué faux quelques endroits ? à qui croire ? *la calomnie y règne.*

Madame de *Fontaine* a fait une belle action. J'aurai bientôt un grand secret à vous confier.

Nous venons de répéter Fanime.—Plus de larmes qu'à Tancrède. — Un *Ramire* admirable. Je corromps toute la jeunesse de la pédante ville de Genève. Je crée les plaisirs. Les prédicans enragent. Je les écrase. Ainsi soit-il de tous prêtres insolens et de tous cagots.

O anges, à l'ombre de vos ailes.

LETTRE CXCIX.

AU MEME.

29 de septembre.

Voici, je crois, mes dernières volontés, mon adorable ange ; car je n'en peux plus. N'allez pas, je vous en conjure, casser mon testament ; faites

—— essayer ce qui a si bien réussi chez moi. Voilà les
1760. cabales un peu dissipées, voilà le temps de jouer à son
aise. Les comédiens ne doivent pas rejeter mes deman-
des ; cela ferait bien injuste, et me ferait une vraie
peine. *Aménaïde-Denis* vous embrasse. Je me jette aux
pieds de madame *Scaliger*. Je crois avoir profité de
son excellent mémoire. Qu'il est doux d'avoir de tels
anges !

Je crois que le démon de *Socrate* était un ami.

LETTRE CC.

A M. LE COMTE ALGAROTTI.

Septembre.

No, nò, nò, caro cigno di Padova, non ho rice-
vuto le lettere soprà la Russia, e me ne dolgo ; car
si je les avais lues, j'en aurais parlé dans une très-
facétieuse préface où je rends justice à ceux qui
parlent bien de ce qu'ils ont vu, et où je me moque
beaucoup de ceux qui parlent à tort et à travers de
ce qu'ils n'ont point vu. Baste, ce sera pour l'anti-
phone du second volume ; car vous saurez que,
n'ayant point encore reçu les mémoires nécessaires
pour le complément de l'ouvrage, je n'ai pas encore
été plus loin que Pultava.

Or sù, bisogna sapere che vi sono due valenti
banchieri à Milano chiamati *Bianchi* e *Balestrerio*,
e quegli rinomati banchieri sono li corrispondenti
d'un valente mercante o mercatante di Genevra
chiamato *le Fort* di quella famiglia di *le Fort*, la

quale ha dato alla Ruffia il gran configliere del gran
Pietro.

Le lettere foprà la Ruffia non fi fmariranno
quando faranno indirizzate dal *Bianchi* à un *le Fort.*
Prenez donc cette voie, caro cigno; godete la voftra
bella patria. Je vais adreffer inceffamment à Venife
le premier volume ruffe, par le fignor *Bianchi.* Je
ferais tenté d'y joindre le plan du petit château de
Ferney, que je viens de faire bâtir moi tout feul.
Les Allobroges me difent que j'ai attrapé le vrai goût
d'Italie; *fed non ego credulus illis.* Mais j'ai bâti auffi
une tragédie à l'italienne, qu'on joue actuellement
à Paris. La fcène eft en Sicile. C'eft de la chevalerie;
c'eft du temps de l'arrivée des feigneurs normands
à Naples, ou plutôt à Capoue. Il y eft queftion
d'un pape qui eft nommé fur le théâtre. Cependant
les français n'ont point ri, et les françaifes ont
beaucoup pleuré.

Je tiens toujours mes bons Parifiens en haleine,
de façon ou d'autre. J'amufe ma vieilleffe; il n'y a
guère de momens vides. Vous êtes, vous, dans la
force de l'âge et du génie: je ne marche plus qu'avec
des béquilles, et vous courez, et vous allez ferme,
e le dame e le mufe vi favorifcono à gara.

Vive beatus; have you read *Triftram shandi?* This
a veri un accountable book an original one; they
run mad about it in england.

Les philofophes triomphent à Paris. Nous avons
écrafé leurs ennemis, en les rendant ridicules.

Vivez *beatus,* vous dis-je.

LETTRE CCI.

A M. NOVERRE,

PENSIONNAIRE DU ROI, MAITRE DES BALLETS DE L'EMPEREUR.

Septembre.

J'AI lu, Monfieur, votre ouvrage de génie (*); mes remercîmens égalent mon eftime. Votre titre n'annonce que la danfe, et vous donnez de grandes lumières fur tous les arts. Votre ftyle eft auffi éloquent que vos ballets ont d'imagination. Vous me paraiffez fi fupérieur dans votre genre, que je ne fuis point du tout étonné que vous ayez effuyé des dégoûts qui vous ont fait porter ailleurs vos talens. Vous êtes auprès d'un prince qui en fent tout le prix.

Une vieilleffe très - infirme m'a feule empêché d'être témoin de ces magnifiques fêtes que vous embelliffez fi fingulièrement. Vous faites trop d'honneur à la Henriade, de vouloir bien prendre le Temple de l'Amour pour un de vos fujets : vous ferez un tableau vivant de ce qui n'eft chez moi qu'une faible efquiffe. Je crois que votre mérite fera bien fenti en Angleterre, parce qu'on y aime la nature. Mais où trouverez-vous des acteurs capables d'exécuter vos idées ? Vous êtes un *Prométhée ;* il faut que vous formiez des hommes, et que vous les animiez.

J'ai l'honneur d'être, &c.

(*) Lettres fur la danfe et fur les ballets.

LETTRE

LETTRE CCII.

A M. LE COMTE D'ARGENTAL.

Septembre.

Mon divin ange, vous êtes le meilleur général de l'Europe. Il faut que vous ayez bien disposé vos troupes, pour gagner cette bataille ; on dit que l'armée ennemie était considérable. *Débora-Clairon* a donc vaincu les ennemis des fidelles. On dit que *Satan* était dans l'amphithéâtre, sous la figure de *Fréron*, et qu'une larme d'une dame étant tombée sur le nez du malheureux fit, psh, psh, comme si ç'avait été de l'eau bénite.

Il est absolument nécessaire que la pièce s'imprime bientôt. Je soupçonne qu'il y en a déjà une édition furtive. Vous savez que j'avais ci-devant proposé à madame la marquise une dédicace ; je ne peux honnêtement oublier ma parole ; j'écris au protecteur M. le duc de *Choifeul*, protecteur que je vous dois, et je le prie de savoir de madame la marquise si elle accepte l'épître. Vous connaissez le ton de mes dédicaces ; elles font un peu hardies, un peu philosophiques ; je tâche de les faire instructives. Si on les veut de cette espèce, je suis prêt ; sinon point de dédicace.

Madame *Scaliger*, vous avez sans doute taillé et rogné : vous avez fait des vôtres. Si la pièce vaut quelque chose, ma foi, je le dois à vos critiques scaligériennes. Etiez-vous là, Madame? Dites donc aux acteurs des deux premiers actes qu'ils ne soient pas si froids et si familiers.

Des longueurs, mon cher ange! c'est dans ma lettre de remercîment qu'il y aurait des longueurs, si j'avais un moment à moi. Comment pourrais-je finir? je vous dois tout. Je baise le bout de vos ailes avec des transports de reconnaissance.

On dit que la lettre au roi *Stanislas* a fait impression sur l'esprit de monseigneur le dauphin. Le roi de Pologne m'a remercié de sa main, avec la plus grande bonté.

Nous venons de répéter Tancrède avec madame *Denis;* je parie, et même contre vous, que mademoiselle *Clairon* ne joue pas si bien le quatrième acte.

N. B. Moi, père, je fais pleurer; que *Brizard* en fasse autant, je l'en défie : il ne peut tomber de ses yeux que de la neige.

LETTRE CCIII.

A MADAME

LA COMTESSE D'ARGENTAL.

1 d'octobre.

CHARMANTE madame *Scaliger*, la lettre, le savant commentaire du 24 redoublent ma vénération. M. le duc de *Villars* s'habille pour jouer, à huis clos, *Gengis-kan;* la *Denis* se requinque : deux grands acteurs, par parenthèse. On rajuste mon bonnet, et je saisis ce temps pour vous remercier, pour vous dire la centième partie de ce que je voudrais vous

dire. Je fuis devenu un peu fourd, mais ce n'eft pas
à vos remarques, ce n'eft pas à vos bontés. (*)

Voilà à peu-près tous les ordres de ma fouveraine
exécutés en courant. Toutes les judicieufes critiques
fcaligériennes ont trouvé un *V.* docile, un *V.* reconnaiffant, un *V.* prompt à fe corriger, et quelquefois
un *V.* opiniâtre, qui difpute comme un pédant, et
qui encore vous fupplie à genoux d'accepter fes
changemens, de faire ôter ce déteflable *car tu m'as
déjà dit que cet audacieux;* et il vous conjure, plus
que jamais, d'ajouter au pathétique du tableau de
Clairon au cinq, ce morceau plus pathétique encore :

Arrêtez, — vous n'êtes point mon père, &c.

Il me femble que, grâce à vos bontés, tout eft à
préfent affez arrondi, malgré la multitude de tant
d'idées étrangères à Tancrède, qui me lutinent
depuis un mois.

Madame *Denis* partage toute ma reconnaiffance.
Divins anges, veillez fur moi ; je vous adore du culte
de dulie et de latrie.

LETTRE CCIV.

A M. LE MARQUIS DE CHAUVELIN,

AMBASSADEUR A TURIN.

Aux Délices, 3 d'octobre.

LE baron germanique, qui fe charge de rendre
ce paquet à votre excellence, eft un heureux petit
baron. Je connais des français qui voudraient bien

(*) Il y avait ici des corrections pour Tancrède.

être à fa place, et faire leur cour à M. et madame de *Chauvelin*. Je n'ai point eu l'honneur de vous écrire pendant que vous bouleverfiez nos limites, et que vous rendiez des favoyards français et des français favoyards. Je conçois très-bien qu'il y a du plaifir à être favoyard, quand vous êtes en Savoie. Souvenez-vous, Monfieur, que quand vous prendrez le chemin de Verfailles pour donner la chemife au roi, vous devez au moins venir changer de chemife dans nos hermitages.

J'ai l'honneur de vous envoyer une partie de la vie du *Solon* et du *Lycurgue* du Nord. Si la cour de Ruffie était auffi diligente à m'envoyer fes archives, que je le fuis à les compiler, vous auriez eu deux ou trois tomes au lieu d'un. Je me fouviens d'avoir entendu dire à vos miniftres, au cardinal *Dubois*, à M. de *Morville*, que le czar n'était qu'un extravagant, né pour être contre-maître d'un navire hollandais ; que Pétersbourg ne pourrait fubfifter ; qu'il était impoffible qu'il gardât la Livonie, &c. ; et voilà aujourd'hui les Ruffes dans Berlin, et un *Tottleben* donnant fes ordres datés de Sans-fouci ! Si j'avais été là, j'aurais demandé le beau Mercure de *Pigal*, pour le rendre au roi.

En qualité de tragédien, j'aime toutes ces révolutions-là paffionnément. J'ai et j'aurai contentement. Péut-être, fi j'étais *fir politic*, je ne les aïmerais pas tant. Je ne fuis pas trop mécontent de vous autres fur terre, mais vous êtes fur mer de bien pauvres diables.

Si j'ofais, je vous conjurerais à genoux de débarraffer pour jamais du Canada le miniftère de France.

Si vous le perdez, vous ne perdez presque rien ; si vous voulez qu'on vous le rende, on ne vous rend qu'une cause éternelle de guerre et d'humiliations. Songez que les Anglais sont au moins cinquante contre un dans l'Amérique septentrionale. Par quelle démence horrible a-t-on pu négliger la Louisiane, pour acheter, tous les ans, trois millions cinq cents mille livres de tabac de vos vainqueurs ? N'est-il pas absurde que la France ait dépensé tant d'argent en Amérique, pour y être la dernière des nations de l'Europe ?

Le zèle me suffoque : je tremble depuis un an pour les Indes orientales. Un maudit gouverneur de la colonie anglaise à Surate, et un certain commodore qui nous a frottés dans l'Inde, sont venus me voir ; ils m'ont assuré que Pondichéri serait à eux dans quatre mois. Dieu veuille que M. *Berrier* confonde mon commodore !

Pour me dépiquer des malheurs publics et des miens propres (car je navige malheureusement dans la barque), je me suis mis à jouer force tragédies, et nous gardons des rôles pour madame l'ambassadrice. Nous jouâmes Fanime, ces jours passés ; la scène est à Saïd, petit port de Syrie. Nous eûmes pour spectateur un arabe, qui est de Saïd même, qui sait sept ou huit langues, qui parle très-bien français, et qui eut beaucoup de plaisir. Savez-vous bien que j'ai eu un autre arabe ? c'est l'abbé d'*Espagnac*. Pourquoi faut-il qu'un homme si coriace soit si aimable ? Vivent les gens faciles en affaires ! la vie est trop courte pour chipoter.

Vous connaissez la belle lettre de *Luc*, où il

parle fi courtoifement de M. le duc de *Choifeul.* J'ai bien peur que mes ruffes n'aient pris auffi une lettre qu'il m'adreffait. Cet homme ne ménage pas plus les termes que fes troupes; il perdra fes Etats pour avoir fait des épigrammes. Ce fera du moins une aventure unique dans les chroniques de ce monde.

Je fuis un grand babillard, Monfieur; mais il eft fi doux de s'entretenir avec vous des fottifes du genre-humain, et de vous ouvrir fon cœur! Je compte fi fort fur vos bontés, que je me fuis laiffé aller. Confervez-moi, et madame l'ambaffadrice, un peu de fouvenir et de bienveillance. Je vous avertis que madame *Denis* eft devenue très-digne de jouer les feconds rôles avec madame de *Chauvelin.*

L'oncle et la nièce font à fes pieds. Je vous préfente mon tendre refpect dans la foule de ceux qui vous aiment.

LETTRE CCV.

A M. LE COMTE D'ARGENTAL.

Aux Délices, 4 d'octobre, à midi.

EH, mon Dieu, mes anges, vous voilà fâchés contre moi! vous voilà les anges exterminateurs. Que votre face ne s'allume pas contre moi, et regardez-moi en pitié. — Je vous ai écrit une lettre ce matin: je réponds à votre courroux du 29. Figurez-vous que je n'ai le temps ni de manger ni de dormir; la tête me tourne.

1°. Je vous jure qu'on m'a mandé que *le Kain*
et la *Clairon* avaient arrangé le troifième acte à leur
fantaifie ; mais allons pied à pied, fi je puis, et com-
mençons par le commencement.

2°. J'ai déjà dit et je redis que la transfufion des
deux fcènes paternelles d'*Argire* avec *Aménaïde*, en
une feule fcène, vers la fin du premier acte, était le
falut de la république ; j'ai remercié et je remercie.

3°. Je m'en tiens à cette manière de finir le premier acte :

> Viens, je te dirai tout. — Mais il faut tout ofer ;
> Le joug eft trop affreux, ma main doit le brifer ;
> La perfécution enhardit la faibleffe.

Cela fortifie le caractère d'*Aménaïde*, et rend en même
temps fes accufateurs moins odieux.

4°. Le fecond acte commence encore d'une
manière plus forte :

. . . .

Moi des remords, qui, moi ! le crime feul les donne, &c.

Et c'eft *Aménaïde*, et non la fuivante, qui fait tout ;
et il eft bien plus naturel de lui donner de la confiance pour un efclave qui l'a déjà fervie, que de
remettre tout aux foins de *Fanie ;* cela était trop
d'une petite fille ; et cette fermeté du caractère
d'*Aménaïde* prépare mieux les reproches vigoureux
qu'elle fait enfuite à fon père.

5°. Jamais je n'ai eu d'autre idée, au troifième acte,
que de faire apprendre à *Tancrède* fon malheur par
gradation ; je n'ai jamais prétendu qu'il parlât d'abord
à *Aldamon*, comme au confident de fon amour ; et
quand *Tancrède* difait, au nom d'*Orbaffan*,

C c 4

Orbaffan, l'ennemi, le rival de Tancrède !

il le difait à part : et pour lever toute équivoque, j'ai mis l'*oppreffeur* de *Tancrède*, au lieu de *rival*. J'ai toujours prétendu que *Tancrède*, en arrivant dans la ville, avait appris, par le bruit public, qu'*Orbaffan* devait époufer *Aménaïde;* c'eft une chofe très-naturelle ; tout le monde en parle, et *Aldamon* n'en fait que ce que la voix publique lui en a appris.

Quand *Tancrède* demande, qui commande les armes dans la ville? *Aldamon* peut répondre,

Ce fut, vous le favez, le refpectable Argire ;

mais *Orbaffan* lui fuccède. En un mot, tout l'art de cette fcène doit confifter dans la manière dont *Tancrède* laiffe pénétrer fon fecret par *Aldamon*, qui voit, par fon émotion, quels font fes chagrins et fes projets. *Je vais* parler *de vous* était équivoque ; *vous* cependant ne fignifie pas je vous *nommerai*, il fignifie qu'*Aménaïde* pourra fe douter quel eft ce *vous;* mais cela eft trop fubtil, et *vous m'envoyez* vaut mieux. Ce font bagatelles.

6°. *Je fuis encore fous le couteau* eft une expreffion noble et terrible ; fi on ne la trouve pas ailleurs, tant mieux ; elle a le mérite de la nouveauté, de la vérité et de l'intérêt. Cette fcène a fait un grand effet chez moi. Il faut laiffer dire les petits critiques, qui font femblant de s'effaroucher de tout ce qui eft nouveau, et qui ne voudraient que des expreffions triviales ; notre langue n'eft déjà que trop ftérile.

7°. La dernière fcène du fecond acte était auffi néceffaire que cette dernière fcène du troifième ; mais comme ce petit monologue du fecond ne peut être qu'une expreſſion ſimple de la ſituation d'*Aménaïde*, comme ce tableau de ſon état n'eſt point un grand combat de paſſions, il ne faut pas s'attendre à de grands effets de ce monologue, mais ſeulement à rendre le ſpectateur ſatisfait, et à terminer l'acte avec rondeur et élégance, ſans refroidir.

8°. Si, *O ma fille, vivez, fuſſiez-vous criminelle*, eſt dit par un acteur glacé, tels que les acteurs français l'ont preſque toujours été ; ſi ce vers n'eſt pas dans la bouche d'un homme qui ait déjà pleuré et fait pleurer, il eſt clair que ce vers doit être mal reçu ; mais moi, en le diſant, j'arrache des larmes. J'ai voulu peindre un vieillard faible et malheureux : c'eſt la nature. Il y a un préjugé bien ridicule parmi nous autres francs, c'eſt que tous les perſonnages doivent avoir de la même nobleſſe d'ame, qu'ils doivent tous être bien élevés, bien élégans, bien compaſſés : la nature n'eſt pas faite ainſi.

9°. Le grand point eſt de toucher. — *Inventez des reſſorts qui puiſſent m'attacher* (dit *Boileau*). Or, *Aménaïde* eſt auſſi touchante à la lecture qu'au théâtre. Cependant vous ſavez, mes anges, que M. de *Chauvelin* avait été mécontent du quatrième acte ; il avait imaginé d'envoyer un ambaſſadeur de *Solamir*, et de ſubſtituer une entrée et une audience aux ſentimens douloureux d'une femme qui a été condamnée à mort par ſon père, et qui eſt à la fois mépriſée et défendue par ſon amant. Toutes ces idées que chacun a dans ſa tête, de la manière dont on pourrait conduire autrement une pièce nouvelle, ne ſerviront jamais qu'à refroidir un auteur, à lui ôter tout ſon enthouſiaſme. On pourra gagner quelque choſe du

—— côté de l'hiftorique, et on perdra tout l'intérêt. Si

1760. *Corneille* avait fuivi dans le Cid le plan de l'académie, le Cid était à la glace.

On crie aux premières repréfentations, et le *couteau*, et la haine *outrageufe*, et *je ne peux fouffrir ce qui n'eft pas Tancrède;* au bout de huit jours on ne crie plus.

10°. Les longueurs doivent être accourcies; mais l'étriqué et l'étranglé détruit tout. Un fentiment qui n'a pas fa jufte étendue, ne peut faire effet. Qu'eft-ce qu'une tragédie en abrégé ?

11°. Nous foutenons toujours que les derniers vers d'*Aménaïde* font un morceau pathétique, terrible, néceffaire, et nous en avons eu la preuve: — *Arrêtez, — vous n'êtes point mon père.* On fut tranf-porté.

Je n'ai plus de papier, je n'ai plus ni tête ni doigts. Mon cœur eft navré de douleur, fi j'ai déplu à mes anges; mais, au nom de Dieu, ôtez-moi ce *car tu m'as déjà dit.*

LETTRE CCVI.

A M. THIRIOT.

Le 8 d'octobre.

JE vous dois bien des réponfes, mon ancien ami. Puifque vous logez chez un médecin, ce n'eft pas merveille que vous foyez malade. Si vous venez aux Délices, vous vous porterez bien. Madame. *Denis* vous fera pleurer dans Tancrède, tout autant

que mademoiselle *Clairon* ; et moi, je vous ferai plus
d'impreſſion que *Brizard :* je ſuis un excellent bon
homme de père.

Je vous enverrai inceſſamment un Pierre le grand
par M. *Damilaville.*

Je ne peux vous donner la Capilotade que cet
hiver ; je n'ai pas un moment à moi.

J'ai, dans mon taudis des Délices, M. le duc
de *Villars*, un intendant, un homme d'un grand
mérite qui a fait 150 lieues pour me voir. Nous
couchons les uns ſur les autres. Il y avait hier
quarante-neuf perſonnes à ſouper. Nous jouons
aujourd'hui Mahomet ; une *Palmire*, jeune, naïve,
charmante, voix de ſirène, cœur ſenſible, avec deux
yeux qui fondent en larmes ; on n'y tient pas :
Gauſſin était une ſtatue. *Nota bene* que j'arrache
l'ame au quatrième acte.

Mon égliſe ne ſe bâtira qu'au printemps. Vous
voulez que j'oſe conſulter M. *Souflot* ſur cette égliſe
de village, et j'ai fait mon château ſans conſulter
perſonne.

J'ai reçu le Père de famille ; mais je voulais l'édition avec l'épigraphe grecque, et les deux lettres qui
firent tant de bruit.

Bonſoir, mon cher ami ; la tête me tourne de
plaiſirs et de fatigue.

Dites-moi donc quelles critiques on fait de
Tancrède, *et vale.*

LETTRE CCVII.

A M. LE COMTE D'ARGENTAL.

8 d'octobre.

O divins anges, jugez fi je fuis fidelle à mon culte ; je vais jouer Zopire ; j'ai deux cents perfonnes à placer ; je fais copier Tancrède ; je vous écris. Où diable avez-vous pêché, mes anges, que j'avais un peu d'amertume, quand je fuis pénétré de vos bontés.

Je vous enverrais aujourd'hui Tancrède, fi j'avais feulement le temps de faire un paquet. Qui, moi de l'amertume, parce que j'ai pris le parti du troifième acte, et que j'ai cru que *le Kain* me l'avait faboulé ! Pour Dieu, laiffez-moi mon franc arbitre ; encore faut-il bien que j'aye mon avis : DIEU a permis à fes créatures de dire ce qu'elles penfent. Mon cher ange, mandez-moi, je vous prie, où l'on en eft de ce Tancrède, quel parti on prend. J'ai envoyé un long mémoire à *Clairon*, par Verfailles ; je vous écris auffi par Verfailles. Je ne veux pas ruiner mes anges par mes bavarderies. Nous jouons donc Mahomet aujourd'hui. N'a-t-on pas fait cent critiques de Mahomet ? cela empêche-t-il qu'elle ne doive faire un effet terrible, qu'elle ne doive déchirer le cœur ? Ah, *Gauffin*, *Gauffin*, fi vous aviez la centième partie de l'ame de madame *Rillet !* fi on avait eu un *Séïde !* Pauvres Parifiens, vous n'avez point d'acteurs qui pleurent. J'ai un petit mot à vous dire, mes anges ; c'eft que presque toutes vos tragédies sont froides, et vos acteurs aussi, excepté la divine *Clairon*, et quelquefois *le Kain*. Mes yeux se sont ouverts, mais trop tard. Je mourrai sans avoir fait une pièce selon mon goût.

M. le duc de *Choiseul* vous a-t-il montré la facétie de ma dédicace?

Avez-vous reçu un Pierre?

Madame *Scaliger*, ne soyez donc plus fâchée contre moi. C'est que je suis à vos pieds, c'est que je vous aime et révère au pied de la lettre.

LETTRE CCVIII.

A MADAME

LA MARQUISE DU DEFFANT.

Ce 10 d'octobre.

SI vous n'êtes point un grand enfant, Madame, vous n'êtes pas non plus une petite vieille. Je suis votre aîné, et je joue la comédie deux fois par semaine; et le bon de l'affaire, c'est que nous jouons des pièces nouvelles de ma façon, que Paris ne verra pas, à moins qu'il ne soit bien sage et bien honnête.

Comme je fais le théâtre, les pièces et les acteurs, qu'en outre je bâtis une église et un château, et que je gouverne par moi-même tous ces tripots-là; et que, pour m'achever de peindre, il faut finir l'Histoire de *Pierre le grand*; et que j'ai dix ou douze lettres à

—— écrire par jour : tout cela fait que vous devez me pardonner, Madame, ſi je ne vous ennuie pas auſſi ſouvent que je le voudrais.

J'ai pourtant un plaiſir extrême à m'entretenir avec vous ; vous ſavez que j'aime paſſionnément votre eſprit, votre imagination, votre façon de pen-ſer. Vous aurez la moitié de Pierre inceſſamment. Il y a un paquet tout prêt pour vous, et pour M. le préſident *Hénault ;* mais on ne ſait comment faire pour dépêcher ces paquets par la poſte.

Je vous avertis que la préface vous fera pouffer de rire, et vous ſerez tout étonnée de voir que la plaiſanterie n'eſt point déplacée.

J'y joins un chant de la Pucelle, qui pourra vous faire rire auſſi. Je vous promets encore de vous chercher des fariboles philoſophiques dans ma biblio-théque ; mais il faut que vous ſachiez que je ne ſuis guère le maître d'entrer dans ma bibliothéque à préſent, parce qu'elle eſt dans l'appartement qu'oc-cupe M. le duc de *Villars ,* avec tout ſon monde. Il nous a joué, à huis clos, *Gengis-kan* dans l'Orphelin de la Chine : il vaut mieux que tous vos comédiens de Paris.

Je ſuis fort aiſe, Madame, qu'on ait imprimé ma lettre au roi de Pologne. Trois ou quatre lettres par an, dans ce goût-là, écrites aux puiſſances, ou ſoi-diſant telles, ne laiſſeraient pas de faire du bien. Il faut rendre ſervice aux hommes tant qu'on le peut, quoiqu'ils n'en valent guère la peine.

Mon petit parti d'ailleurs m'amuſe beaucoup. J'avoue que tous mes complices n'ont pas ſacrifié aux grâces ; mais, s'ils étaient tous aimables, ils ne

1760.

feraient pas fi attachés à la bonne caufe. Les gens de bonne compagnie ne font point de profélytes ; ils font tièdes, ils ne fongent qu'à plaire : DIEU leur demandera un jour compte de leurs talens.

Vous avez bien raifon, Madame, d'aimer l'hiftoire de mon ami *Hume;* il eft, comme vous favez, le coufin de l'auteur de l'Ecoffaife. Vous voyez comme il rend, dans cette hiftoire, le fanatifme odieux.

Ne croyez pas que l'Hiftoire de *Pierre le Grand* puiffe vous amufer autant que celle des *Stuart;* on ne peut guère lire Pierre, qu'une carte géographique à la main ; on fe trouve d'ailleurs dans un monde inconnu. Une parifienne ne peut s'intéreffer à des combats fur les Palus-méotides, et fe foucie fort peu de favoir des nouvelles de la grande Permie et des Samoïèdes. Ce livre n'eft point un amufement, c'eft une étude.

M. le préfident *Hénault* ne veut point que je donne Pierre, chiquette à chiquette : je ne le voudrais pas non plus, mais j'y fuis forcé. On a un peu de peine avec les Ruffes, et vous favez que je ne facrifie la vérité à perfonne.

Adieu, Madame ; fi vous aviez des yeux, je vous dirais : venez philofopher avec nous, parce que vos yeux feraient égayés pendant neuf mois par le plus agréable afpect qui foit fur la terre ; mais ce qui fait le charme de la vie eft perdu pour vous, et je vous affure que cela me fait toujours faigner le cœur.

J'ai chez moi un homme d'un mérite rare, homme de grande condition, ancien officier retiré dans fes terres : il les a quittées pour venir, à cent cinquante lieues de chez lui, philosopher dans une retraite. Je ne l'avais jamais vu, je ne savais pas même qu'il existât : il a voulu venir, il est venu ; il fait de grands progrès, et il m'enchante. Mais, par malheur, il me vient des intendans ; ces gens-là ne sont pas tous philosophes. Mon Dieu, Madame, que je hais ce que vous savez !

Je vais être en relation avec un brame des Indes, par le moyen d'un officier qui va commander sur la côte de Coromandel, et qui m'est venu voir en passant. J'ai déjà grande envie de trouver mon brame plus raisonnable que tous vos butors de la sorbonne.

Adieu, encore une fois, Madame ; je vous aime beaucoup plus que vous ne pensez.

LETTRE CCIX.

A M. LE COMTE D'ARGENTAL.

10 d'octobre.

VOUS êtes mes anges plus que jamais ; vous persévérez dans votre ministère de gardiens. Voici, mon cher et respectable ami, ce que j'ai pu à peu-près répondre à votre lettre et au mémoire de madame *Scaliger*. Je prévois que ma réponse sera inutile, puisqu'elle n'arrivera qu'après que Tancrède aura été joué à Versailles ; mais, du moins, j'aurai la consolation d'avoir fait mon devoir. Si vous avez encore quelques petits scrupules, je suis à vos ordres.

Etes-vous

Etes-vous toujours dans l'idée de faire imprimer
Tancrède par provifion? En ce cas, je vous fupplie 1760.
de faire tranfcrire fur la pièce les changemens que
vous trouverez dans mon mémoire. Vos bontés ne
fe laffent pas.

Vous imaginez donc que je fuis affez mal-habile
pour fourrer, dans la dédicace, quelque chofe que la
marquife n'ait pas approuvé! je ne fuis pas fi niais.
Voici cette dédicace mot pour mot, telle que M. le
duc de *Choifeul* me l'a renvoyée, munie du grand
fceau des petits appartemens. J'ai plus d'une raifon
de faire cette dédicace, et je crois que vous les
devinez toutes.

Et vous, madame *Scaliger*, vous me croyez donc
affez fuiffe pour ignorer que mon intendant de
Bourgogne eft le frère de mon cher avocat général?
Sachez que ce frère m'a amené fon neveu, propre
fils de fon frère. J'ai foupçonné fa mère d'avoir été
une habile femme : car le jeune candidat eft d'une
taille fine et élancée, et fon père eft tout rabougri.

Nous avons à préfent M. *Turgot* qui vaut mieux
que tout le parquet. Celui-là n'a pas befoin de mes
inftructions, il m'en donnerait; c'eft un philofophe
très-aimable. Nous lui avons joué Fanime et les
Enforcelés : il dit qu'il n'avait pas pleuré à Tancrède;
et je l'ai vu pleurer à Fanime; mais c'eft que madame
Denis a la voix attendriffante, et, quand nous
jouons enfemble, on n'y tient pas.

George III ne changera pas la face de l'Europe;
celle de *Luc* change tous les jours.

Mille tendres refpects à tous les anges.

LETTRE CCX.

A MADAME

LA COMTESSE D'ARGENTAL.

13 d'octobre.

MADAME *Scaliger*, favez-vous bien que vous êtes adorable? Des lettres de quatre pages, des mémoires raifonnés, des bontés de toute efpèce : mon cœur eft tout gros. J'aime mes anges à la folie. Quand je vous ai envoyé des bribes pour Tancrède, imaginez-vous, Madame, qu'on m'effayait un habit de théâtre pour *Zopire*, et un autre pour *Zamti ;* qu'il fallait compter avec mes ouvriers, faire mes vendanges et mes répétitions. J'écrivais au courant de la plume, et un *Tancrède fortait de la place.* Cette place n'eft pas tenable : il y avait cent autres incongruités; je m'en apercevais bien ; je les corrigeais quand le courier était parti. J'envoyais des mémoires à *Clairon ;* je priais qu'on fufpendît les repréfentations, qu'on me donnât du temps. Voilà qui eft fait; tout eft fini, plus de Chevalerie. Vous aurez une nouvelle leçon quand vous voudrez. Pour moi, je vais jouer le père de *Fanime* dans deux heures, et je vous avertis que je vais faire pleurer. *Fanime* fe tue; il faut que je vous confie cette anecdote. Mais comment fe tue-t-elle? à mon gré, de la manière la plus neuve, la plus touchante. Cette *Fanime* fait fondre en larmes; du moins madame *Denis* fait cet effet; car, ne vous

déplaife, elle a la voix plus attendriffante que *Clairon*. ——
Et moi, je vous répète que je vaux cent *Sarrazin*, 1760.
et que j'ai formé une troupe qui gagnerait fort bien
fa vie. Ah, fi nous pouvions jouer devant madame
Scaliger! Mais vous a-t-on envoyé Pierre I? céla n'eft
pas fi amufant qu'une tragédie. Que ferez-vous de la
grande Permie et des Samoïèdes? Il y a pourtant une
préface à faire rire, et j'ofe vous répondre qu'elle
vous divertira. Je crois que j'étais né plaifant, et
que c'eft dommage que je me fois adonné parfois au
férieux. Je n'ai point vu les fréronades fur Tancrède;
mais je me trompe, ou *Jérôme Carré* eft plus plaifant que *Fréron*. Je me moque un peu du genre-
humain, et je fais bien; mais avec cela comme
mon cœur eft fenfible! comme je fuis pénétré de
vos bontés! comme j'aime mes anges! je les chéris
autant que je détefle ce que vous favez. Mon
averfion pour cette infamie ne fait que croître et
embellir. M. d'*Argental* eft donc à la campagne.
Comment peut-il faire pour ne pas fortir à cinq
heures? comment va la fanté de M. de *Pont-de-Vefle?*

Quand mon cher ange reviendra-t-il? Je fuis à
vos pieds, divine *Scaliger*.

LETTRE CCXI.

A MADEMOISELLE CLAIRON.

16 d'octobre.

BELLE *Melpomène*, ma main ne répondra pas à la lettre dont vous m'honorez, parce qu'elle est un peu impotente; mais mon cœur, qui ne l'est pas, y répondra.

Raisons ensemble, raisonnons.

Les monologues, qui ne font pas des combats de passions, ne peuvent jamais remuer l'ame et la transporter. Un monologue, qui n'est et ne peut être que la continuation des mêmes idées et des mêmes sentimens, n'est qu'une pièce nécessaire à l'édifice; et tout ce qu'on lui demande, c'est de ne pas refroidir. Le mieux, sans contredit, dans votre monologue du second acte, est qu'il soit court, mais pas trop court. On peut faire venir *Fanie*, et finir par une situation attendrissante. Je tâcherai d'ailleurs de fortifier ce petit morceau, ainsi que bien d'autres. On a été forcé de donner Tancrède avant que j'y eusse pu mettre la dernière main. Cette pièce ne m'a jamais coûté un mois. Vos talens ont sauvé mes défauts; il est temps de me rendre moins indigne de vous.

Je ne suis point du tout de votre avis (1), ma belle

---

(1) Ce fut contre son avis, et à la pluralité des voix, que mademoiselle *Clairon* fut chargée de proposer à M. de *Voltaire* de tendre le théâtre en noir, et de dresser un échafaud au troisième acte de Tancrède. Les principes de cette grande actrice n'ont jamais différé de ceux qui sont établis dans cette lettre.

1760.

Melpomène, fur le petit ornement de la Grève que vous me propofez. Gardez-vous, je vous en conjure, de rendre la fcène françaife dégoûtante et horrible, et contentez-vous du terrible. N'imitons pas ce qui rend les Anglais odieux. Jamais les Grecs, qui entendaient fi bien l'appareil du fpectacle, ne fe font avifés de cette invention de barbares. Quel mérite y a - t - il, s'il vous plaît, à faire conftruire un échafaud par un menuifier? en quoi cet échafaud fe lie-t-il à l'intrigue? Il eft beau, il eft noble de fufpendre des armes et des devifes. Il en réfulte qu'*Orbaſſan*, voyant le bouclier de *Tancrède* fans armoiries, et fa cotte d'armes fans faveurs des belles, croit avoir bon marché de fon adverfaire; on jette le gage de bataille, on le relève; tout cela forme une action qui fert au nœud effentiel de la pièce. Mais faire paraître un échafaud, pour le feul plaifir d'y mettre quelques valets de bourreau, c'eft déshonorer le feul art par lequel les Français fe diftinguent; c'eft immoler la décence à la barbarie; croyez-en *Boileau* qui dit :

Mais il eft des objets que l'art judicieux
Doit offrir à l'oreille, et dérober aux yeux.

Ce grand-homme en favait plus que les beaux efprits de nos jours.

J'ai crié, trente ou quarante ans, qu'on nous donnât du fpectacle dans nos converfations en vers, appelées tragédies; mais je crierais bien davantage fi on changeait la fcène en place de Grève. Je vous conjure de rejeter cette abominable tentation.

J'enverrai dans quelque temps Tancrède, quand

—— j'aurai pu y travailler à loifir ; car figurez-vous que, dans ma retraite, c'eft le loifir qui me manque. Fanime fuivra de près : nous venons de l'effayer en préfence de M. le duc de *Villars*, de l'intendant de Bourgogne, et de celui de Languedoc. Il y avait une affemblée très-choifie. Votre rôle eft plus décent, et par conféquent plus attendriffant qu'il n'était ; vous y mourez d'une manière qu'on ne peut prévoir, et qui a fait un effet terrible, à ce qu'on dit. La pièce eft prête. Je vais bientôt donner tous mes foins à Tancrède. Quand vous aurez donné la vie à ces deux pièces, je vous fupplierai d'être malade, et de venir vous mettre entre les mains de *Tronchin*, afin que nous puiffions être tous à vos pieds.

1760.

LETTRE CCXII.

A MADAME

LA COMTESSE D'ARGENTAL.

Aux Délices, 18 d'octobre.

JE prends la liberté, Madame, de faire paffer par vos mains ma réponfe à mademoifelle *Clairon*, et je vous fupplie inftamment de vous joindre à moi pour empêcher l'aviliffement le plus odieux qui puiffe déshonorer la fcène françaife et achever notre décadence. Que M. d'*Argental* et tous fes amis employent leur crédit pour fauver la France de cet opprobre.

J'ai encore une grâce à vous demander, qui ne regarde que moi, c'eft de diffiper mes continuelles

alarmes fur l'impreffion dont on me menace. Il y
a certainement dans Paris des exemplaires de 1760.
Tancrède, conformes à la leçon des comédiens. Il
eft certain que, pour peu qu'on attende, la pièce
paraîtra dans toute fa misère, pendant que je paffe
le jour et la nuit à la corriger d'un bout à l'autre,
à la rendre moins indigne de vous et du public.
Vous en recevrez inceffamment une nouvelle copie,
et je penfe qu'il fera convenable de toutes façons de
la reprendre vers la Saint-Martin. On fera obligé
de tranfcrire de nouveau tous les rôles. Il n'y en
a pas un feul où je n'aye fait des changemens. Si
ces changemens valent quelque chofe, c'eft à vous
que j'en fuis redevable, c'eft à votre goût, à l'intérêt que vous avez pris à l'ouvrage, à vos réflexions
auffi folides que fines. Si je me fuis un peu récrié
contre quelques vers qu'on a été forcé de fubftituer à la hâte, fi ces vers m'ont paru défectueux,
c'eft l'amour de l'art, et non l'amour propre, qui s'eft
révolté en moi. Je n'ai pas fenti avec moins de
reconnaiffance la néceffité de plufieurs changemens,
je n'en ai pas moins approuvé vos remarques, et
plufieurs vers mis à la place des miens. M. d'*Argental*
fera-t-il encore long-temps à la campagne? Il me
paraît qu'en fon abfence vous commandez l'armée
avec bien du fuccès. Je me flatte que vos troupes
préviendront les irruptions des houffards libraires.
Quand jouera-t-on la Belle pénitente? mademoifelle
Clairon eft-elle cette pénitente? Elle feule peut
faire réuffir cette déteftable pièce anglaife; mais je
me flatte que l'auteur, qui s'abaiffe à chercher des
modèles chez les barbares, fe fera fort éloigné de

son modèle. Si notre scène devient anglaise, nous sommes bien avilis ; nous ne sommes déjà que les traducteurs de leurs romans. N'avons-nous pas déjà baissé assez pavillon devant l'Angleterre? c'est peu d'être vaincus, faut-il encore être copistes ? O pauvre nation ! Madame, le cœur me saigne ; mais il est à vous.

LETTRE CCXIII.

A M. DUCLOS, *à Paris.*

A Ferney, 22 d'octobre.

VOUS êtes ferme et actif, vous aimez le bien public; vous êtes mon homme, et je vous aime de tout mon cœur. L'académie n'a jamais eu un secrétaire tel que vous.

Venons d'abord, Monsieur, à ce *Dictionnaire* que l'académie va faire imprimer.

Vous aurez votre *T* dans un mois ou six semaines. Vous n'attendez pas après le *T* quand vous êtes à l'*A*. (*)

Non vraiment, je ne me repose point. *Robin-mouton*, vendeur de brochures au Palais-royal, correspondant de *Cramer*, et chargé de vous présenter un Pierre, a dû commencer par s'acquitter de ce devoir.

Vous êtes très-louable d'avoir fait sentir au vieux *Crébillon* sa faute. Je ne m'amuse guère à lire les approbations ; je ne savais pas que l'auteur de

(*) Ce travail de M. de *Voltaire* a été joint au Dictionn. philos. , à la lettre *T*.

Rhadamiste et d'Electre eût eu l'indignité d'approuver
une pièce qui est la honte de la littérature : c'était
se joindre aux lâches persécuteurs des véritables gens
de lettres ; mais le bon homme radote depuis
long-temps.

Puissiez-vous réunir et venger les philosophes
qu'on a voulu désunir et accabler. Est-il possible
que ceux qui pensent soient avilis par ceux qui
ne pensent pas ? Il faut que je vous conte que
nous allions jouer une pièce nouvelle aux Délices;
M. le duc de *Villars*, notre confrère, y était : arrive
le frère d'*Omer de Fleuri*, notre intendant de Bourgogne, avec le fils d'*Omer*. Il fut bien reçu, on
lui fit fête, on lui donna la comédie. Il me pré-
senta le fils d'*Omer*, comme graine d'avocat général:
Monsieur, dis-je au jeune homme, souvenez-vous
qu'il faut être l'avocat de la nation, et non des
Chaumeix. D'ailleurs, tout se passa à merveille.

Je prends acte avec vous que le Tancrède que
vous avez vu n'est pas tout-à-fait mon Tancrède,
mais celui des comédiens qui l'ont ajusté à leur
fantaisie, et qui l'ont orné d'une soixantaine de
vers de leur cru, assez aisés à reconnaître. Ils en
ont usé comme de leur bien, parce que je leur ai
abandonné le profit de la représentation et de l'édition. J'ai envoyé une petite dédicace à madame de
Pompadour et à M. le duc de *Choiseul*; ils l'ont approuvée. Je lui parle (à madame de *Pompadour*), dans
cette épître, du bien qu'elle a fait aux gens de
lettres; je commence par citer *Crébillon*, et même
avec quelque éloge, car il faut être poli ; cela rend
le procédé de *Crébillon* plus indigne. Je ne savais

pas alors qu'il fe fût dégradé au point d'être le receleur de *Paliſſot*.

Je finis, mon reſpectable confrère, par me féliciter de voir, à la tête de nos travaux académiques, un homme de votre trempe. Parlez, agiſſez, écrivez hardiment : le temps eſt venu où le bon ſens ne doit plus être opprimé par la ſottiſe. Laiſſons le peuple recevoir un bât des bâtiers qui le bâtent, mais ne ſoyons pas bâtés. L'honnête liberté eſt notre partage.

Comptez ſur l'eſtime infinie, le dévouement, la fidélité, l'amitié du ſuiſſe *Voltaire.*

LETTRE CCXIV.

A M. LE COMTE DE SCHOUVALOF.

A Ferney, 25 d'octobre.

JE reçois, par M. de *Keyſerling*, la lettre dont vous m'avez honoré du 11 de ſeptembre, nouveau ſtyle, avec les mémoires ſur le commerce et ſur les campagnes en Perſe. Je n'ai point encore entendu parler de M. *Pouſchkin*, et du paquet qu'il devait me faire parvenir de la part de votre Excellence ; j'ai toujours jugé qu'il s'arrêterait à Vienne, pour le mariage de l'archiduc. Vous venez de donner une belle fête à ce prince ; vos troupes, dans Berlin, font un plus bel effet que tous les opéra de *Metaſtaſio*. C'eſt moi, Monſieur, qui ſuis inconſolable de n'avoir pu faire ma cour à monſieur votre neveu; jugez avec quels tranſports j'aurais reçu un homme

de votre nom , et digne d'en être. Je vois souvent
M. de *Soltikof* ; je vous affure qu'il mérite de plus
en plus votre bienveillance.

1760.

Il eft bien dur d'être fi loin de vous. J'ignore
encore fi un ballot envoyé , il y a un an , à l'adreffe
de M. de *Keyferling* à Vienne , eft parvenu à votre
Excellence ; j'ignore fi elle a reçu un autre ballot
envoyé par Hambourg ; celui-là me tient moins au
cœur ; il ne contenait qu'une éfpèce d'eau des Barbades que je prenais la liberté de vous offrir.

Vous fentez , Monfieur, que je ne puis bâtir la
feconde aile de l'édifice , fi je n'ai des matériaux ;
vous avez commencé , vous achèverez. On eft content du premier volume ; le libraire en a déjà débité
cinq mille exemplaires : *Pierre le grand* et vous, vous
faites fa fortune ; c'eft votre deftinée à tous les deux de
faire du bien. Mais comment puis-je continuer , fi je
n'ai pas le précis des négociations de ce grand-homme ,
et la continuation du journal ? J'ajoute que j'ai
befoin de quelques éclairciffemens fur le czarovitz.
Je fuis à vos ordres, et je vous réponds que je ne
vous ferai pas attendre ; mais aidez - moi ; ne me
réduifez pas à répéter les mauvaifes hiftoires du fieur
Nefterufanoi, et de tant d'autres. Il n'eft pas dans
votre caractère d'abandonner une fi noble entreprife ;
je fuis perfuadé qu'elle doit plaire à la digne fille de
Pierre le grand. Difpofez de votre fecrétaire , de votre
partifan le plus vif , de celui qui fera toute fa vie,
avec le plus tendre refpect, &c.

J'ai eu l'impudence de porter chez M. de *Soltikof*
le portrait de votre fecrétaire.

LETTRE CCXV.

A MADAME

LA COMTESSE D'ARGENTAL.

A Ferney, 25 d'octobre.

JE me mets plus que jamais aux pieds de madame *Scaliger*. Je ne fais fi monfieur le parmefan eft encore à la campagne ; je prends le parti d'adreffer la pièce à M. de *Chauvelin* : il y a plus de deux cents vers de changés, en comparant cette leçon à celle de la première repréfentation. C'eft fur cette dernière leçon que nous venons de la jouer, et j'ofe affurer que vous feriez bien étonnée des acteurs et du parterre. Enfin, Madame, je recommande à vos bontés cet ouvrage qui eft en partie le vôtre. Je vous dois, Madame, ce que j'ai pu y faire de paffable. Il eft bien important qu'on prévienne les déteftables éditions dont on me menace. Je mérite que les acteurs aient la complaifance de jouer ma pièce telle que je l'ai faite, et que mademoifelle *Clairon* ne m'immole point à fes caprices ; et vous méritez, furtout, qu'on faffe ce que vous voulez. Je ne demande que trois ou quatre repréfentations vers la Saint-Martin. Il fera néceffaire que tous les acteurs recopient leurs rôles, car il n'y en a point qui ne foient changés. J'aurai l'honneur de vous envoyer inceffamment la dédicace à madame de *Pompadour* ; M. de *Choifeul* prétend que la dédicace de Choifi ne lui a pas fait tant de plaifir.

Je ne mets point mon nom à la dédicace; c'est un usage que j'ai banni : il est trop ridicule d'écrire une dissertation comme on écrit une lettre *avec un très-obéissant serviteur*.

Par une raison à peu-près semblable, c'est-à-dire par l'aversion que j'ai toujours eue pour fourrer mon nom à la tête de mes opuscules, je souhaite que *Prault* le supprime; on sait assez que j'ai fait Tancrède. Il n'eût pas été mal que ceux qui ont le profit de l'édition, eussent mis quatre lignes d'avertissement; toutes ces petites choses peuvent aisément être arrangées par vos ordres.

Nous venons de jouer encore Fanime avec des applaudissemens bien plus forts que ceux qu'on avait donnés à Tancrède ; c'est que Fanime a été jouée mieux qu'elle ne le sera jamais. Je voudrais que vous puissiez voir un chevalier *Micault*, frère du garde du trésor royal ; il y était. Vous aurez cette Fanime sous votre protection, au moment que vous la demanderez.

Mais, une chose à quoi vous ne vous attendez pas, c'est que vous aurez Oreste; j'ai voulu en venir à mon honneur; je regarde Oreste, à présent, comme un de mes enfans les moins bossus : vous en jugerez.

Je n'aime pas assurément un échafaud sur le théâtre, mais j'y verrais volontiers les furies; les Athéniens pensaient ainsi.

Je suppose, Madame, que vous avez reçu, il y a quelques jours, une grande lettre de moi, et une pour *Clairon;* le tout à l'adresse de M. de *Chauvelin* que j'ai aussi chargé de Tancrède. Vous ai-je dit que

1760.

nous avons joué devant le fils d'*Omer de Fleuri*? M. l'abbé d'*Espagnac* arriva trop tard ; il eût été agréable d'avoir un grand chambrier pour spectateur.

O chers anges, que je voudrais vous revoir ! mais je hais Paris. Je ne peux travailler que dans la retraite ; je travaillerai pour vous jusqu'à la fin de ma vie. Vive le tripot.

LETTRE CCXVI.

A M. LE KAIN.

Aux Délices, 26 d'octobre.

JE réponds, mon cher ami, à votre lettre du 15 d'octobre. J'ai envoyé à M. d'*Argental* la tragédie de *Tancrède*, dans laquelle vous trouverez une différence de plus de deux cents vers ; je demande instamment qu'on la rejoue suivant cette nouvelle leçon qui me paraît remplir l'intention de tous mes amis. Il sera nécessaire que chaque acteur fasse recopier son rôle ; et il n'est pas moins nécessaire de donner incessamment au public trois ou quatre représentations avant que vous mettiez la pièce entre les mains de l'imprimeur. Ne doutez pas que, si vous tardez, cette tragédie ne soit furtivement imprimée ; il en court des copies : on m'en a fait tenir une horriblement défigurée, et qui est la honte de la scène française. Il est de votre intérêt de prévenir une contravention qui ferait très-désagréable pour vous et pour moi.

Je me flatte que vous n'êtes pas de l'avis de made- moiſelle *Clairon* qui demande un échafaud ; cela n'eſt bon qu'à la Grève ou ſur le théâtre anglais ; la potence et des valets de bourreau ne doivent pas déshonorer la ſcène de Paris. Puiſſions-nous imiter les Anglais dans leur marine, dans leur commerce, dans leur philoſophie, mais jamais dans leurs atro- cités dégoûtantes ! Mademoiſelle *Clairon* n'a certai- nement pas beſoin de cet indigne ſecours pour toucher et pour attendrir tous les cœurs.

Je vous donnerai quelque jour une pièce où vous pourrez étaler un appareil plus noble et plus conve- nable. Nous avons joué ici Fanime avec des applau- diſſemens bien ſinguliers ; madame *Denis* y déploya les talens les plus ſupérieurs ; elle fit pleurer des gens qui n'avaient jamais connu les larmes ; enfin elle ne fut point indigne de jouer le rôle de *Fanime*, qui eſt celui de mademoiſelle *Clairon*. Quand vous voudrez, vous aurez cette pièce ; mais il faut commencer par Tancrède.

Je vous prie très-inſtamment de me mander quelle pièce vous comptez mettre ſur le théâtre vers la Saint-Martin ; mettez-moi un peu au fait de votre marche. Vous ſavez combien je m'intéreſſe à vos ſuccès et à vos avantages ; comptez ſur l'amitié inviolable de votre très-humble, &c.

LETTRE CCXVII.

A MADAME

LA MARQUISE DU DEFFANT.

Aux Délices, 27 d'octobre.

CECI n'est point une lettre, Madame ; c'est seulement pour vous demander si vous avez reçu deux volumes de l'ennuyeuse Histoire de Russie, l'un pour vous, l'autre pour le président *Hénault*. M. *Bouret* ou M. *le Normand* doit vous avoir fait remettre ce paquet. J'ignore pareillement si M. *d'Alembert* a reçu le sien. Voulez-vous, Madame, avoir la bonté de lui demander s'il lui est parvenu : il vous fait quelquefois sa cour, et je vous en félicite tous deux. Vous ne trouverez assurément personne qui ait plus d'esprit, plus d'imagination et plus de connaissances que lui.

Je vous disais, Madame, que je ne vous écrivais point ; mais je veux vous écrire : j'ai pourtant bien des affaires ; un laboureur qui bâtit une église et un théâtre, qui fait des pièces et des acteurs, et qui visite ses champs, n'est pas un homme oisif ; n'importe, il faut que je vous dise que je viens de crier : Vive le roi, en apprenant que les Français ont tué quatre mille anglais à coups de baïonnette. Cela n'est pas humain ; mais cela était fort nécessaire.

Je ne sais pas si le roi de Prusse aura long-tems la vanité de payer régulièrement la pension à monsieur

d'*Alembert* ;

d'*Alembert ;* ce ferait aux Ruffes à la payer fur les
huit millions qu'ils viennent de prendre à Berlin. 1760.
Dieu merci, il ne s'eft pas encore paffé une femaine
fans grandes aventures. Depuis que j'ai quitté le
poëte *Sans-fouci ,* j'ai peur de lui avoir porté malheur ;
je fouhaite qu'il finiffe fa vie auffi fagement et auffi
tranquillement que moi ; mais il n'en fera rien.

Je n'ai nulle nouvelle du frère *Menou ,* ni de frère
Malagrida , ni de frère *Berthier ,* ni d'*Omer de Fleuri ,*
ni de *Fréron.* J'aurai l'honneur de vous envoyer
quelque infolence le plutôt que je pourrai.

Prenez toujours la vie en patience, Madame ; et,
s'il y a quelque bon moment , jouiffez-en gaiement.
Je me plains à tout le monde de mademoifelle *Clairon*
qui a la fantaifie de vouloir qu'on lui mette un
échafaud tendu de noir fur le théâtre , parce qu'elle
eft foupçonnée d'avoir fait une infidélité à fon fiancé.
Cette imagination abominable n'eft bonne que pour
le théâtre anglais. Si l'échafaud était pour *Fréron ,*
encore paffe ; mais, pour *Clairon ,* je ne le peux
fouffrir.

Ne voilà-t-il pas une belle idée de vouloir changer
la fcène françaife en place de Grève ? Je fais bien
que la plupart de nos tragédies ne font que des
converfations affez infipides , et que nous avons
manqué jufqu'ici d'action et d'appareil ; mais quel
appareil, pour une nation polie, qu'une potence et
des valets de bourreaux !

Je vous adreffe mes plaintes, Madame , parce
que vous avez du goût ; et je vous prie de crier à
pleine tête contre cette barbarie. Voilà ma lettre
finie ; je vais voir mes greniers et mes granges.

Je vous préfente mon tendre refpéct, et je vous aime encore plus que mon blé et mon vin ; j'ai fait pourtant d'affez bon vin, et beaucoup. Je parie, Madame, que vous ne vous en fouciez guère ; voilà comme l'on eft à Paris.

LETTRE CCXVIII.

A M. THIRIOT.

A Ferney, 27 d'octobre.

JE vous dis et redis, mon vieil ami, qu'il me faut des fréronades où il eft queftion de Tancrède ; il y a une bonne ame qui fe charge d'en faire un affez plaifant ufage.

Avez-vous des Pierre ? avez-vous donné un Pierre à *Protagoras* ? que faites-vous chez votre médecin ? *quid novi de litteratis et malefaciatis* ?

Que dites-vous de *Clairon* qui voulait un échafaud fur le théâtre ? Mon ami, il faut battre les Anglais, et ne pas imiter leur barbare fcène. Qu'on étudie leur philofophie, qu'on foule aux pieds comme eux les infames préjugés, qu'on chaffe les jéfuites et les loups, qu'on ne combatte fottement ni l'attraction ni l'inoculation, qu'on apprenne d'eux à cultiver la terre, mais qu'on fe garde bien d'imiter leur théâtre fauvage.

Vous verrez bientôt, à ce que j'efpère, Tancrède dans fon cadre. M. et madame d'*Argental* m'ont bien fervi ; ils m'ont fait corriger bien des fautes :

voilà de vrais amis. Les comédiens m'ont tailladé
affez mal à propos; mais tout fera réparé à la reprife.
Voyez cette reprife; je fuis le plus trompé du monde,
ou Tancrède doit faire pleurer toutes les petites filles
à chaudes larmes.

J'ai bien peur que l'état de M. le duc de *Bourgogne*
ne foit fatal aux fpectacles. Le roi perd bien des
enfans; il foutient de rudes épreuves de toutes
façons. On ne le plaint point affez; et, quoiqu'on
l'aime, on ne l'aime point affez. Allez, allez, meffieurs
les Parifiens, DIEU vous le conferve, et madame
de *Pompadour*; elle n'a fait que du bien, et vous
n'êtes que des ingrats. *Vale, amice.*

LETTRE CCXIX.

A M. LE COMTE D'ARGENTAL.

27 d'octobre.

MON divin ange, j'apprends que vous êtes revenu
à Paris. Vous allez donc reprotéger Tancrède : vous
devez avoir la nouvelle leçon entre les mains; je
l'ai envoyée à madame *Scaliger*.

J'attends tout de mes anges; car les anges de ténèbres
me perfécutent. On m'a fait tenir une copie de
Tancrède, capable de déshonorer l'auteur, les comédiens et les protecteurs, et de faire renoncer à la chevalerie et au théâtre. Il eft fûr que bientôt ce déteftable
ouvrage fera imprimé, comme il eft fûr que Pondichéri fera pris. J'imagine, mon cher ange, que vous
préviendrez l'une de ces deux turpitudes, que vous

——— ferez jouer Tancrède : vienne la Saint-Martin, et alors vous aurez la dédicace que je fortifierai de quelque nouvelle outrecuidance ; car il faut montrer aux fots que les philofophes ont autant d'appui que les perfécuteurs des philofophes, et de meilleurs appuis.

Il eft donc arrivé malheur au Pierre des *Cramer.* Ils l'avaient mis fous la protection de M. de *Malesherbes,* et on l'a fait moifir à la chambre fyndicale, en attendant qu'on l'eût contrefait. On affure que *Moncrif* avait été nommé pour examinateur de l'Hiftoire de Ruffie. L'auteur des Chats n'eft pas trop fait pour juger *Pierre le grand ;* il y a loin de fa gouttière au Volga et au Jaïk. Ces petites aventures ne me réconcilient pas avec la bonne ville.

Adieu ; je reviendrai quand ils feront changés.

Je ne peux, mon cher ange, m'empêcher de vous répéter ce que j'ai dit à madame *Scaliger* de l'effet prodigieux que madame *Denis* a fait dans Fanime. *Nota benè* que vous aurez cette Fanime quand il vous plaira. Je vous fupplierai de me renvoyer votre dernière copie, avec la première, la plus ancienne de toutes ; car il faut confronter ; et, quand il n'y aurait qu'un vers heureux à fe voler à foi-même, il ne faut rien négliger : les vieillards font un peu avares.

Ai-je dit à madame d'*Argental* que nous avions joué Fanime devant le fils d'*Omer de Fleuri* ? cela nous porta malheur ; elle fut mal jouée ce jour-là ; cependant elle fit affez d'effet.

J'ai gravement recommandé à *Omer minor* de ne pas attaquer ouvertement la raifon quand il ferait avocat dudit feigneur roi.

Mon cher ange, que dirons-nous d'Orêfte ? mettrons-nous des furies dans ce tripot grec ? je les aimerais mieux qu'une potence dans Tancrède ; il faut que *Clairon* ait perdu l'efprit. Oppofez-vous à cette horreur ; et n'ayons rien à l'anglaife, qu'une marine et la philofophie.

Ne va-t-on pas jouer une pièce de *le Mière* ? Il m'a écrit ce *le Mière ;* mais, où eft fa demeure ? je n'en fais rien. Je prends la liberté de joindre ici ma réponfe, et de vous fupplier de la lui faire tenir par la pofte d'un fou.

La correfpondance emporte tout le temps, fans cela vous auriez une pièce nouvelle. Mes divins anges, courage. Je crois *Luc* bien mal ; mais je fuis ruffe.

LETTRE CCXX.

A M. HELVETIUS.

27 d'octobre.

Je ne fais où vous prendre, mon cher philofophe ; votre lettre n'était ni datée, ni fignée d'un *H :* car encore faut-il une petite marque dans la multiplicité des lettres qu'on reçoit. Je vous ai reconnu à votre efprit, à votre goût, à l'amitié que vous me témoignez. J'ai été très-touché du danger où vous me mandez que votre très-aimable et refpectable femme a été, et je vous fupplie de lui dire combien je m'intéreffe à elle.

Oh bien, je ne fuis pas comme *Fontenelle ;* car j'ai

E e 3

——— le cœur fenfible, et je ne fuis point jaloux, et de plus
1760. je fuis hardi et ferme; et, fi l'infolent frère *le Tellier*
m'avait perfécuté comme il voulut perfécuter ce
timide philofophe, j'aurais traité *le Tellier* comme
Berthier. Croiriez-vous que le fils d'*Omer-Fleuri* eft
venu coucher chez moi, et que je lui ai donné la
comédie ? Il eft vrai que la fête n'était pas pour lui ;
mais il en a profité auffi-bien que fon oncle, l'intendant de Bourgogne, lequel vaut mieux qu'*Omer.*
J'ai reçu le fils de notre ennemi avec beaucoup de
dignité, et je l'ai exhorté à n'être jamais l'avocat
général de *Chaumeix.* Mon cher philofophe, on aura
beau faire; quand une fois une nation fe met à penfer,
il eft impoffible de l'en empêcher. Ce fiècle commence à être le triomphe de la raifon ; les jéfuites, les
janféniftes, les hypocrites de robe, les hypocrites
de cour auront beau crier, ils ne trouveront dans
les honnêtes gens qu'horreur et mépris. C'eft l'intérêt
du roi que le nombre des philofophes augmente, et
que celui des fanatiques diminue. Nous fommes
tranquilles, et tous ces gens-là font des perturbateurs ;
nous fommes citoyens, et ils font féditieux ; nous
cultivons la raifon en paix, et ils la perfécutent ;
ils pourront faire brûler quelques bons livres, mais
nous les écraferons dans la fociété, nous les réduirons
à être fans crédit dans la bonne compagnie ; et c'eft la
bonne compagnie feule qui gouverne les opinions
des hommes. Frère *Élifée* dirigera quelques badauds,
frère *Menou* quelques fottes de Nancy ; il y aura
encore quelques convulfionnaires au cinquième étage ;
mais les bons ferviteurs de la raifon et du roi triom-
pheront à Paris, à Voré, et même aux Délices.

On envoya à Paris, il y a deux mois, des ballots
de l'Hiftoire de *Pierre le grand* ; *Robin* devait avoir
l'honneur de vous en préfenter un , à M. *Saurin*
un autre. J'apprends qu'on a foigneufement gardé
les ballots à la chambre nommée fyndicale , jufqu'à
ce qu'on eût contrefait le livre à Paris : grand bien
leur faffe. Je vous embraffe , vous aime , vous eftime ,
vous exhorte à raffembler les honnêtes gens , et à
faire trembler les fots.

V. qui attend *H.*

LETTRE CCXXI.

A M. LE COMTE D'ARGENTAL.

28 d'octobre.

PARDON à mes divins anges. Jamais le prophète
Grimm ne met au bas de fes lettres un petit figne qui
les faffe reconnaître ; jamais il ne donne fon adreffe.
Je prends le parti de vous adreffer ma réponfe. *Le
Kain* m'a mandé qu'il avait en vain combattu mademoifelle *Clairon*, quand elle me coupait mes mem-
bres, quand elle m'étriquait le fecond acte auquel
la dernière fcène eft abfolument néceffaire , quand
elle écourtait fes fureurs, &c. J'ai répondu à *le Kain*,
j'ai écrit à *Clairon* , j'ai foumis ma lettre aux anges ,
j'ai étalé le plus noble zèle contre la Grève.

Après avoir totalement perdu de vue Tancrède ;
pendant huit jours, je viens de le relire... Pièce
théâtrale, pièce touchante, fur ma parole ; pain quotidien pour les comédiens. Je demande la reprife à

E e 4

1760.

la Saint-Martin, avec toutes les entrailles d'un père. A propos de père, n'y a-t-il point quelque ame charitable qui puiſſe avertir *Brizard - Argire* d'être moins *de frigidis. Eloignez-vous, ſortez ; vous n'êtes plus ma fille.* Je dis cela avec des ſanglots mêlés d'indignation ; je verſais des larmes en diſant :

Mais elle était ma fille, et voilà ſon époux.

Je pleurais avec *Tancréde ;* je friſſonnais quand on amenait ma fille ; je me rejetais dans les bras de *Tancrède* et de mes ſuivans. On s'intéreſſait à moi comme à ma fille. Je ſuis faible, d'accord ; un vieux bon homme doit l'être : c'eſt la nature pure. *Mohadar* eſt plus beau, j'en conviens. Autre pain quotidien, que cette pièce de Fanime : j'en viendrai à mon honneur, grâce à mes anges. Soyez donc juſte, madame *Scaliger ;* ſongez que, de vingt critiques, j'en ai adopté dix-neuf. Je ſuis pénétré de reconnaiſſance et de la plus profonde eſtime pour votre bonne tête ; mais, ma foi, les comédiens n'y entendent rien. Ils m'avaient gâté mon Orphelin chinois, ils caſſaient mes magots. Employez donc votre autorité pour que le tripot de Paris joue Tancrède, comme il vient d'être joué au tripot de Tourney.

La muſe limonadière me perſécute (*) ; ſi madame *Scaliger*, qui ſe connaît à tout, voulait lui faire une petite galanterie de trente-ſix livres, je ſerai quitte. Permettez-vous que je vous prie d'envoyer la lettre à *Thiriot* par la poſte d'un ſou ? Pardonnez-moi toutes mes inſolences.

(*) Madame d'*Argental* avait envoyé à M. de *Voltaire* un quatrain à ſa louange, par madame *Bourette.*

LETTRE CCXXII.

AU MEME.

Aux Délices, 1 de novembre.

JE reçois, mon respectable et charmant ami, votre lettre du 27 d'octobre. Il m'arrive rarement d'accuser les dates avec cette exactitude ; mais ici la chose est très-importante pour le tripot, et le tripot ne m'a jamais été si cher.

Celui qui griffonne ma lettre (car je ne peux pas griffonner ce matin, et je vais dire pourquoi), celui, dis-je, qui griffonne, prétend qu'il fit le paquet de Tancrède, le 24 d'octobre ; et moi je crois que ce paquet fut envoyé le 21. Il est toujours très-sûr qu'il fut adressé à M. de *Chauvelin*, avec un Pierre ; et, si vous ne l'avez pas reçu, voilà une de ces occasions où il est heureux que M. le duc de *Choiseul* ait les postes dans son département.

Je m'imagine que M. et madame d'*Argental* ne feront pas mécontens de ma docilité et de mon travail ; et, s'il y a encore quelque chose à faire, ils n'ont qu'à parler. J'ai écrit une grande lettre à madame d'*Argental*, sur les décorations de la Grève ; je me flatte qu'elle sera entièrement de mon avis, et que nous ne ferons pas réduits à imiter, en France, les usages abominables de l'Angleterre.

Voici pourquoi je n'écris pas de ma main ; c'est que je suis dans mon lit, après avoir joué hier, vendredi, au soir, le bon homme *Mohadar*, assez

—————— pathétiquement; mais je n'ai pas approché du sublime
1760. de madame *Denis*. J'aurais donné une de mes métairies
pour que mademoiselle *Clairon* fût là. La fortune,
qui me favorise depuis quelque temps, malgré
maître *Aliboron*, dit *Fréron*, m'a envoyé, parmi les
voyageurs qui viennent ici, un arabe qui a sa maison
à quelques lieues de Saïde, lieu de la scène. Figurez-
vous quel plaisir de jouer devant un compatriote;
il parle français comme nous. Il paraît que notre
langue s'étend à proportion que notre puissance
diminue.

Je vous ai demandé de vouloir bien me faire tenir,
par M. de *Courteille*, la plus ancienne et la plus
nouvelle copie de Fanime que vous ayez; et, sur
le champ, vous aurez mon dernier mot.

Voudriez-vous avoir la charité de vous informer
s'il est vrai qu'il y ait une mademoiselle *Corneille*,
petite-fille du grand *Corneille*, âgée de seize ans; elle
est, dit-on, depuis quelques mois à l'abbaye de
Saint-Antoine. Cette abbaye est assez riche pour
entretenir noblement la nièce de *Chimène* et d'*Emilie;*
cependant on dit qu'elle est comme *Lindane*, qu'elle
manque de tout, et qu'elle n'en dit mot. Comment
pourriez-vous faire pour avoir des informations de
ce fait qui doit intéresser tous les imitateurs de son
grand-père, bons ou mauvais?

Je suis plus fâché que vous de donner l'Histoire
de *Pierre le grand*, volume à volume, comme le
Paysan parvenu; mais ce n'est pas ma faute, c'est
celle de la cour de Pétersbourg, qui ne m'envoie
pas ses archives aussi vîte que je les mets en œuvre:
il faut me fournir de la paille, si on veut que je

cuife des briques. La préface fut faite dans un temps
où j'étais très-drôle ; le fyftême de *Guignes* m'a paru 1760.
du plus énorme ridicule. Je confeille à l'abbé *Barthelemi*
de tirer fon épingle du jeu ; je voudrais de plus
déshabituer le monde de recourir à *Sem*, *Cam* et
Japhet, et à la tour de Babel ; je n'aime pas que
l'hiftoire foit traitée comme les Mille et une nuits.

En vérité, vous devriez bien infpirer à M. le
duc de *Choifeul* mon goût pour la Louifiane. Je n'ai
jamais conçu comment on a pu choifir le plus déteftable pays du Nord, qu'on ne peut conferver que
par des guerres ruineufes, et qu'on ait abandonné le
plus beau climat de la terre, dont on peut tirer du
tabac, de la foie, de l'indigo, mille denrées utiles,
et faire encore un commerce plus utile avec le
Mexique.

Je vous déclare que, fi j'étais jeune, fi je me
porfais bien, fi je n'avais pas bâti Ferney, j'irais
m'établir à la Louifiane.

A propos de Ferney, j'ai vu M. l'abbé d'*Efpagnac*.
Croiriez-vous bien que M. de *Fleuri*, intendant de
Bourgogne, m'a amené le fils de mon ennemi, *Omer
de Fleuri* ? Je l'ai reçu comme fi fon père n'avait
jamais fait de plats réquifitoires.

Mon divin ange, et vous, madame *Scaliger*, autre
ange, je fuis à vos pieds.

LETTRE CCXXIII.

A M. LE COMTE DE SCHOUVALOF.

Le 7 de novembre.

MONSIEUR,

ON a fait, en deux mois, trois éditions du premier volume de l'Hiſtoire de Ruſſie. Les ennemis de votre empire n'en ſont pas trop contens ; ils ſont un peu fâchés qu'on leur faſſe voir votre grandeur, et ſurtout votre mérite. Cependant amis et ennemis demandent le ſecond volume avec empreſſement, et je ſuis réduit à dire que les matériaux me manquent pour élever la ſeconde aile de votre édifice. Il n'eſt pas poſſible d'y travailler ſans avoir des notions juſtes, non-ſeulement de ce que *Pierre le grand* a fait dans ſes Etats, mais auſſi de ce qu'il a fait avec les autres Etats, de ſes négociations avec *Gortz* et le cardinal *Alberoni*, avec la Pologne, avec la Porte ottomane, &c. Il ſerait auſſi bien néceſſaire d'avoir quelques éclairciſſemens ſur la cataſtrophe du czarovitz. Je vous dirai, en paſſant, qu'il eſt certain qu'il y a une femme qu'on a priſe, dans quelques provinces de l'Europe, pour la veuve du czarovitz même ; c'eſt celle dont j'ai eu l'honneur de vous envoyer la petite hiſtoire. Elle n'eſt pas digne d'être miſe à côté des faux *Démétrius*.

Je reviens, Monſieur, aux deux ſujets de mes afflictions, qui ſont d'ignorer ſi votre Excellence a

reçu mes ballots, et de ne recevoir aucunes inftructions.

Je vous répète que je n'ai point entendu parler
du gentilhomme qui eft à Vienne, et que vous aviez
bien voulu charger de quelques paquets. Je ne peux
finir cette lettre fans vous diré combien votre nation
a acquis d'honneur par la capitulation de Berlin.
On dit que vous avez donné l'exemple de la plus
exacte difcipline, qu'il n'y a eu ni meurtre, ni
pillage. Le peuple de *Pierre le grand* eut autrefois
befoin de modèle, et aujourd'hui il en fert aux
autres.

Adieu, Monfieur; employez votre fecrétaire, et
recevez le fincère et tendre refpect de *V*.

LETTRE CCXXIV.

A M. LE BRUN,

Qui avait écrit à l'auteur pour l'engager à prendre
chez lui la petite-fille du grand Corneille.

A Ferney, 7 de novembre.

JE vous ferais, Monfieur, attendre ma réponfe
quatre mois au moins, fi je prétendais la faire en
auffi beaux vers que les vôtres. Il faut me borner
à vous dire en profe combien j'aime votre ode et
votre propofition. Il convient affez qu'un vieux foldat
du grand *Corneille* tâche d'être utile à la petite-fille
de fon général. Quand on bâtit des châteaux et des

églifes, et qu'on a des parens pauvres à foutenir, il ne refte guère de quoi faire ce qu'on voudrait pour une perfonne qui ne doit être fecourue que par les grands du royaume.

Je fuis vieux, j'ai une nièce qui aime tous les beaux arts, et qui réuffit dans quelques-uns; fi la perfonne dont vous me parlez, et que vous connaiffez fans doute, voulait accepter auprès de ma nièce l'éducation la plus honnête, elle en aurait foin comme de fa fille; je chercherais à lui fervir de père; le fien n'aurait abfolument rien à dépenfer pour elle; on lui payerait fon voyage jufqu'à Lyon; elle ferait adreffée à Lyon à M. *Tronchin* qui lui fournirait une voiture jufqu'à mon château, ou bien une femme irait la prendre dans mon équipage. Si cela convient, je fuis à fes ordres, et j'efpère avoir à vous remercier jufqu'au dernier jour de ma vie de m'avoir procuré l'honneur de faire ce que devait faire M. de *Fontenelle.* Une partie de l'éducation de cette demoifelle ferait de nous voir jouer quelquefois les pièces de fon grand-père, et nous lui ferions broder les fujets de Cinna et du Cid.

J'ai l'honneur d'être avec toute l'eftime et tous les fentimens que je vous dois, Monfieur, votre, &c.

LETTRE CCXXV. 1760.

A M. LE COMTE DE TRESSAN.

A Ferney, le 12 de novembre.

RESPECTABLE et aimable gouverneur de la Lorraine allemande et de mes sentimens, mon cœur a bien des choses à vous dire ; mais permettez qu'une autre main que la mienne les écrive, parce que je suis un peu malingre.

Premièrement, ne convenez-vous pas qu'il vaut mieux être gouverneur de Bitche que de présider à une académie quelconque ? ne convenez-vous pas aussi qu'il vaut mieux être honnête homme et aimable, qu'hypocrite et insolent ? ensuite n'êtes-vous pas de l'avis de l'Ecclésiaste, qui dit que *tout est vanité*, excepté de *vivre gaiement avec ce qu'on aime* ?

Je m'imagine, pour mon bonheur, que vous êtes très-heureux, et je crois que vous l'êtes de la manière dont il faut l'être dans ce temps-ci, loin des sots, des fripons et des cabales. Vous ne trouverez peut-être pas à Bitche beaucoup de philosophes, vous n'y aurez point de spectacles, vous y verrez peu de chaises de poste en cu de singe ; mais, en récompense, vous aurez tout le temps de cultiver votre beau génie, d'ajouter quelques connaissances de détails à vos profondes lumières ; vos amis viendront vous voir, vous partagerez votre temps entre Lunéville, Bitche et Toul. Et qui vous empêchera

—— de faire venir auprès de vous des artiftes et des gens de mérite qui contribueront aux agrémens de votre vie ? Il me femble que vous êtes très-grand feigneur ; cinquante mille livres de rente à Bitche font plus que cent - cinquante mille à Paris. Je ne vous dirai pas que notre règne vous advienne, mais que les gens qui penfent viennent dans votre règne. Si je n'étais pas aux Délices, je crois que je ferais à Bitche, malgré frère *Menou*.

Frère *Saint-Lambert*, qui eft mon véritable frère (car *Menou* n'eft que faux-frère), frère *Saint-Lambert*, dis-je, qui écrit en vers et en profe comme vous, m'a mandé que le roi *Staniflas* n'était pas trop content que je préféraffe le légiflateur *Pierre* au grand foldat *Charles*. J'ai fait réponfe que je ne pouvais m'empêcher en confcience de préférer celui qui bâtit des villes à celui qui les détruit, et que ce n'eft pas ma faute fi fa Majefté polonaife elle-même a fait plus de bien à la Lorraine, par fa bienfefance, que *Charles XII* n'a fait de mal à la Suède par fon opiniâtreté. Les Ruffes, donnant des lois dans Berlin, et empêchant que les Autrichiens ne fiffent du defordre, prouvent ce que valait *Pierre*. Ce *Pierre*, entre nous, vaut bien l'autre *Pierre-Simon-Barjone*.

Vous devez actuellement avoir reçu mon Pierre; il me fâche beaucoup de ne vous l'avoir point porté; mais il a fallu jouer le vieillard fur notre petit théâtre, avec notre petite troupe, et je l'ai fait d'après nature. Je fuis enchaîné d'ailleurs au char de *Cérès* comme à celui d'*Apollon* ; je fuis maçon, laboureur, vigneron, jardinier. Figurez - vous que je n'ai pas un moment à moi, et je ne croirais pas

vivre,

vivre, fi je vivais autrement; ce n'eft qu'en s'oc-
cupant qu'on exifte.

Voilà en partie ce qui me rend grand partifan
de M. le maréchal de *Bellifle*; il travaille pour le
bien public du foir au matin, comme s'il avait
fa fortune à faire. Tout fon malheur eft que le
fuccès de fes travaux ne dépend pas de lui. Le
maréchal de *Dawn* ne me paraît pas fi grand tra-
vailleur.

Mon très-aimable gouverneur, vous êtes plus heureux que tous ces meffieurs-là; vous êtes le maître
de votre temps, et moi je voudrais bien employer
tout le mien auprès de vous.

Recevez le tendre et refpectueux témoignage de
tous les fentimens qui m'attachent à vous pour
toute ma vie.   *Le fuiffe Voltaire.*

LETTRE CCXXVI.

A M. LE DUC D'UZÈS.

19 de novembre.

MONSIEUR LE DUC,

BÉNI foit DIEU de ce que vous êtes un peu
malade, car, lorfque les perfonnes de votre forte
ont de la fanté elles en abufent, elles éparpillent
leur corps et leur ame de tous les côtés; mais la
mauvaife fanté retient un être penfant chez foi; et
ce n'eft qu'en méditant beaucoup qu'on fe fait des

idées juftes fur les chofes de ce monde et de l'autre : on devient foi - même fon médecin. Rien n'eft fi pauvre, rien n'eft fi miférable que de demander à un animal en bonnet carré ce que l'on doit croire. Il y a long-temps que je fais que vous cherchez la vérité dans vous - même. Ce que vous me fîtes l'honneur de m'envoyer, il y a quelques années, fait voir que vous avez l'ame plus forte que le corps. Si vous avez perfectionné cet ouvrage, il fera utile aux autres comme à vous-même.

Les plaifanteries et les ouvrages de théâtre, dont vous me parlez, ne font que des amufemens, des bagatelles difficiles : l'étude principale de l'homme eft celle dont on s'occupe le moins. Prefque perfonne ne s'avife d'examiner d'où il vient, où il eft, pourquoi il eft, et ce qu'il deviendra. La plupart de ceux-mêmes qui paffent pour avoir le fens commun, ne font pas au-deffus des enfans qui croient les contes de leurs nourrices ; et le pis de l'affaire eft que fouvent ceux qui gouvernent n'en favent pas plus que ceux qui font gouvernés ; auffi quand ils deviennent vieux, et qu'ils font abandonnés à eux feuls, ils traînent une vieilleffe imbécille et méprifable ; le doute, la crainte, la faibleffe empoifonnent leurs derniers jours : l'ame n'eft jamais forte que quand elle eft éclairée. Regardez - vous donc comme un des hommes les plus heureux, d'avoir fu penfer de bonne heure ; vous vous êtes préparé des reffources fûres pour tous les temps de votre vie. Je voudrais bien que ma mauvaife fanté, et que mon âge avancé me permiffent, monfieur le Duc, de venir être quelquefois à Uzès le témoin des

progrès de votre esprit ; je voudrais m'éclairer et
me fortifier auprès de vous ; mais, dans l'état où 1760.
je suis, je ne peux plus sortir de ma retraite ; il
ne me reste qu'à souhaiter que vous vous portiez
assez bien pour venir consulter M. *Tronchin*. Il y
a des malades qui ont la force de faire cent lieues
pour se faire tâter le pouls à Genève, et qui ensuite
se trouvent assez bien pour s'en retourner. Soyez
persuadé, monsieur le Duc, de l'estime infinie, de
l'attachement et du profond respect du solitaire à
qui vous avez fait l'honneur d'écrire.

LETTRE CCXXVII.

A M. DAMILAVILLE.

19 de novembre.

DIEU me devait un homme tel que vous, Monsieur.
Vous aimez *Apollon* et *Cérès*, et je sacrifie à l'un et
à l'autre ; vous détestez le fanatisme et l'hypocrisie,
je les ai abhorrés depuis que j'ai eu l'âge de raison ;
vous aimez M. *Thiriot*, et il y a environ quarante
ans que je le chéris comme l'homme de Paris qui
aime le plus sincèrement la littérature, et qui a le
goût le plus épuré ; vous vous êtes lié avec M. *Diderot*
pour qui j'ai une estime égale à son mérite : la
lumière qui éclaire son esprit échauffe son cœur.
Je ne me console point qu'un si beau génie, à qui
la nature a donné de si grandes ailes, les voye
rognées par le ciseau des cafards. Celui d'*Atropos*

Ff 2

1760. coupera bientôt les miennes ; mais , en attendant, je m'en fers avec quelque fatisfaction pour tomber fur les chats-huans qui veulent nous manger. Ces petits amufemens me délaffent quand j'ai tenu la charrue de la même main qui ofa crayonner la bonté de *Henri IV*, et le fanatifme de *Mahomet*.

Je vous remercie , moi et mon petit pays, du *Mémoire* fur les blés. Je crois que, de tous les poëtes, je fuis le plus utile à la France : j'ai défriché une lieüe de pays, je fais vivre deux cents perfonnes qui mouraient de faim. *Amphion* arrangeait des pierres, et je fecours des hommes. Voilà les droits, Monfieur, que j'ai à votre amitié. J'ai renoncé au tumulte de Paris ; on y perd fon temps, et ici je l'emploie. Celui que je crois le mieux employé eft le moment où je lis vos lettres , et celui auquel je vous affure de mon eftime fincère et de mon attachement véritable.

Permettez que je mette dans ce paquet une lettre pour l'ami avec lequel vous avez tranfporté la fageffe à la taverne.

LETTRE CCXXVIII.

A M. THIRIOT.

Le 19 de novembre.

Mon cher et ancien ami, vos dernières lettres font charmantes; mais vous ne difiez pas que vous aviez gobeloté au cabaret avec M. *Damilaville*; il me paraît digne de boire et de penfer avec vous.

Embraffez pour moi l'abbé *Mords - les;* c'eft un grand malheur que deux ou trois lignes échappées à fa jufte indignation aient arrêté fa plume; il était en beau train. Je ne connais perfonne qui foit plus capable de rendre fervice à la raifon.

Quoi! vous ne faviez pas qu'il y a dans l'hif-toire de l'académie des fciences un *Mémoire* de M. *le Rond*, jeune homme de quatorze ans, qui promettait beaucoup. M. *le Rond* a bien tenu parole; mais foit *le Rond*, foit d'*Alembert*, dites - lui bien qu'il eft l'efpoir de notre petit troupeau, et celui dont *Ifraël* attend le plus. Il eft hardi, mais il n'eft point téméraire; il eft né pour faire trembler les hypocrites, fans leur donner prife fur lui. Qu'il marche dans la voie du Seigneur, et qu'il ne craigne rien.

J'attends avec impatience les réflexions de *Panto-phile-Diderot* fur Tancrède. Tout eft dans la fphère d'activité de fon génie; il paffe des hauteurs de la métaphyfique au métier d'un tifferand, et de là il va au théâtre. Quel dommage qu'un génie tel que le fien ait de fi fottes entraves, et qu'une troupe de coqs-d'inde foit venue à bout d'enchaîner un aigle.

J'ai l'orgueil d'efpérer que fes idées fe rencontreront avec les miennes, et que ma pièce eft comme il la défire ; car elle eft fort différente de celle qu'il a plu aux comédiens de charpenter fur le théâtre : je crois vous l'avoir déjà dit.

Frère *Jean des Entomures Menou* m'épouvanterait à table, mais je ne le crains point ailleurs ; et ni lui ni perfonne ne m'empêchera de dire la vérité.

Le roi eft content de l'Hiftoire de *Pierre le grand ;* madame de *Pompadour* penfe de même. M. le duc de *Choifeul*, en digne miniftre des affaires étrangères, en fait plus de cas que de celle de *Charles XII :* c'eft-là le cas de dire :

Principibus placuiffe viris non ultima laus eft ;

et j'y ajoute :

Jefuitis placuiffe viris non maxima laus eft.

Ne manquez pas de m'envoyer *prefto prefto* le *Mémoire* raifonné du roi de Portugal contre les révérends pères, et comptez que cela figurera dans la *Capilotade.*

Voici une petite lettre de change pour un exemplaire de mes fottifes : je vous prie de les envoyer chercher chez *Robin-mouton*, de les faire relier proprement et promptement, et de les donner à *Platon-Diderot.*

On me mande que la *Corneille* en queftion defcend

de *Thomas* et non de *Pierre;* en ce cas, elle aurait moins de droits aux empreſſemens du public. J'avais imaginé de la donner pour compagne à madame *Denis;* nous aurions joué enſemble le Cid et Cinna, et nous aurions pourvu à ſon éducation comme à ſa ſubſiſtance. Mandez-moi ce que vous aurez appris d'elle, et je verrai, comme je l'ai mandé à M. *le Brun*, ce qu'un pauvre ſoldat peut faire pour la fille de ſon général.

Portez-vous bien, mon cher ami. J'entre dans ma ſoixante et ſeptième année, et j'ai encore aſſez de feu dans les intervalles de mes ſouffrances que je ſupporte aſſez gaiement.

Vivons et philoſophons; je vous embraſſe de tout mon cœur.

LETTRE CCXXIX.

A M. LE BRUN.

Aux Délices, 22 de novembre.

Sur la dernière lettre que vous me faites l'honneur de m'écrire, Monſieur, ſur le nom de *Corneille*, ſur le mérite de la perſonne qui deſcend de ce grand-homme, et ſur la lettre que j'ai reçue d'elle, je me détermine avec la plus grande ſatisfaction à faire pour elle ce que je pourrai. Je me flatte qu'elle ne ſera point effrayée d'un ſéjour à la campagne, où elle trouvera quelquefois des gens de mérite, qui ſentent tout celui de ſon grand-oncle. M. *Lalex*, notaire très-connu à Paris, et qui demeure dans votre voisinage ; rue Sainte-Croix de la Bretonnerie, vous remboursera sur le champ, et à l'inspection de cette lettre, ce que vous aurez déboursé pour le voyage de mademoiselle *Corneille*. Elle n'a aucun préparatif à faire ; on lui fournira en arrivant le linge et les habits convenables ; M. *Tronchin*, banquier de Lyon, sera prévenu de son arrivée, et prendra le soin de la recevoir à Lyon, et de la faire conduire dans les terres que j'habite. Puisque vous daignez, Monsieur, entrer dans ces petits détails, je m'en rapporte entièrement à votre bonne volonté et à l'intérêt que vous prenez à un nom qui doit être si cher à tous les gens de lettres.

J'ai l'honneur d'être, avec l'estime et l'amitié dont vous m'honorez, Monsieur, votre, &c., &c.

LETTRE CCXXX.

A MADEMOISELLE CORNEILLE.

Aux Délices, 22 de novembre.

VOTRE nom, Mademoiselle, votre mérite et la lettre dont vous m'honorez, augmentent, dans madame *Denis* et dans moi, le désir de vous recevoir, et de mériter la préférence que vous voulez bien nous donner. Je dois vous dire que nous passons plusieurs mois de l'année dans une campagne auprès de Genève ; mais vous y aurez toutes les facilités et tous les secours possibles pour tous les devoirs de la religion ; d'ailleurs, notre principale habitation est en France, à une lieue de là, dans un château très-logeable que je viens de faire bâtir, et où vous serez beaucoup plus commodément que dans la maison d'où j'ai l'honneur de vous écrire. Vous trouverez, dans l'une et dans l'autre habitation, de quoi vous occuper, tant aux petits ouvrages de la main qui pourront vous plaire, qu'à la musique et à la lecture. Si votre goût est de vous instruire de la géographie, nous ferons venir un maître qui sera très-honoré d'enseigner quelque chose à la petite-fille du grand *Corneille* ; mais je le serai beaucoup plus que lui de vous voir habiter chez moi.

J'ai l'honneur d'être avec respect, Mademoiselle, votre, &c.

LETTRE CCXXXI.

A M. LE COMTE D'ARGENTAL.

25 de novembre.

RIEN n'est plus importun, mes divins anges, qu'un pauvre diable d'auteur qui a fait une pièce à la hâte, qui ne la corrige pas trop à loisir, et qui est imprimé à cent lieues. Jugez de ma syndérèse par ma lettre à *Prault*, que j'ai l'honneur de vous envoyer. Je vous supplie de vouloir bien me faire tenir les feuilles imprimées, sous l'enveloppe de M. de *Courteille*, avant qu'elles soient tirées ; car vous jugez bien qu'il y aura toujours quelques vers à changer, et peut-être auffi quelques lignes de profe dans la dédicace. L'académie m'a chargé de travailler à quelques feuilles de fon *Dictionnaire* : cette occupation déroute un peu de la poëfie, et il y a bien long-temps que je fuis dérouté. Les bâtimens, et les jardins, et tout le train de la campagne fait encore plus de tort aux vers que le *Dictionnaire* de l'académie.

A propos d'académie, ne voudriez-vous pas avoir la bonté de lui donner mon portrait ? Qu'importe qu'il foit mal ou bien, je n'irai pas me faire peindre à foixante et fept ans. Il s'agit feulement que *Fréron* ne foit pas en droit de dire qu'on n'a pas voulu de moi à l'académie, même en peinture. A propos d'académie encore, il y a M. *le Mière*, grand remporteur de prix, et auteur d'Hypermneftre, à qui je devais une lettre. J'ignorais fon gîte. Je pris la liberté de vous adreffer ma lettre. Je n'ai point lu fon Hypermneftre fans plaifir. Pour le *Colardeau*, je ne le connais pas ; on dit qu'il fait de très-beaux vers ; il occupera long-temps mademoifelle *Clairon*. Eft-il vrai qu'elle arrive, fur le théâtre, violée ? C'eft dommage que cette action théâtrale ne fe foit pas paffée fur la fcène ; cela eft plus plaifant qu'un échafaud. J'ai donc du temps pour me raccommoder avec mademoifelle *Clairon*. Elle daignera donc ne point écourter mon malheureux fecond acte. Elle eft accoutumée à couper bras et jambes aux pièces nouvelles, pour les faire aller plus vîte. Bientôt les tragédies confifteront en mines et en poftures.

Souvent l'excès d'un mal nous conduit dans un pire.

Et *Luc*, *Luc*, quel diable d'homme! Voilà donc
comme je ferai trop vengé.

On parle encore de deux ou trois petits maffacres, mais je n'en veux rien croire.

Mille tendres refpects.

LETTRE CCXXXII.

A MADAME

LA COMTESSE D'ARGENTAL.

26 de novembre.

Après avoir écrit hier au foir, à la hâte, à mes
anges, je me couchai avec des fcrupules fur Tancrède,
et nommément fur l'envie que j'aurais de prendre
des libertés anglaifes et italiennes, en retranchant
les lettres qui m'incommodent. A mon réveil, je
reçois la lettre de M. d'*Argental* et de madame
Scaliger.

Comment ferez-vous, mes anges, pour vous débarraffer de moi ? pourquoi M. d'*Argental* a-t-il mal
aux yeux ? comment M. *Fournier* trouve-t-il cela ?
pourquoi le fouffre-t-il ? eft-ce Califte qui a fait
trop pleurer mon cher ange ? eft-ce moi qui l'ai
trop fatigué par mes paperaffes?

Crébillon mon maître. Bonne plaifanterie que *Fréron*
prend pour du férieux. Il faut pourtant ne pas
trop changer ce que madame la marquife a approuvé.

Voulez-vous : *que j'ai regardé comme mon maître ?*

1760. Politesse ne coûte rien, et fait toujours un bon effet.

Voici la grande question. Jouera-t-on Fanime cet hiver ? non, à ce que je présume ; pourquoi ? parce qu'il y a au troisième acte un embrouillamini qui me déplaît, et au cinq il y a deux poignards qui me font de la peine. On a beaucoup pleuré, d'accord ; mais il y a des gens bien malins à Paris. La fin de Fanime, déchirante, tragique : son père l'amadoue. *O mon père... j'en suis indigne*, avec un éclat de voix douloureux, et elle se tue. Bravo. Mais le poignard d'*Enide* et le poignard de *Fanime*, ces deux poignards me tuent. Que faire donc ? donner Tancrède au mois de décembre, l'imprimer en janvier, et rire ; ensuite nous verrons. Vous aurez de mes nouvelles ; vous ne mourrez pas de faim.

C'est assez parler *Voltaire*, parlons *Corneille*. Je suis bien fâché que cette demoiselle ne descende pas en droite ligne du père de Cinna ; mais son nom suffit, et la chose paraît décente. Vous avez vu cette demoiselle, mes divins anges ; c'est à vous qu'on s'adresse quand *Voltaire* est sur le tapis. Connaissez-vous un *le Brun*, un secrétaire de M. le prince de *Conti* ? C'est lui qui m'a encorneillé ; il m'a adressé une ode au nom de *Pierre*. C'est à lui que j'ai dit : Envoyez-la-moi ; qu'on paye son voyage, qu'on l'adresse à M. *Tronchin* à Lyon, &c. Mais il vaudrait bien mieux que ce fût madame d'*Argental* qui daignât arranger les choses ; cela ferait plus honorable pour *Pierre*, pour mademoiselle *Corneille*, et pour moi ; mais je n'ai pas le front d'abuser à ce point des bontés dont on m'honore. Cependant, je le répète, il convient que madame d'*Argental* — foit la protectrice. Tout ce qu'elle fera, fera bien **1760.** fait. Nul trouffeau pour ce mariage. Madame *Denis* lui fera faire habits et linge. Nous lui donnerons des maîtres, et dans fix mois elle jouera *Chimène*.

Je fuis à vos pieds, divins anges.

LETTRE CCXXXIII.

A M. LE MARQUIS D'ARGENCE DE DIRAC.

Le 27 de novémbre.

MONSIEUR,

Le philofophe des Alpes, et fa nièce, et tout ce qui a eu l'honneur de vous voir, vous regrette. Il nous eft venu des philofophes depuis vous, mais aucun ne vous fera jamais oublier. Jugez combien Lucrèce eft beau en latin, puifqu'il vous fait tant de plaifir dans un fi mauvais français; et jugez du peu que nous valons, nous autres modernes, puifqu'aucun français n'a ofé dire la dixième partie de ce que *Lucrèce* difait aux Romains fans témérité et fans crainte. On fe plaint des fermiers généraux et des intendans; mais combien devrait-on s'élever contre des miférables qui mettent des impôts fur l'efprit, et qui tyrannifent la penfée ? L'ignorance et l'infame fuperftition couvrent la terre : quelques perfonnes échappent à ce fléau, le refte eft au rang des bêtes de fomme; et on a fi bien fait qu'il

1760.

faut des efforts pour fecouer le joug infame qu'on a mis fur nos têtes. Nous fommes parvenus à regarder comme un homme hardi celui qui penfe que deux et deux font quatre.

Jouiffez, Monfieur, de votre raifon, dont fi peu d'hommes jouiffent, et ajoutez-y la jouiffance de la vie dans votre belle terre, dans le fein de votre famille, et dans la fociété de vos amis, furtout dans celle de M. de *la Ramière* à qui nous fefons nos très-humbles complimens, et qui me paraît bien digne de votre amitié. Adieu, Monfieur ; fi le plaifir d'être aimé doit être compté pour quelque chofe, foyez sûr que vous le ferez toujours dans la petite retraite que vous avez daigné habiter. Votre petite chambre s'appelle la cellule du philofophe. Recevez mes tendres refpects.

LETTRE CCXXXIV.

A M. LE COMTE ALGAROTTI.

A Ferney, le 28 de novembre.

Un de mes chagrins, Monfieur, ou plutôt mon feul chagrin, eft de ne pouvoir vous écrire de ma main combien vous êtes aimable. Vous parlez d'*Horace* comme un homme qui aurait été fon intime ami, comme fi vous aviez vécu de fon temps. Il eft jufte qu'on connaiffe à fond les caractères auxquels on reffemble. Pour *Céfar*, j'imagine que vous auriez fait un voyage dans nos Gaules

avec le fils de *Cicéron*, au lieu d'aller à Pétersbourg ; ——
et que vous l'auriez empêché de fe brouiller avec 1760.
Labiénus. Je ne fais comment vous faites votre compte,
mais on croirait que vous avez vécu familièrement
avec tous ces gens-là.

Je vous fais encore de très-férieux remercîmens
fur votre voyage de Ruffie. Il y a toujours quelque
chofe à apprendre avec vous de la zone tempérée
à la zone glaciale.

J'ai eu l'honneur de vous envoyer la première
partie de l'Hiftoire du czar, et c'eft probablement
celle que vous avez. Vous me permettrez, s'il vous
plaît, de vous citer dans la feconde ; j'aimé à me
faire honneur de mes garans ; il y a plaifir à rendre
juftice à des contemporains tels que vous. D'ailleurs
l'hiftoire d'un fondateur eft pour les fages, et l'Hiftoire de *Charles XII* plairait aux amateurs des romans.
Si ce don *Quichotte*, au moins, avait eu une *Dulcinée !*
On n'a aujourd'hui à écrire que des maffacres en
Allemagne, des proceffions à Rome, et des facéties
à Paris.

Lætus fum, non validus, fed tuî amantiffimus.

LETTRE CCXXXV.

A M. LE COMTE D'ARGENTAL.

29 de novembre.

TELLE eſt dans nos Etats la loi de l'hyménée.
C'eſt la religion lâchement profanée ;
C'eſt la patrie enfin que nous devons venger.
L'infidelle en nos murs appelle l'étranger, &c.

Il faut avouer, mes divins anges, que je ſuis l'homme aux inadvertances. On change un vers, et on oublie d'envoyer les corrections devenues nécef- faires aux vers ſuivans, et on fatigue ſes anges horri- blement. On ne ſait plus où l'on eſt. Il faut recopier la pièce, tous les rôles ; c'eſt la toile de *Pénélope.* Je ſuis à vos genoux, je vous demande pardon, je meurs de honte. Il y a plus de cent vers corrigés dans cette maudite Chevalerie ; tout cela eſt épars dans mes lettres. Si vous pouvez attendre, je crois que le meilleur parti eſt de vous envoyer la pièce bien reco- piée. Vous êtes les maîtres de tout ; mais, en cas que vous faſſiez imprimer, je vous demande toujours en grâce de m'envoyer les feuilles.

J'apprends que meſſieurs les dévots, et MM. de *Pompignan*, ſe ſont beaucoup remués ſur la nouvelle que j'étais chez *Laleu* à Paris. J'apprends que les dévo- tes ſont fâchées de voir une *Corneille* aller dans la terre de réprobation, et qu'elles veulent me l'enlever. A la bonne heure ; elles lui feront, ſans doute, un ſort·

plus

plus brillant, un établiſſement plus ſolide dans ce
monde-ci et dans l'autre ; mais je n'aurai eu rien à 1760.
me reprocher. Nous verrons qui l'emportera de cette
cabale ou de vous. Vous devez ſavoir que tout cela
a été traité, pour et contre, au lever du roi. Chacun
a dit ſon mot. Voilà de grandes affaires, mais Pondichéri eſt plus important.

Que dites-vous de la Didon de M. *le Franc de
Pompignan*, ſuivie du *Fat puni* ? On eſt bien drôle à
Paris !

Mille tendres reſpects.

LETTRE CCXXXVI.

A M. DE SENAC,

PREMIER MEDECIN DU ROI.

Aux Délices, 6 de décembre.

MA partie penſante, Monſieur, ſait tout ce qu'elle
vous doit, elle vous en remercie, elle y ſera ſenſible
juſqu'à ce qu'elle ne penſe plus. Ma partie animale
vous préſente les papiers ci-joints, concernant la peſte
dont nous ſommes menacés. Je ſais qu'il y a peſte et
peſte. Je ne prétends pas que celle qui dépeuple nos
hameaux, dans un coin des Alpes, ait l'inſolence de
reſſembler à celle de Marſeille ; je ſais qu'il faut ſe
tenir à ſa place : mais enfin, ſi on néglige l'objet de
ma requête, la choſe peut aller loin. Il s'agit de quelques malheureux ; mais ces malheureux ignorés et

délaiffés font fujets du roi, et il étend fes regards fur les derniers de fes peuples. L'affaire dont il s'agit me paraît du reffort de votre archiatrie. Si, fans vous compromettre, vous pouvez, Monfieur, appuyer notre mémoire, vous aurez le plaifir de faire du bien. Je vous prends là par votre faible. Soyez très-sûr que, fi on ne remédie pas au mal, la contagion eft à craindre. Nous fommes obligés d'abandonner le château de Ferney, immédiatement après l'avoir achevé, et de nous réfugier en terre huguenotte. Voyez, Monfieur, ce que vous pouvez faire pour nos corps et pour nos ames. La mienne eft celle de votre ancien partifan, qui a l'honneur d'être, avec tous les fentimens qu'il vous doit, Monfieur, votre, &c.

LETTRE CCXXXVII.

A M. THIRIOT.

Le 8 de décembre.

JE n'ai pas un moment à moi, mon cher ami; je fuis, depuis un mois, accablé de travail et d'affaires. Plus on vieillit, plus il faut s'occuper. Il vaut mieux mourir que de traîner dans l'oifiveté une vieilleffe infipide : travailler, c'eft vivre.

Quand mademoifelle *Rodogune* viendra, elle fera bien reçue. Madame *Denis* ne lui a point écrit de lettre, mais deux lignes au bas de ma lettre.

M. *le Brun* eft le maître de fon ode, mais il ne devait pas, je crois, faire imprimer ma profe.

Je vous prie de dire à M. de *la Baſtide* que, ſi je trouve quelques rogatons qu'il puiſſe inſérer dans ſon *Monde*, je vous les adreſſerai. Pardon, ſi je ne lui écris pas. Je ne ſais auquel entendre. La journée n'a que vingt-quatre heures.

1760.

Votre ouvrage *theologico-judaïco-rabbinico-philoſo-phique* eſt peut-être fort bon, mais j'aimerais autant qu'on n'eût pas mis le titre de Berne et à M. l'*Oracle des philoſophes*, pour faire croire que c'eſt moi qui ſuis le rabbin. Heureuſement on ne m'y reconnaîtra pas.

Madame la première préſidente *Molé* ferait bien mieux de me payer ſoixante mille livres que ſon frère, le banqueroutier frauduleux *Bernard*, m'a volées à moi et à ma nièce, que de gémir ſur le bien que je fais à mademoiſelle *Corneille*, et qu'elle ne fait pas.

Vous me dites que *le Franc de Pompignan* n'a pas voulu aller à l'académie, je le crois; il y ſerait mal accueilli. Il alla ſe plaindre, ces jours paſſés, à monſieur le dauphin, qui dit tout haut : *Notre ami Pompignan penſe être quelque choſe.*

Qui eſt l'auteur de l'*Homme de lettres*? il y a du bon.

Qui eſt l'auteur du *Savetier*? apparemment quelqu'un de la profeſſion. Le gaillard ſavetier de *la Fontaine* vaut mieux.

Je m'intéreſſe à l'abbé du *Reſnel*; je ſuis de ſon âge. Je m'intéreſſe à *Balot*, et plus à vous. Vous avez donc ſoixante et trois, et moi ſoixante-ſept. Je ſuis quelquefois aſſez gai pour mon âge; demandez à *le Franc*.

Vale, vive, ſcribe, lætare.

Venez ici, vous et vos nerfs.

LETTRE CCXXXVIII.

A MADAME

LA MARQUISE DU DEFFANT.

9 de décembre.

IL y a plus de six femaines, Madame, que je n'ai pu jouir d'un moment de loifir ; cela eft ridicule et n'en eft pas moins vrai. Comme vous ne vous accommodez pas que je vous écrive fimplement pour écrire, j'ai l'honneur de vous dépêcher deux petits manufcrits qui me font tombés entre les mains. L'un me paraît merveilleufement philofophique et moral : il doit, par conféquent, être au goût de peu de gens. L'autre eft une plaifante découverte que j'ai faite dans mon ami *Ezéchiel*.

On ne lit point affez *Ezéchiel*. J'en recommande la lecture tant que je peux ; c'eft un homme inimitable. Je ne demande pas que ces rogatons vous divertiffent autant que moi, mais je voudrais qu'ils vous amufaffent un quart d'heure.

J'ai tenu bon contre M. d'*Argental*. Il aurait beau me démontrer la beauté d'un échafaud, j'aime fort le fpectacle, l'appareil, toutes les pompes du démon ; mais pour la potence, je fuis fon ferviteur. Je le renvoie à *Defpréaux :*

Mais il eft des objets que l'art judicieux
Doit offrir à l'oreille, et reculer des yeux.

D'ailleurs, je fuis fâché contre les Anglais : non-feulement ils m'ont pris Pondichéri, à ce que je crois, mais ils viennent d'imprimer que leur *Shakefpeare*, Madame, eft infiniment au-deffus de *Gilles*.

Figurez-vous, Madame, que la tragédie de Richard III, qu'ils comparent à Cinna, tient neuf années pour l'unité de temps, une douzaine de villes et de champs de bataille pour l'unité de lieu, et trente-fept événemens principaux pour unité d'action ; mais c'eft une bagatelle.

Au premier acte, *Richard* dit qu'il eft boffu et puant, et que, pour fe venger de la nature, il va fe mettre à être un hypocrite et un coquin. En difant ces belles chofes, il voit paffer un enterrement (c'eft celui du roi *Henri VI*) : il arrête la bière et la veuve qui conduit le convoi. La veuve jette les hauts cris ; elle lui reproche d'avoir tué fon mari. *Richard* lui répond qu'il en eft fort aife, parce qu'il pourra plus commodément coucher avec elle. La reine lui crache au vifage : *Richard* la remercie, et prétend que rien n'eft fi doux que fon crachat. La reine l'appelle crapaud : vilain crapaud, je voudrais que mon crachat fût du poifon. — Eh bien, Madame, tuez-moi, fi vous voulez : voilà mon épée. Elle la prend : vas, je n'ai pas le courage de te tuer moi-même..... Non, ne te tue pas, puifque tu m'as trouvée jolie. Elle va enterrer fon mari, et les deux amans ne parlent plus que d'amour dans le refte de la pièce.

N'eft-il pas vrai que fi nos porteurs d'eau fefaient des pièces de théâtre, ils les feraient plus honnêtes ?

Je vous conte tout cela, Madame, parce que j'en fuis plein. N'eft-il pas trifte que le même pays qui a

Gg 3

produit *Newton*, ait produit ces monftres, et qu'il les admire ?

Portez-vous bien, Madame; tâchez d'avoir du plaifir : la chofe n'eft pas aifée, mais n'eft pas impoffible. Mille refpects de tout mon cœur.

LETTRE CCXXXIX.

A M. HELVETIUS, *à Paris.*

Le 12 de décembre.

Mon cher philofophe, il y a long-temps que je voulais vous écrire. La chofe qui me manque le plus, c'eft le loifir : vous favez que ce *la Serre volume fur volume inceffamment defferre.* J'ai eu beaucoup de befogne. Vous êtes un grand feigneur qui affermez vos terres; moi, je laboure moi-même, comme *Cincinnatus*, de façon que j'ai rarement un moment à moi.

J'ai lu une héroïde d'un difciple de *Socrate*, dans laquelle j'ai vu des vers admirables. J'en fais mon compliment à l'auteur, fans le nommer. La pièce eft un peu roide. *Bernard de Fontenelle* n'eût jamais ni ofé ni pu en faire autant. Le parti des fages ne laiffe pas d'être confidérable et affez fier. Je vous le répète, mes frères, fi vous vous tenez tous par la main, vous donnerez la loi. Rien n'eft plus méprifable que ceux qui vous jugent : vous ne devez voir que vos difciples.

Si vous avez reçu un Pierre; ce n'eft pas *Simon Barjone;* ce n'eft pas non plus le Pierre ruffe que je

vous avais dépêché par la poste, ce doit être un Pierre
en feuilles que *Robin-mouton* devait vous remettre. Je
vous en ai envoyé deux reliés, un pour vous et
l'autre pour M. *Saurin*. Il a plu à messieurs les intendans des postes de se départir des courtoisies qu'ils
avaient ci-devant pour moi; ils ont prétendu qu'on
ne devait envoyer aucun livre relié. Douze exemplaires ont été perdus : c'est l'antre du lion.

De quelles tracasseries me parlez-vous ? je n'en ai
essuyé ni pu essuyer aucune. Est-ce de frère *Menou* ?
Ah ! rassurez-vous ; les jésuites ne peuvent me faire
de mal ; c'est moi qui ai l'honneur de leur en faire. Je
m'occupe actuellement à déposséder les frères jésuites
d'un domaine qu'ils ont acquis auprès de mon château.
Ils l'avaient usurpé sur des orphelins, et avaient obtenu
lettres royaux pour avoir permission de garder la vigne
de *Naboth*. Je les fais déguerpir, mort-dieu ! je leur
fais rendre gorge, et la Providence me bénit. Je n'ai
jamais eu un plaisir plus pur. Je fais un peu le maître
chez moi, par parenthèse.

Vous ai-je dit que le frère et le fils d'*Omer* sont
venus chez moi, et comme ils ont été reçus ? vous
ai-je dit que j'ai envoyé Pierre au roi, et qu'il l'a
mieux reçu que le Discours et le Mémoire de *le
Franc de Pompignan* ? vous ai-je dit que madame de
Pompadour et M. le duc de *Choiseul* m'honorent d'une
protection très-marquée ? Croyez-moi, croyez mes
frères, notre petite école de philosophes n'est pas
si déchirée : il est vrai que nous ne sommes ni jésuites
ni convulsionnaires, mais nous aimons le roi sans
vouloir être ses tuteurs, et l'Etat sans vouloir le
gouverner.

1760

1760.

Il peut savoir qu'il n'a point de sujets plus fidelles que nous, ni de plus capables de faire sentir le ridicule des cuistres qui voudraient renouveler les temps de la fronde.

N'avez-vous pas bien ri du voyage de *Pompignan* à la cour avec *Fréron* ? et de l'apostrophe de monsieur le dauphin : *Et l'ami Pompignan pense être quelque chose.* Voilà à quoi les vers sont bons quelquefois : on les cite, comme vous voyez, dans les grandes occasions.

J'ai vu un Oracle des anciens fidelles ; cela est hardi, adroit et savant. Je soupçonne l'abbé *Mords-les* d'avoir rendu ce petit service.

Dieu vous conserve dans la sainte union avec le petit nombre. Frappez et ne vous commettez pas. Aimons toujours le roi, et détestons les fanatiques.

LETTRE CCXL.

A M. LE COMTE D'ARGENTAL.

15 de décembre.

VOILA la véritable leçon, mes divins anges. Voyez combien il est difficile d'arriver au but ; combien ce maudit art des vers est difficile ; quel tort irréparable on me ferait si on imprimait Tancrède sans que je l'eusse corrigé. Mes anges, vous m'avez embarqué, empêchez que je ne fasse naufrage. Comment vont les deux yeux de mon ange gardien ? ont-ils lu

Califte ? Ah! mes anges, j'ai bien peur qu'on ne corrompe entièrement la tragédie par toutes ces pantomimes de mademoifelle *Clairon*. Croyez-moi, une chambre tapiffée de noir ne vaut pas des vers bien faits et bien tendres. Il n'y a que les convulfionnaires qui fe roulent par terre. J'ai crié quarante ans pour avoir du fpectacle, de l'appareil, de l'action tragique; mais *domandaro aqua*, *no tempefta*.

Et puis, comment le public français peut-il adopter la barbarie anglaife, le viol anglais, la confufion anglaife, la marche anglaife d'une pièce anglaife ? Pauvres Français! vous êtes dans la fange de toutes façons, et j'en fuis fâché.

O mes anges! ramenez donc le bon goût.

LETTRE CCXLI.

A M. LE KAIN.

Le 16 de décembre.

JE n'ai voulu vous répondre, mon cher *Rofcius*, que quand j'aurais vu enfin toute cette confufion, dans les rôles de Tancrède, un peu débrouillée, quand vous feriez débarraffés de la Belle pénitente, et quand vous feriez prêts à reprendre Tancrède.

Grâce aux bontés de M. et de madame d'*Argental*, tout eft en ordre; et fi la pièce refte au théâtre, ce fera uniquement à leur bon goût et à leurs attentions infatigables qu'on en aura l'obligation. Je vous prie

—— de vouloir bien vous conformer entièrement, dans la repréſentation, à l'édition de *Prault*. Rien n'eſt plus ridicule que de voir jouer d'une façon ce qui eſt imprimé d'une autre. Il ne faut jamais ſacrifier l'élocution et le ſtyle à l'appareil et aux attitudes. L'intérêt doit être dans les choſes qu'on dit, et non pas dans de vaines décorations. L'appareil, la pompe, la poſition des acteurs, le jeu muet, ſont néceſſaires; mais c'eſt quand il en réſulte quelque beauté, c'eſt quand toutes ces choſes enſemble redoublent le nœud et l'intérêt. Un tombeau, une chambre tendue de noir, une potence, une échelle, des perſonnages qui ſe battent ſur la ſcène, des corps morts qu'on enlève, tout cela eſt fort bon à montrer ſur le Pont-neuf, avec la rareté, la curioſité. Mais, quand ces ſublimes marionnettes ne ſont pas eſſentiellement liées au ſujet, quand on les fait venir hors de propos, et uniquement pour divertir les garçons perruquiers qui ſont dans le parterre, on court un peu de riſque d'avilir la ſcène françaiſe, et de ne reſſembler aux barbares anglais que par leur mauvais côté. Ces farces monſtrueuſes amuſeront pendant quelque temps, et ne feront d'autre effet que de dégoûter le public de ces nouveaux ſpectacles et des anciens.

Je vous exhorte donc, mon cher ami, de ne ſouffrir d'appareil au théâtre que celui qui eſt noble, décent, néceſſaire.

Pour ce qui eſt de Tancrède, je crois que d'abord vos camarades doivent conformer leur rôle à l'imprimé; qu'enſuite ils doivent en faire une répétition, parce qu'il y a environ deux cents vers différens de ceux qu'on a récités aux premières repréſentations.

Je crois même qu'il y en a beaucoup plus de deux cents; je crois encore que vous devez donner deux repréfentations avant que *Prault* mette fon édition en vente. Si la pièce réuffit, il la vendra beaucoup mieux quand ces deux repréfentations l'auront fait valoir, et lui auront donné un nouveau prix.

Je vous embraffe de tout mon cœur, et je vous prie de me donner de vos nouvelles et des miennes.

LETTRE CCXLII.

A M. LE COMTE D'ARGENTAL.

16 de décembre, au foir.

JE reçois le paquet de mes anges, à fix heures du foir; je le renvoie à huit. Il partira demain avec mes remercîmens qui doivent être fort longs, et avec ma courte honte d'avoir coûté tant de peines à ceux à qui je ne peux faire beaucoup de plaifir. Vous devez être regoulés de Tancrède; il n'y a que votre bonté qui vous foutienne. On n'a jamais fait, pour un pauvre diable d'auteur, ce que vous avez daigné faire pour moi. Je crois enfin cette pièce un peu mieux arrondie que quand je la fis fi à la hâte; je la crois même plus touchante, et c'eft-là le principal. Avec des vers bien faits, bien compaffés, on ne tient rien fi le cœur n'eft ému.

J'avais bien raifon de vouloir revoir l'édition de *Prault*. Daignez jeter les yeux fur la pièce, et vous verrez que j'ai fait toutes les corrections indifpenfables. Son édition était ridicule et abfurde. *Prault* aura un peu à remanier, c'eſt le terme de l'art ; mais c'eſt une peine et une dépenſe très-médiocres. Il a très-grand tort de craindre que l'édition des *Cramer* ne croiſe la ſienne. Les *Cramer* n'ont point commencé ; ils n'ont point l'ouvrage, et ils ne l'imprimeront que pour les pays étrangers. D'ailleurs, j'enverrai inceſſamment au petit *Prault* un ouvrage ſur les théâtres, que je crois aſſez neuf et aſſez intéreſſant. Le zèle de la patrie m'a ſaiſi. J'ai été indigné d'une brochure angloiſe dans laquelle on préfère hautement *Shakeſpeare* à *Corneille*. J'ai voulu venger l'oncle, en ayant chez moi la nièce. J'amuſerai d'abord mes anges de ce petit traité, et je ſupplierai très-inſtamment que *Prault* ne ſache pas qu'il eſt de moi, ou du moins qu'il mérite les petits ſervices que je peux lui rendre, en feignant de les ignorer.

Comme je n'ai nul goût à voir mon nom à la tête de mes ſottiſes, ou folles, ou ſérieuſes, ou tragiques, ou comiques, permettez-moi, mes chers anges, d'exiger que celui des comédiens ne s'y trouve pas plus que le mien. A quoi ſert-il de ſavoir qu'un nommé *Brizard* a joué platement mon plat père ? qu'eſt-ce que cela fait aux lecteurs ? J'ai une averſion invincible pour cette coutume nouvellement introduite.

Mes anges, je commence à ſouhaiter la paix. Il eſt vrai que je fais chez moi la guerre aux jéſuites, mais elle ne coûte rien : je les chaſſe et je triomphe. Mais la guerre contre les Anglais vous ruine, et c'eſt vous qu'on chaſſe. J'attends avec impatience ce qui adviendra, dans votre tripot, de la convocation des pairs. *La montagne, en travail, enfante une ſouris.*

Daignez me mander des nouvelles de l'Ecoſſaiſe

et des rogatons que je vous ai envoyés. Je souhaite à
Térée beaucoup de prospérité, et que les vers de
Philomèle soient le chant du rossignol. Mais monsieur
le Mière a-t-il reçu une certaine lettre que je pris la
liberté d'adresser à M. *d'Argental*, ne sachant pas la
demeure du père de Térée ? Pardon, je dois vous
excéder.

1760.

LETTRE CCXLIII.

A M. DESHAUTERAYES, *à Paris.*

Le 21 de décembre.

MONSIEUR,

J'AVAIS déjà lu vos doutes ; ils m'avaient paru
des convictions. Je suis bien flatté de les tenir de
la main de d'auteur même. Les langues que vous
possédez et que vous enseignez, sont nécessaires pour
connaître l'antiquité ; et cette connaissance de l'antiquité nous montre combien on nous a trompés
en tout.

C'est l'empereur *Cam-hi*, autant qu'il m'en souvient, qui montra à frère *Parennin*, jésuite de
mérite et mandarin, un vieux livre de géométrie,
dans lequel il est dit que la proposition du carré
de l'hypothénuse était connue du temps des premiers
rois. Les Indiens revendiquent cette démonstration. Ce
petit procès littéraire au bout du monde dure depuis
quatre ou cinq mille ans ; et nous autres, qu'étions-
nous, il y a vingt siècles ? des barbares qui ne

—— favions pas écrire, mais qui égorgions des filles et des petits garçons à l'honneur de *Teutatés*, comme nous en avons égorgé, en 1572, à l'honneur de St *Barthelemi*.

Un officier, qui commande dans un fort près du Gange, et qui eſt l'intime ami d'un des principaux bramines, m'a apporté une copie des quatre Veidam, qu'il aſſure être très-fidelle. Il eſt difficile que ce livre n'ait au moins cinq mille ans d'antiquité. C'eſt bien à nous, qui ne devons notre ſacrement de baptême qu'aux uſages des anciens Gangarides qui paſsèrent chez les Arabes, et que Notre-Seigneur *Jéſus-Chriſt* a ſanctifié, c'eſt bien à nous, vraiment, à combattre l'antiquité de ceux qui nous ont fourni du poivre de toute antiquité. Le monde eſt bien vieux : les habitans de la Gaule ciſalpine ſont bien jeunes, et ſouvent bien ſots ou bien fous.

Si quelqu'un peut les rendre plus raiſonnables, c'eſt vous, Monſieur ; mais on dit qu'il y a des aveugles qui donnent des coups de pied dans le ventre à ceux qui veulent leur rendre la lumière.

Je ſuis, &c.

LETTRE CCXLIV.

A MADAME

LA MARQUISE DU DEFFANT.

A Ferney, 22 de décembre.

Il y a eu, Madame, de la réforme dans les poftes. Les gros paquets ne paffent plus. Je doute fort que vous ayez reçu ceux que j'ai eu l'honneur de vous adreffer, et j'en fuis très en peine. Je vous prie très-inftamment de me tirer de cette inquiétude. Les rogatons que j'avais trouvés fous ma main, pour vous amufer ou pour vous ennuyer un quart d'heure, font des misères, je le fais bien ; mais je ferais affligé qu'elles euffent paffé dans d'autres mains que les vôtres.

Comment vous amufez-vous, Madame ? que faites-vous de ces journées qui paraiffent quelquefois fi longues dans une vie fi courte ? comment le préfident s'accommode-t-il d'être feptuagénaire ? Pour moi, qui touche à ce bel âge de la maturité, je me trouve très-bien d'avoir à gouverner les dix-fept ans de mademoifelle *Corneille*. Elle eft gaie, vive et douce, l'efprit tout naturel : c'eft ce qui fait apparemment que *Fontenelle* l'a fi mal traitée.

Je lui apprends l'orthographe, mais je n'en ferai point une favante ; je veux qu'elle apprenne à vivre dans le monde, et à y être heureufe.

Je vous souhaite les bonnes fêtes, Madame, comme disent les Italiens mes voisins. Cependant vous ne sauriez croire combien il y a de gens en Italie qui se moquent des fêtes. Mon Dieu, que le monde est devenu méchant! C'est la faute de ces maudits philosophes.

LETTRE CCXLV.

A M. LE COMTE D'ARGENTAL.

22 de décembre.

COMMENT vont les yeux de mon cher et respectable ami, de mon divin ange? n'importune-je point un peu trop mes deux chevaliers? Plût à Dieu que les chevaliers de Tancrède fussent aussi preux que vous! Mais il faut que je vous dise qu'on a joué à Dijon, à la Rochelle, à Bordeaux, à Marseille, la Femme qui a raison. Si l'ami *Fréron* m'a ôté les suffrages de Paris, je suis devenu un bon poëte en province. Pourquoi, après tout, ne souffrirait-on pas la Femme qui a raison dans la capitale? n'y aime-t-on pas un peu à se réjouir? n'y veut-on que des tombeaux, des chambres tendues de noir, et des échafauds?

En tout cas, voici Oreste. Pourquoi tous ceux qui aiment l'antiquité sont-ils partisans de cet ouvrage? pensez-vous que mademoiselle *Clairon* ne fît pas un grand effet dans le rôle d'*Electre*, et mademoiselle *Duménil* dans celui de *Clytemnestre*?

croyez-vous

croyez-vous que les cris de *Clytemneſtre* ne fiſſent ——
pas un effet terrible ?   1760.

Vous aurez, mes anges, un autre petit paquet par
la poſte prochaine, ou je ſuis bien trompé ; mais ce
paquet ne ſera point Fanime : pourquoi ? parce
qu'on ne peut faire qu'une choſe à la fois, parce
que je ne ſuis pas encore content, parce qu'il ne
faut pas voir deux fois de ſuite un père qui dit
noblement à ſa fille qu'elle eſt une catin.

Je vous avoue que j'ai grande envie de ſavoir
ſi la pièce de *Hurtaud* vous déplaît autant qu'elle
nous a plu ; ſi d'autres rogatons vous ont amuſés ;
ſi vous n'attendez pas inceſſamment M. le maréchal
de *Richelieu.* Vous me direz que je ſuis un grand
queſtionneur ; il eſt vrai, mes anges. Nous ſommes
très-contens de mademoiſelle *Rodogune* ; nous la
trouvons naturelle, gaie et vraie. Son nez reſſemble
à celui de madame de *Ruffec* ; elle en a le minois
de doguin, de plus beaux yeux, une plus belle
peau, une grande bouche aſſez appétiſſante, avec
deux rangs de perles. Si quelqu'un a le plaiſir
d'approcher ſes dents de celles-là, je ſouhaite que
ce ſoit plutôt un catholique qu'un huguenot ; mais
ce ne ſera pas moi, ſur ma parole.

Mes divins anges, j'ai ſoixante et ſept ans. Comptez
que le plus beau portrait qu'on puiſſe faire de moi
eſt celui que je vous envoyai, il y a, je crois, trois
ans ; j'étais bien jeune alors.

Mille tendres reſpects.

LETTRE CCXLVI.

A M. LE MARQUIS ALBERGATI CAPACELLI,

SENATEUR DE BOLOGNE.

A Ferney, 23 de décembre.

MONSIEUR,

NOUS sommes unis par les mêmes goûts, nous cultivons les mêmes arts, et ces beaux arts ont produit l'amitié dont vous m'honorez ; ce sont eux qui lient les ames bien nées, quand tout divise le reste des hommes.

J'ai su dès long-temps que les principaux seigneurs de vos belles villes d'Italie se rassemblent souvent pour représenter, sur des théâtres élevés avec goût, tantôt des ouvrages dramatiques italiens, tantôt même les nôtres. C'est aussi ce qu'ont fait quelquefois les princes des maisons les plus augustes et les plus puissantes ; c'est ce que l'esprit humain a jamais inventé de plus noble et de plus utile pour former les mœurs, et pour les polir ; c'est-là le chef-d'œuvre de la société : car, Monsieur, pendant que le commun des hommes est obligé de travailler aux arts mécaniques, et que leur temps est heureusement occupé, les grands et les riches ont le malheur d'être abandonnés à eux-mêmes, à l'ennui inséparable de l'oisiveté, au jeu plus funeste que l'ennui, aux petites factions plus dangereuses que le jeu et que l'oisiveté.

Vous êtes, Monsieur, un de ceux qui ont rendu le plus de service à l'esprit humain dans votre ville de Bologne, cette mère des sciences. Vous avez représenté, à la campagne, sur le théâtre de votre palais, plus d'une de nos pièces françaises, élégamment traduites en vers italiens ; vous daignez traduire actuellement la tragédie de Tancrède ; et moi, qui vous imite de loin, j'aurai bientôt le plaisir de voir représenter chez moi la traduction d'une pièce de votre célèbre *Goldoni*, que j'ai nommé, et que je nommerai toujours le peintre de la nature. Digne réformateur de la comédie italienne, il en a banni les farcés insipides, les sottises grossières, lorsque nous les avions adoptées sur quelques théâtres de Paris. Une chose m'a frappé surtout dans les pièces de ce génie fécond, c'est qu'elles finissent toutes par une moralité qui rappelle le sujet et l'intrigue de la pièce, et qui prouve que ce sujet et cette intrigue sont faits pour rendre les hommes plus sages et plus gens de bien.

Qu'est-ce en effet que la vraie comédie ? c'est l'art d'enseigner la vertu et les bienséances, en action et en dialogues. Que l'éloquence du monologue est froide en comparaison ! A-t-on jamais retenu une seule phrase de trente ou quarante mille discours moraux ? et ne fait-on pas par cœur ces sentences admirables, placées avec art dans des dialogues intéressans ?

Homo sum, humani nihil à me alienum puto.
Apprimé in vitâ est utile, ut ne quid nimis.
Naturâ tu illi pater es, consiliis ego, &c.

C'est ce qui fait un des grands mérites de *Térence*; c'est celui de nos bonnes tragédies, de nos bonnes comédies. Elles n'ont pas produit une admiration stérile; elles ont souvent corrigé les hommes. J'ai vu un prince pardonner une injure, après une représentation de la clémence d'*Auguste*. Une princesse, qui avait méprisé sa mère, alla se jeter à ses pieds en sortant de la scène où *Rhodope* demande pardon à sa mère. Un homme connu se raccommoda avec sa femme, en voyant le Préjugé à la mode. J'ai vu l'homme du monde le plus fier, devenir modeste après la comédie du Glorieux : et je pourrais citer plus de six fils de famille que la comédie de l'Enfant prodigue a corrigés. Si les financiers ne sont plus grossiers, si les gens de cour ne sont plus de vains petits-maîtres, si les médecins ont abjuré la robe, le bonnet et les consultations en latin; si quelques pédans sont devenus hommes, à qui en a-t-on l'obligation? au théâtre, au seul théâtre.

Quelle pitié ne doit-on donc pas avoir de ceux qui s'élèvent contre ce premier art de la littérature, qui s'imaginent qu'on doit juger du théâtre d'aujourd'hui par les treteaux de nos siècles d'ignorance, et qui confondent les *Sophocle* et les *Ménandre*, les *Varius* et les *Térence*, avec les *Tabarin* et les *Polichinelle* !

Mais que ceux-là sont encore plus à plaindre, qui admettent les *Polichinelle* et les *Tabarin*, et qui rejettent les Polyeucte, les Athalie, les Zaïre et les Alzire! Ce sont-là de ces contradictions où l'esprit humain tombe tous les jours.

Pardonnons aux sourds qui parlent contre la musique, aux aveugles qui haïssent la beauté; ce

font moins des ennemis de la fociété, conjurés pour
en détruire la confolation et le charme, que des 1760.
malheureux à qui la nature a refufé des organes.

Nos verò dulces teneant antè omnia Mufæ.

J'ai eu le plaifir de voir, chez moi à la campagne,
repréfenter Alzire, cette tragédie où le chriftianifme
et les droits de l'humanité triomphent également.
J'ai vu, dans Mérope, l'amour maternel faire répandre
des larmes, fans le fecours de l'amour galant. Ces
fujets remuent l'ame la plus groffière, comme la plus
délicate; et fi le peuple affiftait à des fpectacles honnêtes, il y aurait bien moins d'ames groffières et
dures. C'eft ce qui fit des Athéniens une nation fi
fupérieure. Les ouvriers n'allaient point porter à
des farces indécentes l'argent qui devait nourrir
leurs familles; mais les magiftrats appelaient, dans
des fêtes célèbres, la nation entière à des repréfentations qui enfeignaient la vertu et l'amour de la
patrie. Les fpectacles que nous donnons chez nous
font une bien faible imitation de cette magnificence;
mais enfin ils en retracent quelque idée. C'eft la
plus belle éducation qu'on puiffe donner à la
jeuneffe, le plus noble délaffement du travail,
la meilleure inftruction pour tous les ordres des
citoyens: c'eft prefque la feule manière d'affembler
les hommes pour les rendre fociables.

Emollit mores, nec finit effe feros.

Auffi, je ne me lafferai point de répéter que, parmi
vous, le pape *Léon X*, l'archevêque *Triffino*, le cardinal

Hh 3

Bibiena, et, parmi nous, les cardinaux de *Richelieu* et *Mazarin* reſſuſcitèrent la ſcène : ils ſavaient qu'il vaut mieux voir l'Oedipe de *Sophocle*, que de perdre au jeu la nourriture de ſes enfans, ſon temps dans un café, ſa raiſon dans un cabaret, ſa ſanté dans des réduits de débauche, et toute la douceur de ſa vie dans le beſoin et dans la privation des plaiſirs de l'eſprit.

Il ferait à ſouhaiter, Monſieur, que les ſpectacles fuſſent, dans les grandes villes, ce qu'ils ſont dans vos terres, et dans les miennes, et dans celles de tant d'amateurs ; qu'ils ne fuſſent point mercenaires; que ceux qui ſont à la tête des gouvernemens, fiſſent ce que nous feſons, et ce qu'on fait dans tant de villes. C'eſt aux édiles à donner les jeux publics; s'ils deviennent une marchandiſe, ils riſquent d'être avilis. Les hommes ne s'accoutument que trop à mépriſer les ſervices qu'ils payent. Alors l'intérêt, plus fort encore que la jalouſie, enfante les cabales. Les *Claveret* cherchent à perdre les *Corneille*, les *Pradon* veulent écraſer les *Racine*.

C'eſt une guerre toujours renaiſſante, dans laquelle la méchanceté, le ridicule et la baſſeſſe ſont ſans ceſſe ſous les armes.

Un entrepreneur des ſpectacles de la foire tâche, à Paris, de miner les comédiens qu'on nomme italiens; ceux-ci veulent anéantir les comédiens français par des parodies; les comédiens français ſe défendent comme ils peuvent : l'opéra eſt jaloux d'eux tous; chaque compoſiteur a pour ennemis tous les autres compoſiteurs, et leurs protecteurs, et les maîtreſſes des protecteurs.

Souvent, pour empêcher une pièce nouvelle de paraître, pour la faire tomber au théâtre, et si elle réuſſit, pour la décrier à la lecture, et pour abymer l'auteur, on emploie plus d'intrigues que les wighs n'en ont tramé contre les torys, les guelfes contre les gibelins, les moliniſtes contre les janſéniſtes, les coccéïens contre les voétiens, &c. &c. &c. &c.

Je ſais, de ſcience certaine, qu'on accuſa *Phèdre* d'être janſéniſte. Comment, diſaient les ennemis de l'auteur, ſera-t-il permis de débiter à une nation chrétienne ces maximes diaboliques ?

> *Vous aimez, on ne peut vaincre ſa deſtinée,*
> *Par un charme fatal vous fûtes entraînée.*

N'eſt-ce pas-là évidemment un juſte à qui la grâce a manqué ? J'ai entendu tenir ces propos dans mon enfance, non pas une fois, mais trente. On a vu une cabale de canailles, et un abbé *Desfontaines* à la tête de cette cabale, au ſortir de bicêtre, forcer le gouvernement à ſuſpendre les repréſentations de Mahomet, joué par ordre du gouvernement ; ils avaient pris pour prétexte que, dans cette tragédie de Mahomet, il y avait pluſieurs traits contre ce faux prophète, qui pouvaient rejaillir ſur les convulſionnaires : ainſi ils eurent l'inſolence d'empêcher, pour quelque temps, les repréſentations d'un ouvrage dédié à un pape, approuvé par un pape.

Si M. de l'*Empirée*, auteur de province, eſt jaloux de quelques autres auteurs, il ne manque pas d'aſſurer, dans un long diſcours public, que meſſieurs ſes rivaux ſont tous des ennemis de l'Etat et de l'Egliſe gallicane. Bientôt *Arlequin* accuſera *Polichinelle* d'être janséniste, moliniste, calviniste, athée, déiste, collectivement.

Je ne sais quels écrivains subalternes se sont avisés, dit-on, de faire un Journal chrétien, comme si les autres journaux de l'Europe étaient idolâtres. M. de *Saint-Foix*, gentilhomme breton, célèbre par la charmante comédie de l'Oracle, avait fait un livre très-utile et très-agréable sur plusieurs points curieux de notre Histoire de France. La plupart de ces petits dictionnaires ne sont que des extraits des savans ouvrages du siècle passé; celui-ci est d'un homme d'esprit qui a vu et pensé. Mais qu'est-il arrivé? sa comédie de l'Oracle et ses recherches sur l'histoire étaient si bonnes, que messieurs du Journal chrétien l'ont accusé de n'être pas chrétien. Il est vrai qu'ils ont essuyé un procès criminel, et qu'ils ont été obligés de demander pardon; mais rien ne rebute ces honnêtes gens.

La France fournissait à l'Europe un Dictionnaire encyclopédique dont l'utilité était reconnue. Une foule d'articles excellens rachetaient bien quelques endroits qui n'étaient pas de main de maître. On le traduisait dans votre langue; c'était un des plus grands monumens des progrès de l'esprit humain. Un convulsionnaire s'avise d'écrire contre ce vaste dépôt des sciences. Vous ignorez peut-être, Monsieur, ce que c'est qu'un convulsionnaire; c'est un de ces énergumènes de la lie du peuple, qui, pour prouver qu'une certaine bulle d'un pape est erronée, vont faire des miracles de grenier en grenier, rôtissant des petites filles sans leur faire de mal, leur donnant des coups de buche et de fouet pour l'amour de

DIEU, et criant contre le pape. Ce monfieur convulfionnaire fe croit prédeftiné, par la grâce de DIEU, à
détruire l'Encyclopédie; il accufe, felon l'ufage, les
auteurs de n'être pas chrétiens; il fait un inlifible
libelle en forme de dénonciation; il attaque à tort
et à travers tout ce qu'il eft incapable d'entendre. Ce
pauvre homme, s'imaginant que l'article *Ame* de ce
Dictionnaire n'a pu être compofé que par un homme
d'efprit, et n'écoutant que fa jufte averfion pour les
gens d'efprit, fe perfuade que cet article doit abfolument prouver le matérialifme de fon ame; il
dénonce donc cet article comme impie, comme
épicurien, enfin comme l'ouvrage d'un philofophe.

Il fe trouve que l'article, loin d'être d'un philofophe, eft d'un docteur en théologie, qui établit
l'immatérialité, la fpiritualité, l'immortalité de l'ame,
de toutes fes forces. Il eft vrai que ce docteur
encyclopédifte ajoutait, aux bonnes preuves que les
philofophes en ont apportées, de très-mauvaifes qui
font de lui; mais enfin la caufe eft fi bonne, qu'il
ne pouvait l'affaiblir: il combat le matérialifme tant
qu'il peut; il attaque même le fyftême de *Locke*,
fuppofant que ce fyftême peut favorifer le matérialifme; il n'entend pas un mot des opinions de *Locke*:
cet article enfin eft l'ouvrage d'un écolier orthodoxe, dont on peut plaindre l'ignorance, mais dont
on doit eftimer le zèle, et approuver la faine doctrine. Notre convulfionnaire défère donc cet article
de l'*ame*, et probablement fans l'avoir lu. Un magif-
trat, accablé d'affaires férieufes, et trompé par ce
malheureux, le croit fur fa parole; on demande la
fuppreffion du livre, on l'obtient: c'eft-à-dire, on

1760. trompe mille foufcripteurs qui ont avancé leur argent, on ruine cinq ou fix libraires confidérables qui travaillaient fur la foi d'un privilége du roi, on détruit un objet de commerce de trois cents mille écus. Et d'où eft venu tout ce grand bruit et cette perfécution? de ce qu'il s'eft trouvé un homme ignorant, orgueilleux et paffionné.

Voilà, Monfieur, ce qui s'eft paffé, je ne dis pas aux *yeux de l'univers*, mais au moins aux yeux de tout Paris. Plufieurs aventures pareilles, que nous voyons affez fouvent, nous rendraient les plus méprifables de tous les peuples policés, fi d'ailleurs nous n'étions pas affez aimables. Et, dans ces belles querelles, les partis fe cantonnent, les factions fe heurtent, chaque parti a pour lui un folliculaire (*). Maître *Aliboron*, par exemple, eft le folliculaire de M. de l'*Empirée*; ce maître *Aliboron* ne manque pas de décrier tous fes camarades folliculaires, pour mieux débiter fes feuilles: l'un gagne à ce métier cent écus par an, l'autre mille, l'autre deux mille; ainfi l'on combat *pro focis*. Il faut bien que je vive, difait l'abbé *Desfontaines* à un miniftre d'Etat: le miniftre eut béau lui dire qu'il n'en voyait pas la néceffité, *Desfontaines* vécut; et tant qu'il y aura une piftole à gagner dans ce métier, il y aura des *Frérons* qui décrieront les béaux arts et les bons artiftes.

L'envie veut mordre, l'intérêt veut gagner; c'eft-là ce qui excita tant d'orages contre le *Taffe*, contre le *Guarini*, en Italie; contre *Dryden* et contre *Pope*, en Angleterre; contre *Corneille*, *Racine*, *Molière*, *Quinault*, en France. Que n'a point effuyé de nos

(*) Fefeur de feuilles.

jours votre célèbre *Goldini !* et, fi vous remontez
aux Romains et aux Grecs, voyez les prologues de
Térence, dans lefquels il apprend à la poftérité que
les hommes de fon temps étaient faits comme ceux
du nôtre : . . . . *tutto l' mondo e fatto come' la noftra
famiglia.* Mais remarquez, Monfieur, pour la confolation des grands artiftes, que les perfécuteurs font
affurés du mépris et de l'horreur du genre-humain,
et que les bons ouvrages demeurent. Où font les
écrits des ennemis de *Térence*, et les feuilles des *Bavius*
qui infultèrent *Virgile?* où font les impertinences des
rivaux du *Taffe*, et des rivaux de *Corneille* et de
Molière ?

Qu'on eft heureux, Monfieur, de ne point voir
toutes ces mifères, toutes ces indignités ! et de cultiver en paix les arts d'*Apollon*, loin des *Marfyas* et
des *Midas !* qu'il eft doux de lire *Virgile* et *Homère*,
en foulant à fes pieds les *Bavius* et les *Zoïle !* et de
fe nourrir d'ambroifie, quand l'envie mange des
couleuvres !

Defpréaux difait autrefois, en parlant de la rage
des cabales :

> *Qui méprife Cotin n'eftime point fon roi,*
> *Et n'a, felon Cotin, ni Dieu, ni foi, ni loi.*

Le grand *Corneille*, c'eft-à-dire le premier homme
par qui la France littéraire commença à être eftimée
en Europe, fut obligé de répondre ainfi à fes ennemis
littéraires (car les auteurs n'en ont point d'autres) :
*Je déclare que je foumets tous mes écrits au jugement
de l'Eglife ; je doute fort qu'ils en faffent autant.*

Je prends la liberté de dire ici la même chofe que
le grand *Corneille*, et il m'eft agréable de le dire à
un fénateur de la feconde ville de l'Etat du faint-
père; il eft doux encore de le dire dans des terres
auffi voifines des hérétiques que les miennes. Plus
je fuis rempli de charité pour leurs perfonnes et
d'indulgence pour leurs erreurs, plus je fuis ferme
dans ma foi. Mes ouvrages font la Henriade, qui
peut-être ne déplairait pas au roi qui en eft le
héros, s'il revenait dans le monde, et qui ne déplaît
pas au digne héritier de ce bon roi. J'ai donné quelques tragédies, médiocres à la vérité, mais qui toutes
font morales, et dont quelques-unes font chrétiennes.
J'ai écrit l'Hiftoire de *Louis XIV*, dans laquelle j'ai
célébré ma nation fans la flatter; j'ai fait un Effai
fur l'hiftoire générale, dans lequel je n'ai eu d'autre
intention que de rendre une exacte juftice à toutes
les vertus et à tous les vices; une Hiftoire de
Charles XII, une de *Pierre le grand*, fondées toutes
les deux fur les monumens les plus authentiques;
ajoutez-y une légère explication des découvertes de
Newton, dans un temps où elles étaient très-peu connues en France : ce font-là, s'il m'en fouvient, à
peu-près tous mes véritables ouvrages, dont le feul
mérite confifte dans l'amour de la vérité et de
l'humanité.

Prefque tout le refte eft un recueil de bagatelles,
que les libraires ont fouvent imprimées fans ma
participation. On donne tous les jours fous mon
nom des chofes que je ne connais pas. Je ne réponds
de rien. Si *Chapelain* a compofé dans le fiècle paffé
le beau poëme de la Pucelle; fi, dans celui-ci, une

société de jeunes gens s'amusa, il y a trente ans, à faire une autre Pucelle; si je fus admis dans cette société; si j'eus peut-être la complaisance de me prêter à ce badinage, en y insérant les choses honnêtes et pudiques qu'on trouve par-ci par-là dans ce rare ouvrage dont il ne me souvient plus du tout, je ne réponds en aucune façon d'aucune Pucelle; je nie d'avance à tout délateur que j'aye jamais vu une Pucelle. On en a imprimé une, qui a été faite apparemment à la place Maubert ou aux Halles; ce sont les aventures et le langage de ce pays-là. Ceux qui ont été assez idiots pour s'imaginer qu'ils pouvaient me nuire en publiant, sous mon nom, cette rapsodie, devraient savoir que, quand on veut imiter la manière d'un peintre de l'école du *Titien* et du *Corrège*, il ne faut pas lui attribuer une enseigne de cabaret de village (*).

On sait assez quel est le malheureux qui a voulu gagner quelque argent, en imprimant, sous le titre de la Pucelle d'Orléans, un ouvrage abominable;

(a) Voici des vers de ce prétendu Poëme, intitulé la Pucelle.

Chandos suant et soufflant comme un bœuf,
Cherche du doigt si l'autre est une fille :
Au diable soit, dit-il, la sotte aiguille ;
Bientôt le diable emporte l'étui neuf.

. . . .

En ce moment, en un seul haut le corps,
Il met à bas la belle créature ;
Il la subjugue, et d'un rein vigoureux
Il fait jouer le bélier monstrueux.

Il y a mille autres vers plus infames, et plus encore dans le style de la plus vile canaille, et que l'honnêteté ne permet pas de rapporter. C'est-là ce qu'un misérable ose imputer à l'auteur de la Henriade, de Mérope et d'Alzire.

on le reconnaît affez aux noms de *Luther* et de *Calvin* dont il parle fans ceffe, et qui certainement ne devaient pàs être placés fous le règne de *Charles VII.* On fait que c'eft un calvinifte du Languedoc (*), qui a falfifié les Lettres de madame de *Maintenon;* qui l'outrage indignement dans fa rapfodie de la Pucelle; qui a inféré, dans cette infamie, des vers contre les perfonnes les plus refpectables, et contre le roi même; qui a été deux fois en prifon à Paris pour de pareilles horreurs, et qui eft aujourd'hui exilé : les hommes qui fe diftinguent dans les arts, n'ont prefque jamais que de tels ennemis.

Quant à quelques meffieurs qui, fans être chrétiens, inondent le public, depuis quèlques années, de fatires chrétiennes; qui nuiraient, s'il était poffible, à notre religion, par les ridicules appuis qu'ils ofent prêter à cet édifice inébranlable; enfin, qui la déshonorent par leurs impoftures; fi on fefait jamais quelque attention aux libelles de ces nouveaux *Garaffes*, on pourrait leur faire voir qu'on eft auffi ignorant qu'eux, mais beaucoup meilleur chrétien qu'eux.

C'eft une plaifante idée qui a paffé par la tête de quelques barbouilleurs de notre fiècle, de crier fans ceffe que tous ceux qui ont quelque efprit ne font pas chrétiens! penfent-ils rendre en cela un grand fervice à notre religion? Quoi! la faine doctrine, c'eft-à-dire la doctrine apoftolique et romaine, ne ferait-elle, felon eux, que le partage des fots? *Sans penfer être quelque chofe,* je ne penfe pas être un fot; mais il me femble que fi je me trouvais jamais

(*) *La Beaumelle.*

avec l'abbé *Guyon* dans la rue (car je ne peux le
rencontrer que là) (*), je lui dirais : Mon ami, de
quel droit prétends-tu être meilleur chrétien que
moi ? eſt-ce parce que tu affirmes, dans un livre
auſſi plat que calomnieux, que je t'ai fait bonne
chère, quoique tu n'ayes jamais dîné chez moi ?
eſt-ce parce que tu as révélé au public, c'eſt-à-dire,
à quinze ou ſeize lecteurs oiſifs, tout ce que je t'ai
dit du roi de Pruſſe, quoique je ne t'aye jamais
parlé, et que je ne t'aye jamais vu ? ne ſais-tu pas
que ceux qui mentent ſans eſprit, ainſi que ceux qui
mentent avec eſprit, n'entreront jamais dans le
royaume des cieux ?

Je te prie d'exprimer l'unité de l'Egliſe et l'invoca-
tion des ſaints, mieux que moi :

> *L'Egliſe toujours une, et par-tout étendue,*
> *Libre, mais ſous un chef, adorant en tout lieu,*
> *Dans le bonheur des ſaints, la grandeur de ſon Dieu.*

Tu me feras encore plaiſir de donner une idée plus
juſte de la tranſſubſtantiation que celle que j'en ai
donnée :

> *Le Chriſt, de nos péchés victime renaiſſante,*
> *De ſes élus chéris nourriture vivante,*
> *Deſcend ſur les autels à ſes yeux éperdus,*
> *Et lui découvre un Dieu ſous un pain qui n'eſt plus.*

Crois-tu définir plus clairement la trinité qu'elle
ne l'eſt dans ces vers ?

> *La puiſſance, l'amour, avec l'intelligence,*
> *Unis et diviſés, compoſent ſon eſſence.*

(*) L'abbé *Guyon*, auteur d'un libelle déteſtable, intitulé *l'Oracle
des philoſophes.*

1760.

Je t'exhorte, toi et tes semblables, non-seulement à croire les dogmes que j'ai chantés en vers, mais à remplir tous les devoirs que j'ai enseignés en prose; à ne te jamais écarter du centre de l'unité, sans quoi il n'y a plus que trouble, confusion, anarchie. Mais ce n'est pas assez de croire, il faut faire; il faut être soumis dans le spirituel à son évêque, entendre la messe de son curé, communier à sa paroisse, procurer du pain aux pauvres. Sans vanité, je m'acquitte mieux que toi de ces devoirs; et je conseille à tous les polissons qui crient, d'être chrétiens, et de ne point crier. Ce n'est pas encore assez; je suis en droit de te citer *Corneille* :

Servez bien votre Dieu, servez votre monarque.

Il faut, pour être bon chrétien, être surtout bon sujet, bon citoyen: or, pour être tel, il faut n'être ni janséniste, ni moliniste, ni d'aucune faction; il faut respecter, aimer, servir son prince; il faut, quand notre patrie est en guerre, ou aller se battre pour elle, ou payer ceux qui se battent pour nous : il n'y a pas de milieu. Je ne peux pas plus m'aller battre, à l'âge de soixante et sept ans, qu'un conseiller de grand'-chambre; il faut donc que je paye, sans la moindre difficulté, ceux qui vont se faire estropier pour le service de mon roi, et pour ma sûreté particulière.

J'oubliais vraiment l'article du pardon des injures. Les injures les plus sensibles, dit-on, sont les railleries. Je pardonne de tout mon cœur à tous ceux dont je me suis moqué.

Voilà, Monsieur, à peu-près ce que je dirais à tous ces petits prophètes du coin, qui écrivent contre

le

le roi, contre le pape, et qui daignent quelquefois
écrire contre moi et contre des perfonnes qui valent
mieux que moi. J'ai le malheur de ne point regarder
du tout comme des pères de l'Eglife ceux qui prétendent qu'on ne peut croire en DIEU fans croire aux
convulfions, et qu'on ne peut gagner le ciel qu'en
avalant des cendres du cimetière de Saint-Médard,
en fe fefant donner des coups de buche dans le
ventre, et des claques fur les feffes (*). Pour moi, je
crois que, fi on gagne le ciel, c'eft en obéiffant aux
puiffances établies de DIEU, et en fefant du bien à
fon prochain.

Un journalifte a remarqué que je n'étais pas adroit,
puifque je n'époufais aucune faction, et que je me
déclarais également contre tous ceux qui veulent
former des partis. Je fais gloire de cette mal-adreffe;
ne foyons ni à *Apollo* ni à *Paul*, mais à DIEU feul,
et au roi que DIEU nous a donné. Il y a des gens qui
entrent dans un parti pour être quelque chofe; il y
en a d'autres qui exiftent fans avoir befoin d'aucun
parti.

Adieu, Monfieur; je penfais ne vous envoyer
qu'une tragédie, et je vous ai envoyé ma profeffion
de foi. Je vous quitte pour aller à la meffe de minuit
avec ma famille et la petite-fille du grand *Corneille*.
Je fuis fâché d'avoir chez moi quelques fuiffes qui
n'y vont pas; je travaille à les ramener au giron;
et, fi DIEU veut que je vive encore deux ans,
j'efpère aller baifer les pieds du faint-père avec les
huguenots que j'aurai convertis, et gagner les indul-
gences.

(*) Ce font les myftères des janféniftes convulfionnaires.

Correfp. générale.   Tome V.   I i

In tanto la prego di gradire gli auguri di felicità ch'io le reco nella congiuntura delle proffime fante fefte natalizie.

LETTRE CCXLVII.

A MILORD LITTLETON, *à Londres.*

Du château de Ferney, en Bourgogne.

J'AI lu les ingénieux *Dialogues des morts*, que vous venez de publier. J'y trouve que je fuis exilé, et que je fuis coupable de quelques excès dans mes écrits. Je fuis obligé peut-être, pour l'honneur de ma nation, de dire publiquement que je ne fuis point exilé, parce que je n'ai pas commis les fautes que l'auteur des Dialogues m'impute à fon gré.

Perfonne n'a plus élevé fa voix que moi en faveur des droits de l'humanité, et cependant je n'ai jamais excédé même les bornes de cette vertu.

Je ne fuis point établi en Suiffe, comme cet auteur mal inftruit le débite ; je vis dans mes terres en France. La retraite convient aux vieillards qui ont affez vécu dans les cours pour les abhorrer et pour les fuir, et qui goûtent une douceur nouvelle de vivre dans la retraite et dans leurs poffeffions, avec des amis éclairés et fidelles. Il eft bien vrai que j'ai une petite maifon de campagne auprès de Genève, mais ma demeure et mes châteaux font en Bourgogne. La bonté que mon roi a eue de confirmer les priviléges de mes terres, qui font exemptes de toute impofition, m'a encore attaché à fa perfonne.

Si j'avais été exilé, je n'aurais pas obtenu des passe- —————
ports de ma cour, pour plusieurs seigneurs anglais; 1760.
le service que je leur ai rendu, me donne droit à la
justice que j'attends de l'auteur des Dialogues. (*)

Quant à la religion, je pense et je crois qu'il
pense, comme moi, que DIEU n'est ni presbytérien,
ni luthérien, ni de la basse ni de la haute Eglise;
DIEU est le père de tous les hommes, père de milord
et le mien.

LETTRE CCXLVIII.

A M. LE COMTE D'ARGENTAL.

Décembre.

Remontrances de Voltaire à ses anges gardiens.

De Deliciis clamavi :

1º. MES anges ne cesseront-ils jamais d'être comme
DIEU qui commande des choses impossibles ?

2º. Mes anges me croiront-ils de fer quand je suis
d'argile, et prendront-ils zèle pour puissance ?

3º. Voudront-ils de suite deux pères condamnant
leurs filles, et s'en repentant ? ne faut-il pas un intervalle entre des choses qui ont quelque ressemblance ?

_____

(*) Milord *Littleton* a avoué ingénument son tort à M. de *Voltaire*.
Il a rendu sa lettre publique.

4°. Ne vaut-il pas mieux avoir le plaisir de donner la comédie du sieur *Hurtaud*, jouir de l'incognito, passer du tragique au comique, et rire sous cape de toutes les sottises du public ? *Nota bene* que je me flatte que mes anges verront que le Droit du seigneur ne ressemble en aucune manière à Nanine.

5°. Ou je suis une bête, ou le Droit du seigneur est comique et intéressant.

6°. Je crie à mes anges : Trouvez cela comique et intéressant, vous dis-je, et faites-le jouer adroitement.

7°. Je les supplie de vouloir bien faire envoyer le paquet ci-joint à la pauvre aveugle, madame *du Deffant*. Si elle a perdu les yeux, elle n'a pas perdu sa langue ; il faut consoler les affligés. Je demande pardon de la liberté grande.

8°. A propos de la liberté grande, et ma lettre à M. *le Mière* ?

9°. Dans peu, vous aurez nouvelle offrande.

10°. Pour Dieu, laissons là Fanime pour quelque temps.

Il faut présenter toujours des requêtes au conseil. Je suis occupé à chasser des jésuites d'un terrain qu'ils avaient usurpé sur des orphelins ; cela est plus difficile qu'une tragédie, mais j'en viendrai à bout, et cela sera plaisant ; mais il n'y a pas moyen de combattre les jésuites, et de rapetasser Fanime : il faut choisir.

11°. J'attends les feuilles de *Prault ;* je lui taillerai de la besogne.

12°. J'attends *Rodogune*. Je n'avais imploré les bontés de madame d'*Argental*, dans cette affaire, que pour lui témoigner mon respect, et pour mettre *Rodogune*

fous une protection plus honnête que celle de M. *le* ——
Brun, quoique M. *le Brun* foit fort honnête. Je remercie 1760.
tendrement monfieur comme madame d'*Argental* de
toutes leurs bontés pour *Rodogune*.

13°. Qui eſt l'auteur du *Savetier du coin*? il penſe
bien, mais il eſt trop favetier. Qui a fait *l'Homme
de lettres*? il écrit mieux, mais cela n'eſt pas piquant.

14°. Voici le gros article. Je n'aime point cette
ophtalmie; les maux des yeux font férieux. Soyez
bien fage, mon cher ange, que j'aime comme mes
yeux; rafraîchiſſez-vous, couchez-vous de bonne
heure, ayez peu d'affaires, tenez-vous gai furtout;
c'eſt le remède univerſel.

Je baife le bout de vos ailes.

LETTRE CCXLIX.

AU MEME.

Décembre.

J E vous excède encore. *Rodogune* eſt à Lyon chez
Tronchin, entre quatre garçons. On la préſentera probablement à madame de *Groſlée* qui ne manquera
pas de lui manier les tetons, felon fa louable coutume; c'eſt un honneur qu'elle fait à toutes les filles
et femmes qu'on lui préſente. Eſt-il vrai que l'abbé
de *la Tour-du-Pin* avait grande envie de rompre ce
voyage? il m'eſt très-important de favoir ce qui
en eſt. Dites-moi, je vous en prie, Madame, tout
ce que vous favez de cette aventure de roman.

Je reviens au roman de Tancrède. Je vous conjure, mes anges, encore une fois, de bien recommander à *Prault* de suivre exactement la leçon que je lui envoie, et de n'y pas changer une virgule. C'est le placet de *Caritidès;* on n'en peut rien retrancher. Nous venons de jouer, ma nièce et moi, la scène du père et de la fille au second acte : *Qu'entends-je ! vous, mon père ! Moi, ton père ! est-ce à toi de prononcer ce nom ?* Vous pouvez être convaincus que cela jette dans l'acte un attendrissement, un intérêt qui manquait. Cet acte, qui paraissait froid, doit être brûlant, s'il est bien joué.

A propos de froid, c'est un secret sûr, pour faire de la glace, que de placer des détails historiques au milieu de la passion, à moins que ces détails ne soient réchauffés par quelques interjections, par des retours sur soi-même, par des figures qui raniment la langueur historique.

Mais, craignant de lui nuire en cherchant à le voir,
Il crut que m'avertir était son seul devoir.

Ces deux vers ralentissent. Je raisonne poésie avec mes anges ; je disserte, ils me le pardonnent.

Non-seulement ces détails sont froids, mais le spectateur est en droit de dire : En quoi donc cet esclave craignait-il de nuire à *Tancrède ?* pourquoi, étant dans son camp, n'a-t-il pas cherché à le voir ? il devait, sans doute, tout faire pour approcher de *Tancrède.* Il serait difficile de répondre à cette critique.

Ne vaut-il pas mieux supposer, en général, que mille obstacles ont empêché l'esclave d'aller jusqu'à *Tancrède? Aménaïde*, en se plaignant de ces obstacles et de la deſtinée qui lui a toujours été contraire, en feſant parler ſes douleurs, en ſe livrant à l'eſpérance, intéreſſe bien davantage ; tout devient plus naturel et plus animé. Enfin, je reſuplie, je reconjure à genoux M. et madame d'*Argental*, de s'en tenir à mon dernier mot. J'oſe eſpérer que la repriſe ſera favorable : mais que mes anges ſe mettent à la tête du parti raiſonnable, qui n'eſt ni pour les tragédies à marionnettes, ni pour les tragédies à converſations ; qu'ils ſoutiennent vigoureuſement le grand et véritable genre, celui du cinquième acte de Rodogune, d'Athalie, et peut-être du quatrième acte de Mahomet, du troiſième de Tancrède, de Sémiramis, &c.

Vous devez avoir un chant de Pucelle ; il n'eſt pas correct, malheureuſement ; le meilleur y manque. Vous avez *Acante*. Oh ! pardieu, que manque-t-il à *Acante* ? nous ſommes fous d'*Acante* : que vous êtes, à plaindre, ſi *Acante* ne vous plaît pas !

Pardon, voici une réponſe pour *le Kain* ; vous m'enverrez promener.

LETTRE CCL.

AU MEME.

A Ferney, 28 de décembre.

ET les yeux de mon ange, comment vont-ils en 1761 ? Je me fouviens de 1701 tout comme fi j'y étais ; c'était hier. Ah, comme le temps vole ! les hommes vivent trop peu : à peine a-t-on fait deux douzaines de pièces de théâtre, qu'il faut partir. Mais à quand Tancrède et l'édition du petit-fils, franc fieux de Paris ?

Je fais une réflexion, c'eft qu'il eft important, mes anges, que l'épître à madame la Marquife foit datée de *Ferney en Bourgogne*, *10 d'octobre 1759*.

Remarquez toutes mes excellentes raifons : je dis *Ferney*, parce que madame de *Pompadour* s'eft intéreffée aux priviléges de cette terre ; je dis *en Bourgogne*, afin que les fots et les méchans, dont il eft grande année, n'aillent pas toujours criant que je fuis à Genève ; je dis *10 d'octobre 1759*, parce qu'elle fut écrite en ce temps-là ; et furtout parce que, fi elle n'eft point datée, elle paraîtra une infulte au pauvre *Ami des hommes*, et à fon malheur. Vous favez que j'ai toujours penfé qu'il faut ou fe battre contre les Anglais, ou payer ceux qui fe battent pour nous ; que je n'ai jamais cru la France fi déchirée qu'on le dit ; que je penfe qu'il y a de grandes reffources après nos énormes fautes. Ces fentimens,

que j'ai toujours eus, je les exprime dans ma lettre à
madame de *Pompadour*; mais ils deviennent une 1760.
fatire du livre des Impôts, livre imprimé après ma
lettre écrite. Je pafferais pour un lâche flatteur qui
fe fait de fête, et qui eft de l'avis des fous-maîtres,
pendant qu'un camarade valet eft *in ergaftulo* pour
les avoir contredits. Mes divins anges, ce ferait-là
un trifte rôle; et vous, qui vous chargez de mes
iniquités, vous ne voudrez pas que celle-là me foit
imputée. Il ne s'agit donc que de dater mon épître;
je m'en rapporte à vos attentions tutélaires. Mademoifelle *Chimène* prend la plume; voyons comment
elle s'en tirera.

,, M. de *Voltaire* appelle M. et madame d'*Argental*
,, fes anges. Je me fuis aperçue qu'ils étaient auffi
,, les miens; qu'ils me permettent de leur préfenter
,, ma tendre reconnaiffance. ,,

Corneille.

Eh bien, il me femble que *Chimène* commence
à écrire un peu moins en diagonale.

Mes anges, nous baifons le bout de vos ailes,
Denis, *Corneille* et *V.*

LETTRE CCLI.

AU MEME.

A Ferney, pays de Gex, par Genève, 31 de décembre.

LES plus aimables et les plus difficiles de tous les anges, c'est vous, Monsieur et Madame. Si vous n'êtes pas contens de *Mathurin*, qui nous paraît assez plaisant et tout neuf; si vous avez la cruauté de l'appeler vieux, quoique je sois prêt à lui donner trente ans; si vous voulez que *Colette* en soit amoureuse (ce que je ne voulais pas); si vous avez l'injustice de soutenir que le marquis et *Acante* ne s'aimaient pas depuis quatorze mois, quoiqu'ils disent formellement le contraire, et peut-être assez finement; si vous n'êtes pas édifiés de voir un sage qui parie de ne pas succomber et qui perd la gageure; si vous n'aimez pas un débauché qui se corrige; si vous ne trouvez pas le caractère d'*Acante* très-original; je peux être très-fâché, mais je ne peux ni être de votre avis, ni vous aimer moins.

Je vous supplie, mes chers anges, de me renvoyer les deux copies, c'est-à-dire la première qui n'était qu'un avorton, et la seconde, que je trouve un enfant assez bien formé, qui vous déplaît.

Madame d'*Argental* est bien bonne de daigner se charger de faire un petit présent à la muse limonadière : je l'en remercie bien fort; c'est la seule façon honnête de se tirer d'affaire avec cette muse.

Je suis très-fâché que *Fréron* soit au fort-l'évêque. ———
Toutes les plaisanteries vont cesser; il n'y aura plus
moyen de se moquer de lui.

L'*Ami des hommes* est donc à Vincennes ? ses
ouvrages sont donc traités sérieusement ? il aurait
donc quelquefois raison ? Il m'a paru un fou qui a
beaucoup de bons momens.

Il court parmi vous autres de singulières nouvelles.
Est-il vrai que les Anglais ont proposé de vous
réduire à n'avoir jamais que vingt vaisseaux ? c'est-
à-dire à en construire encore dix ou douze? On
ajoute une paix particulière entre *Luc* et *Thérèse* :
quand je la croirai, je croirai celle des janfénistes et
des-molinistes, des parlemens et des intendans, et
des auteurs avec les auteurs.

J'apprends que *messieurs* de parlement brûlent tout
ce qu'ils rencontrent, Mandemens d'évêques, vieux
et nouveau Testament de frère *Berruyer*, Ouvrages de
Salomon, Défense de la morale du bon *Jéfu* contre
la morale du dur *Moïse*, c'est-à-dire la réponse à
l'auteur de l'Oracle des philosophes. Ils brûleront
bientôt les édits dudit seigneur roi; mais je les avertis
qu'ils n'auront pour eux que les halles, et point du
tout les pairs et les princes. Je vois toutes ces
pauvretés d'un œil bien tranquille, aux Délices et à
Ferney. La petite *Corneille* contribue beaucoup à la
douceur de notre vie : elle plaît à tout le monde ;
elle se forme, non pas d'un jour à l'autre, mais d'un
moment à l'autre. Ne vous ai-je pas mandé combien
son petit gentil esprit est naturel, et que je soupçon-
nais que c'était la raison pour laquelle *Fontenelle*
l'avait déshéritée? Mes chers anges, permettez que je

—— prenne la liberté de vous adreſſer ma réponſe à la
1760. lettre que ſon père m'a écrite, ou qu'on lui a dictée.

Prault ne m'enverra-t-il pas ſon Tancrède à corriger ? quand jouera-t-on Tancrède ? pourquoi la
Femme qui a raiſon, par-tout, hors à Paris ? eſt-ce
parce que *Waſp* en a dit du mal ? *Waſp* triomphera-
t-il ? comment vont les yeux de mon ange ?

Eh vraiment, j'oubliais la meilleure pièce de notre
ſac, l'aventure de ce bon prêtre, de ce bon directeur,
de ce fameux janſéniſte, jadis laquais, qui a volé
cinquante mille livres à madame d'*Egmont*.

Maître *Omer* le prendra-t-il ſous ſa protection ?
requerra-t-il en ſa faveur ?

Fin du Tome cinquième.

TABLE ALPHABETIQUE

DES LETTRES

CONTENUES DANS CE VOLUME.

A.

LETTRE

Corresp. générale. Tome V. K k

H.

L.

M.

N.

P.

R.

S.

ALPHABETIQUE.

Fin de la Table du tome cinquième.

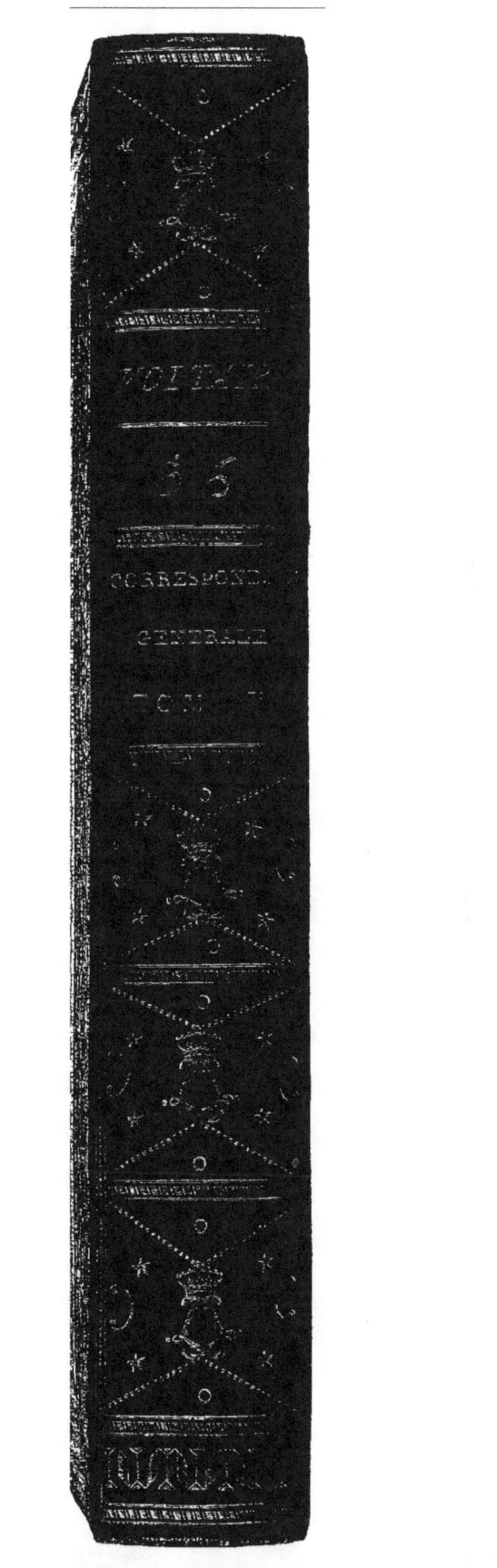